# OJCIEC WRÓT

# ORSON SCOTT CARD

w

Prószyński i S-ka

POŻOGA
W PRZEDEDNIU

GRA ENDERA
MÓWCA UMARŁYCH
KSENOCYD
DZIECI UMYSŁU
ENDER NA WYGNANIU

CIEŃ ENDERA
CIEŃ HEGEMONA
TEATR CIENI
CIEŃ OLBRZYMA

PAMIĘĆ ZIEMI
WEZWANIE ZIEMI
STATKI ZIEMI
ODRODZENIE ZIEMI
DZIECI ZIEMI

TROPICIEL
RUINY
GOŚCIE

ZAGINIONE WROTA
ZŁODZIEJ WRÓT

ORSON
SCOTT
CARD

# OJCIEC WRÓT

Przełożył
Tomasz Wilusz

Prószyński i S-ka

Tytuł oryginału
GATEFATHER



Projekt okładki:
Dark Crayon

Redaktor prowadzący
Joanna Maciuk

Redakcja
Lucyna Łuczyńska

Korekta
Grażyna Nawrocka

Łamanie
Jacek Kucharski

ISBN 978-83-8097-156-1

Warszawa 2017

Wydawca
Prószyński Media Sp. z o.o.
02-697 Warszawa, ul. Rzymowskiego 28
www.proszynski.pl

Druk i oprawa
ABEDIK S.A.

*Kyle'owi Rankinowi:*
*kompanowi w śnieniu najwspanialszych snów,*
*poświęcającemu życie ich urzeczywistnieniu*

# Rozdział 1

To Pat zwołała spotkanie przyjaciół Danny'ego. „Od razu po szkole, wiecie gdzie", powiedziała im. I natychmiast zmieniła temat, nie dopuszczając do żadnych pytań. Liceum imienia Parry'ego McCluera nie było miejscem na takie rozmowy. Nie mogli sobie pozwolić, żeby ktoś ich podsłuchał.

Urwała się z ostatniej lekcji, więc była już na małej leśnej polanie z widokiem na szkołę, kiedy pozostali dochodzili. Jak przewidywała, wszyscy zmaterializowali się w zwykłym miejscu. Najpierw Laurette i Sin, bo ostatnią lekcję miały razem. Potem ukazała się Xena, coś mówiła, jakby użyła swoich wrót w trakcie rozmowy z kimś.

Odwzajemniła gniewne spojrzenie Pat.

– Rozmawiałam z Wheelerem – oświadczyła. – Za szkołą, z dala od wszystkich. Nie jestem idiotką.

– Ale Wheeler jest – stwierdziła Laurette.

– Wheeler jest kim? – odezwał się Wheeler, który zjawił się, wycierając dłonie w siedzenie spodni. Pat przemknęło przez myśl, że przybył parę chwil po Xenie, by mieć czas podłubać w nosie i wytrzeć palec w ubranie. Cóż, dobrze o nim świadczy, że zrobił to, kiedy nikt nie patrzył.

– Mniejsza z tym – rzuciła Xena. – Teraz już tutaj jesteś.

– A gdzie Hal? – spytała Pat.

– Robi jakiś eksperyment komputerowy czy coś – odparł Wheeler. – W sumie możemy zacząć bez niego.

– W sumie nie. – Pokręciła głową.

– Po co się spotkaliśmy? – chciała wiedzieć Laurette.

– Zaczekam z tym na Hala – ucięła Pat.

– Jak tajemniczo. – Sin przewróciła oczami.

– Przecież lubisz tajemniczość – zauważyła Xena. – Jak *Z Archiwum X*, normalnie.

– Co to ma być, znowu jakaś interwencja? – napomknął Wheeler.

– A widzisz gdzieś taki napis? – odparowała Laurette.

Pat wróciła pamięcią do dnia, kiedy pragnąc zmusić Danny'ego, żeby powiedział im prawdę o sobie, zaprosili go na imprezę urodzinową, która w rzeczywistości była interwencją. Tyle że Danny prawdy im nie powiedział. Przyjął ich ultimatum – albo nam powiesz, kim lub czym naprawdę jesteś, albo koniec z naszą przyjaźnią – i dokonał złego wyboru. Potem pojechali za nim do jego domu i to grecka Przyjaciółka Zamków, Hermia, ostatecznie wyjawiła im, że Danny North jest kimś w rodzaju nordyckiego boga. Magiem wrót, który potrafi stwarzać przejścia pozwalające błyskawicznie przemieszczać się z miejsca na miejsce.

Przekonała ich też, żeby zostali sługami Danny'ego. Mówiła o tym oschle, bez ogródek. Nie są Danny'emu równi, więc jeśli chcą być jego przyjaciółmi, nie pozostaje im nic innego, jak tylko mu się podporządkować. Wszyscy się zgodzili, choć wtedy tak naprawdę nie mieli pojęcia, co się z tym wiąże. Początkowo było całkiem fajnie – amulety, które im zrobił, przenoszące na tę leśną polanę; wyprawy w różne miejsca na świecie. To, jak kiedyś poprosił Hala i Wheelera, żeby pomogli mu odkopać wejście do prastarej groty w Egipcie. Jak kazał im wszystkim wykuć na pamięć napisane przez siebie przesłanie, a potem wysłał ich wrotami do wielkich Rodzin, by przekazali im jego słowa. To wszystko przerosło ich najśmielsze wyobrażenia.

Laurette i Sin od razu zaczęły flirtować z Dannym jak nigdy przedtem, natomiast Xena dość otwarcie promowała się na matkę jego dziecka. Danny odrzucił jej awanse, uprzejmie, ale stanowczo stwierdzając, że nie chce mieć dzieci z nikim. Nie dała za wygraną – ubzdurała sobie, że ponieważ Danny nie jest dla niej okrutny, to znak, że skrycie ją kocha.

Pat patrzyła na to wszystko po trosze z rozbawieniem, po trosze ze wstrętem. Jej obawy budziła tylko jedna dziewczyna: grecka magini wrót, Hermia. Była magiem jak Danny, tylko słabszym – nie stwarzała wrót, potrafiła jedynie je odnajdować, otwierać i zamykać – spędzał z nią dużo czasu. Pat jednak dostrzegała w Hermii coś, co Danny'emu umykało – to, że go wykorzystuje, że nie można jej ufać. Nie czuła z nim silnej więzi. Nie była jego.

I kiedy pewnego późnego wieczoru Pat poszła do Danny'ego, żeby przestrzec go przed Hermią, coś się wydarzyło. Wyznała mu coś, czego do tamtej chwili nie była świadoma: że go kocha – w przeciwieństwie do innych dziewczyn prawdziwie. A Danny w odpowiedzi pocałował ją i powiedział, że też ją kocha. Tak silne zawładnęły nią wtedy emocje, że gdyby zechciał, oddałaby mu się od razu.

On jednak odmówił. Nie chciał tego. Postanowił nie uprawiać z nikim seksu, dopóki nie będzie gotów związać się z kobietą na całe życie. Wziąć ślubu. Koniec, kropka. Bez wyjątków, nawet gdyby ją naprawdę kochał.

Po wyjściu od niego Pat była oszołomiona i upokorzona swoją zuchwałością. Ośmieliła się pójść sama do jego małego dwupokojowego domku i mówiąc wprost, rzuciła się na chłopaka. Czuła się głupia i nachalna jak Xena.

Tyle tylko, że Danny jej pragnął. Kochał ją. Nie powinna czuć się głupio. Ta mantra podtrzymywała Pat na duchu.

Potem Danny przeniósł ich Wielkimi Wrotami na świat o nazwie Westil. Zdrada Hermii zmusiła go do stworzenia tych wrót; cel był taki, żeby przerzucić nimi Rodziny magów Mitheru na Westil, a potem sprowadzić wszystkich z powrotem na Ziemię, czyli Mittlegard. W wyniku przejścia Wielkimi Wrotami każdy mag osiągał szczyt swoich magicznych możliwości. Danny liczył, że jeśli któryś z jego przyjaciół, nieuprawiających magii suszłaków, miał jednak uśpione magiczne zdolności, ujawnią się one po skorzystaniu z Wielkich Wrót.

Nikt z ich grona nie zgłosił, że coś się w nim zmieniło. To jednak niczego nie przesądzało, bo w Pat przebudziła się nowa moc, a ona nikomu o tym nie powiedziała. Choć trudno sobie wyobrazić, by jej przyjaciele mogli utrzymać coś takiego w tajemnicy. No, może Hal. Inni jednak albo by się wygadali, albo przechwalali, albo byliby tak przerażeni, że koniecznie musieliby się komuś zwierzyć.

Pat nie miała takiej potrzeby. Zrozumiała, co się dzieje, w chwili, kiedy poczuła muskające jej skórę powietrze Westilu. I uczucie to nie przeminęło, gdy zaraz potem wróciła na Ziemię. Nie powietrze Westilu stało się dla niej ważne po przejściu przez Wielkie Wrota – tylko powietrze jako takie. Powietrze w ruchu. Zawierające w sobie moc.

Zawsze kochała wiatr, od najlżejszego podmuchu po wicher. Nie była zaskoczona, że to właśnie do niego miała dar, i od tej pory potrafiła puszczać w ruch małe trąby powietrzne, wzbudzać wietrzyk, a nawet silny wiatr. Kilka razy, schodząc samotnie ze stromego wzgórza, wywołała podmuch, który poderwał ją z ziemi i przeniósł o kilka metrów w wybranym przez nią kierunku.

Umiem latać, pomyślała wtedy. Nikomu jednak o tym nie powiedziała, nawet Danny'emu. Chciała powiedzieć, ale jakoś nie było okazji. Zresztą, bała się, że widząc jej nowe umiejętności, zapytałby: „To wszystko?".

Nie. Danny nigdy w życiu nie okazałby rozczarowania. Na pewno starałby się ją podbudować. Widziałaby jednak w jego oczach, że mu nie zaimponowała.

Zachowała to więc dla siebie i ćwiczyła magię wiatru na osobności, żeby mieć coś wartego zademonstrowania, kiedy wreszcie mu powie.

Dziś jednak wydarzyło się coś, co sprawiło, że jej żałosna magia straciła wszelkie znaczenie. Pat miała bowiem powód, by sądzić, że Danny jest w poważnym niebezpieczeństwie.

Właściwie nie w niebezpieczeństwie. Miała powód sądzić, że już spotkało go najgorsze.

– O czym więc chcesz pogadać, Pat? – Hal się niecierpliwił. Musiał przyjść, kiedy była pogrążona w zadumie.

– To chyba nie jest dobre miejsce na spotkanie – stwierdziła. Wszyscy się zirytowali.

– Więc po co nas tu ściągnęłaś? – rzucił Wheeler.

– Bo tutaj są wrota ewakuacyjne – odparła. – Chcę powiedzieć to, co mam wam do powiedzenia, w obecności przyjaciela Danny'ego z Waszyngtonu. Stone'a.

– Dlaczego? – zdziwił się Hal. – Nawet go nie znamy.

– Ale zna go Danny. A Stone zna się na magii. Może nam powiedzieć, co powinniśmy zrobić, a czego nie.

– W związku z czym? – dociekała Sin. – Nie dość, że się szarogęsisz, to jeszcze nas straszysz.

– W związku z Dannym – uściśliła Pat.

Nie mogła patrzeć na wszystkich jednocześnie, ale miała wrażenie, iż na jej słowa, że powinni coś zrobić w związku z Dannym, pozostałe dziewczyny albo się wzdrygnęły, albo zesztywniały, albo uciekły wzrokiem.

Podniosła się i podeszła do drzewa, gdzie były małe wrota prowadzące do Waszyngtonu. Dotknęła punktu pod konarem i nie czując nic oprócz nagłej zmiany powietrza, znalazła się na ciemnym strychu.

W ukośnych promieniach światła wpadającego przez żaluzje na wschodnim oknie wieżyczki zobaczyła niski stolik, na nim leżał stos jednocentówek. To był arsenał stworzony przez Danny'ego; każda moneta miała wrota po obu stronach. Gdyby jakiś wróg dostał się tutaj, na strych, mieli rzucać w niego jednocentówkami, pamiętając, żeby trzymać je za sam brzeg. Wrota na monetach przeniosą intruza w jakieś odległe, niedogodne miejsce, w miarę możliwości położone w zasięgu wzroku policji albo wojska.

Tym razem jednak śladami Pat podążali jej przyjaciele, odsunęła się więc od wrót, żeby wychodząc, nie wpadali na nią. Danny opowiedział im kiedyś, że pewnego razu przeniósł się wrotami w miejsce zajęte przez dłoń trenera Liedera, wskutek czego palce Liedera zmieniły się w obwisłe woreczki skóry wypełnione kawałkami roztrzaskanych kości. Pat nie chciała, żeby coś podobnego stało się z całym jej ciałem.

Zerknąwszy w bok, zobaczyła, że to Laurette przyszła pierwsza po niej.

– Odsuń się od wrót – poleciła Pat – i każ reszcie tu zaczekać. Idę po Stone'a.

– Mogę zapalić światło? – spytała Laurette.

Pat już była za drzwiami i schodziła po schodach na dół.

Znalazła Stone'a w kuchni. Rozprawiał o czymś z dwoma mężczyznami w garniturach. W pierwszej chwili pomyślała:

Zdradził nas, rozmawia z wrogiem. Potem jednak dotarło do niej, że wróg, jakiego miała na myśli, raczej garniturów nie nosi, i że istniało tysiąc innych, całkowicie niewinnych powodów, dla których Stone mógł prowadzić taką rozmowę.

– Miło cię widzieć – powiedział Stone wesoło. Odwrócił się do mężczyzn. – Strasznie mi przykro, ale wygląda, że nasz czas się skończył. Muszę się zająć gośćmi.

– Co ty, hotel tutaj prowadzisz? – zażartował jeden z mężczyzn.

– Gościnny dom. – Stone się uśmiechnął. – Pewnego dnia sam się przekonasz.

– Oby nie – odezwał się drugi mężczyzna. – Jest niezmiernie uciążliwym gościem.

Stone mocno chwycił Pat za rękę, wyprowadził ją z kuchni i pociągnął za sobą na górę. Wspinał się po schodach zadziwiająco szybko i zwinnie jak na kogoś, z wyglądu, w średnim wieku. No ale przecież przeszedł przez Wielkie Wrota. Był w doskonałym zdrowiu.

Za podestem drugiego piętra przemówił do niej cicho.

– Jakim magiem jesteś?

– Magiem?

– Nie wiem, do czego masz dar, ale jest silny. Przerażająco silny. Myślałem, że przyjaciele Danny'ego to sami suszłacy.

– Dlatego przeprowadził nas przez wrota w Maine przed wszystkimi – odpowiedziała Pat. – Nikt nie zna prawdy o mnie.

– Dochowam twojej tajemnicy. – Zawahał się chwilę. – Założę się, że wiatru.

– Wygrałeś.

– Ilu was przyjdzie? Ktoś was ściga?

– My wszyscy – odparła Pat – i nie.

– To co tutaj robicie? Jeśli urządziliście sobie wycieczkę do stolicy kraju, nie pochwalam tego. Przecież są autobusy i pociągi.

– Coś jest nie tak z Dannym i chcę, żebyś dowiedział się o tym razem ze wszystkimi.

O nic więcej nie pytał. Większość dorosłych zażądałaby, żeby Pat wyjawiła im wszystko tu i teraz. On jednak ze spokojem przyjął jej życzenie, by wysłuchał, co miała do powiedzenia, razem z pozostałymi. Uszanował decyzję Pat i bez żadnych zastrzeżeń przystał na jej plan. Jaki inny dorosły zdobyłby się na to?

Wszyscy siedzieli na łóżku polowym i rozchwierutanych starych krzesłach, oprócz Sin, ta siedziała na podłodze.

– Dzień dobry, panie Stone – powiedziała Laurette.

– Daruj sobie „pana". Wystarczy „Stone".

– Matka by mnie zabiła. Rodzice nauczyli mnie dobrych manier.

– Dobre maniery rzecz chwalebna – odparł Stone. Delikatnie zepchnął Wheelera z najbardziej stabilnego krzesła i sam je zajął. A zatem nie wszystkich nastolatków darzył szacunkiem. Może tylko magów.

Chłopak nie zaprotestował. Po prostu zsunął się na podłogę i usiadł w takiej pozycji, że Pat wiedziała, iż za kilka minut będzie cały obolały.

Jednak to ona zwołała spotkanie i musi je poprowadzić.

– Danny bardzo się zmienił – zaczęła. – Obawiam się, że już jest opętany przez Seta. Boga Bela.

Wszyscy słuchali uważnie.

– To zabrzmi głupio i zarozumiale – ciągnęła – ale uważam, że to ważne.

– Zamiast omawiać charakter „tego" – powiedział Stone – po prostu powiedz wprost, czym „to" jest.

Zrozumiała, że on ma rację; krążyła wokół tematu, bojąc się, że naje się wstydu. Ale jej godność osobista nie miała znaczenia, jeśli z Dannym działo się coś złego.

– My wszystkie, znaczy dziewczyny, próbowałyśmy poderwać Danny'ego – mówiła, choć wszystko się w niej buntowało przeciwko porównywaniu jej zachowania z flirtowaniem i mizdrzeniem się koleżanek. – I dał nam kosza.

– Niepojęte. – Stone uniósł brwi. Pat była ciekawa, czy ktokolwiek oprócz niej wyczuł ironię w jego głosie.

– Podaję fakt i tyle – odparła. – Wytłumaczył nam, że jest zainteresowany, lubi dziewczyny, ale nie zamierza spłodzić żadnych bękartów ani być jednym z tych bogów, którzy na lewo i prawo sypiają z... suszłakami.

Stone skinął głową.

– To mądra zasada i nie dziwię się, że Danny miał dość siły, żeby jej przestrzegać.

– Nie dziwisz się, bo uważasz, że nie jesteśmy atrakcyjne? – spytała Xena, zawsze wyczulona na wszelkie możliwe zniewagi.

– Nie odchodź od tematu, Xeno – upomniała Pat.

– Nie wiem, jaki jest temat, nie powiedziałaś nam – odparowała Xena.

– Już mówię. Nicki Lieder, córka trenera... zaczepiła mnie dziś na długiej przerwie i powiedziała, bardzo dyskretnie, że jest w ciąży i że ojcem może być tylko Danny.

– Ta szara myszka? – prychnęła Laurette.

– Myszka? – zdziwił się Hal. – Widziałaś ją od czasu, kiedy znowu zaczęła chodzić do szkoły?

– Ciekawe, co ma w sobie takiego, czego my nie mamy? – powiedziała z przekąsem Xena.

Sądząc po minie Wheelera, gotów był sporządzić dla niej całą listę, więc Pat nie dała mu dojść do głosu.

– O to właśnie chodzi – mówiła. – Dlaczego wybrał ją, a nie którąś z nas?

– Zgwałciła go – stwierdził Hal.

– Ha, ha. – Sin ledwie powstrzymywała śmiech.

– Powiedziała o tym mnie – ciągnęła Pat – bo jego nie było dzisiaj w szkole, a chciała, żeby wiedział. Po południu powie swojemu ojcu.

– Trener Lieder zabije Danny'ego. – Hal pokiwał głową.

– Wątpliwe – rzucił Stone.

– Chciała uprzedzić Danny'ego – wyjaśniła Pat – bo zaraz następnego dnia rano zgłosiła to, co się stało, na policję. Powiedziała, że została zgwałcona.

– Oskarżyła Danny'ego? – upewniła się Xena.

– Nie. Nie podała nazwiska napastnika, zeznała, że nie widziała jego twarzy i nawet nie może określić, jakiej był rasy, jakiego wzrostu i tak dalej. Że nie wie, kto ją zgwałcił.

– Uf, to dobrze. – Sin odetchnęła głęboko. – Nie będę musiała jej zabić.

– Sęk w tym, że policja ma DNA Danny'ego i uważa, że to DNA gwałciciela – uściśliła Pat. – Nie sądzę, żeby DNA Danny'ego było w jakiejkolwiek bazie danych, ale jeśli kiedyś zatrzymają go za coś innego...

– Fuj. – Laurette się wzdrygnęła. – Zostawił to w niej.

– Myślałam, że kiedy zgłaszasz na policji gwałt, potem coś z tym można zrobić – powiedziała Xena. – To znaczy, z ciążą.

– Nicki nie pozwoliłą – wyjaśniła Pat. – Oświadczyła im, że ze względów religijnych jest przeciwna aborcji.

– Chciała mieć z nim dziecko – podsumowała Xena.

– Ty też – zauważył Wheeler.

– Ja przynajmniej nie nakłamałabym, że mnie zgwałcił.

– Jasne, ty byś się tym chwaliła – odparł Hal. – Ona zgłosiła gwałt, żeby w razie, gdyby zaszła w ciążę, mogła pokazać ojcu raport policyjny i mieć wytłumaczenie, dlaczego nie wie, kto jej zrobił dziecko.

– Mądra dziewczyna – orzekł Stone. – Chroni Danny'ego.

– Nie powiedziałam wam jeszcze tego, co najważniejsze – kontynuowała Pat.

Zamilkli.

– Nicki mówiła, że to się stało u Danny'ego. Poszła do niego w środku nocy. Tej samej nocy, kiedy zrobił wrota w... wiecie gdzie. Pamiętacie, jaki wtedy był zmęczony?

– Nie – wtrąciła Laurette. – Z tego wynika, że też byłaś u niego tamtej nocy i mu się narzucałaś.

– Tak – przyznała.

Dziewczyny udały, że to je zszokowało.

Pat spojrzała Stone'owi prosto w oczy.

– Ja i Danny jesteśmy w sobie zakochani – mówiła. – Chciałam spędzić z nim noc. Nawet się do niego wprowadzić, gdybym mogła. On powiedział... i pokazał... że jest chętny. Bardzo. A jednak nie chciał tego zrobić. Z takiego samego powodu jak zawsze. Powiedział, że nie będzie typowym bogiem.

– I tak samo dał kosza nam wszystkim – dodała Xena.

– Nicki twierdzi, że tej nocy była u niego o drugiej nad ranem, ot, po prostu otworzyła drzwi, weszła i zastała go prawie gołego w łóżku, i... powiedziała, że był gotowy na nią. Seksualnie. – Pat zaczerwieniła się, bo wiedziała, dlaczego Danny „był gotowy", a potem zezłościła się na siebie, że się czerwieni, i zaczerwieniła jeszcze mocniej. Dzięki Bogu, że strych tonął w ciemności.

– Czyli Nicki jest tym, no, sukubem – stwierdził Wheeler.

– Mówi się „suką" – poprawiła Xena.

– Sukub to demon w postaci kobiety, przychodzi nocą i uprawia z tobą seks – wyjaśnił Hal. – Według starych legend. Męski odpowiednik to „inkub".

– Pewnie tak w średniowieczu tłumaczyli mokre sny. – Wheeler pokiwał głową.

– I dzieci samotnych dziewczyn – dorzucił Hal.

– Cóż, ona nie jest mitycznym stworem – zauważyła Pat. – Rozebrała go całkiem i rzuciła się na niego, zanim się obudził.

– Jeszcze więcej ci powiedziała? – spytał Stone. – Chciała w ten sposób sprawić ci ból?

– Nie. Przepraszała. Tłumaczyła się. Bo tak naprawdę nie ona to wszystko robiła.

Oniemieli.

– To dlaczego jest w ciąży? – odezwała się Laurette.

Stone wiedział. Patrzył w podłogę zamiast na Pat.

– Nie ona podejmowała decyzje – wyjaśniła Pat. – I to właśnie jest powodem naszego spotkania. Nicki nie słyszała, jak Danny opowiadał o bogu Belu, o tym, że opętuje ludzi, przenosi się z jednego człowieka do drugiego, żyje wiecznie i tak dalej. A mimo to powiedziała mi ni z tego, ni z owego, że była pod czyjąś kontrolą, że obca siła panowała nad jej ciałem. Siła, która czasem przemawiała do niej jej własnym głosem. I zmuszała ją, żeby robiła różne rzeczy, dziwne, głupie rzeczy. A potem to oddawała jej na kilka godzin władzę nad ciałem, to znów zmuszała ją do zrobienia czegoś dziwacznego.

– Wheeler ciągle robi dziwne rzeczy i nie jest opętany – przypomniała Xena.

Stone uciszył ją zniecierpliwionym gestem.

– A potem, w tej samej chwili, kiedy Danny… zapłodnił Nicki…

– Miał orgazm. Doznał wytrysku – przerwała jej Laurette. – Nie krępuj się, wszyscy mieliśmy wychowanie seksualne.

Pat wzdrygnęła się, jak wtedy, gdy Nicki jej o tym opowiadała.

– Ta obca siła opuściła ją i wniknęła w jego ciało. A potem przemówiła do niej jego głosem. Chociaż nie, mówię nie po kolei. Chwilę przed… przejściem… powiedziała do Danny'ego ustami Nicki „Chcesz mnie w sobie".

– A on powiedział „tak" – szepnął Stone. Jego twarz była obrazem rozpaczy.

– Zgadza się – potwierdziła Pat. – Tyle że Nicki nie bardzo to rozumiała, bo przecież nie ona była w nim, tylko odwrotnie.

Te słowa nabierają sensu, tylko jeśli przyjmiemy, że to bóg Bel namawiał Danny'ego, żeby go wpuścił. Zaprosił do siebie.

– A on to zrobił – rzekł Stone.

– Czyli to prawda? – upewnił się Hal. – Myślałem, że to taka bajeczka, którą Nicki opowiada, żeby mieć wytłumaczenie, dlaczego zaliczyła wpadkę.

– Nie można tego wykluczyć – stwierdził Stone – chociaż dziewczyna zna dużo szczegółów, których znać nie powinna.

– To samo pomyślałam – podjęła Pat. – I dlatego uznałam, że to ważne. Bo od tamtej nocy Danny się zmienił. Nie jest sobą.

– W jakim sensie? – Stone skierował pytanie do Pat, ale przesunął spojrzeniem po wszystkich, jakby szukał u nich potwierdzenia.

– Podrywał mnie. Nie miałabym nic przeciwko, gdyby nie robił tego tak dziwnie. Zaszedł mnie od tyłu i złapał za tyłek. Przy mojej szafce, na oczach ludzi.

– Co się przejmujesz? – prychnęła Xena. – Podobno jesteście w sobie zakochani.

– Jesteśmy. A właściwie byliśmy. Ale on wie, że nie lubię, kiedy ludzie mnie ot, tak... dotykają. Znienacka. Wie o tym. No i mówił zupełnie jak nie on. Nazywał mnie „małą". Brzydzę się facetami, którzy tak mówią.

– Ja też – dołączył się Wheeler.

Stone jednak kręcił głową.

– To nie w stylu Danny'ego.

– Danny dobrze wie, że nie może tak mnie traktować, tak się do mnie odzywać. Zachowywał się jak prostak. Jakby tylko seks był mu w głowie. Jakby uważał mnie za swoją własność. Jasne, niektóre dziewczyny są w siódmym niebie, kiedy faceci tak się do nich odnoszą, ale ja nie, i Danny wie o tym. A przynajmniej wiedział.

– Jak zareagowałaś? – spytał Stone.

– Odsunęłam się od niego. I powiedziałam, żeby wybił to sobie z głowy. Jeszcze próbował się do mnie dobierać, ale po chwili lekko mnie odepchnął, klepnął w policzek i powiedział „Nie wiesz, co tracisz, mała". Na tym się skończyło. Poszedł sobie.

Laurette westchnęła.

– Spławiłaś go? Co innego miał zrobić?

– Danny nie napraszałby się o to. Nie tak. Nie, jakby to mu się należało. Nie był sobą i wszyscy musicie o tym wiedzieć.

– Jak masz na imię? – Stone zmarszczył czoło.

Powiedziała mu.

– Pat, postąpiłaś słusznie, nie mówiąc mu, co o tym wszystkim sądzisz.

– Jeśli mag Bel rzeczywiście ma władzę nad Dannym, nie wiadomo, co zrobiłby, gdybym zdradziła, że o tym wiem.

– Bardzo roztropnie – pochwalił. – A wy co? Ktoś z was zauważył w nim jakąś zmianę?

– Tak – odezwał się Hal. – Właściwie przestał się odzywać do mnie i Wheelera. Chodzi po szkole, uśmiecha się do wszystkich naokoło i mówi im „cześć".

– Jest przyjazny – powiedziała Laurette.

– Zwłaszcza dla dziewczyn – dodał Wheeler.

– Nie zauważyłem, że zwłaszcza dla dziewczyn. – Hal wzruszył ramionami.

– Ale taka jest prawda.

– Nie mówię, że nie. Po prostu ja tego nie zauważyłem. Danny tak jakby daje nam odczuć, że jeśli chcemy, możemy się z nim dalej kumplować, ale jemu właściwie jest to obojętne, może nawet czasem trochę go irytuje, że się koło niego pętamy.

– Może? – Wheeler uniósł brwi. – Pamiętasz, jak kazał nam spływać, kiedy rozmawiał z Rosann?

– Rosann?

– No wiesz, Rosann, królową wszechświata...

– Wiem, kto to jest Rosann. Ale nie pamiętam, żeby Danny z nią rozmawiał i...

– No tak. To było po długiej przerwie, kiedy się zmyłeś i poszedłeś do...

Stone im przerwał.

– Ktoś z was widział, żeby Danny korzystał z wrót?

– Na okrągło – powiedziała Xena.

– Wcale nie – obruszyła się Pat. – Ostatnio prawie w ogóle z nich nie korzysta. Nie chce zagracić świata wrotami, pamiętacie?

– Chodzi mi o to, czy korzystał z nich po tym, gdy przeniósł was Wielkimi Wrotami na Westil – uściślił Stone. – To było ponad miesiąc temu. Czy od tego czasu choć raz używał wrót?

Milczeli.

– Nie bardzo da się odpowiedzieć na takie pytanie – stwierdziła Sin. – Jak możemy pamiętać, co się nie wydarzyło od jakiegoś dnia?

– Od dnia, kiedy przeszliśmy wrotami na inną planetę? – dodała Pat. – Nie, Stone, od tego czasu nie używał przy mnie wrót. Nawet po to, żeby przyjść do naszej kryjówki.

– Kryjówki? – Spojrzał na nią pytająco.

– Miejsca, gdzie mamy wrota ewakuacyjne – wyjaśnił Wheeler.

– Czy ktoś z pozostałych widział, żeby Danny w tym czasie używał wrót? – spytał Stone.

Jeśli nawet, nikt sobie tego nie przypominał.

– Pytam dlatego, że Danny, jako Ojciec Wrót, wie, kiedy ludzie korzystają z jego wrót. Wyczuwa to. Wie, że spotkaliście się w waszej kryjówce i przeszliście tutaj.

Pat zrozumiała.

– Więc dlaczego go tutaj nie ma?

– Otóż to – powiedział Stone. – Jego przyjaciele urządzają spotkanie w miejscu, w które przeszli jego wrotami. Spotkanie ze mną. Czy nie powinno go to zaciekawić? A jeśli tak, czemu nie przyjdzie sprawdzić, co się dzieje?

– Twoim zdaniem, to mag Bel nie pozwala mu przyjść? – zapytała Xena.

– Mag Bel byłby jeszcze bardziej ciekawy, dlaczego się tu zebraliśmy – odparł Stone. – Trudno przypuszczać, że nie przyszedłby sprawdzić, czy stanowimy dla niego zagrożenie.

– Czyli to dobrze, że Danny'ego tutaj nie ma?

– Być może. Niewykluczone, że jest czymś zajęty albo chce uszanować waszą prywatność. Możliwych powodów jest wiele. Ale rzeczywiście, może to też znaczyć, że Danny nie daje magowi dostępu do swoich wrót.

– Myślałam, że kiedy mag Bel dopadnie człowieka, to po herbacie – zdziwiła się Sin. – Jest opętany. Należy do niego.

– No właśnie – powiedział Stone. – A jeśli Danny znalazł sposób, żeby nie dopuścić maga Bela do swoich wrót...

– Znaczy, że zwycięża diabła – wtrącił Wheeler. – Fajnie.

– Trochę fajnie, fakt – stwierdził Stone. – W przeciwnym razie mag Bel mógłby po prostu stworzyć nowe Wielkie Wrota i przejść na Westil, a wtedy po sprawie, zabiera ze sobą wszystkich swoich popleczników, Sutahitów, i Westil jest zgubiony. Zanim się połapią, co się dzieje, już będzie po nich.

– A my byśmy się połapali? – dopytywała Laurette.

– Ludzkość przynajmniej wie, co to jest opętanie – odparł. – Inaczej nie powstałyby takie filmy jak *Egzorcysta*.

– To działa? – spytał Wheeler. – Znaczy, egzorcyzm? Czy mamy pójść po księdza i...

– Nie – uciął Stone.

– Ale skąd możesz to wiedzieć? – dociekał Wheeler. – Może niektórzy egzorcyści naprawdę znają się na rzeczy, jak Buffy Postrach Wampirów, tylko zwalczają demony, nie wampiry.

– Przymknij się – syknął Hal.

– Skoro egzorcyzmy nic nie dają, po co są egzorcyści? – Wheeler nie ustępował.

– Upuszczanie krwi nic nie daje, a mimo to lekarze całymi wiekami nosili ze sobą pijawki – powiedział Hal. – On wie i już.

– Dziękuję – powiedział Stone. – Egzorcyzmy ewentualnie mogłyby być skuteczne przeciwko pomniejszym magom Bela, Sutahitom. Ale my mówimy o najważniejszym z nich. Secie we własnej osobie. I jest tylko jeden sposób, żeby wypędzić go z człowieka.

– Zróbmy więc, co trzeba zrobić – rzucił Wheeler.

– Lepiej nie. – Pat była innego zdania.

– Jeśli Danny jest we władzy tego maga Bela czy jak mu tam, na pewno chce się go pozbyć – przekonywał Wheeler.

– Wheeler – Sin się zirytowała – rusz głową. Wypędzić Seta można tylko, zabijając gospodarza.

– Stone'a? – Wheeler zrobił wielkie oczy.

– Nie gospodarza tej imprezy... na której nawet nie podano przekąsek – powiedziała Xena. – Ciało, w którym Set żyje.

– Nie zabijemy Danny'ego – oświadczyła Laurette stanowczo.

– Danny nieraz nam mówił – rzekł Stone – że gdyby został opętany, powinniśmy go bez skrupułów zabić, jeśli tylko tak można będzie powstrzymać Seta przed wejściem w Wielkie Wrota.

– Nigdy w życiu. – Hal był wstrząśnięty.

– Czyli co, lepiej, żeby na zawsze pozostał w niewoli? – spytała Laurette.

– Tu chodzi o ocalenie świata – zaznaczyła Pat.

– Chyba mówiłaś, że go kochasz – przypomniała Xena.

– Nawet gdyby to było konieczne – tłumaczył Stone – i tak nie dalibyśmy rady tego zrobić. Każdego maga wrót trudno zabić, a Ojca Wrót szczególnie. Nie sposób go unieruchomić na dość długo, żeby umarł.

– A we śnie? – spytał Hal. – Jeśli Nicki mogła go rozebrać bez jego...

– Danny niewątpliwie był wtedy pod wpływem Sutahitów – mówił Stone. – Oni potrafią kształtować treść snów. Wywoływać sny, które wyjaśniają to, co się dzieje z ciałem człowieka. Dlatego gdyby ktoś podstępem podał Danny'emu środek usypiający, może dałoby się go zabić we śnie. Nie myślicie jednak logicznie. Jeśli mielibyśmy zabić Danny'ego, to tylko po to, żeby ocalić świat. Światy. Ale skoro Danny w jakiś sposób nie dopuszcza maga Bela do swoich wrót, to znaczy, że nawet gdyby to było łatwe, nie ma potrzeby go zabijać, bo mag Bel jest niegroźny.

– Przestańmy więc, proszę, mówić o zabijaniu Danny'ego – powiedziała Pat.

– Nie. – Stone się sprzeciwił. – Bo jeśli Set nie ma dostępu do wrót Danny'ego, jest wściekły. Nie na żarty. Wiecie, to nie jest miły gość. Nie uchodziłby za szatana, diabła i kogo tam jeszcze, gdyby był wielkoduszny i litościwy.

– Myślisz, że ukarze Danny'ego? – zaniepokoiła się Pat.

– Niby jak? – zdziwił się Hal. – Przecież siedzi w jego ciele. Jeśli coś się Danny'emu stanie, sam na tym ucierpi.

– Dopóki z niego nie wyjdzie – stwierdził Stone.

– Czyli mógłby na przykład zmusić Danny'ego, żeby poderżnął sobie gardło – zastanawiał się głośno Wheeler – i zanim Danny się wykrwawi, porzucić go i przenieść się w inne ciało?

– Kiedy Set wyjdzie z Danny'ego – wyjaśnił Stone – nie będzie się z nim cackać. Jeśli jest na niego zły, postara się zadać mu jak największy ból. Ale masz rację, Set czuje wszystko, co czuje ciało Danny'ego. Dlatego prawdopodobnie zamiast Danny'ego zabić, zrobiłby coś dużo gorszego.

– Co może być jeszcze gorsze? – zdumiał się Wheeler.

Stone ukazał szerokim gestem wszystkich przyjaciół Danny'ego.

– Cholera – mruknął Hal.

– O tym właśnie mówię – rzekł Stone.

– O czym? – zagadnęła Xena. – Co takiego rozumiecie, czego ja nie rozumiem?

– Jak zwykle, wszystko – odparł Hal. – Przypuśćmy, że Bel chce pokarać Danny'ego. Zmusza go więc, żeby zamordował jedno z nas w miejscu publicznym, przy świadkach, a sam przeskakuje w inne ciało i odchodzi w siną dal.

– Nie udałoby im się aresztować Danny'ego – zauważył Wheeler. – Uciekłby wrotami.

– Ale ten z nas, kogo by zabił, pozostałby martwy – uzupełnił Hal.

– Zapewne padłoby na Pat – powiedział Stone. – I prawdopodobnie zmusiłby go, żeby zabił ją gołymi rękami. Danny do końca życia pamiętałby, że popełnił to morderstwo. Dlatego owszem, istnieje taka możliwość. Set mógłby też jednak sprawić, by Danny obciął komuś dłoń. Nie wiem, czy przejście przez wrota może wyleczyć taki uraz. Albo zrobiłby z Danny'ego seryjnego mordercę, zmusiłby go, żeby powystrzelał dzieci w przedszkolu czy zrobił jeszcze coś równie okropnego. A może i to, i to. Nie lekceważcie pomysłowości i perfidii czystego zła.

– Znaczy, że powinniśmy trzymać się z dala od Danny'ego? – chciała się upewnić Xena.

– Nie wiem, co powinniście robić.

– To po co tutaj jesteśmy? – zirytowała się Laurette.

– Ja was nie zapraszałem. Sami przyszliście. Ale to dobrze. Bo teraz będę mógł porozmawiać z pewnymi ludźmi, którzy być może będą wiedzieli, co należy zrobić.

– Danny prędzej dałby się zabić – odezwała się Pat – niż pozwoliłby, żeby jego ciało posłużyło do wyrządzania krzywdy innym.

– Ile razy słyszę gadanie o tym, czego ktoś nieobecny „by chciał" – Hal się skrzywił – zazwyczaj chodzi o coś dokładnie przeciwnego niż to, czego ta osoba chciałaby naprawdę.

– Jesteś spostrzegawczym młodym człowiekiem – powiedział Stone – ale w tym przypadku Pat ma trochę racji. Danny North jest dobrym człowiekiem. Nie nieskazitelnym ideałem, bo wszyscy magowie wrót są psotnikami i rozwydrzonymi bachorami, ale na pewno nie chciałby, żeby jego ciało posłużyło do krzywdzenia innych ludzi. I w tym właśnie pokładam nadzieję. Jeśli Danny wciąż ma dość władzy nad sobą, by nie dopuścić maga Bela do swoich wrót, może zdoła powstrzymać go także przed robieniem innych rzeczy.

Pat zauważyła reakcję pozostałych dziewczyn na jego słowa. Laurette lekko skinęła głową, Sin wsparła brodę na dłoniach, Xena patrzyła pustym wzrokiem przed siebie, jakby coś sobie przypomniała. Jakby sugestia, że Danny nie dopuści, by mag Bel posługiwał się jego ciałem do czynienia zła, coś dla każdej z nich znaczyła.

Nie doszukuj się zbyt wiele w mowie ciała, nakazała sobie Pat. Twoja specjalność to wiatr, nie czytanie w myślach.

Ale może Stone też to zauważył. Może to rzeczywiście coś znaczy.

– Myślę, że Xena zadała dobre pytanie – odezwał się Hal. – Czy mamy unikać Danny'ego? Czy też w taki sposób tylko pokazalibyśmy magowi, że go przejrzeliśmy, i narazilibyśmy Danny'ego na jeszcze większe niebezpieczeństwo?

– Sądzisz, że ten, jak go zwał, Set mógłby opętać kogoś z nas? – zapytała Sin.

– Wolałby maga – powiedział Stone.

Pat była wdzięczna, że mówiąc to, nie patrzył na nią.

– Ale z braku laku każde ciało się nada. Mógłby nawet wstąpić w psa, konia lub...

– Świnie – dorzuciła Sin. – Jak te gadareńskie.

– Każdy, kto zbliży się do Danny'ego, jest potencjalnym celem – oświadczył Stone.

– Jak bardzo się zbliży? – chciał wiedzieć Wheeler. – Na tyle, żeby go dotykać? Bo Nicki przecież, to znaczy...

– Wiemy, co Nicki robiła – uciął Stone. – I nie, nie musi dojść do kontaktu fizycznego. Chociaż niektórzy ludzie mają większą odporność niż inni. Myślę, że Danny jest wyjątkowo silny, i dlatego mag Bel nie mógł tak po prostu w niego wstąpić, musiał najpierw podstępem uzyskać jego zaproszenie. Dało mu to znacznie większy dostęp do Danny'ego, niż gdyby znienacka go opętał. Są opowieści, które mówią, że demonom niekiedy potrzeba sporo czasu, żeby wniknąć w ludzkie ciało, w pełni nad nim zapanować. Od naszej pierwszej rozmowy na ten temat Veevee wnikliwie bada sprawę, próbuje sporządzić swoistą biografię Seta. Chociaż nie jest łatwo odróżnić robotę samego Seta od działań Sutahitów.

– Więc tak naprawdę nie ma większego znaczenia, czy będziemy blisko niego, czy nie – podsumował Hal.

– Jeśli upatrzy sobie kogoś z was, znajdzie sposób, żeby się do niego zbliżyć.

– Mamy zachowywać się tak, jakby nic się nie zmieniło? – spytała Xena.

– Na razie – uściślił Stone.

– Ale Danny wyczuł, że tu przyszliśmy – zauważyła – i wie, że coś knujemy w tajemnicy przed nim, i zapyta nas, o co chodzi.

– Zrobiliśmy sobie wycieczkę do stolicy? – zasugerowała Sin.

– A jakże – żachnął się Wheeler.

– To był żart – odparła Sin.

– Najlepiej powiedzcie mu, że szukacie prezentu dla niego na Boże Narodzenie – podsunął Stone. – Ale nie mówcie o tym sami z siebie. Niech to z was wyciągnie.

– A gdyby drążył temat, powiedzcie, że nic nie wymyśliliśmy – dorzuciła Pat.

– No ba – prychnęła Xena. – Co tu kupić komuś, kto może ukraść wszystko, co zechce, bez obawy, że go złapią?

– Danny nie kradnie – zapewniła Pat.

– Chyba że musi – dodał Stone. – Nie narzucajcie Danny'emu swoich zasad moralnych. Próbuje to przezwyciężyć, ale wychował się w jednej z Rodzin, a dla nich okradanie suszłaków to właściwie nie kradzież. Raczej coś jak podjadanie między posiłkami.

– Aha – mruknęła Xena. Podjadanie potrafiła zrozumieć.

– Danny zdaje się w tej chwili przeżywać piekło – stwierdził Hal – a my w żaden sposób nie możemy mu pomóc. Mamy po prostu udawać, że wszystko jest cacy? Dobrzy kumple tak nie postępują.

– Przynajmniej dopóki nie naradzę się z pozostałymi – odparł Stone.

– To znaczy z kim? – rzuciła Pat.

– Pozostałymi – powtórzył. – Marionem i Leslie. Veevee.

Pat czekała.

– Ach, rozumiem. Nie, nie z Hermią. Zdradziecka mała... Nie, z nią nie. Ani z rodziną Danny'ego. Nikt nie może się dowiedzieć, że Danny jest pod czyjąś kontrolą. Połowa Rodzin próbowałaby go zabić, druga połowa chciałaby się dogadać z bogiem Belem, żeby zdobyć przewagę nad resztą.

– Nawet rodzina Danny'ego? – spytała ze smutkiem Laurette.

– Gra idzie o władzę – podjął Stone. – Większość ludzi, stając w obliczu cudzej mocy, próbuje nią zawładnąć, wykorzystać do własnych celów. A jeśli pozostaje dla nich nieosiągalna, usiłują ją zniszczyć.

– Im więcej mówisz o podłości Rodzin – zauważył Hal – tym bardziej przypominają normalnych ludzi.

Stone parsknął śmiechem, ale nie zaprzeczył.

– Rozumiem, że możecie wrócić do domów przy użyciu swoich amuletów?

– Przynajmniej do naszej kryjówki.

– To lepiej wracajcie, zanim rodziny zaczną się o was niepokoić. I w razie, gdyby ktoś z was wpadł na pomysł, żeby zaofiarować się magowi Belowi za Danny'ego, wybijcie to sobie z głowy. Bo wtedy i tak nie wstąpiłby w was osobiście, tylko wyręczyłby się jednym ze swoich popleczników.

– Przecież byśmy się im oparli – stwierdził Wheeler butnie.

– Danny na pewno – odparł Stone.

– A my nie? Myślisz, że jesteśmy tacy słabi?

– Proszę, nie uważaj tego za wyzwanie – ostrzegł chłopaka. – Opętanie przez diabła to nie lekki narkotyk. To utrata wszystkiego.

– To tak, jakby cię zamordowali – dodał Hal – tyle tylko, że musisz zostać i patrzeć.

– No właśnie – powiedział Stone. – I tak – zwrócił się do Wheelera – uważam, że jesteście słabi. Bo jesteście słabi. Danny, jak się zdaje, stawia opór tej istocie, a i to ledwo, ledwo. Wy zaś nie macie nawet ułamka jego siły. Zrozumiano?

– Zrozumiano – mruknął Wheeler.

– Idźcie – rzucił Stone.

– Powinieneś był powiedzieć „To dobrze".

– To nie jest *Nadworny błazen*, chłopcze – uciął Stone. – No już, wynocha.

Wyjęli amulety i wyszli wrotami. Została tylko Pat.

– Proszę, daj znać, gdybyś coś ustalił, Stone. Nie trzymaj nas w niewiedzy tylko dlatego, że jesteśmy suszłakami.

– Zostaw mi swój numer telefonu. Kiedy przychodzicie tutaj tak jak dzisiaj, Danny to wyczuwa, ale nie zorientuje się, jeśli wyślę ci esemesa lub zadzwonię.

Zapisała swój numer.

– Ale o tym, czego się dowiem, powiem tylko tobie – zastrzegł.

– Halowi można ufać. Nie wygada się – zapewniła Pat.

– Pomyśl – powiedział Stone.

Pomyślała.

– Aha. Nie jestem suszłakiem.

– Żegnaj, magini wiatru. Dzięki, że mi powiedziałaś, co się stało. Myślę, że pod każdym względem postąpiłaś słusznie.

– Nawet nie wiemy, co jest słuszne – stwierdziła Pat.

– Grunt, że nie zachowałaś tego dla siebie, by uniknąć wstydu w razie, gdybyś się pomyliła. Że nie próbowałaś samodzielnie rozwiązać problemu ani porozmawiać wprost z Dannym. Nie popełniłaś wielu błędów, które mogłaś popełnić.

– Tak, zawsze to jakaś pociecha, że mogłabym być głupsza, niż jestem.

Parsknął śmiechem.

– Nikt nigdy nie nazwie cię głupią, dziecko. Widziałem, że zauważyłaś reakcję twoich koleżanek na moje słowa o tym, że Danny mógł przeszkodzić magowi Belowi nie tylko w stwarzaniu wrót.

– Ale nie wiem, co z tego wynika.

– Może nic. Ważne, że zauważyłaś, co się dzieje. Teraz będziesz to stale miała w tyle głowy i może pewnego dnia wydarzy się coś, co się okaże wyjaśnieniem. Albo i nie, bo może to rzeczywiście nic nie znaczyło.

Pat sądziła, że coś jednak znaczyło, ale Stone w sumie miał rację. Wystarczy trochę poczekać i sprawa się wyklaruje. Albo nie.

– Tymczasem, Pat, ćwicz swoją magię – zachęcał. – Zapanuj nad nią najlepiej, jak potrafisz. Zrób z niej swój oręż.

– Po co? – zdziwiła się. – Nie chcę nikomu robić krzywdy.

– Kiedy próbują zniszczyć człowieka, którego kochasz, nawet pacyfista pragnie mieć pistolet. – Znów zachichotał. – Albo wyrzutnię rakietową.

Wyraźnie robił do czegoś aluzję, ale Pat nie wiedziała, do czego. Później sprawdzi „wyrzutnię rakietową" na Google'u. Chociaż pewnie nie miało to większego znaczenia – inaczej Stone wytłumaczyłby, o co chodzi.

Dotknęła swojego amuletu i znalazła się z powrotem na polanie. Pozostali już się rozeszli, chociaż słyszała donośne głosy Wheelera i Hala dobiegające z dołu zbocza.

Usiadła na swoim zwykłym miejscu. Dotąd właściwie nie zdawała sobie sprawy, że ma „zwykłe miejsce", ale tak, wszyscy w jej paczce takie mieli. Jak w pierwszej klasie podstawówki, kiedy pani ich rozsadziła na początku roku. Tyle że tym razem nikt im miejsc nie wyznaczył.

Dlaczego wybrałam właśnie to miejsce? Nie jest jakoś szczególnie wygodne. A przecież nie siadałam ostatnia, nie było tak, że wszystkie lepsze były zajęte.

Danny siedzi tam. Czyli nie chciałam być jak najbliżej niego. Ale i nie mam go dokładnie na wprost siebie.

Usiadłam tak, żeby zawsze go widzieć, ale żeby on nie musiał ciągle patrzeć na mnie. Z boku. Trochę na zewnątrz kręgu.

Usłyszała kroki.

Jeszcze zanim spojrzała, domyśliła się, że to Danny. Wiedząc, że tu byli, musiał ustalić dlaczego. On albo mag Bel. I to logiczne, że czekał, aż ktoś z nich zostanie sam. Najlepiej ona. Jeśli mag Bel wiedział, co dla Danny'ego znaczyła.

O ile się nie myliła, to rzeczywiście był mag Bel. Może Danny zachowywał się jak palant tylko po to, żeby się w nim odkochała. Może zrobił Nicki dziecko, bo bardziej mu się podobała.

Podszedł do niej od tyłu i zaczął się bawić jej włosami. Mimo wszystko Pat przeszedł lekki dreszcz.

Potem ukląkł przy niej, położył jedną dłoń na jej ramieniu, a drugą wsunął pod bluzkę.

Rzuciła się w bok, uciekając od jego dotyku.

– Co ty robisz! – powiedziała.

– Wtedy, w nocy, nie miałaś nic przeciwko.

– Wtedy, w nocy, nie obłapiałeś mnie, jakbyś uważał, że możesz, bo to ci się należy – odparowała. – Zapomniałeś, o czym rozmawialiśmy?

– Przede wszystkim pamiętam – powiedział – że wreszcie przestaliśmy rozmawiać. – I posłał jej ten lekki, łobuzerski uśmieszek, który normalnie miał na twarzy tylko po spłataniu komuś figla.

Tyle że tym razem to nie Danny próbował ją nabrać, tylko mag Bel. Jest zadowolony z siebie, swojej przebiegłości, i to właśnie wyraża twarz Danny'ego, ale nawet nie zdaje sobie sprawy, jak mało przekonująca to maska dla kogoś, kto Danny'ego naprawdę zna, kto całymi tygodniami analizował wszystko, co Danny mówił i robił.

Tamtej nocy maga Bela jeszcze w Dannym nie było, pomyślała Pat. Nie wie, o czym wtedy rozmawialiśmy. Czy to dlatego, że sam Danny tego nie pamięta, bo rozmowa tak mało dla niego znaczyła? Czy może dlatego, że mag Bel ma dostęp tylko do fizycznych wspomnień Danny'ego? Pamięta, że Danny i Pat się obściskiwali, ale nie rozmowę, która to poprzedziła.

– Danny. – Pat była świadoma, że rozmawia z magiem Belem, ale mimo to pełna nadziei, że jej słowa dotrą do prawdziwego Danny'ego, który na pewno bardzo uważnie słuchał. – Kocham cię. To się nie zmieni. Ale jak sam powiedziałeś, nie jesteśmy małżeństwem, więc nic z tego nie będzie. Wtedy czułam się urażona, teraz jednak się z tobą zgadzam. I chciałabym, żebyś sobie przypomniał, co ja powiedziałam o przestrzeni osobistej i ludziach, którzy mnie dotykają wbrew mojej woli.

– Oczywiście – odparł. – Przepraszam.

W głosie nie było jednak śladu skruchy. Puste słowa i tyle. Prawdziwy Danny przeprosiłby szczerze. Mało tego, prawdziwy Danny nigdy nie posunąłby się do tego, by ją na chama obmacywać.

– Dopóki sytuacja nie ułoży się tak, żebyśmy mogli przekuć to w coś prawdziwego – powiedziała Pat – to znaczy, nasze uczucia do siebie, fizycznie pozostaniemy tylko przyjaciółmi. Tego chciałeś, prawda?

– Tego chciałem wtedy – odpowiedziały usta Danny'ego.

– A teraz co, szedłeś sobie przez las i nagle na mój widok zapałałeś żądzą? – Zaśmiała się.

Po chwili – zbyt długiej chwili – też się roześmiał.

Mag Bel może i miał wiele okazji, żeby to ćwiczyć – naśladowanie człowieka, którego opętał, tak by nikt nie zauważył zaszłej w nim zmiany - ale jeszcze nie wychodziło mu to najlepiej.

- Skoro wiedziałeś, że tu byliśmy, dlaczego nie przyszedłeś?

- Bo nie zostaliście tutaj.

Pat chciało się śmiać z głupoty maga Bela. Danny North nie musiałby liczyć, że zaczekają na polanie, aż się do nich wdrapie po zboczu wzgórza. Po prostu przeniósłby się wrotami do nich - albo w miejsce, w które stąd przeszli.

- Cóż, dobrze, że się nie zjawiłeś, bo tylko byś wszystko zepsuł.

- Co bym zepsuł?

- Trudno znaleźć dobry prezent na Boże Narodzenie dla kogoś, kto może się wszędzie dostać i wziąć wszystko, co chce - mówiła. - Nie planujemy jakiegoś głupiego dużego zbiorowego prezentu, po prostu chcieliśmy wymienić się pomysłami, upewnić się, że nie dostaniesz tego samego od nas wszystkich.

- Niektóre rzeczy za każdym razem są tak samo przyjemne - odparł Danny z obleśnym uśmiechem, niezbyt pasującym do jego twarzy.

- Ale to byłoby mało oryginalne - stwierdziła.

- Więc zróbcie to grupowo. Albo nagrajcie się na wideo. - Znów ten szeroki uśmiech.

- Chciałbyś.

Pat wstała i ruszyła w dół wzgórza. Pomimo ich starań, by przychodząc i wracając, nie wydeptać ścieżki, na którą mogliby się natknąć inni, ukształtowanie terenu zmuszało do wyboru jednej z paru tras, przez co ścieżki siłą rzeczy zaczynały się tworzyć. Przypadkowy spacerowicz mógł znaleźć ich polanę i zobaczyć, jak któreś z nich wyłania się z wrót. Z drugiej strony, gdyby na okrągło używali amuletów, żeby nie zostawiać śladów na ziemi, prędzej czy później ktoś zauważyłby, jak jedno z nich nagle znika.

Nie zawołał jej. Nie poszedł za nią.

Danny by tak zrobił. Jednak mag Bel, który miał ich związek gdzieś i najwyraźniej uważał, że „nie" znaczyło „nie", nie zadał sobie takiej fatygi.

# Rozdział 2

Klusze trudno było znaleźć czas, by odwiedzić bezwładne ciało Bexoi, nie chciał bowiem, żeby ktokolwiek go zobaczył, a na polecenie króla Prayarda ani na chwilę nie zostawiano jej samej. Nie mógł też stale obserwować przez wizjer; miał inne sprawy na głowie. Od czasu do czasu myślał jednak o niej, królowej, której życie ocalił, która przyjęła go do swego łoża, powiła mu dziecko, po czym to dziecko zamordowała i spaliła jego przyjaciółkę Anonoei.

Tej kobiety nienawidził jak żadnego innego człowieka, a mimo to będzie ją chronił, dopóki nie wyda na świat potomka króla Prayarda.

Pewnej nocy spostrzegł, że lekarz i opiekująca się nią młoda służąca zasnęli, a króla Prayarda nie ma w komnacie. Zrobił więc wrota, przyszedł do niej i usiadł na podłodze obok łoża, w którym leżała pogrążona w śpiączce; nie reagowała na żadne słowa, nie otwierała oczu, zdolna tylko pić i przełykać część tego, co podawano jej do ust. Reszta wylewała się na suknię, znacząc ją plamami – stare już wyschły, nowe były jeszcze wilgotne. Przez silną woń jej perfum przebijał fetor różnego rodzaju zgnilizny i Klucha przesunął nad nią wrota na wypadek, gdyby trzeba ją było uleczyć.

Poczuła to? Wiedziała, że on tu jest? Czy się bała, że ją zabije? Nikt w Iswegii nie miał po temu więcej powodów. Ale nie, obiecał jej, że nie zrobi krzywdy dziecku, i wiedziała, że Klucha tej obietnicy dotrzyma.

Wsunął dłoń do jej dłoni. Była ciepła. Pierś Bexoi falowała lekko przy każdym płytkim oddechu. Ręka jednak ani drgnęła, w żaden sposób nie zareagowała na dotyk; jej twarz się nie zmieniła.

Klucha zastał ją w takim stanie, choć wtedy była jeszcze cała w oparzeniach. A płomienie nie powinny tknąć tak potężnej magini ognia, jak Bexoi. Mężczyzna imieniem Kil widział jednak to, co się stało, na własne oczy i choć wisiał wtedy do góry nogami, drżąc o własne życie, jego relacja była klarowna i nie zmienił w niej ani słowa. Kiedy Anonoei przeszła przez wrota, które stworzył dla niej Klucha, Bexoi już na nią czekała i podpaliła ją siłą woli. Wtedy jednak, ku zaskoczeniu Kila, Anonoei podeszła do królowej i mocno do niej przywarła.

Płomienie początkowo nie ogarnęły Bexoi, śmiała się więc ze swojej rywalki, nagle jednak stanęła w ogniu i w tej samej chwili ciało Anonoei rozsypało się w popiół. To było tak, jakby Anonoei mimo wszystko okazała się maginią ognia, jakby skradła Bexoi część jej magii, powiedział Kil.

Klucha wiedział jednak, że to niemożliwe. Anonoei była zaklinaczką ludzi. Nie potrafiła przejmować cudzych umiejętności.

Mogła jednak w ostatniej chwili przed śmiercią przejąć władzę nad ciałem Bexoi. I po krótkiej walce nie dopuścić do tego, by Bexoi uchroniła swoje ciało przed ogniem. A potem Anonoei umarła, ciężko ranna królowa zaś zapadła w śpiączkę.

Klucha jednak, gdy tylko zobaczył, co się stało, uzdrowił ją, przez wzgląd na dziecko. Razem z Kilem dopilnowali, żeby marynarze znaleźli Bexoi, unoszącą się na falach w porcie; od tego czasu leżała w cieple i wygodzie, a ilekroć z jej ciałem działo się coś złego, Klucha je leczył. Dlaczego wciąż pozostawała nieprzytomna?

A może to był wymyślny psikus? Zmyłka? Doskonale wiedział, iż Bexoi miała na tyle wielką moc, że mogła stworzyć swojego klanta, zdolnego mówić, krwawić i dawać wszelkie inne oznaki życia. Może więc tutaj leżał tylko jej klant? Kil zaklinał się, że to niemożliwe – przysięgał, że przez cały czas był przytomny i że kobietą w śpiączce jest Bexoi we własnej osobie. Na pewno nie doszło do podmiany.

Poza tym klant nie przetrwałby przejścia przez wrota. Rozpadłby się na swoje części składowe.

Przed czym się ukrywasz, Bexoi? Dlaczego nie pozwalasz sobie wrócić na świat? Król Prayard płacze nad tobą, modli się za ciebie. Królestwo oczekuje twojego dziecka. Wszystkie twoje plany są bliskie urzeczywistnienia. Co zyskujesz, udając uśpioną? A może nie udajesz? W takim razie cóż to za choroba, której nie sposób wyleczyć przejściem przez moje wrota?

Młoda służąca poruszyła się z cichym szelestem, który obudził lekarza. Klucha wiedział, że teraz lekarz pójdzie w kąt się wysikać, po czym wróci do łoża Bexoi i sprawdzi puls, żeby się upewnić, że nie była na tyle nietaktowna, by narazić go na kłopoty, umierając podczas jego dyżuru.

Klucha, skorzystawszy z tego, że ciurkanie moczu do dzbana zagłuszało wszystkie dźwięki w komnacie, nachylił się do ucha Bexoi.

– Kiedy dziecko się urodzi, zabiję cię – szepnął. – Nie ukryjesz się przede mną.

Wyszedł wrotami z jej sypialni, zanim lekarz się odwrócił.

Znalazł się na leśnej polanie na południowym krańcu Mitherkame, gdzie bezimienny mag drzew uczył Ceda, urodzonego na Ziemi maga wiatru, sztuki panowania nad sobą. Wyglądało, że lekcje szły aż za dobrze. Ilekroć Klucha do nich zaglądał, Ced wydawał się pogrążony w głębokim transie, a mag drzew nic nie mówił o jego postępach w nauce.

Nie inaczej było tym razem. Ced siedział w całkowitym bezruchu, a na polanie nie czuło się nawet tchnienia wiatru szumiącego wśród pobliskich drzew. Mag drzew stał oparty plecami o stary buk; poruszały się tylko jego oczy, gdy śledził brnącego w trawie Kluchę.

– Dobrze sobie radzi – rzekł mag drzew.

– Nie pytałem – stwierdził Klucha.

– Pytałeś przedtem, a teraz mam odpowiedź.

– Jestem w dziwnej sytuacji. Przyrzekłem zabić złą magi-nię, ale ponieważ leży w śpiączce, nie wiem, czy mogę to zrobić.

– Czy ludzie odmawiają ścięcia drzewa dlatego, że nie mówi ani nie chodzi?

– Kiedy ścinasz drzewo, możesz coś z niego zbudować. Dom, mebel, stos na ognisko. Kiedy zabijasz uśpionego maga, masz tylko szybko gnijącą górę mięsa, kości i płynów ustrojowych.

– Która staje się częścią gleby albo częścią ciał wron i larw – zauważył mag drzew. – Jaką postać przybiera jej zło, kiedy jest przytomna?

– Wszystkich oszukuje, zabija każdego, kogo zechce, dąży do zdobycia władzy nad dwoma królestwami. A to tylko początek; sądzę, że jej ambicje nie mają kresu.

– Jeśli nie może się przebudzić, swoje ambicje zaspokoi tylko w snach, gdzie nikomu nie zrobi krzywdy.

– Ale ja nie wiem, czy naprawdę nie może się przebudzić. Wiem tylko, że wygląda na uśpioną i że, jak się zdaje, do tej pory się nie przebudziła.

– Zatem, gdybyś wiedział na pewno, że się nie ocknie, zostawiłbyś ją przy życiu, wtedy bowiem nie miałaby ze swojego życia pożytku. Jeśli jednak jest szansa, że się przebudzi, a tym samym zrobi użytek ze swojego życia, musisz ją zabić.

– Zamordowała mojego syna – przypomniał Klucha. – I Anonoei, kobietę, która dawniej przychodziła tu ze mną.

– Zaklinaczkę ludzi.

Klucha nie zdawał sobie sprawy, że mag drzew wiedział, kim była.

– Dobrą kobietę – powiedział.

– I matkę, z tego, co pamiętam – rzekł mag drzew. – Zdaje się, że zostawiłeś jej synów na Mittlegardzie.

– To prawda. Uznaliśmy, że grozi im niebezpieczeństwo.

– I z pewnością tak jest – skwitował mag drzew. – Jak przyjęli wieść o śmierci matki?

– Jeszcze im nie powiedziałem.

– Dlaczego sądzisz, że o tym nie wiedzą?

– Bo oni są na jednym świecie, a ich matka umarła na drugim.

– To nie są zwyczajni chłopcy – powiedział mag drzew.

W sumie miał rację.

– Przez ponad rok więziłeś ich razem z matką – ciągnął mag drzew. – Potem zabrałeś ją od nich, żeby pomogła ci wywrzeć zemstę na królowej Bexoi. Porozmawiaj z nimi; jesteś im to winien. Muszą poznać prawdę, że są sierotami, bez względu na to, na którym świecie żyją.

Rzeczywiście, Klucha miał wobec nich dług – więził ich w koszmarnych warunkach, choć niczym na to nie zasłużyli.

A teraz ich matka nie żyła, bo za późno się zorientował, że wzywała go na pomoc.

Myśląc o niej, miał wrażenie, że słyszy jej głos. „Dlaczego jeszcze nie powiedziałeś moim synkom, w jakich okolicznościach umarłam?".

– Nie mogę im powiedzieć, jak umarła. To zbyt okropne.

– Ukrywanie tego przed nimi jest okropne – podjął mag drzew. – Rany u dzieci goją się szybciej niż u dorosłych. Powiedz im teraz, dopóki są dziećmi.

– Są na Mittlegardzie.

– Wobec tego jesteś jedynym człowiekiem na Westilu, który może się do nich dostać.

– Nie zamierzam stworzyć Wielkich Wrót ani skorzystać z Wielkich Wrót Danny'ego Northa, bo wtedy mag Bel zorientuje się, że jestem na Mittlegardzie.

– W takim razie musisz mimo wszystko stworzyć Wielkie Wrota. I pożreć je zaraz po użyciu, żeby zniknęły.

Kiedy usłyszał te słowa wypowiedziane na głos, wydawało się to takie oczywiste. Nie śmiał stworzyć trwałych Wielkich Wrót, a dwoje Wielkich Wrót roboty Danny'ego Northa stanowiło poważne zagrożenie dla obu światów. Co innego jednak, jeśli skorzysta z wrót tymczasowych, a potem zamknie je na stałe – wtedy mag Bel nie dostanie się nimi na Westil.

Chyba że zaatakuje w czasie, kiedy Klucha będzie na Mittlegardzie. Danny North na pewno wyczuje przybycie Kluchy – co więcej, zorientuje się, że powstały Wielkie Wrota. Czy jednak ta wiedza będzie dostępna dla maga Bela? A jeśli tak, czy zrozumie, co się stało? Danny wciąż mógł stwarzać wrota przy wykorzystaniu zniewolonych zewnętrznych ja dawno zmarłych magów wrót; a zatem gdyby mag Bel pojął, co się dzieje, mógłby zmusić Danny'ego, żeby przeniósł go prosto do Wielkich Wrót; wtedy zaś Klucha nie miałby innego wyjścia, jak tylko pożreć wrota, zanim mag Bel dostanie się nimi na Westil.

To będzie wymagało czujności. Ponieważ jednak Klucha trzymał w sobie wszystkie wrota Danny'ego, Danny tak czy owak nie mógł nic zrobić bez jego wiedzy. Gdyby coś miało się stać, Klucha wyczuje to z wyprzedzeniem.

Wciąż jednak istniało pewne ryzyko; dlaczego miałby narażać siebie i innych po to tylko, żeby powiedzieć dwóm chłopcom, że ich matka nie żyje? Taka informacja chyba może poczekać tydzień–dwa.

Nie. Klucha uczynił już tym chłopcom dość krzywd. Zasługiwali, żeby tym razem potraktował ich przyzwoicie. Był im to winien. Postąpiłby haniebnie, tając przed nimi straszliwą zmianę, jaka zaszła w ich życiu. Musiał to zrobić i tyle.

Klucha stworzył Wielkie Wrota na polanie, na której Ced pobierał nauki u maga drzew.

– Jeśli ktoś inny niż ja wyjdzie z tych Wielkich Wrót – powiedział – natychmiast go zabijcie. Albo ją. Ktokolwiek to będzie.

– Nawet jeśli przyjdzie razem z tobą? – spytał mag drzew.

– Zwłaszcza jeśli przyjdzie razem ze mną.

– A jeśli mag Bel wstąpi w ciebie? – zagadnął Ced.

– Wtedy wszystko będzie stracone, bo nie zdołacie mnie zabić – oświadczył Klucha.

– Zawsze możemy spróbować – stwierdził mag drzew.

– Nie udałoby się wam. – Klucha pokręcił głową. – Poza tym, i tak nie poznalibyście, czy mag Bel ma nade mną władzę. Przynajmniej nie dość szybko. Dlatego musicie patrzeć, czy nie pojawi się ktoś inny. To znaczyłoby, że przekradł się przez wrota, korzystając z mojej nieuwagi.

– I karą za to ma być śmierć? – dopytywał Ced.

– Stawką jest los tego świata – rzekł Klucha. – Jeśli ktoś przejdzie przez wrota, będzie to znaczyć, że zawiodłem i stało się coś bardzo złego. Że najprawdopodobniej nie żyję. A ten, kto się tu dostanie, na pewno będzie potężny i niebezpieczny, i jeśli go nie zabijecie, zapewne zabije was.

– Pamiętaj, tylko ty możesz zapobiec pożarom lasu – powiedział Ced.

– Nie mam pojęcia, co to znaczy.

– Że zrobimy wszystko, co konieczne.

– Kiedy sobie pójdziesz, porozmawiamy o tym z Cedem i sami podejmiemy decyzję – dodał mag drzew.

– Popełniam wielki błąd – stwierdził Klucha.

– Niewykluczone. Ale my, magowie drzew, wiemy, że robienie czegokolwiek zazwyczaj jest błędem. Podobnie jak nierobienie niczego. Prawie wszystko jest błędem. Miłego pobytu na Mittlegardzie.

Klucha powoli obrócił się parę razy wkoło i wyrzucił w przestrzeń Wielkie Wrota zamknięte dla wszystkich oprócz niego samego. Ponieważ jednak na Mittlegardzie byli Przyjaciele Zamków i Kluczy, nie mógł mieć pewności, czy to wystarczające zabezpieczenie.

Kiedy przybył, dwaj chłopcy, Eluik i Enopp, ganiali się po pastwisku za domem Mariona i Leslie Silvermanów. Akurat biegli w stronę Wielkich Wrót, więc zobaczyli wychodzącego z nich Kluchę i obaj jednocześnie skierowali się ku niemu.

Klucha myślał, że starszy z chłopców, Eluik, zabrał swoje Ka z ciała brata, ale nie. Oczy wciąż miał puste, bez życia. A mimo to biegł tak pewnie jak brat. Musiał patrzeć własnymi oczami – na nierównym, pokrytym grudami pastwisku nie mógł zdać się tylko na wzrok Enoppa.

Tak czy owak, Klucha wiedział, że obaj chłopcy usłyszą i zrozumieją wszystko, co powie, nawet jeśli tylko Enopp będzie mówił w ich imieniu.

– Przyszedłeś Wielkimi Wrotami, prawda? – zagadnął Enopp.

– Świetnie władasz lokalnym językiem – pochwalił Klucha – ale powinniśmy rozmawiać po iswesku.

– Zrozumiałeś mnie – odparł Enopp. – My, magowie wrót, mamy dar do języków.

– Mogę tu zostać tylko kilka minut. A jeśli zjawi się Danny North, odejdę natychmiast, bo mag Bel ma go w swojej władzy.

– Danny teraz jest naszym wrogiem? – spytał Enopp.

– Wrogiem jest istota, która nad nim panuje. Jeśli Danny jakoś się od niej uwolni, znów będzie wam przyjacielem. Na razie jednak nie można mu ufać.

– Szkoda – zmartwił się chłopiec.

– Przybyłem po to, by wam powiedzieć, że na Westilu stało się coś bardzo złego. Wasza matka wpadła w zasadzkę królowej Bexoi.

Twarz Enoppa natychmiast stężała w napięciu.

– Dlaczego nie zabrałeś jej stamtąd wrotami?

– Wiedziała, że byłem zajęty. Ostrzegałem ją, że nie mogę nad nią czuwać, ale się uparła. Twierdziła, że nic jej nie grozi. Kiedy się zorientowałem, że jest w opałach, było za późno.

– Co to znaczy „za późno”?

– Królowa Bexoi jest maginią ognia. Waszą matkę strawił ogień.

Enopp bacznie mu się przyjrzał.

– Mówisz prawdę – stwierdził.

– Tak. Nie powiedziałbym wam czegoś takiego, gdyby to nie było prawdą.

– Uważasz, że nasza matka nie żyje.

– Ja to wiem. Przyjaciel matki, Kil, był świadkiem jej śmierci. Nie ma żadnych wątpliwości.

– Eluik mówi, że ona żyje – powiedział Enopp.

– Eluik nie uczestniczy w tej rozmowie, dopóki sam się do mnie nie odezwie – rzekł Klucha.

– To nie powód, żeby nie słuchać kogoś, kto wie więcej niż ty.

– Nie mam żadnych dowodów, że Eluik wie cokolwiek. Jak mogłaby przeżyć? Kil widział, jak pochłonął ją wybuch ognia. Ja widziałem jej popioły. Chłopcy, wasza matka naprawdę nie żyje. Ogromnie mi przykro z tego powodu i zapobiegłbym temu, gdybym mógł. Ale taka jest prawda.

– Wcale nie – zaprotestował Enopp. – Nasza matka żyje.

– W żaden sposób nie możecie tego wiedzieć.

– To, że ty takiego sposobu nie znasz, nie znaczy, że on nie istnieje – mówił Enopp. – Kiedy byliśmy w jaskiniach, Eluik przyszedł do mnie. Wstąpił we mnie. Pomógł mi się uspokoić, dzięki niemu przestałem krzyczeć i płakać. I pomagał też matce.

– Czyli mimo że byliście w oddzielnych jaskiniach, Eluik kontaktował się z tobą i Anonoei?

– Na początku musiał stale być ze mną, potem po prostu się do tego przyzwyczaił. Ale przez cały czas wyczuwał naszą matkę. I zrobił tak, żebym ja też ją wyczuwał, a ona nas.

– Nigdy mi tego nie powiedziała.

– No to co? Dlaczego miałaby ci cokolwiek mówić? To ty nas uwięziłeś.

– Twierdzisz, że Eluik wyczuwa ją w tej chwili?

– Tak. Gdyby była martwa, poznałby to, bo nie mógłby jej odnaleźć.

– Nie może nawet odnaleźć swojego ciała – zauważył Klucha. – Nie uwierzę w ani jedno jego słowo, dopóki nie przemówi własnym głosem.

– Dlaczego to ty ustalasz zasady? – obruszył się Enopp.

– Bo jestem najpotężniejszym magiem na obu światach.

– Myślałem, że zostało ci już tylko kilkoro wrót, bo Danny North jest silniejszy.

– Kiedy dopadł go mag Bel, Danny oddał mi wszystkie moje wrota. I własne też.

– Naprawdę ci ufa – stwierdził Enopp.

– Na to wygląda.

– Dlaczego więc nie możesz zaufać mnie i Eluikowi?

– Bo nie jestem tak ufny, jak Danny North. On jest dzieckiem, ja przeżyłem ponad tysiąc lat.

– Tysiąc lat spędzonych w drzewie – powiedział Enopp. – Rzeczywiście musisz być mądry.

Klucha był zdumiony przebiegiem tej rozmowy. Spodziewał się, że będzie musiał pocieszać dwóch zrozpaczonych chłopców. Po cichu liczył, że wieść, którą przyniósł, wyrwie Eluika z transu, sprawi, że powróci swoim Ka do własnego ciała. Oni tymczasem udawali, że nic się nie stało. Uznał, że właściwie nie ma potrzeby ich zmuszać, by mu uwierzyli.

– Myślcie, co chcecie – rzekł. – Muszę wracać.

– Co zamierzasz zrobić? – spytał Enopp.

– Na razie was tutaj zostawię. Wciąż jesteście nieślubnymi synami króla Prayarda. Wyglądacie jak on. Wciąż są więc ludzie, którzy będą was chcieli wykorzystać, i tacy, którzy będą was chcieli zabić.

– Nie pytałem o to, co zrobisz z nami. Eluik chce wiedzieć, co zrobisz z królową Bexoi.

– Zabiję ją. Kiedy tylko urodzi dziecko. Waszego brata. Po jego narodzinach nie będziecie już tak użyteczni i tak groźni. Może nawet wrócicie do domu.

– Nie zabijaj jej.

– Nie masz prawa głosu w tej sprawie – uciął Klucha. – Zabiję ją, jeśli nie za to, że zabiła waszą matkę, to dlatego, że zamordowała mojego syna.

– Nie zabijaj jej – powtórzył Enopp. – Eluik mówi, że ci nie wolno.

– On nic nie powiedział. Patrzyłem na jego usta.

– Eluik mówi, że tam jest nasza matka.

Klucha chwilę pomyślał.

– W Bexoi?

– Tak samo jak Eluik jest we mnie. Tak mówi. Tyle że głębiej. Całkowicie. Jest tam i tylko tam.

Klucha był ciekaw, czy to może być prawdą.

– Chcesz przez to powiedzieć, że włada Bexoi tak, jak mag Bel włada Dannym Northem?

– Nie. Nie steruje nią. Nadal walczą ze sobą.

– A ty i Eluik ze sobą walczycie? – spytał Klucha.

– Po co? – zdziwił się Enopp. – On wciąż ma swoje ciało. Matka nie. Nie ma dokąd pójść. Bexoi nie może jej wyrzucić, a mama boi się pozwolić Bexoi opuścić ciało, bo wtedy mogłoby umrzeć. Dlatego ani jedna, ani druga nie może nic z tym ciałem robić.

– Skąd Eluik może to wszystko wiedzieć? Przecież jest na innym świecie.

– Dlaczego tak trudno ci uwierzyć, że dzieci wiedzą, o czym mówią? Czemu jesteś taki głupi?

– Zaklinacze ludzi nie mają takich umiejętności.

– To, że dotąd nie słyszałeś, by zaklinacz ludzi robił takie rzeczy, nie znaczy, że to jest niemożliwe. To mówię ja, nie Eluik.

– Anonoei wewnątrz ciała królowej Bexoi?

– Eluik nie kłamałby w tak ważnej sprawie. Gdyby mamy w niej nie było, powiedziałby ci, żebyś śmiało zabił tę krwiożerczą sukę.

– Skoro Eluik jest taki bystry, dlaczego nie wraca do swojego ciała?

Enopp nie odpowiedział.

I wtedy Klucha zrozumiał.

– Ty go nie puszczasz – powiedział.

– Sam decyduje, gdzie chce być.

– Nie chcesz, żeby cię opuścił. Boisz się, co będzie, jeśli się od ciebie odłączy.

– Do niczego go nie zmuszam. Ani on mnie.

– Kiedy myśli o tym, żeby odejść, zaczynasz się bać, a on wtedy nie ma sumienia cię zostawić.

– Nie boję się – zapewnił.

– Jesteś przerażony, że jeśli cię zostawi, będziesz się czuł tak jak wtedy, w jaskini.

Enopp milczał.

– Wiesz co? Przemyślę to, co, jak twierdzisz, Eluik mówi o waszej matce. A ty przemyśl to, co ja powiedziałem o tobie i Eluiku. Może ci uwierzę, może nie. Może daruję Bexoi życie, może nie. Może wymyślę jakiś sposób, żeby pomóc waszej matce przejąć pełną władzę nad ciałem, w którym jest, i wypędzić z niego Bexoi. Ciekawe jednak, czy zanim tu wrócę, ty znajdziesz sposób, by pozwolić Eluikowi znów żyć własnym życiem, zamiast go zmuszać, żeby pomagał ci żyć twoim.

Enopp milczał.

– Idę – rzucił Klucha. – Przemyśl to.

– Nie zabijaj Bexoi, dopóki Eluik nie pozwoli.

– Kiedy Eluik przemówi do mnie własnym głosem, wtedy zacznę was traktować poważnie. Rozumiemy się?

– Zabijesz naszą matkę, jeśli Eluik nie będzie mógł wrócić do swojego ciała?

– Nie wiem. Najpierw muszę się przekonać, czy ona tam w ogóle jest, czy nie.

– Tak mówi Eluik. To wystarczający dowód.

Klucha tylko się uśmiechnął.

– Eluik nic nie mówi, więc nie ma żadnego dowodu. Za długo tu już zabawiłem. Muszę iść.

– Jeśli Danny nie uwolni się od maga Bela, kto mnie nauczy magii wrót? – chciał wiedzieć Enopp.

– Nikt. Dopóki więzisz w sobie brata.

Klucha wszedł w Wielkie Wrota i znalazł się na polanie z Cedem i magiem drzew. Natychmiast pożarł wszystkie wrota składające się na Wielkie Wrota, po czym zobaczył, że dwaj mężczyźni czujnie mu się przyglądają.

– Jestem sam – zapewnił. – Wiem, że Danny wyczuł powstanie Wielkich Wrót, ale nie stworzył własnych wrót ani nie próbował mnie szukać w żaden inny sposób. Zdaje się, że zataił to przed magiem Belem.

– To w ogóle możliwe? – spytał mag drzew.

– Nie. Ale Danny jest najpotężniejszym magiem wrót w dziejach. To, że inni magowie nie mogli przeciwstawić się magowi Belowi, nie znaczy, że on też nie ma z nim szans.

I wtedy Klucha pomyślał: Jakiego rodzaju magiem stał się Eluik po tym, co robił w jaskiniach, żeby pomóc bratu i, jak się okazuje, Anonoei? Naprawdę mogę być pewien, że nie wie, o czym mówi? I czy to rzeczywiście niemożliwe, by Anonoei w chwili śmierci przeniosła wewnętrzne i zewnętrzne ja z własnego umierającego ciała do żywego ciała Bexoi? Czy w ogóle jeszcze mogę wiedzieć, co jest możliwe, a co nie?

– O czym myślisz? – usłyszał głos maga drzew.

– O swojej niewiedzy – odpowiedział. – I o tym, jak wiele się na świecie zmieniło.

– Twoja twarz wyrażała nadzieję – zauważył Ced.

– Tak – rzekł Klucha. – To by się zgadzało.

– Nadzieję na co? – dopytywał Ced.

– Że jedna z osób, które kochałem, wciąż żyje.

– Byłoby fajowo – powiedział Ced.

– Dlaczego on ciągle używa takich dziwnych słów? Zrozumieć go nie można – narzekał mag drzew.

– Jest z Mittlegardu – wyjaśnił Klucha. – Ja też. Dlatego jesteśmy dziwni.

– Usunąłeś Wielkie Wrota?

– Tak.

– Mag Bel nie zrobiłby tego – rzekł mag drzew. – Więc tym razem chyba cię nie zabiję.

– Dzięki. Teraz trochę odpocznę, dopóki Bexoi znów nie zostanie sama.

– A wtedy ją zabijesz? – spytał Ced.

– Może jednak nie.

– To dobrze – rzekł mag drzew. – Ludzie są tak płytko ukorzenieni. Raz powaleni już nigdy nie odrosną.

# Rozdział 3

Pat wiedziała, że na wszelki wypadek lepiej trzymać się z dala od Danny'ego. Dlatego że to tak naprawdę nie był Danny. Miał twarz Danny'ego, ale nie jego uśmiech, przynajmniej nie całkiem – stał się przemądrzały, wyniosły jak jeden ze szkolnych mięśniaków. Widywała go, gdy chodził korytarzami szkoły albo siedział w klasie, znudzony, poirytowany lub rozbawiony, czuła wtedy wściekłość, lęk, rozpacz. Żyła w osamotnieniu. Nie dostrzegała w tym chłopaku śladu dawnego Danny'ego, Danny'ego, za którym tęskniła.

Tęskniła za nim, pragnęła mu jakoś pomóc, ale nie mogła nic zrobić.

Szczęście w nieszczęściu, że na długiej przerwie przestał się przysiadać do Pat i jej koleżanek. Hal z Wheelerem nadal przychodzili i dobrze, choć kiedyś, zanim w szkole pojawił się Danny, nigdy by się na to nie odważyli – Laurette zmiażdżyłaby ich wzrokiem. Teraz jednak cała paczka wydawała się tak przybita, że kto w ogóle chciałby z nimi siedzieć? Pchali jedzenie do gąb i tyle, na nic innego nie mieli ochoty.

Wreszcie przyszedł piątek; Hal z Wheelerem albo uciekli ze szkoły, albo mieli coś do załatwienia na długiej przerwie, bo się nie zjawili i tylko Laurette, Sin i Xena siedziały z Pat na końcu stołu. Nikt nie mógł ich słyszeć – zresztą, komu chciałoby się je podsłuchiwać? – i wkrótce dla Pat stało się oczywiste, że dziewczyny zbierają się w sobie, żeby coś jej wyznać.

– Powiedzcie to. I tyle – rzuciła w końcu.

– Co? – spytały Xena i Sin jednocześnie.

– To, co tak się boicie z siebie wydusić. Im dłużej zwlekacie, tym gorszych rzeczy się spodziewam.

– Cóż, to coś złego – odezwała się Laurette. – Znienawidzisz nas.

I wtedy Pat się domyśliła:

– Chodzi o Danny'ego. Próbowałyście go poderwać i brak wam odwagi, żeby się przyznać.

– To nie tak. – Xena miała żałosną minę.

– Nigdy w życiu. – Sin pokręciła głową.

– Owszem, ale nie tak, jak myślisz – zaczęła Laurette. – Wszystkie z nim flirtowałyśmy. Proponowałyśmy to czy tamto, chociaż wcale nie zamierzałyśmy...

Xena przewróciła oczami.

– No dobra, Xena zamierzała – podjęła Laurette. – Ale po tym, gdy zabrałaś nas do Waszyngtonu i razem ze Stone'em opowiedzieliście nam to wszystko...

– Myślałam, że nie rozmawiamy o tych sprawach w szkole – przerwała jej Pat.

– Niedługo będziemy musiały chodzić do kryjówki nawet po to, żeby oddychać – burknęła Xena.

– Nie chciałyśmy robić z tego wielkiego halo – wyjaśniła Sin.

– To jest wielkie halo – powiedziała Laurette. – Tylko że przejrzałyśmy na oczy dopiero podczas tamtej rozmowy. Wiedziałyśmy, że dzieje się coś dziwnego, ale...

– I dopiero potem odkryłyśmy, że wszystkie przeżyłyśmy to samo – weszła jej w słowo Xena.

– Wcześniej każda z nas myślała, że ją jedną to spotkało – dodała Sin.

Pat wiedziała, że nie wydobędą tego z siebie, jeśli im nie pomoże.

– Mówicie, że nie było tak, jak myślę. Pomijając więc to, co sądzicie, że myślę, jak było naprawdę?

– On nas podrywał – odparła Laurette.

– Nie „nas" w sensie „grupowo" – uściśliła Xena.

– To byłaby perwersja – stwierdziła Sin.

– Może nie mówcie wszystkie naraz, co? – zirytowała się Pat.

Posępnie pokiwały głowami, a potem tylko siedziały w milczeniu.

– Prosiłam, żebyście nie mówiły wszystkie naraz. Nie żebyście nie mówiły w ogóle.

– Nie mogę – jęknęła Xena.

– A ja tak. – Laurette zebrała się na odwagę. – Przyszedł do mojego domu. Właśnie siedziałam na górze i się uczyłam... tak, czasem to robię, lubię dostawać dobre oceny... kiedy nagle ktoś dzwoni do drzwi i mama woła z dołu: „Laurette, kochanie, przyszedł chłopak Pat, żeby się z tobą pouczyć", co było dziwne, bo a) Danny przecież się nie uczy, i b) moja mama mogła wiedzieć, że jest twoim chłopakiem, tylko jeśli tak się jej przedstawił, a miałam wrażenie, że się z tym kryjecie.

– Nie wiedziałam, że jesteśmy parą – wtrąciła Pat. – Ale jak miło. Mów dalej.

– Danny wszedł na górę, zamknął za sobą drzwi mojego pokoju, ja zapytałam: „Po co przyszedłeś?", a on bez słowa chwycił mnie, podniósł z krzesła i pocałował.

Pat zachowała kamienną twarz. Wiedziała, że to nie był Danny, i nie dziwiło jej, że mag Bel poważył się na coś takiego. Wiedziała też jednak, że Laurette na pewno nie stawiała szczególnie zaciekłego oporu.

– Kiedy zrobił przerwę dla nabrania tchu, powiedziałam: „Nie jestem pewna, czy chłopakowi Pat wypada tak się zachowywać".

– Jakaś ty lojalna – prychnęła Pat.

– Byłam lojalna. Przynajmniej próbowałam. On jednak mówi: „To nie jest tak, jak ci się wydaje, a poza tym przecież ona się nie dowie, więc co się przejmujesz?", czy coś w tym stylu, i nagle... przysięgam, że to prawda... prawie jakby za sprawą magii, kładzie mi ręce na biodrach, rach-ciach i jestem... – zniżyła głos do szeptu – ...naga.

– Rach-ciach – powtórzyła Pat.

– Jest silny. I niczego nie rozdarł ani nie poobrywał guzików. Nie mogłam w to uwierzyć. I było mi zimno. Przez jakąś sekundę. Bo potem rzucił mnie na łóżko i położył się na mnie, i...

– Zgwałcił cię? – spytała Pat. Prawie dodała: „Jak Nicki Lieder", ale postanowiła nie wypowiadać jej nazwiska na głos. Nicki najpierw była opętana przez maga Bela, potem chroniła się przed gniewem ojca, no i nie oskarżyła Danny'ego, więc Pat nie mogła mieć do niej pretensji. Za to do Laurette...

– Nie, nie zgwałcił.

– W tym właśnie sęk – dodała Xena.

– Co, byłaś przy tym? – zakpiła Pat.

– To samo spotkało nas wszystkie – odezwała się Sin. – Ten sam bajer i w ogóle...

– Tyle że ja byłam sama w domu i zrobił to pod samymi drzwiami – wtrąciła Xena. – Jeszcze ich nie zamknął, a już byłam golusieńka.

– Jak Pan Bóg stworzył – dodała Sin.

– Szczerze mówiąc, nie rozumiem, dlaczego uważacie, że chcę słuchać opowieści o jego wprawie w rozbieraniu – wytknęła im Pat.

– Bo to ważne – odparła Laurette. – Więc jeśli tylko te dwie dopuszczą mnie do głosu, skoro same nie chciały nic powiedzieć, dopóki nie zaczęłam mówić...

– Proszę bardzo – przerwała jej Sin. – Zostawiamy to tobie.

– Nie mógł tego zrobić – powiedziała Laurette. – Nie był... jak by to ująć... gotowy.

Sin i Xena pokiwały głowami.

– Nie mógł tego zrobić – powtórzyła Pat z niedowierzaniem.

– Tak. To był od początku do końca jego pomysł – mówiła Laurette – a my nie opierałyśmy się ani nic... Masz rację, jesteśmy nielojalnymi przyjaciółkami, i powinnaś nas znienawidzić na zawsze albo, mam nadzieję, tylko na rok czy tydzień, a najlepiej wcale, bo byłyśmy zupełnie zaskoczone, a koniec końców do niczego nie doszło.

– Leżałyście nago w łóżku z chłopakiem, którego kocham – powiedziała Pat.

– Na dywanie w salonie – uściśliła Xena.

– To nie jest „nic". – Pat z trudem nad sobą panowała.

– Do niczego nie doszło, Pat, mówię ci – przekonywała Laurette. – I słowo daję, był bardziej zdziwiony niż my. Zupełnie jakby nie mógł w to uwierzyć.

– Myślę, że do mnie przyszedł na końcu – stwierdziła Sin – bo miał minę, jakby przewidywał, co się stanie, i był strasznie wkurzony.

– Myślałam, że to na mnie się złościł – wyznała Xena – i powiedziałam nawet: „Uważasz, że jestem gruba i brzydka", a on zapytał: „Jak ty to robisz?", i wtedy zrozumiałam, że nie mówił do mnie. Rozmawiał ze sobą.

– Tylko że teraz staje się jasne, że mówił do Danny'ego – wtrąciła Laurette. – Rozumiesz, dlaczego to ważne? Danny'emu nie podobało się to, co robił, bo cię naprawdę kocha.

– Albo uważa, że jestem brzydka. – Xena westchnęła.

– Znalazł więc sposób, żeby nie dopuścić, by jego ciało zrobiło, no wiesz, to – orzekła Sin. – Wciąż w nim jest i trochę nad nim panuje.

Pat nie mogła dłużej wytrzymać. Jej oczy wypełniły się łzami i zasłoniła twarz dłońmi.

– Co robisz? – Xena otworzyła szeroko oczy ze zdumienia.

– Pat nigdy nie płacze – oświadczyła Sin.

– Zamknijcie się – rzuciła Pat. – Choć na chwilę zajmijcie się czymś innym, żryjcie to swoje durne ciasto marchewkowe.

– Nie cierpię ciasta marchewkowego. – Xena się skrzywiła. – A lubię wszystkie ciasta, więc to pokazuje, jakie jest ohydne.

– Chce, żebyśmy zostawiły ją na sekundę w spokoju – skomentowała napiętą sytuację Laurette.

– Na chwilę – uściśliła Sin.

Pat odjęła dłonie od oczu. Emocje pod kontrolą.

– Macie rację – powiedziała. – To dobra wiadomość. Danny nadal jest w swoim ciele i robi coś, do czego ofiary maga Bela podobno nie są zdolne.

– Co? – spytała Xena.

– Stawia mu opór – wyjaśniła Laurette. – Ty w ogóle rozumiesz, co my jej mówimy?

– Myślałam, że po prostu się do czegoś przyznajemy – broniła się Xena.

– Stawia opór – powtórzyła Pat. – Mag Bel nie ma pełnej kontroli nad wszystkim.

Xena zrobiła minę, jakby wreszcie doznała olśnienia.

– Czyli to mag Bel próbował mnie... ten tego! Nie Danny.

– Cicho – syknęła Laurette. – To miała być poufna rozmowa, na litość boską.

– Nikt nie rozumie, o czym mówimy – zapewniła Xena.

– Wiedzą, kim jest Danny i że się z nim przyjaźnimy – szepnęła Laurette.

– Ale nie wiedzą, co znaczy „ten tego" – powiedziała Xena.

– Trzeba być po lobotomii, żeby nie wiedzieć, co znaczy „ten tego" – stwierdziła Sin.

– Co to jest lodbytomia? – dopytywała Xena. – Brzmi sprośnie. I niezbyt przyjemnie.

– Działo się coś jeszcze? – spytała Pat. – Po tym, gdy próbował was przelecieć i mu nie wyszło?

– Nie. Rozzłościł się i poszedł – prychnęła Laurette.

– Klnąc na siebie pod nosem – dodała Sin.

– Klnąc na Danny'ego – poprawiła Xena, dumna, że wreszcie rozumie.

– Jeśli to wszystko, myślę, że nie mamy więcej o czym rozmawiać. – Pat wstała od stołu, zarzuciła torbę na ramię i chwyciła swoją tacę.

Dziewczyny zaczęły się zbierać.

– Nie. Zostańcie, dopóki nie pójdę.

– Co, bawisz się w szpiega? – zagadnęła Laurette.

– To nie zabawa – odparła Pat. – Usiadłam tu, żeby zjeść lunch z przyjaciółkami. Teraz już wiem, że nie mam przyjaciółek. Dlatego ja idę, a wy zostajecie.

– Daj spokój. – Sin machnęła ręką. – Do niczego nie doszło.

– Nie z waszego wyboru – odparowała Pat.

– To prawda – powiedziała Laurette łagodnym tonem. – Ale, Pat…

– Trzymajcie się z dala ode mnie – ucięła Pat. Wyrzuciła resztki jedzenia, oddała tacę i wyszła ze stołówki, usiłując nie okazywać innym żadnych uczuć, bo to nie ich sprawa.

Zamiast iść na następną lekcję, wyszła ze szkoły i ruszyła nie na polanę w lesie ani do domu, tylko drogą przed siebie, gdzie oczy poniosą. Pokonywała kolejne kilometry. Nie włożyła dziś swoich najwygodniejszych butów, ale nie przeszkadzał jej lekki ucisk ani pęcherze, które prawie na pewno zaczynały się tworzyć. Dobrze będzie poczuć trochę bólu, skoro Danny nie mógł już nasuwać na nich wrót, żeby ich uleczyć.

Oczywiście zawsze mogła przejść przez wrota na amulecie, miała go w kieszeni. Danny postąpił przezornie, dając im wyjścia awaryjne. Szkoda tylko, że nie stworzył takiego dla siebie. I teraz musiał sam sobie radzić.

Jej rozbiegane myśli ciągle do tego wracały. Danny jest zupełnie sam. Przychodzi do przyjaciół jedynie wtedy, kiedy mag Bel próbuje go zmusić, by uprawiał z nimi seks, a wtedy może co najwyżej ich ochronić – bo zawsze chroni innych – siebie jednak nijak nie jest w stanie ocalić.

A co robię ja? Jego rzekoma dziewczyna, która rzekomo go kocha? Robię się zazdrosna o moje durne koleżanki, bo zachowały się dokładnie tak, jak było do przewidzenia, i omijam Danny'ego z daleka.

Tak kazał Stone. Tak jest najrozsądniej.

Jasne, rozsądnie jest zostawić chłopaka, którego kocham, samego w czasie, kiedy przeżywa najtrudniejsze chwile w swoim życiu.

Ale jeśli spróbuję z nim porozmawiać albo do niego pójdę, będzie się o mnie martwił i uzna, że musi mnie chronić, no i co się stanie, jeśli nie będzie mógł przeszkodzić magowi Belowi w dobraniu się do mnie?

A nawet jeśli mag Bel to zrobi, co z tego? Że on będzie za to odpowiedzialny, nie znaczy, że nie będę mimo wszystko kochać się z Dannym. No i ze mną Danny nie musiałby, jak przedtem, czynić wysiłków, żeby jego ciało stało się dla maga Bela bezużyteczne. Będzie mógł śmiało wziąć się do rzeczy, bo czy siedzi w nim mag Bel, czy nie, Danny i ja oboje tego chcemy, więc niespodzianka, magu Bel – wygraliśmy!

Głupia, powiedziała sobie. Głupia. Danny nie chce tego zrobić w takich okolicznościach, w obecności gapia, kogoś, kto trzyma go w cuglach. Na oczach potwora. I ja też tego nie chcę, bo to przecież tak naprawdę nie będzie Danny. On na pewno nie zna magicznych sztuczek, pozwalających błyskawicznie rozbierać kobiety, jeśli tak to się rzeczywiście odbyło. Danny nie jest doświadczony, nie jest uwodzicielem, to jeszcze dzieciak i właśnie z tym Dannym chcę się kochać, nie z tysiącletnim inkubem, który traktuje kobiety jak chusteczki higieniczne.

Ale gdybym tak tylko z nim porozmawiała. Powiedziała mu, że wiem, że...

Tyle że Stone kazał mi postąpić dokładnie odwrotnie.

Od kiedy Stone jest moim szefem?

Od chwili, gdy poszłam do niego, poprosiłam o radę, on mi jej udzielił i zrozumiałam, że miał słuszność. Co zyskam, ujawniając bogowi Belowi, że go przejrzeliśmy i wiemy, że Danny jest w jego niewoli? Wyszłabym na jeszcze większą idiotkę, samoluba i zdrajczynię niż Xena, Sin i Laurette. Dopóki mi się uda trzymać od niego z daleka, Danny nie będzie się musiał o mnie martwić.

Wpadła w błędne koło, a w tle wszystkich jej rozważań przewijała się jedna uporczywa myśl: Dlaczego mag Bel poszedł do reszty dziewczyn i chciał, żeby Danny uprawiał z nimi seks, ale nie przyprowadził go do mnie? Czyta Danny'emu w myślach i wie, że ten nie pragnie mnie w taki sposób? A może po nieudanych ordynarnych zalotach na wzgórzu dał za wygraną? Nie zachowywał się wtedy jak doświadczony uwodziciel, tylko jak zupełny prymityw.

Nie była pewna, dokąd zawędrowała. Pogrążona w rozmyślaniach miała szczęście, że nie wpadła pod samochód. Wiedziała tylko, że jest na wiejskiej drodze na południe od Buena Vista.

Nie żeby to miało znaczenie. Mogła wrócić na teren szkoły, kiedy chciała.

Dotknęła palcami amuletu i uprzytomniła sobie, że jego użycie nie tylko pozwoli jej wrócić na małą leśną polanę z widokiem na szkołę, ale i zostanie zauważone. Przez Danny'ego – chociaż może starał się ukryć swój zmysł postrzegania wrót przed istotą, która go opętała. Ale i przez przyjaciółkę Danny'ego, Veevee. Tę, która podawała się za jego ciotkę. Danny mówił, że ilekroć ktoś korzysta z jego wrót, ona to wyczuwa. Może przyjdzie zobaczyć, co Pat robi. Może nie. Ale jeśli przyjdzie, Pat będzie mogła z nią omówić sytuację. Stone wspomniał, że Veevee prowadzi studia nad magiem Belem. Może wie coś, co pomogłoby Pat podjąć racjonalną decyzję.

Wcisnęła więc palec w amulet.

Ulżyło jej, że nikogo z paczki nie było na polanie. Ich towarzystwo to ostatnie, czego chciała.

Poszła na niżej położoną część polany i spojrzała na szkołę. Chodziła przez całe popołudnie – chociaż nie, nie całe, bo lekcje jeszcze trwały, autobusy nawet nie zaczęły się zjeżdżać. Grupa nieszczęśników biegała po wzgórzu pod okiem trenera Liedera. Pomyśleć, że Lieder wkrótce zostanie dziadkiem. Dziecka Ojca Wrót, którego uwiódł sukub. Twoja córka.

Nie zadręczaj się tym.

– Jeśli chcesz być sama, pójdę sobie.

Pat odwróciła się i obdarzyła Veevee półuśmiechem.

– Właściwie to chciałam cię wezwać. A przynajmniej miałam cichą nadzieję, że mnie zauważysz i postanowisz sprawdzić, dlaczego ktoś korzysta z wrót Danny'ego.

Veevee zmarszczyła brwi.

– To nie są wrota Danny'ego.

Pat nie miała pojęcia, co to znaczy.

– Prowadzą tam, dokąd Danny chciał, żeby prowadziły.

– Bardzo to wszystko skomplikowane – powiedziała Veevee. – Sama pewnie nic bym z tego nie zrozumiała, gdybym nie przeszła przez Wielkie Wrota. Ale oto, co się stało. Loki... Klucha... Złodziej Wrót oddał swoje wrota Danny'emu.

– Przecież Danny wcześniej mu je zabrał.

– Tak, ale z chwilą, kiedy Złodziej Wrót je oddał, przestały być wrotami skradzionymi, wrotami zniewolonymi. Od tej pory należały do Danny'ego. Chociaż to już wiedziałaś. Chodzi o to, iż wtedy Danny odkrył, że wrota można komuś przekazać. Kiedy więc mag Bel przejął władzę nad jego ciałem i próbował zmusić go do stworzenia Wielkich Wrót, Danny oddał Lokiemu wszystkie odebrane mu wrota. A potem... i to właśnie było genialne posunięcie... podarował mu też wszystkie swoje wrota.

– Włącznie z moimi prywatnymi wrotami?

– Wszystkie wrota bez wyjątku. Ogołocił się do cna.

– Mógł tak zrobić? Mag Bel go nie powstrzymał?

Veevee wzruszyła ramionami.

– Nie, nie powstrzymał go. Może zanim się połapał, co się dzieje, wrót już nie było.

– Czyli wrota, przez które przeszłam, teraz należą do Lokiego.

– Och, to nie takie proste. Loki zabrał wszystkie wrota do siebie.

– Pożarł je?

– Nie, nie, stały się jego własnością, więc po prostu je sobie wziął. Tak jakbyś wzięła swoją robótkę i schowała do torby. Pewnie po to, by mieć pewność, że mag Bel z nich nie skorzysta. Nie tłumaczy mi się ze swoich działań. Wszystkie wrota, których używałam, zniknęły, ku mojemu przerażeniu; ile czasu zajęłaby mi podróż do Danny'ego bez pomocy wrót? Kupiłam już bilet na samolot do Roanoke, kiedy nagle moje wrota powróciły. Wszystkie bez wyjątku. Dokładnie w te same miejsca, gdzie stworzył je Danny.

– Bardzo to... skrupulatne ze strony Złodzieja Wrót.

– I niezwykle wielkoduszne. Zupełnie nie w stylu magów wrót i członków Rodzin. I wiesz, czyje wrota przywrócił najpierw? Twoje. I pozostałych szkolnych kolegów Danny'ego. Moje odtworzył na samym końcu. Może dlatego, że jestem swego rodzaju maginią wrót. A może chciał mieć pewność, że przypadkiem nie przywróci wrót, z których mogłaby korzystać Hermia.

– Znaczy, że Złodziej Wrót nie jest już naszym wrogiem.

– Twoim wrogiem nie był nigdy, kochana. Chociaż teraz nie jestem tego pewna. Mam wrażenie, że widzę dużo jasności w twoim zewnętrznym ja. Kim jesteś?

Pat była lekko zmieszana pytaniem.

– Przeszłaś przez Wielkie Wrota, jak my wszyscy – mówiła Veevee. – I nabyłaś pewnych umiejętności magicznych. Co jest twoją specjalnością?

– Wiatr.

– I co, dobra w tym jesteś?

Wzruszyła ramionami.

– Nie dlatego cię wezwałam.

– Nie, wezwałaś mnie, bo zakochałaś się w Dannym, zamarzyło ci się mu pomóc i chcesz wiedzieć, czy możesz zrobić coś pożytecznego.

Pat osunęła się na ziemię.

– Skoro dopiero teraz przechodzisz do sedna, założę się, że usłyszę: „nie możesz nic zrobić".

– Dlatego że taka jest prawda. Wierz mi, moja droga, gdybym sądziła, że możesz Danny'emu pomóc, natychmiast kazałabym ci to zrobić, choćbyś miała to przypłacić życiem.

– To trochę bezduszne z twojej strony. Chociaż...

– Nie mówię tak dlatego, że kocham Danny'ego, a ciebie mam głęboko w nosie – wtrąciła Veevee. – Widzisz, Danny'emu bardzo na tobie zależy, a ja mogę jedynie starać się zapewnić ci bezpieczeństwo. Dla niego. W razie, gdyby kiedyś się z tego wykaraskał.

– Na co twoim zdaniem nie ma szans.

– Nie, dopóki nie umrze. Albo dopóki mag Bel nie znajdzie sobie kogoś, kto byłby dla niego więcej wart. Ale kto miałby być bardziej użyteczny od największego maga wrót w dziejach?

– Loki? – zasugerowała Pat.

– Loki nie jest głupi. To wszystko, co robił z wrotami... robił z Westilu. To naprawdę nadzwyczajne, manipulował wrotami, stwarzał je i usuwał, będąc na innej planecie. Kawał maga z niego. Ale nie, Loki nie zbliży się do Danny'ego, dopóki Danny jest we władzy maga Bela.

– Czyli mag Bel, Set, nie skusiłby się na maginię wiatru?

– Och, jakaś ty szlachetna – rzekła Veevee. – Nie drwię z ciebie, to naprawdę szlachetne z twojej strony. Ale jesteś tylko nieopierzoną nowicjuszką, a na świecie jest sporo świetnie wyszkolonych magów wiatru, którzy przeszli przez Wielkie Wrota. Na Mittlegardzie znalazłoby się z pięćset osób cenniejszych dla maga Bela od ciebie. To jednak bez znaczenia. Nawet gdyby on postanowił Danny'ego porzucić, pewnie zabiłby go na pożegnanie, mściwy bydlak.

– Po co? – spytała Pat rozpaczliwie.

– Żeby ukarać go za to, że pozbył się swoich wrót. W mniemaniu maga Bela to musiał być szczyt perfidii. „Zawładnąłem magiem wrót, który nie ma ani jednych wrót? Ktoś musi za to zapłacić!".

– Nie możemy zostawić Danny'ego samemu sobie!

– Sam się w to wpakował, zgodzisz się? Nie zadzwonił do ciebie, żeby zapytać, czy to dobry pomysł, by pobaraszkować z córką trenera, nie?

Pat pokręciła głową.

– Ale nie dopuścił, żeby mag Bel posłużył się jego ciałem do... przespania się z moimi koleżankami.

Veevee kazała jej to wyjaśnić. Pat z najwyższą niechęcią zmusiła się, żeby przypomnieć sobie wszystko, co mówiły dziewczyny.

– Och, to wspaniale – skomentowała Veevee. – Rzecz bez precedensu. We wszystkich przypadkach opętania przez najwyższego maga Bela... przynajmniej tych względnie przekonująco udokumentowanych... ofiary nie były w stanie mu się oprzeć. W najmniejszym stopniu.

– Jak widać, Danny dobrze sobie radzi.

– Czym bez wątpienia wkurza maga Bela jeszcze bardziej.

– Cóż, to się rozumie samo przez się – stwierdziła Pat. – Chcesz powiedzieć, że Danny właściwie jest już martwy?

– Nie wiem. Opiera się magowi Belowi jak nikt przed nim. Jestem bardzo dumna z mojego mądrego, przemądrego siostrzeńca.

– W rzeczywistości nie jest twoim siostrzeńcem, prawda?

– Tak jest napisane w dokumentacji szkolnej, więc mam to urzędowo potwierdzone.

Pat siedziała w milczeniu.

– Mogłabyś uciszyć ten wiatr? – odezwała się Veevee. – Przerażasz mnie.

Pat nie miała pojęcia, o co chodzi. Dopiero kiedy się rozejrzała, zauważyła, że wokół polany dął wicher. Tak silny, że uginał prawie bezlistne drzewa. Na środku polany wytworzył coś w rodzaju podciśnienia, które uniosło Pat kilkanaście centymetrów nad ziemię. Veevee trzymała się gałęzi.

Pat wyciągnęła rękę i uciszyła wiatr.

– Przepraszam. Nie wiedziałam, że to robię.

– Brak dyscypliny – fuknęła Veevee. – Nie przypisuj sobie winy, ale naprawdę musisz pilnować, żeby nie uzewnętrzniać swoich nastrojów poprzez wiatr.

– Nie wiedziałam, że…

Veevee patrzyła na nią z rozbawieniem. I, jak się zdaje, współczuciem.

– Tak – przyznała Pat. – Wiedziałam. Ale tego nie zauważyłam. Po prostu wydawało mi się…

– Naturalne – stwierdziła Veevee. – Wiedz, że kocham tego chłopca prawie tak mocno, jak ty.

– Tylko w inny sposób.

– Nie łudź się. Wszystkie rodzaje miłości mają ze sobą więcej wspólnego, niż śmiemy przyznać. Jesteśmy zaborczy, despotyczni, wykorzystujemy najbliższych i nazywamy to miłością. Okazujemy innym życzliwość i troskę i też nazywamy to miłością.

– Ale prawdziwa miłość…

– Czy kochasz Danny'ego Northa prawdziwie? Znasz go dopiero kilka miesięcy. Ja znam go kilka lat. A ludzie, którzy kochają go najmocniej i najdłużej, czyli jego rodzice, gotowi byli go zabić w razie konieczności, dla dobra całej Rodziny.

– Ale to nie była dobra rodzina, więc jej dobro nie może być czymś dobrym.

– A jakie rodziny według ciebie są dobre?

– Większość rodzin jest w zasadzie dobra.

– Jak bardzo kochasz Danny'ego Northa? – spytała Veevee znowu. – Czy kochasz go na tyle, żeby go zabić?

Pat odwróciła się, czerwona na twarzy, bo doskonale wiedziała, co Veevee ma na myśli. A jeśli tylko śmierć może uwolnić Danny'ego od maga Bela? Czy kochała go dostatecznie mocno, żeby wyzwolić go z tej niewoli?

– Nie mówię, że powinnaś to zrobić – zastrzegła Veevee. – Zachował bez porównania więcej swobody i władzy nad sobą niż inni opętani, o których czytałam. Mimo to nie jest wolny.

– To tak, jakby zapytać, czy powinno się pozwolić człowiekowi w śpiączce umrzeć z głodu – stwierdziła Pat. – Jeśli nie wiemy na pewno, że nigdy się nie przebudzi, jakim prawem...

– Nie mówię o tym, żeby go zabić, by przywrócić mu wolność – uściśliła Veevee. – Śmierć to nie wyzwolenie. Śmierć to śmierć.

– To dlaczego miałabym go zabić?

– Gdyby zanosiło się na to, że Set posłuży się Dannym do stworzenia Wielkich Wrót, a Danny nie zdołałby go powstrzymać, jak myślisz, czego Danny oczekiwałby od ciebie?

– Żebym zrobiła wszystko, co konieczne, by odebrać Setowi tę moc.

– Co znaczy, że musiałabyś zabić Danny'ego, nie żeby przywrócić mu wolność, tylko po to, by osiągnąć cel, dla którego wyruszył na wojnę.

– Twierdzisz więc, że Danny podjął się misji samobójczej.

– Danny był jak każdy żołnierz – odpowiedziała Veevee. – Świadomie naraził swoje życie. Mało tego: wiedział, że na tej wojnie to jemu grozić będzie największe niebezpieczeństwo, bo miał moc, której nieprzyjaciel pragnął nade wszystko. Powiedział mnie i Hermii jasno: „Jeśli znajdę się we władzy maga Bela, zabijcie mnie, zanim będę mógł stworzyć Wielkie Wrota dla niego".

Pat skinęła głową. Danny powiedział jej mniej więcej to samo. Nie żeby zabiła go ona, tylko żeby ktoś to zrobił.

– Tyle że niełatwo jest zabić Ojca Wrót – podjęła Veevee. – Za szybko ucieka. Kiedy więc Danny oddał wszystkie swoje wrota, nie chodziło mu tylko, by nie pozwolić Setowi stworzyć Wielkich Wrót. W ten sposób uniemożliwił też sobie ucieczkę w razie, gdyby ktoś chciał go zabić.

Pat płakała i nie dbała o to, czy kiedykolwiek przestanie.

– A on uzdrowił tę małą...

– Nie miała na to wpływu. Danny miał, ale cielesny popęd do rozmnażania zaćmił mu rozum. Każdemu, kto umiera, przez głowę przebiegają myśli z gatunku „Co by było gdyby". Gdyby wyszedł z domu minutę wcześniej, nie wpadłby pod autobus. Gdyby jego rodzice poślubili kogoś innego, nie odziedziczyłby po nich genów, które łącząc się ze sobą, wywołały w nim mukowiscydozę, anemię sierpowatą czy co tam jeszcze. Ale prawda jest taka, Pat: wszyscy umierają. Niektórzy młodziej niż inni. Żołnierze przynajmniej umierają dla jakiejś wyższej sprawy... ale tak czy tak umierają. Gdybym musiała zlecić komuś, żeby wysadził Danny'ego w powietrze lub go otruł, sumienie męczyłoby mnie do końca życia. Zrobiłabym to jednak, świadoma, że Danny jest nie tylko chłopcem, którego kocham, ale i najstraszliwszą bronią na świecie.

– Która teraz jest rozbrojona – zauważyła Pat.

– Tak. Danny jest też we władzy najgorszego demona na świecie i mocno go wkurzył. Kto wie, jak Set go ukarze? Chciałaś, żebym ci powiedziała, co wiem. Oto więc, co wiem: Ten chłopak cię kocha. Może udało mu się to zataić przed Setem, może nie. Ale jeśli się do niego zbliżysz i Set zrozumie, co dla Danny'ego znaczysz, jak sądzisz, w jaki sposób mógłby zadać mu najwięcej cierpienia?

– Robiąc mi krzywdę.

– Muszę też jednak być szczera. Co sprawiłoby Danny'emu największą radość? Widok ciebie. A co przeraziłoby go najbardziej? Widok ciebie we władzy Seta; bo cokolwiek zrobiłby ci Set, posłużyłby się w tym celu ciałem Danny'ego, więc Danny odczułby to tak, jakby krzywdził cię własnymi rękami.

– Ja to rozumiem – odparła Pat. – Najgorsze, najstraszniejsze, co mogę zrobić, to zbliżyć się do Danny'ego Northa.

– I byłoby to także najlepszym możliwym uczynkiem. Brakuje mu nas wszystkich, ale jeśli nie tęskni najbardziej za tobą, to nie znam mojego Danny'ego.

– Skąd o tym w ogóle wiesz? Danny i ja zrozumieliśmy to dopiero dzień przed tym, gdy opętał go mag Bel.

– Wy dwoje mogliście nie zdawać sobie z tego sprawy. Ale my wszyscy to wiedzieliśmy. Wiemy też, że to młodzieńcza miłość, która prawdopodobnie nie będzie trwała wiecznie, może nawet roku nie wytrzyma. Co jednak nie znaczy, że nie jest prawdziwa. Nie ma miłości silniejszej od miłości nastolatków; jest wszechogarniająca, nie zna granic. Staje się natchnieniem dla najbardziej egzaltowanej, niestrawnej poezji na świecie. Pod jej wpływem ludzie wzruszają się najgłupszymi piosenkami miłosnymi i najgorszymi filmami. Jest prawdziwa. Danny oddałby za ciebie życie.

– Ja za niego też.

– Wierzę. Ale jeśli umrzesz, twoja śmierć w niczym mu nie pomoże. Zostanie wykorzystana przeciwko niemu. Sprawi, że jego niewola stanie się jeszcze większym koszmarem.

– To co mam zrobić? – Pat usiłowała nie dopuścić, by jej głos przeszedł w jęk.

– Chodź dalej do szkoły, jeśli będziesz mogła znieść widok ciała Danny'ego Northa szwendającego się po korytarzach jak normalny uczeń. Albo wyjedź na długie wakacje. Nie sugeruję, żebyś uciekła z domu... po co przysparzać zmartwień twojej rodzinie?... powiedz im po prostu, że wyjeżdżasz, a nie wątpię, że Stone weźmie cię do siebie. Albo Marion i Leslie. Albo, skoro teraz już jesteś prawdziwym magiem, może przyjęłaby cię prawdziwa rodzina Danny'ego. Jako jego oblubienicę.

– Nie chcę, żeby mieli nade mną władzę.

– Mądra dziewczyna. Mówię tylko, że masz wiele możliwości.

– A Danny nie – przypomniała Pat.

– To prawda – zgodziła się Veevee. – Możemy mu tylko współczuć. Ale tego nie zmienimy. Nie wyobrażam sobie, żeby cokolwiek oprócz śmierci mogło go uratować.

– Śmierć jest taka ostateczna – powiedziała Pat.

– Przeważnie.

– Jak to? Są wyjątki? Nagle nawróciłaś się na chrześcijaństwo? Wierzysz, że Łazarz powstał z martwych?

– Och, akurat to jest całkiem prawdopodobne. Wszystkie te cuda, które czynił Jezus... wydaje się, że większość leży w zasięgu Ojca Wrót. I jeśli Łazarza po prostu pochowano w stanie śpiączki połączonej ze spowolnieniem procesów metabolicznych, Ojciec Wrót bez trudu mógł go z niej wybudzić. Ale nie wskrzesić.

– Bo magowie wrót nie potrafią wskrzeszać zmarłych.

– Jeśli człowiek jest naprawdę martwy, mogą tylko przeciągnąć zwłoki z jednej na drugą stronę wrót. A to nic nie daje.

– Co więc miałaś na myśli, mówiąc, że śmierć „przeważnie" jest ostateczna?

– Cóż, pamiętaj, kim jesteśmy. My, Westilianie. Słyszałaś o nas przez całe życie. Są pewne opowieści. O katabazie.

Pat poznała to słowo na angielskim.

– Zejście do świata umarłych. Orfeusz i Eurydyka. Odyseusz. Gilgamesz poszukujący Utnapisztima, żeby dowiedzieć się od niego, jak wskrzesić Enkidu.

– No, no, widzę, że jesteś oczytana. Jak to możliwe na takim zadupiu?

– Mamy książki. I dobrych nauczycieli.

– Ozyrys też umiera i zmartwychwstaje.

– Był pokrojony na kawałki, więc to raczej mało prawdopodobne – stwierdziła Pat.

– Adonis umiera i Afrodyta przywraca go do życia – mówiła Veevee. – Może to też miało jakiś związek z magią wrót. No i jest jeszcze Hermes, który uwalnia Persefonę z Hadesu.

– Tyle że Hermes jest magiem wrót. Dobrze mówię? Loki u Skandynawów, Hermes u Greków, Merkury u Rzymian, Thoth u Egipcjan...

– Tak, jest magiem wrót. Ale nie przywraca do życia pozornie martwej Persefony. Zostaje zabrana do świata umarłych, Hermes zstępuje tam, odnajduje ją i wyprowadza z powrotem na ziemię. Choć jest magiem wrót, jego poczynania w tej sytuacji to nie magia wrót, tylko katabaza.

– Ale jak można zstąpić do świata umarłych i kogoś stamtąd wyprowadzić? – spytała Pat. – Nie wiem, czy w ogóle wierzę w istnienie jakiegoś podziemnego królestwa za rzeką Styks, Lete czy jak ją zwał.

– Och, ja też nie. Pamiętaj, że „góra Olimp" to w rzeczywistości planeta o nazwie Westil. Czyli Hades pewnie nie leży pod ziemią. Ale gdzieś istnieje. Dusze zmarłych dokądś się przenoszą, jeśli przyjąć, że w tych opowieściach jest choć trochę prawdy.

– A jest?

– Rodziny w nie wierzą. A zatem coś w tym rodzaju musiało się wydarzyć, nawet jeśli nikt nie wie, co dokładnie. Oto, co daje mi cień nadziei: z moich studiów nad magiem Belem wyniosłam silne przekonanie, że Set pochodzi z tego samego miejsca, z którego ludzkie dusze przybywają w momencie narodzin i w które wracają po śmierci. To inny świat, jak sądzę. Danny też tak uważał. Nazywaliśmy go światem magów Bela. Tak naprawdę jednak nie jest to trafne określenie; bardziej przypomina on niebo, z którego Lucyfer został wygnany na Ziemię.

– Czyli mam tę historię rozumieć dosłownie? – chciała wiedzieć Pat.

– Ja i Danny tak ją rozumieliśmy. Och, nie słowo w słowo. Ale Set to Lucyfer. Żył gdzieś w niebie, zanim wybuchła tam wojna i wielki smok został strącony na Ziemię. Przybył z innego świata, innej planety, i oboje z Dannym sądzimy, iż może chodzić o ten sam świat, na który po śmierci wędrują wszystkie dusze.

– Dusze – powtórzyła Pat.

– Och, ależ z ciebie sceptyczka. Jeszcze nie rozumiesz? My, magowie, wiemy, że ludzie mają dusze. Nazywamy je wewnętrznym i zewnętrznym ja albo, od czasu wycieczki Danny'ego do Egiptu, Ka i Ba. Wiemy jednak, że dusze mamy. I wiemy, że Set jest czystym duchem, duszą bez ciała. Nie możemy więc sobie pozwolić na błogą niewiedzę niewierzących.

– Sugerujesz, że jeśli Danny umrze, będę mogła przejść za nim na tamten świat i przyprowadzić go z powrotem?

– Nie mam pojęcia – odrzekła Veevee – ale nie liczyłabym na to.

– Do czego właściwie zmierzasz?

– Nie wiem, czy w ogóle do czegokolwiek. Powiedziałaś: „śmierć jest taka ostateczna", a ja tylko zwróciłam ci uwagę, iż czasem się zdarza, że ktoś schodzi do świata umarłych i kogoś stamtąd wyprowadza.

– Tyle że Persefona musiała tam wracać.

– Akurat to jest wierutna bzdura. Taka sobie bajeczka. „Kiedy Persefona wraca na Ziemię, nastaje wiosna, kiedy zstępuje do Hadesu, zaczyna się zima". To dodano do całej historii później, razem z absurdalnym twierdzeniem, że matką Persefony była Demeter, bogini ziarna, zasiewów, ziemi uprawnej i tym podobnych.

– A nie była?

– Och, bajarze od wieków majstrowali przy tych opowieściach, jak chcieli. Hermia powiedziała mi, że Grecy... przepraszam, Pelazgowie, Ilirowie czy jak im tam... wierzyli w Persefonę, którą uratował współczesny jej Hermes, jednak ta Persefona nie miała nic wspólnego z żadną z Demeter, które tak czy owak należą do zupełnie innej tradycji. Kult bogini ziemi nie wywodzi się od Indoeuropejczyków, a więc nie ma żadnego związku z Rodzinami Westiliańskimi.

– Jak się w tym wszystkim połapać?

– Pamiętaj, że *Mitologia Bulfincha* to tylko nieudolna próba zracjonalizowania wszystkich opowieści o bogach, przypisania każdego imienia do jednej i tylko jednej osoby. Podobnie jak też nieprzekonujące *Przemiany* Owidiusza. Rodziny same puściły w obieg wiele spośród najgłupszych historii, na tej samej zasadzie, na jakiej dorośli dla własnej rozrywki okłamują dzieci. „Święty Mikołaj nie przyniesie ci prezentów, jeśli będziesz niegrzeczny. Co najwyżej dostaniesz rózgę". Czy karanie niegrzecznych dzieci ma cokolwiek wspólnego ze Świętym Mikołajem? I co to za kara, skoro dziecko dostaje coś, czym może zimą napalić w piecu?

– Z jednej strony każesz mi wierzyć w stare mity, a z drugiej chcesz, żebym myślała o nich jak o rózdze od Świętego Mikołaja.

– Otóż to.

– Masz tak triumfalną minę, Veevee, jakbyś sądziła, że coś mi wytłumaczyłaś.

– Och, biedactwo moje kochane, oczywiście, że nic nie wytłumaczyłam. Czytałam te same rzeczy, co Carl Jung, Joseph Campbell, wielu innych filologów i psychologów, i podobnie jak oni starałam się poskładać to wszystko w spójną całość. Różnica między mną a nimi polega na tym, że ja nie jestem przekonana, że mi się to udało, więc nie napisałam książki.

– Ale co ja mam zrobić? – spytała Pat bezradnie.

– Wszystko, co w twojej mocy.

– A jeśli to, co zrobię, okaże się złe?

– Z moich lektur dowiedziałam się, że najlepsze opowieści rodzą się z niezamierzonych skutków działania. Myślisz, że robisz jedno, ale masz za mało informacji, więc koniec końców wychodzi z tego coś zupełnie innego. Ale w opowieściach z happy endem wszystko się ostatecznie jakoś układa.

– A w tragediach...

– No tak, są też tragedie. Czasem ratujesz Andromedę przed potworem Ketosem, a czasem sprowadzasz do domu Medeę, która zabija twoją niedoszłą żonę i własne dzieci, żeby cię ukarać.

– Ale skąd ja mam wiedzieć, jak to się skończy dla mnie?

– Nie dowiesz się. Nikt nie zna wszystkich skutków swojego postępowania. Dlatego powiedziałam ci, że powinnaś zrobić, co w twojej mocy.

– Ale nie mogę wiedzieć, czy to rzeczywiście przyniesie dobry skutek, jeśli...

– Nie możesz, pewnie, że nie! Nie możesz „wiedzieć". Możesz tylko działać. Najlepiej jak potrafisz.

– Nie bardzo rozumiem, w czym twoja wizyta właściwie mi pomogła – powiedziała Pat.

– Cóż, zanim przyszłam, byłaś beznadziejnie skołowana i nie miałaś pojęcia, co robić, ale wiedziałaś, że nie zaznasz spokoju, dopóki czegoś nie zrobisz.

– I w tym samym stanie jestem teraz.

– Och, nie, wcale nie, moja droga. Teraz już wiesz, że najmądrzejsza osoba, jaką znasz, czyli ja, wie nie więcej niż ty, i nie może ci powiedzieć nic poza tym, że prawie wszystko, co zrobisz, może się fatalnie skończyć. Podobnie jak nierobienie niczego! Ponieważ jednak prawdopodobnie kochasz Danny'ego jak nikt inny, a on z całą pewnością kocha ciebie, jesteś najwłaściwszą osobą, żeby poszukać najlepszego rozwiązania.

– Ale to się skończy katastrofą!

– Wszystko prowadzi do katastrofy, więc nie bardzo widzę, jak mogłabyś pogorszyć sytuację.

– Znajdę sposób.

– Całkiem możliwe, ale przynajmniej będzie z tego dobra opowieść – podsumowała Veevee.

– Tak, przejdę do historii jako idiotka, jak Psyche z jej durnym kagankiem.

– Nie zapominaj o Pandorze i jej małej puszce pełnej nieszczęść – podsunęła Veevee uczynnie.

– Zawsze sądziłam, że akurat to jest przenośnią.

– Och, bez wątpienia. I to nieładną. Posłuchaj, moje najdroższe, niedouczone, urocze, wrażliwe, dobroduszne dziecko, musisz po prostu zdecydować, jakie działanie ma największe szanse powodzenia.

– Tego też nie mogę wiedzieć.

– Nie, źle się wyraziłam – stwierdziła Veevee. – Musisz zdecydować, jakie działanie ma szansę największego powodzenia.

Pat zakryła twarz.

– Jestem zmęczona. Na czym, do licha, polega różnica?

– Jeśli wybierzesz działanie, którego najlepszym możliwym skutkiem będzie, że Danny pozostanie niewolnikiem Seta, ale ty zajdziesz z nim w ciążę, co właściwie osiągniesz poza tym, że potwornie skomplikujesz sobie życie, a Danny'ego tak naprawdę nie uszczęśliwisz, bo uzna to za swoją porażkę? Rozumiesz, co mówię? Nawet jeśli wszystko potoczy się po twojej myśli, sytuacja zmieni się w sposób istotny tylko dla ciebie, nie dla Danny'ego.

– Skoro nie myślałam o tym, żeby zajść z nim w ciążę, to właściwie nie ma...

Veevee zaśmiała się.

– Kłamczucha. Odkąd się dowiedziałaś, że córka trenera będzie miała dziecko z Dannym, jesteś zazdrosna do szaleństwa.

Nie mogła zaprzeczyć.

– Chcę przez to powiedzieć, że taki cel zapewne mogłabyś osiągnąć. Chyba że Set zdecydowałby, iż zamiast ciebie zapłodnić, zmusi Danny'ego, by cię zakatował na śmierć.

Pat się wzdrygnęła.

– Ale wszystko, co zrobię, może do tego doprowadzić.

– Wiem. – Veevee pokiwała głową. – A Set może kazać Danny'emu szukać ciebie dotąd, aż cię znajdzie, więc nawet jeśli nie zrobisz nic, i tak nie będziesz bezpieczna. Jak mówiłam, każde działanie to potencjalna katastrofa. Musisz więc zrobić coś, co przynajmniej daje nadzieję na dobry rezultat.

– Jedyny dobry rezultat jest taki: Danny zachowuje życie, a Set opuszcza go i znika z tego świata.

– Nie, jeśli przejdzie na Westil i wróci ze stutysięczną armią magów pod swoim dowództwem, moja droga – oświadczyła Veevee.

– Danny zachowuje życie i odzyskuje wolność, a Set nie jest w stanie nikogo więcej skrzywdzić.

– A teraz jesteś zbyt ambitna, skarbie.

– Mówimy o najlepszym możliwym rezultacie – przypomniała Pat. – Nie zaprzeczysz, że taki jest najlepszy możliwy rezultat.

– Tak. Zwycięstwo w wojnie z magami Bela.

– I Danny żywy i wolny.

– Nie zapomniałam o tym. Tyle że, kochana, jesteś dopiero początkującą maginią wiatru, choć na pewno utalentowaną, sądząc po lokalnym cyklonie, który wywołałaś, kiedy tu przyszłam. Nie sądzę, żebyś mogła obmyślić plan, w którym to właśnie twoje działania miałyby doprowadzić do klęski Seta. Ale zawsze miło sobie pomarzyć.

– W ogóle nie mam żadnego planu – powiedziała Pat. – Trudno jednak nie przyznać ci racji. Dzięki temu, że przyszłaś i ze sobą porozmawiałyśmy, poszukam możliwości innego rodzaju działania. Nie działania Julii, która przebija się sztyletem, bo myśli, że Romeo nie żyje. To tylko melodramatyczny kaprys. Czyste uczucie. Ja albo wymyślę coś racjonalnego, albo nie zrobię nic.

– Racjonalnego? Kto w ogóle postępuje racjonalnie?

– Ja. Jeżeli wpadnę na jakiś pomysł.

– Cóż, jeżeli powstrzymasz się od działania, dopóki nie obmyślisz racjonalnego planu, ty i Danny nie będziecie musieli się obawiać, że coś schrzanisz.

– Przynajmniej będę myślała, zamiast snuć się bez celu, płakać i mieć ochotę wyć. Dlatego... dziękuję, że do mnie przyszłaś.

– A ja dziękuję ci za to, że ze mną porozmawiałaś. Ale z nas kumoszki, co? Dziękuję szanownej pani. Nie, to ja szanownej pani dziękuję.

Pat zaśmiała się.

Veevee podeszła do niej, podniosła ją z ziemi i mocno uściskała.

– Jesteś kochana. Danny mógł znacznie gorzej wybrać.

– Och, wiem – odparła Pat. – Ale dążę do tego, żeby być więcej niż tylko nie najgorszym wyborem.

– Jak dotąd świetnie ci idzie. I jeśli rzeczywiście wyprawisz się do świata umarłych, koniecznie stamtąd wróć i opowiedz, jak było.

– Nie pominę żadnego szczegółu. Chociaż być może będę musiała mówić za pośrednictwem planszy Ouija.

– Nigdy w życiu – zaprotestowała Veevee. – Nie cierpię tych rzeczy. Myślę, że stoją za nimi kolesie Seta, a nie zmarli, z którymi w swoim przekonaniu rozmawiasz.

– A ja sądzę, że po prostu na każdym seansie jest jeden palant, który ukradkiem przesuwa wskaźnik tak, żeby powstał jakiś szokujący tekst.

– Cóż, ty znasz swoich kolegów, ja znam swoich – podsumowała Veevee. – Powodzenia, moja droga. Powiedziałabym: „Niech cię Bóg błogosławi", tyle że wtedy musiałabym doprecyzować, o którego boga chodzi, a nie jestem w metafizycznym nastroju.

Podeszła do drzewa, na którym były wrota ewakuacyjne.

– Prowadzą do domu Stone'a – przestrzegła ją Pat.

– Wiem, gdzie wszystkie wrota mają początek i koniec. Ale Stone jest moim mężem i ma w swoim domu wrota prowadzące do mojego mieszkania w Naples. Loki przywrócił wszystkie wrota dokładnie tam, gdzie umieścił je Danny. Tą drogą więc najszybciej dotrę do domu. Do widzenia, Pat.

A zatem nareszcie zasłużyła na to, żeby zwrócić się do niej po imieniu, nie „moja droga" czy „kochana".

Pat siedziała na polanie do końca lekcji, kiedy to pozostali mogli lada chwila przenieść się za pomocą amuletów do leśnej kryjówki. Nie skorzystała z wrót ewakuacyjnych, bo nie miała ochoty na wizytę w Waszyngtonie. Po prostu zeszła rzadziej używaną ścieżką na parking w porę, by złapać autobus, jako że nie zamierzała wracać do domu z Laurette, Sin ani w ogóle z nikim ze swojej paczki. Nie dzisiaj. Bowiem nie pomoże Danny'emu, siedząc w więzieniu za pobicie. Albo próbę zabójstwa.

# Rozdział 4

Klucha tłumaczył mu to na różne sposoby, a Ced wciąż miał zdumioną minę.

– Bexoi to ta wielka Pani Ognia, z którą chciałeś, żebym pomógł ci walczyć? – upewnił się.

– Tak.

– I jest w śpiączce.

– Tak się zdaje.

– Tak się zdaje czy tak jest? – spytał Ced. – Myślisz, że udaje?

– Raczej nie. Potrafi stworzyć łudząco do niej podobnego klanta, ale nie, sądzę, że to ona, że jest nieprzytomna. Nie reaguje na bodźce.

– Ale nie jest martwa.

– Na pewno nie.

– I jest w ciąży.

– Dlatego jeszcze jej nie zabiłem.

– Masz wielkie serce.

– Zabiła moje dziecko – przypomniał Klucha.

– Pamiętam.

– Ja jej dziecka nie zabiję. Jestem bardzo miłym człowiekiem. Nie wielkodusznym, ale miłym.

– Dokładnie tak cię postrzegam. – Ced uśmiechnął się. – A skoro już o tym mowa, zabiła też Anonoei. Lubiłem Anonoei.

– Ja też.

– Nie rozumiem tylko, dlaczego nadal szykujemy się do wojny.

– Może się okaże, że Bexoi nie jest zagrożeniem – powiedział Klucha. – Ale od początku mówiłem ci, że musimy się przygotować na inwazję potężnych magów z Mittlegardu.

– Mimo że masz pod kontrolą wszystkie wrota na obu światach.

– Tak było przez piętnaście stuleci. A potem wszechświat zgotował nam małą niespodziankę. Może nie tyle wszechświat, ile świat Duat, który posłał duszę Danny'ego Northa w ciało maga wrót.

– To bardzo miły chłopak – przypomniał Klusze Ced. – Nawet kiedy okradał domy, ratował ludziom życie.

– Miły chłopak, który stworzył Wielkie Wrota i naraził oba światy na ogromne niebezpieczeństwo.

– A teraz za to płaci – zauważył Ced. – Stracił wszystkie wrota i jest we władzy tego maga Bela, pewnie do końca życia.

– Tylko dlatego, że Set zapewne go zabije, kiedy znudzi mu się pobyt w Ojcu Wrót, który nie ma ani jednych wrót.

– Nie czynię ci wyrzutów, Klucho, ale wszyscy twoi wrogowie wydają się... mniej lub bardziej zneutralizowani. Danny North jest w niewoli i nie ma wrót. Set pojmał maga wrót, ale nie jest zdolny przenosić się między światami. Bexoi zabijała wszystkich na lewo i prawo, aż zapadła w śpiączkę. Wygląda, że wszechświat jest po twojej stronie, stary.

– Tak to wygląda, rzeczywiście. Ale domyślam się, że nic nie jest takie, jak się wydaje. A jeśli nawet, to niedługo takim pozostanie. Bo nie tylko moja wola działa na tych światach. Danny North udowadnia, że jest zaradny, i, o dziwo, pozostaje niezwyciężony. Co będzie, jeśli Bexoi wybudzi się ze śpiączki? Set jest nieskończenie cierpliwy, kiedy służy to jego celom, i nie ma żadnych skrupułów. No i kto może wiedzieć, jaką następną niespodziankę szykuje nam świat Duat? Musimy też jeszcze przygotować Westil na najazd magów. I dlaczego w ogóle się przed tym wzbraniasz? Przez kilka następnych tygodni, dni lub godzin będziesz najpotężniejszym magiem na Westilu.

– Może nawet lat. Chociaż to nieprawda, bo ty tutaj jesteś.

– Tak – rzekł Klucha. – Cedzie, ja nie mogę nic zdziałać. A na pewno nie tyle, ile ty.

– Bo taki ze mnie sympatyczny gość.

– Więc jednak słuchałeś. Jesteś magiem wiatru, który spustoszył wielką połać Hetterwoldu i sprawił, że ludzie go za to pokochali.

– Nie spłatałem im sztuczki. Szczerze żałowałem swojego postępku i starałem się, jak mogłem, pomóc ludziom w odbudowie. Traktowali mnie lepiej, niż na to zasługiwałem.

– Jestem dobrym kłamcą, Cedzie, ale nie umiem tak przekonująco okazywać przygnębienia i skruchy jak ty.

– Bo ja nie kłamię.

– Wiem! I dlatego nie potrafię tego, co ty. Jeśli zostaniesz panem Westilu, lud cię pokocha.

– A co to znaczy? Że naślą na mnie tylko pięćdziesięciu skrytobójców zamiast dwustu, jak zwykle?

– Och, tak czy owak, będzie ich dwustu. Ale ja czuwam nad twoim bezpieczeństwem.

Ced tylko pokręcił głową.

– Anonoei zrobiła ten swój mały wypad wbrew moim radom, a kiedy była w największym niebezpieczeństwie, moją uwagę odwrócił Danny North, który szperał mi w pamięci przy użyciu moich wrót.

– I już nigdy, przenigdy sprawy nie potoczą się tak, że mnie też nie będziesz mógł ochronić.

– Cedzie, na tym świecie nic nie jest pewne. Anonoei sądziła, że nikt nie mógł jej zabić, bo potrafiła skłonić ludzi, by nie chcieli jej śmierci. Tyle że trafiła na Bexoi, pozbawioną ludzkich uczuć, a zatem nie miała czym manipulować.

– To twoja hipoteza.

– Nie, to fakt. Bexoi nie ma ludzkich uczuć – powtórzył Klucha. – Pytanie tylko, czy to rzeczywiście dlatego Anonoei nie mogła się przed nią obronić.

Ced się roześmiał.

– Klucho, mam wrażenie, że wyrzucasz z pamięci wszystko, co nie pasuje do twoich z góry powziętych przekonań! Anonoei mogła się obronić, skoro Bexoi, magini ognia, stanęła w płomieniach. Omal nie zginęła, przeżyła tylko dlatego, że przeniosłeś ją przez wrota.

– Nie mam pojęcia, dlaczego tak się stało.

– A jednak się stało, czy wiesz dlaczego, czy nie – odparł Ced. – I mimo że ją uleczyłeś, jeszcze nie doszła do siebie po tym, co zrobiła jej Anonoei. Mam rację?

– Tak.

– Bierz pod uwagę wszystkie fakty, Klucho. Wciąż śnię o Anonoei.

– Większość mężczyzn, którzy ją poznali, ma takie sny. Jak widać, jej moc działa.

– Nie mówię o „takich" snach. Kiedyś byłem mężem sukuba, nie zapominaj. Lubiłem Anonoei, ale nie wzdychałem do niej jak chyba prawie wszyscy faceci. Moje sny są naprawdę dziwne. Anonoei leży w trumnie, puka i puka, żeby ją wypuścić. Kiedy jednak podnosimy wieko, w środku jest tylko ćma. Albo martwe... coś.

– Martwe dziecko – powiedział Klucha.

– Też miałeś ten sen?

– Nikt nie może śnić cudzego snu, Cedzie. Widziałem, jak na mnie zerknąłeś, po czym powiedziałeś „coś" zamiast tego, co chciałeś powiedzieć. O czym martwym nie możesz przy mnie mówić? O dziecku.

– Cóż, tak. Zmumifikowane dziecko. A czasem trumna jest pełna pająków wielkości mojej dłoni. To nie jest przyjemny sen. Zawsze jednak wiem, że to Anonoei leży w trumnie i puka, żeby ją wypuścić.

– Dziwny sen, rzeczywiście. Staram się zrozumieć, dlaczego miałby wpłynąć na decyzję, czy pomożemy doży Drabwayu.

– Dlatego, że tak naprawdę nie chcesz mu pomóc. Chcesz zdobyć nad nim władzę, wykorzystując jego strach.

– To leniwy staruch, który tak czy owak sam o niczym nie decyduje – mówił Klucha. – Już teraz jest marionetką wezyra, który z kolei wysługuje się oligarchom i wrogom Drabwayu, w mniej więcej równych proporcjach. Ktoś zamierza zabić wezyra i prawdopodobnie dożę razem z nim. Uratujemy mu życie. A przy okazji wezyrowi, nawet jeśli od tej pory będzie na nasze rozkazy w zamian za ochronę przed ludźmi, którym przejęcie przez nas władzy będzie nie na rękę. Obaj pozostaną na stanowiskach przy nieco obniżonych dochodach, a także zachowają swój prestiż i wszelkie przywileje.

Ced pokręcił głową.

– Chyba nie sądzisz, że uznają to za przysługę, co?

– Nie, będą nas nienawidzić. Czy raczej będą nienawidzić mnie. Ale ty jesteś taki sympatyczny...

– Widzisz, i teraz już wiem, że mydlisz mi oczy. Pokornie przepraszać chłopów, którzy przywykli bić pokłony przed potężnymi magami, to jedno. Ale te dwa błazny to magowie, prawda?

– Nie twojego kalibru – odparł Klucha.

– Przyzwyczajeni są rządzić, nie być rządzeni.

– Na okrągło przyjmują rozkazy od innych.

– Ja nie będę w tym dobry. A gdybym był, znienawidziłbym siebie za to.

– Nie będzie ani tak, ani tak. Staniesz się władcą tak dobrotliwym, tak hojnym, że nawet sam siebie polubisz, ręczę za to.

– Do tej pory próbowałem rządzić tylko jedną osobą. Nawet nie rządzić, tylko trzymać ją w ryzach, żeby nie zniszczyła siebie i nie skrzywdziła przy okazji wielu innych ludzi. Nie dałem rady. I choć podobno jestem taki sympatyczny, nienawidziła mnie za to.

– Oni nie są kobietami – powiedział Klucha.

Ced pokręcił głową.

– Klucho, tłumaczysz mi to tak, jakbym nie rozumiał. Ja wszystko dobrze rozumiem, tylko się na to nie zgadzam.

– Wiem. Ale nie wiem, co innego miałbym zrobić.

– Wymyśl nowy plan – poradził Ced.

– Nie ma Anonoei, więc zostałeś mi ty jeden.

– Masz jej synów. Mówiłeś chyba, że już teraz są jak dwaj magowie zrośnięci w jednego?

– Cedzie, kiedy mówię, że tylko ty mi zostałeś, to tak jest. Gdybym miał kogoś innego, czy byłbym tutaj nadal po tylu twoich odmowach?

– Masz siebie. Zrób to sam i wezwij mnie, kiedy będziesz potrzebował silnego wiatru. Albo małego podmuchu skoncentrowanego na określonym celu.

– Dlaczego właściwie chciałeś mieć moc? – spytał Klucha z niekłamaną ciekawością.

– Nie po to, żeby zdobyć władzę nad ludźmi, Klucho. Chciałem wiatru. Ludzie już mi się przejedli.

– Przecież świat składa się z ludzi. My dwaj też jesteśmy ludźmi, mamy obowiązki wobec społeczeństwa, które...

– Gadasz jak polityk.

– Raczej jak filozof.

– Bardzo nudny filozof. Jeszcze nie rozumiesz? Jestem magiem wiatru. Dla mnie świat składa się z miliona różnych prądów powietrznych wędrujących nad powierzchnią, a ludzie to tylko porozstawiane gdzieniegdzie przeszkody, wokół których fajnie wirować i zrzucać im kapelusze, ale które w każdej chwili mogę zmieść z drogi, czego nie robię, bo to nieładnie, choć wiele wysiłku mnie kosztuje, żeby za każdym razem sobie o tym przypominać. Nie zabijać ludzi, jak popadnie: to w tej chwili najwyższy poziom moralności, jaki staram się osiągnąć. Nie jestem gotów brać na swoje barki całych królestw.

– To tylko małe księstwo.

– Bajecznie bogate miasto handlowe – poprawił go Ced. – Nienawidziłem sprawować władzy nad jedną szaloną kobietą.

– Ale mnie nie obchodzi, czego nienawidzisz robić. Jestem Loki. Wolałbym płatać figle, niż zajmować się tym wszystkim. Dorosłymi sprawami. Interesami. Polityką. Nienawidzę tego jeszcze bardziej, niż ty w swoim przekonaniu byś tego nienawidził. To całkowicie sprzeczne z moją naturą. Jestem rozrabiaką z ostatniej ławki w klasie, nie nauczycielem. Kiedy jednak ważą się losy świata, musisz robić, co możesz, a nie co lubisz.

– I tak wracamy do punktu wyjścia, bo ja nie mogę tego zrobić. Powtarzam ci to w kółko, a ty odpowiadasz, ale twoje odpowiedzi niczego nie zmieniają. Nie mogę tego zrobić i już.

– Nie chcesz.

– Nie chcę nawet spróbować, bo wiem, że się nie uda. Daj sobie spokój, Klucho. Nie będę ci przeszkadzać. Pomogę ci nawet we wszystkim, do czego mógłby się przydać wiatr. Poza zabójstwem. Ale chcesz wywrócić część floty Drabwayu do góry dnem? Nie ma sprawy. Przywiać do miasta trochę piasku z pustyni? To moja specjalność. Nie zrobię jednak nic, w wyniku czego zginęliby ludzie.

– Wywracając statek, mógłbyś kogoś zabić – zauważył Klucha. – A w burzach piaskowych też giną ludzie.

– Dobrze, tych rzeczy też nie zrobię. Ujmujesz mi zmartwień. Masz wielkie serce.

– Nie jesteś nawet ciekaw? – spytał Klucha.

– Jestem! Niesłychanie! Ale nie jestem ciekaw spraw, które interesują ciebie. Nie pochodzę stąd. Nie wywodzę się z twojej epoki. Przeżyłeś półtora tysiąca lat w drzewie i co najmniej raz byłeś na Mittlegardzie. Mimo to nigdy nie spytałeś mnie o samochody, samoloty, wyprawy na Księżyc, energię jądrową, o to, jak gwiazdy powstają, zapadają się i eksplodują... Aż trudno mi uwierzyć, że tak wiele spraw cię nie interesuje.

– Nie mam na to wszystko żadnego wpływu. I jeśli chwilę się zastanowisz, to zrozumiesz, że mag wrót nie ma powodu interesować się środkami transportu.

Ced zaśmiał się.

– W sumie prawda. Twierdzisz, że zależy ci na dobru suszłaków, ale czy pomyślałeś kiedyś, żeby otworzyć wrota publiczne przenoszące ludzi z centrów miast na przedmieścia? Taką magiczną kolej, metro, które może się obejść bez tuneli. Przechodzisz przez bramkę i trafiasz na oddalony o czterdzieści czy tysiąc kilometrów parking, gdzie zostawiłeś samochód.

Klucha mógł tylko pokręcić głową.

– Na Ziemi są miliardy ludzi. Jak sądzisz, ile wrót byłbym w stanie stworzyć?

– A ile autostrad, linii metra i lotnisk zbudowaliśmy? Na Ziemi jest niespełna dwa tysiące lotnisk pasażerskich. Ty miałeś dużo więcej wrót. Mogłeś ustanowić garstkę węzłów transportowych, przez nie przewalałyby się tłumy podróżnych w drodze z punktu A do punktu B. Nie trzeba by ładować ludzi do samolotów. Nie byłoby kontroli ruchu lotniczego. Żadnych zanieczyszczeń. Żadnych wydatków na paliwo. Żadnych katastrof. Rolnik mógłby bez pośrednika przewieźć swoje produkty na rynek oddalony o tysiąc kilometrów. I każdy docierałby na miejsce całkowicie uzdrowiony! Mogłeś zrobić tyle dobrego dla świata, a założę się, że nawet ci to przez myśl nie przeszło.

– Samoloty wystarczą – stwierdził Klucha. – I mam inne sprawy na głowie.

– Cóż, ja dorastałem na świecie suszłaków. Ściślej mówiąc, na Mittlegardzie, gdzie dostępne są wspaniałe technologie, które i tutaj naprawdę mogłyby ludziom pomóc. Tak wielu udogodnień nie wynaleźliście, bo cała władza na waszym świecie zawsze spoczywała w rękach magów i nikt nie dbał o potrzeby ludu. Iluż wy rzeczy nie znacie. Papier! Bez papieru nie ma sensu wynajdować prasy drukarskiej, bo każdy arkusz pergaminu kosztuje życie jednej owcy.

– Papier? Papirus?

– Ty w ogóle jesteś piśmienny? – spytał Ced.

– Pismo to język. Umiem pisać każdym systemem, w jakim czytałem.

– Cały postęp naukowy na Mittlegardzie dokonał się dzięki temu, że pismo pozwoliło naukowcom dzielić się swoimi odkryciami. A odkąd zaczęto drukować książki tanim kosztem na papierze, przy wykorzystaniu czcionki ruchomej, wymiana informacji, a co za tym idzie, postęp, nabrała rozpędu.

– Czyli ty, mag wiatru, interesujesz się papierem?

– Nie mogę nic z papierem zrobić. Za mało o nim wiem. Ale moja matka robiła mydło. Ręcznie, tradycyjnymi metodami. Wielu związków chemicznych, których używała, nie potrafię zdobyć. Dużo jednak czytałem o technikach wyrobu mydła, przyglądałem się jej przy pracy, ona opowiadała mi, jak to się robiło w dawnych czasach, umiem więc wytwarzać mydło lepsze od tego paskudztwa, którym tutaj zdrapują skórę z dzieci. Nic dziwnego, że nikt nie chce się kąpać!

– Mówisz o higienie osobistej? Taką magią chcesz się zajmować?

– Gdyby akuszerki mogły odbierać każdy poród czystymi rękami, jak sądzisz, ile ludzkich istnień udałoby się ocalić?

– I wkrótce mielibyśmy takie same kłopoty z przeludnieniem jak Mittlegard.

– Ziemia nie ma kłopotów z przeludnieniem. – Ced westchnął. – Tylko kłopoty z dystrybucją. A to w ostatecznym rozrachunku problem polityczny.

– Daję ci więc szansę zająć się polityką – powiedział Klucha.

– Żebyś mógł prowadzić wojnę, której wybuchu nawet nie jesteś pewien!

– Tylko agresor jest pewien, że wojna wybuchnie. Jeśli jednak cel jego agresji nie przygotuje się na taką ewentualność, agresor zwycięży.

– Skąd mogę wiedzieć, że nie ty jesteś agresorem, Klucho? Wcale tak nie uważam, nie musisz się bronić. Wiem tylko, że mydło to wojna przeciwko bakteriom i innym świństwom, i że zmienia świat na lepsze.

– Tyle czasu pracowałeś z wielkim magiem drzew i tylko mydło ci w głowie?

– Musiałem długo ćwiczyć, żeby manipulacja wiatrem stała się dla mnie nawykiem jak chodzenie czy prowadzenie samochodu… czymś, co mogę robić, nie myśląc o tym. Nie mogłem jednak nie myśleć o niczym. Wracałem pamięcią do dzieciństwa i przed oczami stawał mi obraz ptaków trzepoczących skrzydłami dookoła mojej matki, a to z kolei przypominało mi chwile, kiedy stała przy swoim kotle… tak go nazywała, mówiła: „Jestem czarownicą, a to mój kocioł pełen magicznego wywaru”… Zapach jej mydeł, widok kostek dojrzewających czasem w słońcu, czasem w cieniu… Rozmyślałem o moim życiu.

Klucha powstrzymał się od kolejnej riposty. Tak często w swoich rozmowach wałkowali te same argumenty – to jednak było coś nowego. Mydło. Papier. Wrota jako środek transportu. Tak właśnie zrobił Danny North, kiedy dał swoim przyjaciołom przenośne wrota ewakuacyjne. Stworzył dla nich węzeł transportowy i amulety, które przenosiły ich tam, skąd mogli przejść w inne miejsce.

No i te wrota na małych monetach, którymi można rzucić we wroga, żeby odesłać go gdzieś daleko – genialne. W dodatku nie miały służyć Danny'emu ani żadnemu z magów Mitheru. Miały służyć jego przyjaciołom suszłakom.

Zamiast spierać się z Cedem, powinienem był go słuchać. Nie zainteresuje się tym, co ja, dopóki nie zacznę się interesować rzeczami ważnymi dla niego.

– To dlaczego nie wytwarzasz mydła? – spytał Klucha.

– Tutaj? Niby dla kogo? Magowie drzew lubią być pokryci skorupą brudu. Czują się wtedy, jakby zapuszczali korzenie.

Klucha się roześmiał.

– Może i tak – powiedział. A potem przypomniał sobie stulecia spędzone w drzewie, jak czuł jego siłę życiową, jak wczepiało się w glebę i sięgało głębiej i głębiej, chwytało coraz mocniej, piło eliksiry z wód gruntowych i hausty świeżego deszczu, podczas gdy gałęzie i liście nieprzerwanie spadały ku światłu słońca. Bowiem drzewa tak właśnie doświadczają świata, do góry nogami, z głowami w gruncie, wyciągającymi się w głąb ziemi, podczas gdy widoczna ich część zwisa na zewnątrz, za dnia brnie w słonecznym blasku, ale na noc, na zimę, twardnieje i wysycha. Tak, drzewa kochają smak i dotyk ziemi. Nic dziwnego, że wielki mag drzew czuł to samo.

– A gdybym pomógł ci w wytwarzaniu mydła? – zagadnął. – To znaczy, mógłbym zdobyć niezbędne składniki. Zabrać cię gdzieś, gdzie mógłbyś nad tym pracować.

– Nie chcę być mydlarzem. Chcę uczyć mydlarzy.

– Nie nauczysz ich czegoś, czego sam nie będziesz robił, Cedzie. Pozwól, żebym ci pomógł. Myślę o Drabwayu. To miasto handlowe. Jeśli twoje mydła staną się tam popularne, kupcy będą mogli je rozwieźć po całym świecie.

– Nie chcę się wzbogacić na mydle, chcę uczyć...

– Uczyć wyrobu mydła. Ale nikogo nie zainteresują twoje metody, dopóki nie pozna zalet twojego mydła.

– O Boziu kochana – powiedział śpiewnie Ced, naśladując kobiecy głos. – Toż ty prawdziwy kapitalista jesteś, Klucho.

– Co to za dialekt?

– Tak mówiła stara czarna kobieta, która zaopiekowała się mną po śmierci mojej matki – odparł. – I to wcale nie był jej prawdziwy dialekt. Urodziła się i wychowała w Seattle, na litość boską. Przybierała ten akcent dla żartu.

– Dialekty interesują mnie bardziej niż mydło – stwierdził Klucha. – Ale u maga wrót to normalne. Nie bardzo jednak rozumiem, co mydło ma wspólnego z wiatrem.

– Nic a nic. Jestem po pierwsze człowiekiem, a dopiero po drugie magiem. W odróżnieniu od ciebie i tobie podobnych nie uważam, że w życiu najważniejsze jest posiadanie mocy.

– Powiedz to...

– Szkolenie, na które mnie wysłałeś, Klucho, spełniło swoje zadanie. Nie jestem już nieznającym umiaru siewcą burz, którym się stałem po pierwszym przejściu przez Wielkie Wrota. Znów jestem sobą. Ale kim będziesz ty, kiedy odechce ci się być magiem wrót? Myślę, że nie jesteś niczym ponadto. Że bez wrót nie zostałoby ci nic.

Słowa Ceda zabolały, bo powiedział prawdę. Klucha jednak nie mógł winić za to siebie – magia wiatru przydawała się i w ogóle mogła być stosowana tylko w kilku sytuacjach. Wrota zaś były częścią każdej chwili życia Kluchy. Ced mógł robić sztuczki przy użyciu wiatru. Magia Kluchy stanowiła nieodłączny element jego życia, jak chodzenie. Jak oddychanie.

Gdyby jednak ją utracił, gdyby Danny North ogołocił go do cna, zamiast zostawić mu ostatnie ośmioro wrót... Co wtedy? Kim byłby?

Posługaczem kuchennym na dworze Prayarda? Było nie było, nauczył się robić ciasto, które spełniało wymagania Hull. Czy zarabiałbym na życie pieczeniem chleba? A może nauczyłbym się robić kluski, wykwintne ciastka lub...

– Dałem ci do myślenia, co? – spytał Ced.

– Tak. – Klucha pokiwał głową. – I trochę zgłodniałem.

– Przypuśćmy, że pójdę z tobą do Drabwayu, tam będę wyrabiać mydło, i pewnego dnia zjawisz się u mnie i o coś poprosisz. Co by to miało być?

– Mała demonstracja. Mocy, jakiej nie widziano tam od piętnastu stuleci.

– Mam nadzieję, że nie chcesz, żebym kogoś zabił. To odpada.

– Widziałem, jak przebijasz gałązką arkusz metalu. Jeśli to samo zobaczą oni i wyobrażą sobie, co zrobiłaby taka sama gałązka, gdyby przebić nią koszulę lub tarczę, może będą bardziej skłonni zjednoczyć się w obliczu zagrożenia z Mittlegardu.

– Dlaczego zakładasz, że to będzie zagrożenie? – spytał Ced.

– Przypomnij sobie, co sam zrobiłeś, kiedy pierwszy raz przeszedłeś przez Wielkie Wrota.

– Znaczy, nie spodziewasz się inwazji. Raczej plagi szarańczy.

– Jesteś przyzwoitym gościem, Cedzie. Nie chcesz być niszczycielską siłą. Wiesz jednak, że Rodziny są pełne magów, którzy tylko tego pragną. Im więcej rozpaczających suszłaków, tym silniejsi będą się czuli.

– Znałem tylko moją matkę, Stone'a i Danny'ego Northa. Oni tacy nie byli.

– Ale Stone na pewno opowiadał ci o Rodzinach – powiedział Klucha.

– Niewiele. Za to ty opowiadałeś mi o Bexoi. I widziałem ciebie i Anonoei. Oboje upajaliście się swoją mocą... a wy jesteście ci dobrzy. Zdaję sobie sprawę z zagrożenia. Pomogę ci. Pod warunkiem że dopilnujesz, by nikt nie wiedział, że to ja jestem magiem wiatru.

– Poważnie?

– Nie mogę uciec wrotami przed zabójcami, Klucho. Najlepiej, żeby wszyscy uważali mnie za mydlarza, nikogo więcej. Tylko tak mogę być względnie bezpieczny.

– Jak więc mam zorganizować potrzebne mi pokazy siły?

– Sprowadź ludzi blisko miejsca, gdzie będę robił mydło. Nie muszę patrzeć, co się dzieje, żeby wzbudzić małe zwarte tornado. Takie, które poniesie strzałkę do dmuchawki tysiąc razy szybciej i mocniej niż wypuszczoną z łuku strzałę. Wiatr pokazuje mi, gdzie jest on, gdzie jest wszystko. Czuję go. Zaufaj mi, Klucho. Ty umiesz stwarzać wrota z odległości ponad tysiąca kilometrów, prawda?

– Raczej kilku miliardów. Odtworzyłem wszystkie wrota Danny'ego Northa po tym, gdy mi je oddał.

– Na Ziemi? Stąd?

– Jestem naprawdę dobry w tym, co robię. Ale ty też. Dlatego zgoda, sprowadzę ich do miasta. Albo może pójdziemy do lasu w czasie, kiedy akurat wybierzesz się tam na piknik czy coś. Bylebyś udawał tak przerażonego, jak wszyscy... Nawet nie musisz być szczególnie dobrym aktorem. Nie będziemy mieć do czynienia z geniuszami.

– Starasz się czynić dobro, Klucho. Próbujesz ocalić świat. Czy tak jest istotnie, nie mam pewności, ale wierzę, że to jest twoją intencją. Dlatego zgoda, pomogę ci. Po tym, co spotkało Anonoei, wiem, że magowie mogą być złymi ludźmi. I gdybym był przy tym, gdy królowa ją podpaliła, wbiłbym suce drzazgę w mózg. Bez najmniejszego wahania.

– Miło wiedzieć, że nie jesteś bezwzględnym pacyfistą.

– Wcale nie jestem pacyfistą. Nie jestem zabójcą, to wszystko. Zresztą, dobrze wiesz, że Anonoei nie byłaby sobą, gdyby nie sprawiła, żebym się lekko w niej zakochał i zapragnął jej wiernie służyć. Mój nauczyciel szydził z niej, nazywał ją nałogową gwałcicielką męskich dusz. Wbił mi do głowy, że to, co czuję, jest tylko skutkiem jej magii. To jednak nie przegnało tych uczuć.

– Nie da się ich przegnać – powiedział Klucha.

– I z tego powodu sądzę, że moje sny są ważne. Czy zostawiła coś we mnie? Czy dlatego wciąż o niej myślę?

– Możliwe. Powiedziała mi, że zostawiła cząstkę siebie w każdym, na kogo musiała... wpłynąć.

– Włącznie z tobą?

– Tak przypuszczam.

– Nadal więc ciągnie cię do niej? Śnisz o niej?

– Nie.

– Szkoda. Miałem nadzieję, iż te sny znaczą, że ona nadal w jakiś sposób żyje. Próbuje do mnie przemówić. Chociaż czemu miałaby ze mną rozmawiać? Nic dla niej nie znaczyłem.

– Takiej kobiety nie sposób zapomnieć – odparł Klucha.

– Kiedy przeniesiemy się do Drabwayu? – spytał Ced.

– Gdy tylko znajdę budynek, w którym mógłbyś się urządzić. W odpowiedniej części miasta.

– To dobrze. Bo mam tu jeszcze kilka niedokończonych spraw.

– Jakich? Twój nauczyciel twierdzi, że niczego więcej cię nie nauczy.

– Ale jeszcze nie nauczyłem się wszystkiego, czego sam mogę się nauczyć. Poza tym, choć nie jestem magiem drzew, blisko poznałem ten las... Zżyłem się z nim.

– Chcesz mieć czas na pożegnanie z drzewami.

– Mniej więcej. Na to, żeby połaskotać ich gałęzie. Dotknąć pąków i wiosennych liści. To właśnie zaleta magii wiatru; mogę dotykać miliona rzeczy naraz.

Klucha przeniósł się więc wrotami do Drabwayu i po paru dniach wynajął zakład opuszczony przez piekarza, który naraził się jednemu z bogatych miejscowych rodów. Musiał tylko obiecać, że nikt nie będzie w nim wypiekał chleba. Cena była przystępna, budynek stał przy szerokiej, ruchliwej ulicy, więc doskonale nadawał się do celów Kluchy. Ceda też.

Kiedy jednak załatwiał sprawy w Drabwayu, co rusz wracał pamięcią do snów Ceda. Klucha bowiem skłamał – myślał o Anonoei na okrągło, we śnie i na jawie. Jego sny bardziej przypominały wspomnienia – tego, jak Anonoei go kusiła, jak tuliła się do niego, przekomarzała się z nim albo... Nie, tak naprawdę to nie były wspomnienia. Wizje, które naśladowały wspomnienia. W każdej z nich jednak mówiła to samo. „Możesz na mnie liczyć. Czy ja będę mogła liczyć na ciebie?".

Nie przypominał sobie, by kiedykolwiek wypowiedziała dokładnie te słowa, choć taka była niepisana umowa między nimi. Dlaczego to powracało do niego we śnie i na jawie?

Było tak jak wtedy, kiedy Anonoei wezwała go, stojąc przed obliczem Bexoi. Jeszcze zanim zamilkła. Nie dosłowne wezwanie, tylko uczucie, dyskretne wniknięcie w jego myśli.

Możesz na mnie liczyć. Czy ja będę mogła liczyć na ciebie?

Czy ona żyła? To jej Ka wołało do niego z Duat? Czego mogła chcieć, skoro była martwa?

Może tym, co czuł, były małe cząstki siebie, które w nim zostawiła. Jej zewnętrzne ja, jej Ba, rozproszone jak wrota maga wrót. Danny North był w stanie porozumieć się z wrotami Kluchy, dotrzeć poprzez nie do jego wspomnień. Czy cząstki zewnętrznego ja Anonoei wciąż się ze sobą komunikowały, wciąż usiłowały nawiązać kontakt z ludźmi, których znała, którzy byli jej bliscy?

A może absurdalne przypuszczenie synów Anonoei było prawdą – może ona rzeczywiście żyła w ciele Bexoi? Nie tak jednak działa zaklinanie ludzi; całe Ka nie wnika w osobę opętaną. Tak postępuje tylko Set. I choć może trudno było stwierdzić, który z synów Anonoei jest bardziej pomylony, raczej nie ulegało wątpliwości, że szli pod tym względem łeb w łeb i dawno przekroczyli linię mety.

Wierzą, że ona żyje, bo chcą, żeby tak było. Ja też.

Nie kochałem jej wystarczająco mocno, by tak długo mieć obsesję na jej punkcie. Nie zdawałem sobie z tego sprawy, myślałem, że tylko trochę za nią tęsknię, chociaż z drugiej strony Ced też o niej śni, a przecież nie znał jej za dobrze i trudno oczekiwać, by mu jej brakowało. I ten jego sen: leży zamknięta w skrzyni, dobija się, żeby ją wypuścić, ale po podniesieniu wieka okazuje się, że w środku jest tylko martwa istota, potwór czy coś w tym rodzaju. Co ostatnie strzępki Anonoei chcą w ten sposób powiedzieć? Czego im potrzeba? I czy on, Klucha, jest zdolny im to dać?

# Rozdział 5

Kariera Bucka Harwarda do tej pory układała się pomyślnie. Zrobił dobre wrażenie w West Point, był adiutantem dwóch generałów i choć sam nie wiedział, który z nich uczynił go swoim protegowanym, i dla niego, i dla wszystkich było oczywiste, że ktoś ciągnie Bucka za sobą w górę. Pierwszy ze swojego rocznika został podpułkownikiem, choć nie na tyle wcześnie, by pobić dotychczasowy rekord. Prawdziwym dowodem tego, że ktoś wziął go pod swoje skrzydła, były przydzielane mu zadania: w wieku trzydziestu pięciu lat miał już za sobą trzy tury w strefach działań bojowych, dwa staże w Pentagonie i jeden w NATO.

Teraz był dowódcą batalionu połączonych broni, złożonego głównie ze świeżo wyszkolonych żołnierzy, którzy jeszcze nie powąchali prochu. Ponieważ ćwiczenia odbywały się na górzystych terenach Wirginii Zachodniej, zakładał, że szykują się jakieś działania na Tajwanie. To podnosiło go na duchu – dobrze, że przynajmniej ta administracja nie pozwoli Chinom bezkarnie wchłonąć sąsiadów. A Buck Harward będzie w ogniu walki razem z ludźmi, których osobiście wyszkolił. Gdyby nawalił, mógłby winić za to tylko siebie – ale odpowiedzialność nie była mu ciężarem. Ponieważ jeśli odniesie sukces – błyskotliwy, miał nadzieję – cała zasługa przypadnie jemu. To bardzo pomogłoby wojskowemu, który liczył, że służbę zakończy jako szef sztabu armii – albo na jeszcze wyższym szczeblu.

Jednak jednym z minusów dowodzenia batalionem szkoleniowym w odległości stu kilkudziesięciu kilometrów od Waszyngtonu i siedmiu kilometrów od autostrady numer 81 były niezapowiedziane wizyty - VIP-ów zainteresowanych sprawami wojska, pragnących wyrazić swoje zdanie na taki czy inny temat albo sfotografować się z załogami czołgów. I Buck Harward wiedział, że nie ma co się na to skarżyć - ani przełożonym, ani nawet podwładnym. Polityka jest nieodłączną częścią wojaczki, dziś i we wszystkich innych epokach. Gdyby Hannibal to lepiej zrozumiał, może nie musiałby dożyć swoich dni na wygnaniu.

Inni czasem podkpiwali z Bucka, bo tak dużo czytał o najwybitniejszych strategach wszech czasów - nie tylko Hannibalu, ale i Aleksandrze, Pyrrusie, Scypionie i Cezarze. Ucząc się na ich sukcesach i niepowodzeniach, usiłował znaleźć złoty środek między ostrożnością a brawurą, ostatnio jednak doszedł do wniosku, że nie sposób całkowicie zrównoważyć jedno z drugim. Zwycięstwa odnosili śmiali, rozważni generałowie - jeśli dopisywało im też szczęście albo mierzyli się z nieudolnymi wrogami. A im dłużej trwały ich kariery, z tym większą wprawą nieprzyjaciele wykorzystywali ich własną strategię i taktykę przeciwko nim.

Aleksander miał słuszne podejście - podbijaj i wyruszaj na dalsze podboje, a kiedy twoim ludziom odechce się wojowania pod twoją komendą, umrzyj młodo i żyj wiecznie w legendach. Gdyby Aleksander umarł jako gruby starzec, na pewno tak by go nie gloryfikowano. Podobnie, gdyby Hannibal był dobrym politykiem i nie wychylił nosa z Kartaginy, Scypion zapewne pobiłby go i chcąc nie chcąc, musiałby przywieźć pokonanego do Rzymu, gdzie zostałby uduszony po triumfie zwycięskiego wodza. Nawet niepowodzenia mogły być pod pewnymi względami korzystne, w zależności od tego, co człowiek pragnął osiągnąć.

Ja pragnę osiągnąć wszystko, co się da, przyznawał Buck przed samym sobą w chwilach szczerości. Chcę, by nazwisko Buck Harward wymieniano w jednym szeregu z takimi nazwiskami, jak Omar Bradley, George Marshall, Dwight Eisenhower, Ulysses S. Grant. Czy nawet, jeśli dopisze mu szczęście, George Patton, Stonewall Jackson, George Washington i Robert E. Lee.

Albo Hannibal. Tak, porównanie z Hannibalem to byłoby to. I gdyby odniósł na Tajwanie błyskotliwe zwycięstwo nad wyposażonymi w nowoczesną broń chińskimi hordami...

Tymczasem dzisiaj znowu przyjechały jakieś VIP-y. Bez zapowiedzi. Po prostu nagle się zjawili – ale towarzyszył im szef sztabu armii, co znaczyło, że nie jest to tylko rodzinka jakiegoś senatora.

Ale co za banda buraków. Wyglądali w miarę porządnie – ubrania, dość schludne, dobrze na nich leżały – ledwie jednak otworzyli usta, Buck miał wrażenie, że nagle trafił na plan jakiejś starej komedii o wieśniakach w wielkim mieście. Było ich troje, małżeństwo po czterdziestce, Alf i Gerd North – poważnie, Gerd? – i trzydziestoparoletni siostrzeniec imieniem, nie do wiary, Thor.

Buck usłyszał, jak jeden z jego podkomendnych próbował zażartować z imienia Thora – nie pokazałby mu młota? – a Alf North uciął rozmowę suchym: „Thor nie para się stolarstwem". Co wskazywało, że ci ludzie nie oglądali filmów ani nie czytali komiksów.

– Czym mogę służyć? – spytał Buck czterogwiazdkowego generała, który przyprowadził tych wieśniaków do jego gabinetu.

– Przede wszystkim chcę, byś zrozumiał, że rodzina Northów jest dla nas bardzo ważna i ma uzyskać pełny dostęp do wszystkiego.

Buck chwilę poczekał, ale ponieważ generał nie przedstawił żadnych dodatkowych wyjaśnień, musiał zapytać.

– Nawet do tego, co ściśle tajne?

– Do wszystkiego – powtórzył z naciskiem generał.

Northowie wyglądali przez okno, jakby znudzeni tą rozmową.

– Tak jest – powiedział Buck. – Ale wszystkiego jest dużo. Co konkretnie chcecie państwo zobaczyć?

– Musimy obejrzeć czołg. – Alf wymawiał słowo „czołg" tak, jakby składało się z trzech sylab.

Buck polecił jednemu ze swoich ludzi przygotować czołg szkoleniowy, ale generał wszedł mu w słowo.

– Nie szkoleniowy. Najlepszy, jaki mamy. Przestudiowali dokumentację techniczną M1A3, więc właśnie ten czołg musimy im pokazać. W akcji, zatankowany do pełna, uzbrojony.

– Tak jest – powiedział Buck. – Demonstracja z użyciem ostrej amunicji?

– Jeśli wyrażą takie życzenie.

Buck spojrzał na Northów. Pani North patrzyła na niego sceptycznie. Alf leniwie odwrócił się w jego stronę; Thor dalej wyglądał przez okno.

– Nie będziemy wiedzieć, co nas interesuje – odezwał się Alf – dopóki nie zobaczymy sprawnego czołgu.

– Może na początek bezpieczniej będzie bez ostrej amunicji – stwierdziła Gerd.

– Liczyłem, że wysadzą coś w powietrze – mruknął Thor.

– Potem będzie po temu wiele okazji – odparł Alf. – Spróbuj nie zachowywać się jak dwunastolatek.

To upomnienie zabrzmiało surowo, ale Thor odwrócił się do wujka ze złośliwym uśmiechem.

– O, dajesz mi już aż dwanaście lat?

– Na wyrost – powiedziała Gerd. Zwróciła się do generała. – Możemy przejść do rzeczy? Ta pusta gadanina męczy Alfa.

Ponieważ większość VIP-ów zajmowała się głównie pustą gadaniną, jej słowa zaskoczyły Bucka. Co takiego, u licha, zamierzali zrobić ci wieśniacy, skoro nie chcieli się ograniczyć do gadania?

Generał uparł się, żeby pójść z nimi. Buck pomyślał nawet, czy to dlatego, że mu nie ufa; potem zrozumiał, że generałowi aż za bardzo zależy, żeby zrobić dobre wrażenie na Northach. Co to za ludzie? Nie występowali w wiadomościach jako gadające głowy – na pewno zapamiętałby ich burackie akcenty – a gdyby byli powiązani z jakimś uniwersytetem lub think tankiem, generał powiedziałby o tym.

Kiedy szli w stronę zatankowanego do pełna M1A3, który wytaczał się na asfalt, Buck próbował dowiedzieć się czegoś więcej o związkach Northów z wojskiem, ale generał natychmiast go uciszył.

– Żadnych pytań, Harward – warknął. Po czym łagodniejszym tonem dodał: – Zaraz zrozumiesz.

Gdy czołg zbliżał się z narastającym rykiem, Alf North nagle jakby nabrał wigoru. Żwawo wyszedł maszynie naprzeciw, kierując się prosto na nią, jakby zamierzał wskoczyć na pancerz. Nie było to bezpieczne. Kierowca powinien był go zobaczyć i zatrzymać czołg – rozjeżdżanie cywilów na miazgę z reguły nie wchodziło w zakres ćwiczeń – a jednak nawet nie zwolnił.

I nagle, może pół metra od Alfa Northa, maszyna znieruchomiała. Alf wydawał się nieświadomy tego, jak niewiele zabrakło, by zginął. Wyciągnął dłoń i położył ją na przednim pancerzu czołgu.

Kierowca wyskoczył z wozu i podbiegł do Bucka.

– Melduję, że próbowałem się zatrzymać dwadzieścia metrów wcześniej, gdy tylko na nas ruszył, ale cholerstwo nie chciało stanąć. Już myślałem, że nie ma wyjścia, rozjadę gościa. I nagle wóz się zatrzymał sam z siebie. Nie mam pojęcia, co sprawiło, że...

Wtedy kierowca zorientował się, że Thor chichocze.

– Przepraszam – powiedział Thor. – Ale kiedy Odyn chce, żeby maszyna pracowała, maszyna pracuje, a kiedy chce, żeby stanęła, to staje.

– Odyn? – spytał Buck.

– Rodzinny przydomek – oznajmiła Gerd North. – Którego nigdy nie używamy przy postronnych.

Thor się zmieszał.

– Przepraszam – wymamrotał.

Nie działo się tu nic, co wymagałoby pełnego skupienia Bucka; choć więc jednym uchem słuchał ich rozmowy, przede wszystkim patrzył, jak Alf – vel Odyn – okrążał czołg i przesuwał ręką po pancerzu w górę i w dół, dotykając wszystkiego. W pewnym momencie Buck odniósł nawet wrażenie, że dłoń tego człowieka wniknęła pod metal wieżyczki, ale po chwili złudzenie prysło.

I czołg znów ruszył naprzód.

– Hej! – zawołał kierowca. Wtedy jednak Gerd szybkim ruchem ręki trąciła go w łokieć. Kierowca zachwiał się. – Au! – krzyknął. – No co...!

Członek załogi wystawił głowę z włazu.

– Co jest, do cholery! – krzyknął.

– Wszystko gra – powiedział Thor.

Generał natychmiast zawołał:

– Wszystko gra, żołnierzu. Zostań na stanowisku.

Czołg toczył się dalej, wykonując różne manewry, a Alf szedł tuż za nim, z ręką na pancerzu, jakby popychał sześciolatka, który pierwszy raz wsiadł na rower bez bocznych kółek.

– To zupełnie... – Kierowca napotkał twarde spojrzenie generała i zamilkł.

Czołg stanął. Silnik zgasł.

Po chwili znów się uruchomił.

I znowu zgasł.

Buck jeszcze nie słyszał silnika M1A3, który zapalałby i gasł tak płynnie. Przysiągłby, że pracuje czysto i równo jak nigdy. Mniej warkotu i ryku, więcej szumu. Prawie melodyjnie.

Alf cofnął się od czołgu. Maszyna zaczęła się szybko obracać wokół swojej osi, manewr, który trudno opanować, wymaga bowiem idealnej równowagi między lewą a prawą gąsienicą. Wieżyczka zaś kręciła się w drugą stronę w tempie dobranym z takim wyczuciem, że nie zauważało się jej ruchu, gdy czołg obracał się pod nią.

Kierunek obrotu nagle się zmienił. Alf stał z rękami w kieszeniach i patrzył. Potem odwrócił wzrok, a czołg rozpędził się i zataczał szerokie koło po asfalcie. Szybciej. Szybciej. M1A3 nie powinien rozwijać maksymalnej prędkości na ćwiczeniach – nie zużywa się niepotrzebnie sprzętu. Takie rzeczy robiło się tylko na polu walki, ze świadomością, że mechanicy dokonają niezbędnych napraw przed kolejną bitwą.

Maszyna zataczała coraz mniejsze kręgi, kreśliła spiralę z coraz większą szybkością; Buck jeszcze nie widział tak rozpędzonego czołgu. Tolerancje gąsienic dawno zostały przekroczone. A mimo to na oko wszystko działało sprawnie.

Czołg znów ruszył prosto na Alfa, tym razem z zawrotną prędkością. I znowu nagle znieruchomiał przed nim.

Załoga wyskoczyła z czołgu, niektórzy pocierali głowy lub lekko utykali. Wyrażali swoje niezadowolenie niezwykle barwnym językiem.

– Baczność! – wrzasnął Buck.

Spojrzeli na niego, opanowali nerwy, wyprężyli się.

– Widzę, że niektórzy z was trą się po głowach. Byliście w hełmach?

– Nie, panie podpułkowniku – odparli natychmiast dwaj czołgiści.

– No proszę. A miałem was za zdyscyplinowaną załogę – powiedział Buck łagodnym tonem.

– Nie wiedzieliśmy, że on ruszy, panie podpułkowniku! – poskarżył się dowódca czołgu.

– Jak to się właściwie stało? – mruknął kierowca.

– Szybko i sprawnie, moim zdaniem – uciął generał, dając do zrozumienia, że temat jest zamknięty.

– Wracajcie pod pancerz, panowie – rozkazał Buck. – Nikt nie pozwolił wam wysiąść.

– Nie – rzucił Alf niedbałym tonem. – Na razie nie są tam potrzebni. – Niespiesznie podszedł do żony. – No i jak, Gerd, wiesz wszystko, co chciałaś wiedzieć?

– Przy tych prędkościach pochłaniał dużo ciepła. W silniku następowało wiele wybuchów. – Ostatnie słowa skierowała do Thora.

– To, czego nie widzę, się nie liczy – powiedział.

– Myślę, że mogę pobrać z otoczenia tyle ciepła, ile trzeba. Nieobciążony paliwem, będzie znacznie zwrotniejszy.

Czy ona oszalała?, myślał Buck, słuchając jej. Samolot też mógłby łatwiej wystartować bez paliwa – pomijając drobiazg, że nie miałby jak nabrać odpowiedniej prędkości.

– Ile mniej więcej paliwa zostało? – spytała Gerd.

– Przy tej prędkości zużyliśmy pół zbiornika.

– To zużyj i resztę – zadysponowała Gerd. – Nie chcę ryzykować, że bak wybuchnie, kiedy wezmę się do pracy.

Buck wziął oddech, gotów przerwać te wygłupy, ale generał cmoknął językiem.

– Poczekajmy, zobaczmy, co się stanie – powiedział do Bucka.

Ani Alf, ani nikt inny nie zbliżył się do czołgu. A mimo to maszyna znów ruszyła, tak szybko jak poprzednio, zataczając szeroki krąg. Alf nawet na nią nie spojrzał. Podszedł do generała.

– Trzeba usunąć wady konstrukcyjne, na które zwróciłem panu uwagę.

Generał uniósł brew.

– Mam wrażenie, że działa na medal.

– Zmieniłem w nim kilka drobiazgów – mówił Alf. – Lepiej, żeby od razu zjeżdżał z linii produkcyjnej w dobrym stanie, niż żeby potem trzeba go było na chybcika przerabiać.

Na chybcika przerabiać? Głaszcząc jego pancerz? Generał zdawał się jednak sądzić, że wszystko to jest doskonale logiczne, Buck trzymał więc język za zębami. Poza tym nie ulegało wątpliwości, że coś rzeczywiście kierowało czołgiem i nie była to załoga. Wydawało się to zupełnym absurdem, ale Alf okiełznał tę maszynę jak Aleksander Bucefała.

Wkrótce silnik ucichł i czołg raptownie stanął.

– Może tak być czy ma być jeszcze bardziej pusty? – spytał Alf.

– Ty mi powiedz – odparła Gerd. – Spalanie wewnętrzne to nie moja działka.

– Jak dotąd – rzucił Thor.

Nawet na niego nie spojrzała. Zamknęła tylko oczy na długą chwilę.

Wtedy silnik znów się włączył.

– Och, nie, kochana. – Alf pokręcił głową. – Nie może być napędzany wodorem.

– A jednak jest.

– No, tak, ale nie jest przystosowany do takiego paliwa.

– Para wodna jest wszędzie – oświadczyła Gerd. – Rozdzielam ją elektrycznie i mamy tyle wodoru, ile nam trzeba. Potem wodór się spala i uwalnia w postaci pary. Myślę, że to zgrabne rozwiązanie.

– Na pustyni jest znacznie mniej pary wodnej – zauważył Thor uczynnie.

Tym razem Gerd łypnęła na niego spode łba.

– Te dzikusy z pustyni stracą znaczenie, jeśli czołgi nie będą napędzane benzyną.

– Zastosowanie wodoru wymagałoby gruntownego przerobienia silnika, moja droga – tłumaczył Alf – a my musimy działać szybko.

– Ale korzystanie z bezpośrednich źródeł ciepła jest takie siermiężne. Poza tym, cały proces traci wydajność zimą, na dużych wysokościach i za kołami podbiegunowymi, gdzie w otoczeniu jest mniej ciepła.

– Nieważne, czy to siermiężne, czy nie – odrzekł Alf. – Byleby nigdy nie zabrakło paliwa.

Buck własnym uszom nie wierzył. Ci ludzie sądzili, że potrafią ot, tak, skinieniem ręki rozdzielać parę wodną na wodór i tlen. Że mogą pobierać ciepło z otoczenia i wpuszczać je do silnika.

I rzeczywiście to potrafili.

Czołg znów zaczął jeździć w kółko, jeszcze szybciej niż przedtem – i bez kropli paliwa w zbiorniku. Zatrzymał się, dopiero kiedy generał zapytał, czy załoga może wsiąść z powrotem, żeby śledzić wskazania przyrządów.

– Tylko niech nie próbują niczego zmieniać – zaznaczył Alf.

– I tak by nie umieli – stwierdziła Gerd.

– Ale próbując, mogliby sobie połamać kości – przestrzegł.

Czołg zataczał krąg za kręgiem. Alf i Gerd zaprowadzili Bucka, Thora i generała z powrotem do gabinetu Bucka. Naturalnie, generał usiadł za biurkiem, a Buck stanął na baczność za nim, z boku.

– Nie wiem, co zrobiliście – powiedział generał – ale mnie to zadowala. Możecie przygotować nowy projekt, ze wszystkimi niezbędnymi przeróbkami, żeby przyszłe modele M1A3 działały tak jak ten? Ile nas to będzie kosztować? Bo możecie zażądać gwiazdki z nieba, a idę o zakład, że ją dostaniecie!

Wytrawnym negocjatorem to pan generał nie jest, pomyślał Buck.

– Ojej. – Gerd westchnęła.

– Tego, co zrobiliśmy z czołgiem, nie da się odtworzyć w fabryce – oznajmił Alf. – Poza tym chyba lepiej, żeby załogi panowały nad swoimi czołgami.

– No tak. Ale ten numer z paliwem... Czy musicie być obecni, żeby to działało?

Alf skinął głową.

– Nie, mój drogi – odezwała się Gerd. – Jemu chodzi o to, czy musimy być obecni cały czas, a odpowiedź na to pytanie brzmi „nie". Musimy uruchomić sam proces, ale gdy Alf i ja spędzimy kilka minut z każdym czołgiem, wszystkie będą działać w ten sposób... cóż, zawsze.

– Powinniśmy wiedzieć, jak wyłączyć silnik – powiedział Buck. – Czy musicie być obecni przy każdym jego uruchomieniu?

– Och, to byłoby bardzo męczące. – Gerd pokręciła głową.

– Nie, to jednorazowy zabieg – zapewnił Alf.

– Bezpłatny – dodał Thor. – Pieniądze i tak nie są nam potrzebne.

– Oj, chyba się mylisz. – Gerd zwróciła mu uwagę łagodnym tonem.

– Za to chętnie przyjmiemy część waszych czołgów – ciągnął Thor.

Cisza.

Generał nareszcie pokazał, że nie jest całkowicie pozbawiony kręgosłupa.

– Przykro mi, ale prawo nie pozwala cywilom posiadać czołgów.

– Nie chcemy czołgów jako takich – uściślił Thor. – Chcemy czołgi, ich załogi, cały personel pomocniczy, części zamienne i tak dalej.

– Prawo bezwzględnie zakazuje zatrudniania żołnierzy amerykańskich w charakterze najemników.

– Och, nie zapłacimy im za to – wyjaśniła Gerd. – Czy raczej, zapłacimy za to wszystko, oszczędzając wam wydatków na paliwo. I na naprawę czołgów, którymi zajmie się Alf. Ma do tego naprawdę duży talent.

– To widzę – odezwał się generał. – Ale...

– Czołgi, które nam dacie, nie będą użyte nigdzie na planecie Ziemi – zapewnił Thor.

Ta informacja na chwilę zawisła w powietrzu.

– Potraktujcie to jako pomoc zagraniczną – zasugerował Thor.

– Nie jesteście cudzoziemcami – zauważył generał.

Gerd zatrajkotała coś w języku, który Buck słyszał chyba pierwszy raz w życiu.

– Powiedziała, że jesteśmy w wystarczającym stopniu cudzoziemcami – przetłumaczył Thor. – Jeśli nie dostaniemy tych czołgów, zawsze możemy zaoferować nasze usługi komuś innemu, kto uzna, że opłaci mu się odpalić nam dziesięć procent.

Buck miał ochotę wezwać paru marines, żeby rozwalili tych wieśniaków. Nie sądził jednak, by marines zdołali się choćby zbliżyć do Northów.

– Zalecę prezydentowi i szefom połączonych sztabów, żeby spełnili wasze życzenie – oświadczył generał.

– Lubimy prezydenta – wtrącił Thor. – Zdaniem cioci Gerd jest słaby, ale dobrze o nim świadczy, że chce skorzystać z naszych usług. Przywykliśmy myśleć o sobie jako o Amerykanach.

– Poniekąd – mruknął Alf.

– Nie chcielibyśmy, żeby to się zmieniło – powiedziała Gerd. – Mogę jednak pana zapewnić, że ta broń będzie nam też niezbędna na tym świecie. Jednak zgodnie z naszą umową, poprzestaniemy na przedstawieniu celów, jakie pragniemy osiągnąć, a ich realizację pozostawimy wojsku amerykańskiemu. Naszych czołgów używać będziemy tylko poza tym światem.

Buckowi cierpła skóra, widząc, że generał zgadza się na wszystko. Robi z armii prywatną agencję ochrony tych buraków.

Ale się nie odezwał.

– Ile tych czołgów już zmontowaliście? – chciał wiedzieć Alf.

– Nie licząc prototypów, tylko dwa tuziny.

– W takim razie musicie wstrzymać produkcję i wprowadzić proste zmiany konstrukcyjne, które wczoraj panu nakreśliłem. Tymczasem my z Gerd doposażymy istniejące M1A3. Zgoda?

– Zgoda – rzekł generał. – Z zastrzeżeniem, że tylko słowo prezydenta może być w pełni wiążące.

– Trochę za późno na powoływanie się na konstytucję, trójpodział władzy i tak dalej, nie sądzi pan? – spytała Gerd.

– Ja tak nie uważam – wtrącił Buck.

– Odważny z ciebie chłopiec – stwierdziła. – Ale na nic śmiałe słowa, jeśli nie da się ich wcielić w czyn. A ty w tej chwili nie możesz nic zrobić.

– Nie możecie tak po prostu przyjść i przejąć dowodzenia – odpowiedział.

– A jednak to zrobiliśmy. W zeszłym tygodniu. Chcemy jednak, żeby to pozostało tajemnicą. Niech ludzie myślą, że rząd funkcjonuje normalnie. Chyba nie chciałbyś temu zaprzeczyć, co? – Skierowała to pytanie do Bucka.

– Niegrzecznie jest zaprzeczać kobiecie.

Coś jednak musiało zabrzmieć w jego głosie, jakaś nuta, która zdradziła jego prawdziwe uczucia – wstręt i strach przed tym, co zrobią te ciemne kmioty, kiedy dostaną do rąk tak wielką moc. Thor, jak widać, to wyczuł, wstał bowiem, objął Bucka ramieniem i nachylił się do jego ucha.

– W razie gdybyś wpadł na pomysł, żeby wyjąć pistolet i zrobić komuś krzywdę – szeptał – pamiętaj, proszę, że wujek Alf mógłby wyrwać ci broń z ręki albo sprawić, żeby się zacięła. Ciocia Gerd mogłaby zatrzymać twoje serce uderzeniem pioruna. A ja mógłbym stłuc cię na miazgę moim młotem.

Czyli jednak miał młot!

Thor wybuchnął śmiechem.

– Rozchmurz się, stary, nie bądź taki ponurak. Dzięki nam wygracie wszystkie swoje konflikty. Ocalimy setki tysięcy ludzi. Nie za jednym zamachem, ale w dłuższej perspektywie.

– Nie wątpię – mruknął Buck.

Generał wyprowadził gości z gabinetu i Buck osunął się na kanapę.

– To bardzo niebezpieczni ludzie – zwrócił się do niższego rangą oficera, który akurat czekał na niego w sekretariacie, kiedy przyszli Northowie. – Nie mogę nikomu powiedzieć, co widziałem, bo wyjdę na wariata.

– Ale zrobi pan, co kazali, prawda?

– „Jeden naród, a nad nim Bóg" – powiedział Buck. – Teraz jednak chyba wypadałoby to zmienić. Na liczbę mnogą.

# Rozdział 6

Danny North nigdy nie uważał, że ma szczególnie nudne życie, aż do teraz, kiedy stał się tylko widzem, zmuszonym znosić towarzystwo ludzi, których nie lubił, i biernie słuchać głupich i bezdusznych słów, jakie padały z jego własnych ust.

Czy Set z premedytacją robił z Danny'ego podłego, próżnego i ograniczonego tępaka, żeby go ukarać, czy po prostu nie stać go było na nic lepszego, było bez znaczenia. Danny myślał o tym tylko dlatego, że oprócz tego właściwie nie miał o czym myśleć. Jaki jest sens zastanawiać się nad tym czy owym, kiedy i tak nie można w żaden sposób poznać odpowiedzi. No i w zasadzie nie miał wpływu na to, co Set mówił jego ustami i robił jego ciałem. Tylko kiedy Set uwziął się, żeby zaciągnąć do łóżka wszystkie dziewczyny, które wydawały się chętne, Danny zdołał mu przeszkodzić, a i to w wielce prymitywny sposób: przywołując wspomnienia ciotek i kuzynek z osady Rodziny Northów, co odstręczyło jego ciało od wszelkiego rodzaju romantycznych uniesień.

To było ważne odkrycie: ciało Danny'ego nadal pozostawało w znikomym stopniu pod jego kontrolą, a przynajmniej reagowało na jego uczucia i myśli. Od tego czasu szukał innych pośrednich sposobów pokrzyżowania szyków bogowi Belowi i może nawet przekonania go, że on, Danny, nie jest wart tego, by w nim siedzieć i mieć nad nim władzę. Nie przychodziły mu jednak do głowy żadne pomysły, a jeśli nawet, to szybko okazywało się, że Set potrafi przezwyciężyć jego opór.

Panuję nad najprostszymi, najmniej związanymi z wolną wolą częściami mózgu, powiedział sobie Danny, a potem próbował przywołać z pamięci, czym właściwie steruje układ limbiczny. Miał jakiś udział w tworzeniu wspomnień, tej umiejętności jednak wolał się nie pozbawiać, bo jeśli kiedykolwiek odzyska wolność, będzie musiał zmierzyć się ze skutkami tego, do czego Set zmuszał jego ciało; dlatego było absolutnie konieczne, by wiedział, komu i za co musi zadośćuczynić.

Jeśli pamięć Danny'ego nie myliła, za odczuwanie przyjemności i podniecenie seksualne odpowiadało jądro półleżące. Czy to możliwe, że tylko ta jedna jedyna część mózgu pozostała podporządkowana jego woli?

Poza tym, tak naprawdę nie miał nad nią kontroli; po prostu podstępem przekonał swój ośrodek przyjemności, że obiektem zrodzonego w nim podniecenia seksualnego są kobiety, przed spółkowaniem z którymi chroniły go wszelkie tabu zapisane w instynkcie.

Ilekroć Danny próbował coś zrobić, Set zdawał się to natychmiast zauważać i powstrzymywał go; jeśli byli sami, mówił ustami Danny'ego: „A fe, niegrzeczny North" albo „Kiedy wreszcie zmądrzejesz, biedny, ciemny niewolniku wrót?", albo „Żadnych sztuczek, Loki".

Set jednak nie był zdolny zakłócać myśli ani planów Danny'ego; nawet ich nie wyczuwał, dopóki ten nie próbował któregoś zrealizować. A ponieważ Danny wciąż miał dostęp do procesu formowania pamięci, zwłaszcza pamięci ruchowej, od czasu do czasu udawało mu się postawić na swoim – podstępem, okrężną drogą, ale, co najważniejsze, skutecznie.

Na przykład, gdyby spróbował pójść po swoją komórkę i sprawdzić maile i esemesy, Set nie pozwoliłby na to – zacząłby snuć przypuszczenia i domysły na temat prawdziwych motywów Danny'ego.

Kiedy jednak Danny delikatnie przywoływał wspomnienia maili – zwłaszcza niezliczonych nagabywań ze stron pornograficznych – Set często reagował. Zwykle reagował.

To znaczyło, że Set spędzał za dużo czasu na przeglądaniu obfitych w anatomiczne detale, ale pozbawionych duszy zdjęć kobiet robiących rzeczy, które Danny'ego nigdy szczególnie nie pociągały; znaczyło to też jednak, że Danny mógł przynajmniej dostrzec tematy maili, kiedy Set przebiegał po nich jego oczami.

I właśnie dzięki temu Danny zorientował się, że ktoś, kto zna jego sytuację, próbuje przekazywać mu wiadomości. Po paru dniach zauważył, że wszystkie interesujące maile przychodziły z trzech bliżej mu nieznanych adresów: Persefona@Hades.org, Eurydyka@Dis.org i Izyda@Duat.org.

Trzy nawiązania do kobiet, które według prastarych legend zstąpiły do królestwa umarłych i wróciły. Chociaż nie, Izyda nie zeszła do krainy cieni, tylko zebrała poćwiartowane szczątki Ozyrysa – zamordowanego przez Seta – i złożyła je w jedno. Jedyną nieodnalezioną część ciała – penisa – wyrzeźbiła ze złota, doczepiła do zwłok, a potem wskrzesiła brata zaklęciem, którego nauczył ją ojciec, bóg ziemi Geb. Ozyrys wrócił do życia tylko na dość długo, żeby począć Horusa, choć dalej czczony był jako, między innymi, bóg umarłych.

Jednak pozostałe dwie kobiety bez wątpienia trafiły do królestwa cieni. Eurydyka nadepnęła na węża i umarła od ukąszenia, a jej mąż, Orfeusz, zstąpił po nią do Hadesu. Pięknie śpiewał, słodkimi pieśniami tak zmiękczył serce władcy podziemi Hadesa, że zgodził się, by Orfeusz wyprowadził ją na świat żywych. Według niektórych wersji tej opowieści, warunkiem zwolnienia Eurydyki było, by małżonek w drodze powrotnej nie obejrzał się na idącą za nim Eurydykę. Ponieważ jednak ostrzeżenie zlekceważył, jak to z bohaterami mitów zwykle bywało, Eurydyka wróciła do Hadesu, a sam Orfeusz jakiś czas potem umarł.

Persefona natomiast była szczególnie interesującą postacią, jako że z Hadesu wyciągnął ją Hermes – a imię to tradycyjnie nosili magowie wrót z rodziny Greków. Oczywiście, Persefona to nie imię westiliańskie, bo była obiektem kultu w rejonie Morza Egejskiego na długo przed przybyciem plemion indoeuropejskich. Niektórzy uważali, że jej uprowadzenie przez Hadesa miało symbolizować podbicie czczących kobiece bóstwa Egejczyków przez wyznających bogów męskich Pelazgów, Frygijczyków, Danajów, Hellenów czy jakkolwiek siebie nazywali pierwsi indoeuropejscy najeźdźcy.

Ponieważ jednak Ziemia rozpaczała i cierpiała podczas pobytu Persefony w krainie cieni, Zeus zdecydował, że Persefona ma wrócić do świata żywych. Zanim tak się stało, Hades podstępem skłonił ją do zjedzenia sześciu ziaren granatu, przez co sześć miesięcy każdego roku musiała spędzać w królestwie umarłych. Taka sobie bajeczka, ale istotne w niej było, że posłańcem, którego Zeus wysłał do Hadesu po Persefonę, był Hermes.

Choć każdy z trzech adresów był inny, nadane z nich maile miały podobne tematy. Najpierw: „Zabierz mnie do domu i przekonaj się, co potrafię". Potem: „Pójdź za mną w mrok, a zostaniesz bogiem". I wreszcie: „Jestem na tyle dorosła, że mogę sama podejmować decyzje. Nie każ mi wracać samej do domu".

Wszystkie tematy wyglądały jak nieprzyzwoite sugestie obliczone na to, by ominąć filtry antyspamowe. I kiedy Set otworzył dwie z tych wiadomości, zapewne szukając pornografii, adresy URL zawarte w mailach zaprowadziły go na strony ze zdjęciami kobiet, z wyglądu niepełnoletnich, w wyuzdanych pozach. Danny jednak wiedział, że treść maili nie miała znaczenia, bo ten, kto je wysłał, wiedział, że Danny nie może z własnej woli otworzyć żadnego z nich. Istotny był tylko adres nadawcy i temat.

Wszystkie trzy adresy nawiązywały do ludzi, którzy zmartwychwstali. Wszystkie trzy tematy można było odebrać jako rady albo prośby skierowane do Danny'ego. Umrę, zdawały się sugerować. Twoim zadaniem jest podążyć za mną do królestwa cieni – Hadesu, Dis, Duat – i „przekonać się", czego możesz się tam nauczyć. Jeden zapewniał, że autorka jest „na tyle dorosła", iż może sama podejmować decyzje, co znaczyło, że nie powinien opłakiwać jej śmierci, tylko ją wykorzystać, żeby jak najwięcej się dowiedzieć.

Danny nie pozwolił sobie nawet podjąć próby jakiegokolwiek działania, ale jego niepokój pogłębiał się z każdym kolejnym mailem. Ponieważ w adresach występowały imiona żeńskie, przyjął, że nadawcą była kobieta. „Jestem na tyle dorosła" wskazywało, że to na pewno nie Veevee ani Leslie. Czyli musiała to być albo jedna z jego przyjaciółek ze szkoły imienia Parry'ego McCluera, albo Hermia z Rodziny Greków.

Hermia raczej odpadała, choćby dlatego, że to ona go zdradziła, przesunęła Wielkie Wrota i dopuściła do nich wszystkich Greków, wskutek czego na Mittlegard powróciły potężne moce magów – bogów.

Co się zaś tyczy dziewczyn z McCluera, jedynymi na tyle oczytanymi, by znać imiona tych trzech mitycznych kobiet, były Pat i Laurette.

Mógł się mylić, był tego świadom, ale przypuszczał, że Laurette jest zbyt samolubna, żeby narazić własne życie, nawet w szlachetnej sprawie. A zatem listy przysłała Pat. Zamierzała popełnić jakieś szaleństwo, żeby wyrwać go z mocy Seta. Wyglądało na to, że jej plan obejmował wizytę w królestwie umarłych, czyli – z tego, co Danny zdołał ustalić – na Duat, trzeciej planecie, tej, z której pochodziły wszystkie Ka i Ba ludzkości.

Nie rób tego, Pat, pomyślał. Po czym natychmiast zmusił się, żeby o tym nie myśleć, bo wszelkie zbyt klarowne myśli mógł zrozumieć Set, przynajmniej częściowo, a Danny nie chciał ujawnić nieprzyjacielowi, jak ważna dla niego jest Pat.

Mimo wszystko musiał przyznać, że znalazła sprytny sposób przekazania mu wiadomości. Jeśli teraz natknie się na jej martwe bądź umierające ciało, będzie wiedział, że chodziło jej o to, by jakimś sposobem podążył za nią w zaświaty. A potem, jeśli szczęście dopisze, sprowadził ją z powrotem do świata żywych.

Wadą przemyślnego planu było to, że nie wiedział, jak to zrobić. W swoim życiu niewiele miał do czynienia ze śmiercią. Przynajmniej ze śmiercią ludzi. Nie miał więc pojęcia, czy uda się mu choćby znaleźć umierające Ka Pat, a co dopiero jakoś zabrać się razem z nim do piekła. Albo nieba. Czy gdzieś.

Poza tym Persefona wracała tylko na pół roku. Eurydyka w ostatniej chwili musiała obejść się smakiem, bo Orfeusz się za nią obejrzał. Zmartwychwstanie Ozyrysa było tylko tymczasowe. Nawet w mitach powrót z zaświatów przeważnie nie kończył się najlepiej.

Maile nawiązywały jednak do spraw, o których Danny rozmawiał z Pat, jeszcze zanim usidlił go Set. Wyglądało więc, że sam podsunął jej ten zły, bardzo zły pomysł.

Jeśli zatem Pat umrze, a on nie znajdzie jej odchodzącego wewnętrznego ja i tym samym za nią nie podąży, będzie musiał żyć z ciężarem świadomości, że umarła, próbując go ocalić, i że właśnie jego słowa niezamierzenie do tego doprowadziły.

Koniec końców wszyscy umieramy, pomyślał. Wpływ mamy tylko na termin. Nie na ostateczny rezultat. Nawet jeśli wszystko pójdzie zgodnie z planem Pat, jeśli przyprowadzę ją z powrotem do świata żywych, ona tak czy owak kiedyś umrze. Albo oboje na zawsze zostaniemy wśród umarłych. Co może wcale nie byłoby takie złe w porównaniu z życiem w ciągłym oczekiwaniu na to, kiedy Set wreszcie się mną znudzi. Wszyscy umierają.

– Święta prawda – powiedział Set na głos ustami Danny'ego.

Danny udał, że nie wie, o co chodzi – próbował wzruszyć ramionami. Set nie pozwolił mu na to, po czym sam ostentacyjnie wzruszył jego ramionami.

– Och, nie miałem nic konkretnego na myśli – powiedział, nadając głosowi Danny'ego karykaturalnie marudny ton. – Ale dobrze cię słyszałem, mały North. „Koniec końców wszyscy umieramy".

Danny znów wzruszył ramionami; Set znów powtórzył ten gest w przerysowany sposób.

– Mylisz się jednak, Danny North, filozofie. Ja nie umrę. Przykre, co? Ty możesz umrzeć. I umrzesz. Ale na łożu śmierci będziesz miał jedną pociechę: że Potężny Pan, który nauczył cię żyć, będzie żył dalej, kiedy ciebie zabraknie, w innym ciele, a potem w jeszcze następnym, i tak po wieki wieków. Najwięcej szczęścia da ci świadomość, że niegdyś byłeś moją pacynką. Dobre, nie? Pacynka! Tyle że nie dostałem się w ciebie przez tyłek.

Prostackie jak zawsze. Set był obrzydliwy jak gimnazjalista. Danny wręcz się dziwił, że nie pije całymi dniami napojów gazowanych po to, żeby puszczać jak najdłuższe i najgłośniejsze bąki.

Interesujące go maile przestały przychodzić, ale Danny wciąż ich wypatrywał. Przywoływał wspomnienie sprawdzania poczty, Set przeglądał następną partię maili, a Danny szybko przebiegał wzrokiem po tematach, żeby sprawdzić, czy któryś nie wygląda jak kolejna wiadomość. Nie znalazł ani jednej. Wreszcie pewnego wieczoru, kiedy zapadał już zmrok, ktoś zapukał do drzwi.

Set kazał ciału Danny'ego zerwać się na nogi i otworzyć drzwi.

To była Pat. Spojrzała mu prosto w oczy.

– Danny. Nie mogę zostawić cię tam samego.

– Nie jest sam – odparł głos Danny'ego.

Oczy Pat stały się zimne.

– Nie mówię do ciebie.

– To dobrze – powiedział Set. – Bo ja też nie mam ochoty z tobą gadać.

Prawa ręka Danny'ego wystrzeliła ku niej i mocno ścisnęła jej ramię. Pat skuliła się z grymasem bólu na twarzy. Wtedy lewa dłoń Danny'ego szybkim ruchem przecięła powietrze na wysokości jej szyi. Danny dopiero teraz uświadomił sobie, że trzyma w ręku – że Set trzyma w jego ręku – nóż. Gejzer krwi trysnął z gardła Pat i zalał Danny'emu oczy.

Set, nagle oślepiony, przez chwilę nie wiedział, co się dzieje. Danny mógł wykorzystać jego nieuwagę, żeby przesunąć nad Pat jedne ze zniewolonych wrót. Mógł ją uzdrowić, a potem oddać wrota samym sobie.

Nie po to jednak przyszła. Jej plan był taki, żeby Danny podążył za nią na Duat. Do Hadesu. Albo piekła. A żeby to się powiodło, musiał pozwolić jej umrzeć, mimo że mógł ją uzdrowić.

Wypatrywał więc jej Ka i nagle zrozumiał, że nie musi szukać jej Ka, musi szukać jej Ba, zewnętrznego ja, bo potrafi je wyczuć. Wyczuwa zewnętrzne ja tak samo jak wrota. Pat stała się magiem wiatru, nie magiem wrót – ale ma swoje Ba, które w chwili śmierci do niej powróci, a wtedy będzie mógł je zobaczyć, odnaleźć. Oto i ono. Jej Ba, ściągające z powrotem do ciała, prowadziło go do jej Ka.

To było tak jak wtedy, kiedy Danny wchłonął wrota Złodzieja Wrót, tyle tylko, że zamiast zerwać połączenie między Ba i Ka Pat, zostawił je otwarte, i kiedy Ba odnalazło Ka i się z nim zespoliło, miał je oba w swojej garści. Czy tym, co w tej sytuacji spełniało funkcję garści.

Czekał, kiedy Set pojmie, co się dzieje, i go powstrzyma, ale Set albo tego nie wyczuwał, albo nie mógł tego przerwać. A może chciał, żeby to się stało.

Danny nie zabrał połączonego Ba i Ka Pat, ale je trzymał, wiedział, gdzie jest. Czuł, jak wysnuwa się z jej ciała niby ośmiornica z milionem ramion wyciągająca macki z grząskiego mułu.

I w chwili, kiedy zerwała się ostatnia nitka, jaka łączyła jej Ka z ciałem, Danny przesunął nad Pat jedne ze zniewolonych wrót. Prawie wszystkie komórki jej organizmu jeszcze żyły mimo nieobecności Ka. Ciało ozdrowiało.

Danny oddał wrota samym sobie. Zniknęły.

– Co robisz? – spytał Set ustami Danny'ego. – Już za późno, wiesz, że to nic nie da.

Danny myślał, że Ka Pat wskoczy z powrotem do jej ciała, i może w innych okolicznościach tak by się stało, wyczuł jednak, że oparła się temu instynktownemu pragnieniu. Postanowiła umrzeć, mimo że dał jej możliwość wyboru.

Jej Ka czekało w pobliżu. Czy to ja nie pozwalam ci odejść?, pomyślał Danny. Staram się trzymać cię najlżej, jak potrafię, ale może to i tak za mocno, żebyś mogła wrócić na Duat?

Tyle że jeśli cię puszczę, jak mam podążyć za tobą?

Nie, to, że ją trzymam, jej nie przeszkadza – to ja sam nie mogę odejść, bo kurczowo trzymam się własnego ciała. Nie wystarczy, żebym ją pochwycił. Muszę się uwolnić od samego siebie.

Kiedy tylko wejrzał w głąb siebie, uświadomił sobie, że tym, co najmocniej wiąże go z ciałem, nie jest jego Ka – lecz zniewolone wrota, które wciąż miał w swoim skarbcu.

Powołał więc wszystkie te wrota do życia i oddał je samym sobie. Po krótkiej chwili już ich nie było. Set wrzeszczał z wściekłości, aż Danny'ego rozbolało gardło i prawie stracił głos.

Właściwie jednak tego nie czuł, bo pozbył się już swojego brzemienia. Do tej pory nie zdawał sobie sprawy, jak wielkim ciężarem byli mu ci jeńcy.

Czuł, że Pat ciągnie go za sobą. Próbowała odejść, przenieść się tam, dokąd odchodzą martwe dusze. Na planetę Duat. Danny jednak wciąż ją przytrzymywał.

Tyle że teraz powoli odciągała go od jego własnego ciała. Czuł, jak jego Ka próbuje wydobyć z niego swoje macki.

– Nie! – krzyknął Set ochryple.

Nie potrafił jednak powstrzymać Danny'ego. Miał władzę nad jego ciałem, nie nad jego Ka, i nie mógł przeszkodzić Danny'emu w zrzuceniu z siebie skóry i kości.

Jeśli umrę na amen, pomyślał Danny, czy Set będzie mógł dalej korzystać z mojego ciała? Wrót na pewno nie stworzy, wszystkie przepadły. Czy odejdzie? Czyim ciałem zawładnie? Jaki nieszczęśnik zostanie jego następną ofiarą?

Przyjdzie czas odpowiedzi na te pytania, kiedy Danny wróci. Jeśli wróci.

Poza tym, kogokolwiek Set opęta, nie będzie to mag wrót. Czyli jeśli śmierć Danny'ego okaże się trwała, światy i tak będą znacznie mniej zagrożone niż w czasie, kiedy Set władał ciałem maga wrót.

Gdy zrywały się kolejne nici łączące go z ciałem, Danny czuł, że te, które jeszcze się zachowały, są coraz wątlejsze. Cieńsze. Bardziej rozciągliwe. Ciągnięty przez Pat coraz szybciej oddalał się od swojego ciała, aż kiedy zostały już tylko trzy ostatnie nitki, jego uchwyt zupełnie przestał być dla niej przeszkodą i pomknęli razem w dal.

Próbował nawiązać z nią rozmowę, ale nie miał ust, nie mógł posługiwać się mową, podobnie jak wtedy, kiedy władał nim Set. Zamiast poczuć się oswobodzony po zerwaniu większości więzów z ciałem, miał wrażenie, że jest więźniem; bo ciało było w dużym stopniu źródłem jego siły. Ciało biegało, jadło, bolało, spało, zdrowiało. Ciało, choć czasem bywało ciężarem, dawało mu wielkie moce i teraz nie wiedział, jak bez tego funkcjonować. Kiedy był opętany przez Seta, przynajmniej coś czuł.

Dopiero gdy mocniej chwycił Pat i jej pęd uległ spowolnieniu, przekazała mu wiadomość. Bez słów – Ka nie porozumiewały się słowami, tak jak Danny nie mógł posłużyć się mową, żeby nawiązać kontakt ze zniewolonymi wrotami Lokiego. Zrozumiał jednak sens tego, co chciała powiedzieć: Udało się. To działa. Nie zatrzymujmy się.

Nie wiedział, na czym polegał ich ruch, jak go wykonywali ani nawet po czym poznawał, że są w ruchu. Nie miał oczu, więc nie mógł nic widzieć. Wiedział jednak, że opuścili świat sześciu miliardów ludzkich Ka i byli w bezkresnej przestrzeni między światami, między gwiazdami.

I nagle znaleźli się gdzie indziej. Dużo szybciej niż gdyby mieli fizycznie pokonać ten dystans, zbliżali się do innego świata, zamieszkanego przez biliony, tryliony Ka. Było ich więcej niż wszystkich ludzi, którzy kiedykolwiek żyli na Mittlegardzie i Westilu. Więcej niż zwierząt i roślin razem wziętych. Dość, żeby po dziesięciokroć zaludnić oba światy w całym okresie ich istnienia.

Nie miał pojęcia, skąd to wie. Nie potrafił zidentyfikować, nazwać ani policzyć żadnych innych Ka oprócz swojego i Pat. A mimo to wiedział, ile ich jest: tyle, że nie znał słowa określającego tak wielką liczbę. Liczbę, którą można by objąć wszystkie cząstki wszelkich rodzajów i rozmiarów we wszechświecie, i jeszcze by zostało. A mimo to, ponieważ Ka, jak punkty geometryczne, nie mają wymiarów, było dla nich dość miejsca na tym świecie. Na Duat.

Nie widział tego świata. Nie potrafił rozróżnić, gdzie kończyło się życie, a zaczynała skała. Może to gazowy olbrzym? Czy Duat mógł być powierzchnią gwiazdy? Niezdolny widzieć, odczuwać ciepła ani zimna, bólu ani twardości skały, Danny czuł tylko otaczające go życie.

Pilnował, żeby trzymać Pat mocno, bał się, że gdyby stracił z nią kontakt, nie odnalazłby jej w panującym tu chaosie.

Nie chaosie. Tutaj nie było chaosu. Był idealny porządek. Miejsce dla każdego Ka, każde Ka na swoim miejscu.

Skąd wiedział?

Potężne Ka bez słów przedstawiło mu odpowiedź: Wiesz, bo ja dałem ci tę wiedzę. Natchnąłem cię mądrością i teraz masz ją tak, jakbyś sam ją zdobył.

Choć Danny zrozumiał, nie „słyszał" tego. W niczym nie przypominało ludzkiej mowy, ciągu słów ułożonych jedno po drugim w ściśle określonym porządku. Po prostu najpierw nie miał wiedzy, a potem nagle ją miał.

Kim jesteś? A przynajmniej zamiarem Danny'ego było zadać takie pytanie.

Jestem, kim jestem.

A może „Jestem sobą". Lub „Jestem mną". Lub „Jestem Ten". Nie padło ani jedno słowo, ale Danny wyczuł głęboką samoświadomość istoty, która z nim rozmawiała. On nie miał takiej świadomości samego siebie. W porównaniu z głębią samowiedzy swojego przewodnika był błahostką, niesioną wiatrem drobiną kurzu, ziarnkiem piasku miotanym falą.

Tyle że ponieważ rozmawiał z Tym, nie był ani miotany falą, ani niesiony wiatrem. Tkwił w zupełnym bezruchu. A u jego boku, wewnątrz niego, była Pat. Jej obecność też wyczuwał.

Kto to?, zapytał Ten.

Pat, odparł Danny. Tylko że nie użył słowa „Pat". Jego odpowiedź polegała na tym, że w jednej chwili przedstawił wszystko, co wiedział o Pat, wszystko, co pamiętał, wszystko, co dla siebie znaczyli, plan, który Pat obmyśliła i zrealizowała, morderstwo w drzwiach jego domu, popełnione ręką Danny'ego, ale nie z jego woli.

Nie chciałeś, żeby umarła?, zapytał Ten.

Chcę żyć razem z nią, odpowiedział Danny i z jego myśli popłynęły obrazy wszystkiego, czego od życia pragnął, bliskości, małżeństwa i rodziny, dzieci, które mógłby wychować, przyjaciół, pracy, nauki, tworzenia, wszystkiego, co nadaje ludzkiemu życiu wartość.

Tak, powiedział Ten. Dlatego cię tam posłaliśmy.

Nie chciałem, żeby Pat umarła, próbował tłumaczyć Danny. A mimo to z własnego wyboru przyszła tam, gdzie czekała śmierć, i kiedy Set ją zabił, nic nie zrobiłem, pozwoliłem jej umrzeć, chociaż mogłem ją uzdrowić. Przystałem na jej śmierć, żeby mogła mnie tutaj sprowadzić. A ona zgodziła się umrzeć, bo kiedy uzdrowiłem jej ciało, mogła do niego wrócić, a tego nie zrobiła. Jest tutaj z własnej woli.

A mimo to ją więzisz, odparł Ten.

Trzymam ją w objęciach, bo inaczej nie wiedziałbym, gdzie jest.

Wiedziałbyś.

W tej chwili Danny zrozumiał, że wszystko, co mówił Ten, musiało być prawdą; że samym aktem mówienia o tym czynił to prawdą.

Puścił więc Pat.

A ona od razu jakby urosła, tak gwałtownie, że prawie go przytłoczyła swoją obecnością. Nie to, że stała się większa, tęższa, jaśniejsza czy głośniejsza – takie słowa nic tutaj nie znaczyły – on wyczuwał ją z nieporównanie większą mocą. Dopóki trzymał Pat, jej Ka wydawało się słabe, nieuchwytne; teraz, uwolniona od niego, tak mocno się na nim skupiała, że zdawała się wypełniać połowę otaczającej go przestrzeni. Swoim głębokim oddaniem dla Danny'ego sprawiła, że sam także urósł w siłę.

Na pewno nie uległ złudzeniu. Inne pobliskie Ka też to wyczuły i zwróciły się ku niemu. Nie był to fizyczny ruch, tylko skupienie uwagi, dzięki temu Danny urósł, roztaczał więcej blasku i ciepła, widział dalej i rozumiał więcej. Najjaśniejszy promień uwagi kierowała jednak na niego Pat.

Wyczuł coś jakby rozbawienie Tego.

Nie. Nie Pat. Ona rzucała najjaśniejszy promień spośród wszystkich, którzy nie byli Tym. Skupiona na Dannym uwaga Tego była oceanem, uwaga Pat zaledwie kroplą deszczu. A wszyscy pozostali byli w porównaniu z nią jak smużki mgły.

To jest miłość, powiedział Ten.

Pat mnie kocha, wiem o tym, ale dlaczego kochasz mnie ty? I jak mogą mnie kochać ci wszyscy pozostali, skoro nawet ich nie znam?

Bo widzieli, że puściłeś Pat, zwróciłeś jej wolność. Widzieli, że zrobiłeś to, bo zawierzyłeś mojej obietnicy, że rozpoznasz ją, nawet kiedy nie będziesz jej trzymał przy sobie. Kochają cię za te dwie rzeczy i dzięki ich miłości urosłeś w siłę. A Pat urosła w siłę dlatego, że dobrowolnie oddała za ciebie życie. Podziwiają ją za tę miłość.

Nie chcemy być martwi, powiedział Danny i zrozumiał, że Pat równocześnie wyjaśnia to samo na swój sposób.

Jest tutaj wielu, którzy nie chcieli być martwi. A jednak są tutaj, zadowoleni, radzi, że są ze mną, przynajmniej na razie.

Jesteś Bogiem?, spytał Danny.

Istotą, która wymusza na innych posłuszeństwo? Nigdy. Stwórcą czegoś z niczego? Niewykonalne. Absolutnym władcą nieba i ziemi? Takowy nie istnieje, a jeśli nawet, to nic mi o tym nie wiadomo.

Więc kim jesteś?

Po to tutaj przybyłeś? Żeby mnie poznać?

Nie wiem. Przybyłem, chcąc dowiedzieć się wszystkiego, co konieczne, by powstrzymać Seta przed podbiciem dwóch światów, nie dopuścić, żeby władał nimi okrutnie przez dziesięć tysięcy, sto tysięcy lat. Wiecznie.

Tutaj się nie dowiesz, jak podporządkować sobie kogoś wbrew jego woli. Niczego jeszcze się nie nauczyłeś o mocy?

Danny pomyślał o nauczaniach magów Mitheru: Aby posiąść moc drzew, musisz kochać drzewa, poświęcać im uwagę, zaspokajać ich potrzeby, chronić je przed wrogami. Kiedy okażesz im miłość, podzielą się z tobą swoją mocą na tyle, na ile mogą, bo uwierzą, że działasz w ich interesie. Tylko wtedy orzeł pozwala, żebyś się w niego wcielił, i spełnia twoje życzenia, jakby były rozkazami, bo jego życie znaczy więcej, kiedy jest ci posłuszny, niż gdy był wolny i samotny. Jeśli jednak zawiedziesz to zaufanie, wyjdziesz na tym gorzej niż ci, którzy nie mają żadnej więzi z roślinami czy orłami, skałą czy deszczem.

Takie wspomnienia napłynęły falą do umysłu Danny'ego i Ten im przytaknął. Zdawał się mówić: Cieszę się, iż zachowali chociaż to w pamięci, że moc bierze się z dobrowolnego posłuszeństwa, a dobrowolne posłuszeństwo z zaufania i miłości.

Tyle że oni kochają tylko to, czemu służą jako magowie, odparł Danny. Nie kochają nic innego i wielu krzywdzą wbrew ich woli.

Wszyscy są tacy?, spytał Ten.

I Danny nagle zrozumiał, że swoim świadectwem obciąża w oczach Tego wszystkich magów Mitheru. Natychmiast więc przypomniał sobie znajomych, którzy nigdy nie wykorzystywali swoich mocy przeciwko innym. Marion i Leslie. Veevee. Stone. I być może niezliczenie wielu innych członków Rodzin i Sierot. Nawet w Rodzinie Northów byli przecież wujek Mook i ciotka Lummy.

A Thor, matka i ojciec chcieli dobrze – teraz Danny to rozumiał i zdał sobie sprawę, że kiedy rodzice tamtego dnia przyszli zobaczyć się z nim w szkole, nie dążyli, by, jak się obawiał, uzyskać przewagę nad innymi; nie, po prostu naprawdę go kochali, troszczyli się o niego, chcieli przyczynić się do jego szczęścia, a w zamian pragnęli jego miłości i zaufania.

Ten odpowiedział mu: Widzę, że wielu wyrządza krzywdy rozmyślnie. Wielu robi to nieświadomie. Wielu mimo woli czyni dobro. Wielu zaś czyni dobro w sposób zamierzony, płacąc za to wysoką cenę, i mężnie, niestrudzenie służy szczęściu innych. A mimo to ich nie kochasz.

Lękam się ich, odparł Danny szczerze.

To mądre, a zarazem dziecinne z twojej strony. Lękasz się, że nie możesz zaufać ich miłości, więc nie ufasz, a tym samym nie możesz się przekonać, czy ich miłości można zaufać. Twój strach chroni cię przed krzywdą, a jednocześnie naraża cię na ból i trwogę samotności, więc wyrządza ci innego rodzaju krzywdę. Dlaczego sądzisz, że właśnie ty, ze wszystkich, którzy przybywają tu, do swojego domu, na Duat, zasługujesz, by wrócić na Mittlegard?

Wcale nie sądzę, że na to zasługuję. Pat też nie, przynajmniej nie dla własnego czy mojego dobra. Przybyłem tutaj, żeby dowiedzieć się, jak uwolnić od Seta albo go zwyciężyć, by nie mógł nikogo skrzywdzić ani zdobyć mocy, która pozwoliłaby mu zawładnąć światami.

Tym światem nie zawładnie, bo nikt tutaj nie rządzi.

Nawet nie ty?

Ci, którzy robią to, o co ich proszę, postępują tak dlatego, że są świadomi, do czego dążę, i chcą, aby moje plany się ziściły. Dlatego razem ze mną zbudowali światy, na których żyjecie, wyhodowali na nich życie i wysłali wielu moich przyjaciół, aby tam zamieszkali i nauczyli się żyć w ciałach, z ich ograniczeniami i zdolnościami.

Nikogo nie przymuszasz.

Nikt nikogo do niczego nie przymusza. To nie jest możliwe. Możesz zadać komuś ból na ciele albo duszy, ale tylko ten ktoś może zdecydować, co w związku z tym zrobi. Posłuchaj jednak, Danny North. Znałem cię już wcześniej i byłem świadom twojej wartości, bo kiedy posłałem cię na Mittlegard, abyś tam się urodził, miliard innych postanowiło razem z tobą wstąpić w twoje ciało, stać się częścią twojego ja i dać ci swoją moc. To są, jak je nazywasz, twoje wrota. Ponieważ oddałeś swoich stronników człowiekowi imieniem Klucha, posiada on teraz wielką moc; kiedy tylko jednak przywołasz ich do siebie, wszyscy do ciebie powrócą, bo pragną czynić twoją wolę.

Moje wrota tak naprawdę nie są częścią mnie?

Ależ są. Są tą częścią ciebie, która potrafi w mgnieniu oka pokonywać ogromne odległości. Każde Ka i każde Ba posiada prostą umiejętność przemieszczania się z jednego miejsca w drugie i z powrotem. Ta zdolność ruchu, kiedy ją okiełznać i zaprząc do pracy, umożliwia powstanie takich rzeczy, jak grawitacja i silniki, światło i wiatr. Jednak gdyby je pozostawić samym sobie, po czym Ka i Ba miałyby poznać swoje dokładne położenie w przestrzeni? Ktoś musi dać im punkt odniesienia, tak by wszelkie cząstki mogły się zorganizować, połączyć w światy i atmosfery, formacje terenu i strefy klimatyczne, ryby, zwierzęta i ptaki. To wszystko zbudowane jest z cząsteczek, które zbudowane są z atomów, które z kolei zbudowane są z jeszcze mniejszych cząstek i tak dalej. Jednak najbardziej podstawową częścią składową wszechrzeczy jest to, co ty nazywasz Ka, ale co w innych miejscach i epokach określano słowem *pret*. Prety to ci, którzy czekają, przez cały czas mi służąc. Zawsze gotowi się podporządkować, gdy tylko się dowiedzą, jakie prawo się do nich odnosi.

Lgną do miłości i mocy. Lgnęli do ciebie. Miliony wrót w twoim skarbcu to ci, którzy cię kochali, podziwiali i podążyli za tobą, by być częścią ciebie, całkowicie ci posłuszni, nawet kiedy, jak sądzisz, oddajesz ich innemu. Poszli za tobą jak Sutahici za Setem.

Nie chcę być taki jak Set.

To nie bądź.

Powiedz, co mam robić, a wrócę na Ziemię i to zrobię.

Wiesz, co masz robić.

Danny North nie znosił enigmatycznych odpowiedzi. Trąciły szachrajstwem i nie chciał wdawać się w szermierkę umysłową z kimś, kto, co oczywiste, był dużo mądrzejszy i lepiej poinformowany od niego.

Choć nie odpowiedział, myśli stały się jego odpowiedzią.

Nie szachruję, powiedział Ten. Po prostu nie mogę dokonywać wyborów za ciebie. Ani powiedzieć ci, jak zrobić coś, czego nikt nigdy nie zrobił.

Nie możesz powiedzieć... bo nie wiesz?

Jest prawo, które stanowi, że kto tu przybywa, musi tutaj zostać. Jeśli uczynię wyjątek, to nie dla własnego widzimisię czy dlatego, by dogodzić kaprysom jakiegoś śmiertelnika. Wszystkie prawa istnieją po to, by chronić szczęście ogółu i mu sprzyjać. Jeśli przedstawię ci jakiś plan i odeślę cię na Mittlegard, staniesz się moim narzędziem, a twoje czyny moimi czynami. Nie mogę tak postąpić, bo to zaburzyłoby ład na Duat i wszystkich światach. Ty i pozostali musicie mieć wolność wyboru. Ja przedstawiam możliwości. Nauczam. Ale nie manipuluję. Nie zmuszam. Nie rządzę.

Myślę, że gdybyś rządził, świat byłby lepszy.

Światy mężczyzn i kobiet mogą być mi posłuszne, kiedy tylko zechcą. Decyzja należy do nich. Mogą też być posłuszne i nieposłuszne sobie nawzajem.

Ja nie mogę być nieposłuszny Setowi.

To skąd się tu wziąłeś? Przecież nie chciał, żebyś tutaj przybył.

Władał moim ciałem. Posłuszne jemu, nie mnie.

Twoje ciało zawsze było posłuszne tobie i tylko tobie.

Ta myśl zirytowała Danny'ego, kiedy tylko ją wychwycił; wiedział też jednak, że skoro tak mówi Ten, musi to być prawda, nawet jeśli w sensie dla niego niezrozumiałym.

Przez wszystkie tygodnie, gdy Set władał jego ciałem, mówił jego głosem, sterował jego poczynaniami, czy to sam Danny North w jakiś sposób wykonywał rozkazy Seta?

Dlaczego moje ciało nie podporządkowywało się mojej woli? Set za każdym razem stawał mi na przeszkodzie.

Stawał na przeszkodzie tobie. Nie twojemu ciału.

Danny próbował sobie przypomnieć, jak to było, kiedy usiłował coś zrobić, a Set do tego nie dopuszczał. Zmuszał ciało siłą woli, żeby, na przykład, poruszyło ręką albo powiedziało jakieś słowo, i czuł, że coś mu to uniemożliwia. Skutek tego, że Set władał jego ciałem?

Nie.

A zatem Set odciął jego woli dostęp do jego ciała. Blokował pragnienia.

Jeszcze nie to, ale już cieplej.

Czyli to musiało być tak, że kiedy Danny czegoś chciał, Set przekonywał go, że wcale tego nie chce. On wyrażał sprzeciw, a Danny sam z siebie ustępował.

Dlaczego tak robiłem?, spytał Danny.

Dlaczego tak robiłeś?

Bałem się.

Czego?

Danny próbował sobie przypomnieć. Przeanalizować to.

Wtedy przemówiła Pat – czy raczej powzięła myśl i wprowadziła ją do dialektyki. Bałeś się, że twoje ciało cię nie posłucha, więc odwoływałeś własne polecenie.

Tak, potwierdził Ten.

Moje ciało posłuchałoby mnie?

Brak odpowiedzi.

Bo naciskałem, wysilałem się, a nie mogłem przezwyciężyć sprzeciwu Seta.

Nie mogłeś?

Naciskiem nie skłonisz swojego ciała, żeby było ci posłuszne, podpowiedziała Pat. Nacisk to przymus. Między ciałem a jego właścicielem, jego Ka i Ba, nie może być przymusu.

Czułem, jakby Set blokował mi dostęp, więc naciskałem. Ale to nic nie dawało, bo moje ciało nie reaguje na naciski, Set też nie.

Zrozumienie zalało Danny'ego. Kiedy stwarzam wrota, nie zmuszam ich do powstania, proponuję im to. Steruję moim ciałem jak mag swoim bratem serca: zachęcając, budząc zaufanie, uzyskując dobrowolne posłuszeństwo.

Danny, szepnęła Pat. Chyba niewiele wiemy o własnych ciałach. Myślę, że będąc w nich, jesteśmy jak liście na wietrze, miotani cielesnymi pragnieniami, i rzadko udaje nam się je przekonać, żeby służyły wyższym celom. Ty potrafiłeś powstrzymać dążenie swojego ciała do zaspokojenia żądzy – tak oparłeś się dziewczynom, które cię pragnęły. Tak oparłeś się mnie. Jednak, mimo że opierasz się własnemu ciału, nie znaczy, że je znasz.

Otóż to, odparł Ten.

Nie mogę wypędzić Seta, pomyślał Danny. Nie mogę więc przeszkodzić mu w blokowaniu połączenia między moim ciałem a moją wolą.

Ten jednak natychmiast odrzucił tę myśl. Czy raczej Danny natychmiast poczuł się otępiały i ogłupiały, bo tak odbierał „Nie" Tego.

Właśnie że mogę mu w tym przeszkodzić. Wystarczy dopilnować, by ciało i wola nie były odrębnymi bytami, prawdziwie połączyć się w jedno z moim ciałem. Nie może być luki, w którą mógłby wcisnąć się Set i mnie zablokować.

Ale jeśli to zrobię, Set skapituluje i odejdzie, a wtedy nie będziemy wiedzieć, gdzie jest.

To zmartwienie na jutro, odparła Pat. Twoja wolność, panowanie nad twoim ciałem: tym martwmy się dzisiaj.

Ten nie powiedział nic.

Raczej nie dowiem się, jak to zrobić, będąc tutaj, z dala od mojego ciała, pomyślał Danny North.

To prawda.

Proszę, uczyń wyjątek od reguły i pozwól mnie i Pat wrócić do naszych ciał. Ustalimy, jak je lepiej poznać, żeby nikt nie mógł nas rozdzielić, żeby nasze ciała bezwarunkowo podporządkowały się naszej woli.

I jak wytłumaczę takie odstępstwo wszystkim widmom, które próżno prosiły o to samo?

Powiedz im, że spróbuję uchronić światy przed Setem.

Danny, ty już jesteś jednym z największych spośród tu obecnych, powiedziała Pat. Dostrzegłam to, kiedy tylko wróciliśmy. Poznali ciebie, zapamiętali. Uradowali się na twój widok, ale i byli zdumieni, bo jeszcze nie spełniłeś naznaczonej ci misji.

Jak miałem spełnić, skoro nikt mi nie powiedział, na czym ona polega?

Każdy z nas sam wybiera swoją misję, powiedział Ten.

Ja wybieram dobrze?, spytał Danny.

Wybierasz, jesteś świadom swojego wyboru i bierzesz za niego odpowiedzialność.

Ale czy postępuję właściwie?

Dlaczego uważasz, że jest tylko jeden właściwy sposób wypełnienia misji, którą sobie wybrałeś?

Bo tyle jest niewłaściwych sposobów!

Chcesz, żebym zawsze ci mówił, co jest właściwe, bo wtedy nigdy nie popełniałbyś błędów. Ale jeśli zdasz się całkowicie na mnie, to – powtarza się – wszystko, co zrobisz, będzie działaniem twoim czy moim?

Twoim, owszem, i nie mam nic przeciwko temu! Pozwól, żebym ci pomógł. Proszę, nie każ mi zgadywać.

To tak nie działa.

W takim razie zmień zasady!

Ja ich nie ustanowiłem. One tkwią w naturze rzeczy. Moc bierze się tylko z perswazji, z miłości i służby. Z podejmowania prób i nabywania wiedzy.

Przypomniał mu się cytat z *Imperium kontratakuje*, który zawsze przytaczali Hal i Wheeler. „Rób. Albo nie rób. Nie ma próbowania".

Odpowiedź Tego była pełna smutku i pogardy. Jest wręcz przeciwnie, zdawał się mówić. Jest tylko próbowanie, raz po raz, dotąd, aż przekonasz świat, by zaczął działać zgodnie z twoim nowym planem wobec niego. Nie można po prostu „robić", bo wszystko ma swój rozum i podporządkowuje się prawom, które już rozumie.

Czyli nie możesz zmienić praw, odpowiedział Danny. Nie dlatego, że jest ci to zabronione, ale dlatego, że bez praw nie ma czynu, nie ma stwarzania, nie ma wiedzy. Te prawa są wszechświatem, a my, Ka i Ba, wewnętrzne i zewnętrzne ja, my prety, możemy tylko znaleźć dla siebie miejsce w obrębie tych praw i przestrzegając ich, zyskać pewną dozę mocy.

Cieplej. Cieplej. To na razie wystarczy.

Możemy wrócić?, spytał Danny North. Czy możemy znów żyć na Mittlegardzie, w tych samych ciałach, co przedtem, i wykorzystać zdobytą tutaj wiedzę, by spróbować uchronić świat przed starym kłamcą Setem?

Nie padła odpowiedź; zabrakło na nią czasu. Bowiem Danny'ego od razu zalała przytłaczająca fala doznań. Był z powrotem w swoim ciele.

Słyszał dźwięki z ulicy na zewnątrz i z oddalonej o dwie przecznice autostrady. Czuł drgania podłogi. W nozdrzach miał metaliczny odór przelanej, krzepnącej krwi. Krwi Pat.

Otworzył usta, żeby coś powiedzieć.

Usta przemówiły.

– Witaj z powrotem, Danny North – powiedziały. – Widzę, że przyprowadziłeś swoją dziewczynę. Zabijmy ją znowu, zobaczmy, ile razy można to będzie powtórzyć.

Nie słuchał Seta. Teraz już wyczuwał, jak jego Ka łączy się z każdą komórką jego ciała. Tyle że to nie wystarczało. Spróbował wepchnąć macki swojego ja głębiej. Nie było jednak ani macek, ani wpychania. Zamiast tego poprosił swoje ciało, żeby wpuściło go w głąb siebie, i teraz miał świadomość misternej pracy swoich komórek, czynności życia na jego najbardziej podstawowym poziomie.

Wciąż jednak wiedział, że to nie wystarczy.

Pozwól, abym był częścią ciebie. Abym poznał cię dość dobrze, żeby ci służyć.

Komórki jego ciała nagle wydały mu się wielkie, bo sięgnął świadomością daleko w głąb ich wszystkich. Czuł ciężar dużych cząsteczek przenoszonych płynami wypełniającymi komórki.

Wyczuwał czynności i procesy, ścisk atomów, ich wędrówki od jednej cząsteczki do drugiej. Skąd mogę to wszystko wiedzieć? Bo to jest ciało, które mi dano. Ciało, które mi się oddaje.

Tak głębokie poczucie własnego ciała i kości napełniło go światłem i ogniem. Świat wewnątrz niego był większy od świata zewnętrznego, takie przynajmniej miał wrażenie.

Otworzył usta, żeby przemówić.

– Pat, nic ci nie jest? Wróciłaś?

I wtedy ten jakże miły dla ucha głos, szalony głos, który zaofiarował się, że umrze.

– Pewnie, że tak – powiedziała. – Pomyśleć, że ledwie trzy minuty temu zapukałam do twoich drzwi.

Danny'emu aż się w głowie zakręciło. Śmierć Pat, wyprawa na inny świat, długa, zawiła, odbyta bez słów rozmowa z Tym na Duat, a wszystko to w tak krótkim czasie, że ich ciała jeszcze nie zaczęły gnić.

Odruchowo, bez namysłu, spróbował przesunąć wrota nad Pat dla pewności, że wszystko z nią w porządku.

Tylko że nie miał żadnych wrót.

Mimo to coś przesunęło się nad nią, coś stworzonego przez Danny'ego, i była cała i zdrowa.

– Nie mam wrót – powiedział Danny. – Jak mogłem przepuścić cię przez wrota, których nie mam?

– Nie wiem, ale byłam obolała i ospała, a teraz nic mnie nie boli i przejaśniło mi się w głowie.

– Przecież nie stworzyłem wrót.

– Może już nie są ci do tego potrzebne. Może wystarczy, że prosisz każdą część mojego ciała, by wróciła do zdrowia.

Danny chciał o tym pomyśleć, ale przerwało mu uczucie, które dopiero po chwili rozpoznał.

Set próbował z niego wyjść.

– Nie odchodź, proszę – powiedział Danny. – Myślę, że jeszcze nie jesteś gotowy iść w świat beze mnie.

I Set ot tak został.

# Rozdział 7

Hermia rozpoznała tę dziewczynę, kiedy tylko się pojawiła. To była ta suszłaczka, dziewczyna Danny'ego, Pat. Tyle że już nie była suszłaczką.

– Jakie złe wiatry cię tu przyniosły? – spytała Hermia.

– Byliśmy z Dannym ciekawi, co u ciebie słychać.

Hermia parsknęła śmiechem.

– Jak ci się podoba moja cela?

Pat rozejrzała się obojętnie.

– Udostępniłaś swojej Rodzinie Wielkie Wrota. Mam uwierzyć, że w nagrodę zesłali cię na wyspę Arki?

– Zesłali mnie na Patmos, gdzie moja Rodzina ma... hm, właściwie po trochu wszystkiego. Tyle że roiło się tam od chrześcijan przekonanych, że skoro Bóg raz uraczył Jana na Patmos zwariowanym snem, to dalej będzie produkował głębokie objawienia dla seminarzystów i pobożnych turystów.

– Czyli Rodzina nie okazała ci wdzięczności?

– Byli wdzięczni, owszem, dopóki Wielkie Wrota nie zniknęły. Stary dobry Złodziej Wrót nadal robi swoje, jak widać. – Hermia wiedziała, że powodem tej wizyty nie jest ciekawość, a już na pewno nie sympatia. Prędzej czy później musiała poddać się sądowi Danny'ego. Jeśli więc Pat nie chce przejść do rzeczy, ona ją wyręczy. – Wiesz, że nie zdradziłam Danny'ego z własnego wyboru.

Cień uśmiechu? Trudno było cokolwiek wyczytać z twarzy tej dziewczyny.

– Diabeł cię podkusił – rzuciła.

Co za hipokryzja.

– To takiej wymówki Danny używa ostatnimi czasy, co? – Ledwie Hermia skończyła mówić, zrozumiała, że popełniła błąd. Pat była lojalna. To jej główna zaleta. Tylko głupiec mówiłby przy niej źle o Dannym, nawet w żartach.

Hermia jednak była maginią wrót – pozbawioną wrót, więc nie pozostało jej nic oprócz przewrotnego poczucia humoru. Nie mogła wymagać od Pat, żeby to rozumiała.

Poczuła, że nagły poryw wiatru potargał jej włosy, po czym silny podmuch zachwiał nią tak, że upadła razem z krzesłem na wysadzaną płytkami podłogę.

– Brawo – powiedziała Hermia. – Trzeba być naprawdę przebiegłą maginią wiatru, żeby powalić bezsilnego więźnia.

– Nie jesteś moim więźniem – odparła Pat.

– Teraz już tak. Nie mogę uciec i jestem zdana na twoją łaskę i niełaskę.

– Zdradziłaś Danny'ego z własnego wyboru – stwierdziła Pat. – Wybór istnieje zawsze.

– Masz rację. Ale, o dziwo, sądzę, że Danny North na moim miejscu postąpiłby tak jak ja. Jeśli przestaniesz robić demolkę wiatrem i mnie wysłuchasz, myślę, że się ze mną zgodzisz.

Powietrze nagle znieruchomiało.

– Nie powinnam była posługiwać się wiatrem w taki sposób – przyznała Pat. – Przepraszam.

– Wybaczanie to nie moja specjalność, ale…

– Nie przepraszałam ciebie. – Pat mówiła tonem ociekającym pogardą. – Opowiedz, co masz do opowiedzenia. Nie po to, bym mogła cię osądzić, tylko żeby usłyszał cię Danny. Z jakiegoś powodu uważa, że musi cię wysłuchać. Że jest ci to winien.

– Przez co słucha? – zdziwiła się Hermia. – W tym pokoju nie ma wrót i nigdy nie było. Jak się tu dostałaś?

Pat chwilę milczała, może po to, by dać Hermii do zrozumienia, iż nie zamierza odpowiadać na jej pytania.

– Zdaje się, że miałaś wytłumaczyć, dlaczego przesunęłaś Dzikie Wrota i zniweczyłaś plan Danny'ego – odpowiedziała.

– Nie wierzyłam w „plan" Danny'ego, bo nie miał szans powodzenia.

– Nic dziwnego, skoro go sabotowałaś.

– Wcale nie zamierzałam go sabotować. Chciałam poczekać, aż sam się zawali pod ciężarem zawartych w nim błędów.

– Nie jestem tutaj po to, żebyś mogła krytykować plan Danny'ego. Nie powiódł się przez to, co zrobiłaś z własnego wyboru.

– Teraz ci powiem, dlaczego to zrobiłam. Moja sprytna Rodzina sporządziła listę przyjaciół Danny'ego. Byłaś na niej ty, te trzy głupie dziewczyny, Hal i Wheeler.

– Te dziewczyny nie są głupie.

– Są, przynajmniej w porównaniu z tobą – odparła Hermia. – Oczywiście, w porównaniu ze mną wszyscy jesteście głupi, może z wyjątkiem Hala. Ale zmierzam do tego, że Danny'emu na was zależało. Rodzina była więc gotowa wykorzystać was, wszystkich naraz albo jedno po drugim, jako kartę przetargową, żeby skłonić Danny'ego, by oddał Wielkie Wrota do jej wyłącznego użytku.

– Więc byliśmy zakładnikami, mimo że twoja Rodzina nie miała nas w niewoli.

– Głupie dziecko – prychnęła Hermia. – Rodziny nie muszą trzymać was w niewoli. Wystarczy, że wiedzą, gdzie jesteście i jak się do was dostać. Kto z was zdołałby stawić czoło byle popychadłu, a co dopiero magowi obdarzonemu prawdziwą mocą?

– Nikt nie miał prawdziwej mocy, dopóki nie powstały Wielkie Wrota.

– W porównaniu z tobą i twoimi przyjaciółmi oni wszyscy mieli moc.

– Zawsze mogliśmy uciec.

– Nie dość szybko – wytknęła Hermia. – Wiedzieli o waszych amuletach.

– Bo im powiedziałaś.

– Bo wszyscy ich dotykaliście, przekazując przesłanie Danny'ego. No i nie zapominaj, że ja też taki amulet miałam. Sądzisz, że Rodziny nie potrafią domyślić się rzeczy oczywistych? Nawet jeśli ich moce wtedy jeszcze rzeczywiście były staroświeckie i zacofane, to mają mózgi homo sapiens najnowszej generacji i nie wyobrażasz sobie, jak wprawnie potrafią stosować środki przymusu wobec suszłaków. *Iliada* to nic w porównaniu z tym, do czego naprawdę są zdolni.

– Czyli przesunęłaś Wielkie Wrota, żeby uratować mnie i moich przyjaciół. – W głosie Pat brzmiała sceptyczna nuta.

– Mam w nosie ciebie i twoich przyjaciół. Co innego, kiedy chodzi o przyjaciół Danny'ego; wiedziałam, że oni byli jego hobby, a ty chwilową miłością jego życia.

– Chwilową. Dowcipne.

– Och, wydoroślej, Patty. Wszyscy w Rodzinach słyną z niestałości, ale magowie wrót szczególnie. Większość najlepszych opowieści o Erosie to tak naprawdę przygody Ojców Wrót. I choć to Jowiszowi przypisuje się uprowadzenie Ledy, Ganimedesa i innych jego kochanek i kochanków, porwania zawsze dokonywał pan wrót. Danny może jeszcze tego nie wie, ale pewnego dnia się tobą znudzi. Być może nie tak szybko, jak większość innych magów, ale „wierny mag wrót" to oksymoron.

– Uważasz, że jestem „chwilową" zdobyczą Danny'ego. Zraniłaś moje uczucia. Buu. Tylko tyle masz do powiedzenia?

– Wiedziałam, że pewnie nie byliby zdolni wymordować was wszystkich, ale mogli większości z was zrobić krzywdę, wszystkich zastraszyć, może paru zabić. Nawet gdybym przestrzegła Danny'ego, nic by to nie dało. Nie mógł być wszędzie naraz, a Rodzina owszem. No i, oczywiście, inne Rodziny w każdej chwili mogły wyniuchać, co wiemy, po to właśnie wszyscy szpiegujemy się nawzajem. Magowie szczurów czasem się przydają; w ścianach i podłogach żyją myszy. Żebyś miała przykład, jak bezwzględni są ludzie, z którymi masz do czynienia: kiedy tylko Hetyci znaleźli mnie i Danny'ego, o nic nie pytali, tylko od razu wypalili do niego ze strzelby. Oczywiście przeżył, bo uciekł wrotami, zanim umarł. Ale gdyby to mnie kropnęli, nie zdążyłabym użyć swojego amuletu. Tak samo byłoby z tobą i twoimi koleżkami. Dlatego owszem, traktowałam to zagrożenie poważnie. Wiedziałam, że Danny wolałby zmienić swój beznadziejny plan, niż was utracić. Przesunęłam więc Dzikie Wrota. I udawałam, że to było trudniejsze, niż jest w rzeczywistości, by Danny miał czas zauważyć, że wrota zniknęły ze stodoły Silvermanów, i stworzyć nowe na ich miejsce. W Maine, zgadza się? Ale nikomu nie powiedziałam, gdzie te Wielkie Wrota powstały. Starałam się grać na tyle czysto, na ile mogłam, dałam mu wystarczająco wiele szans na to, by utrzymał równowagę między Rodzinami.

– *Brava* – powiedziała Pat. – Prawdziwy anioł z ciebie.

– Moja Rodzina zrozumiała, że tak naprawdę nie gram w jej drużynie. A kiedy się okazało, że mój amulet przestał działać, wtedy ci sami ludzie, którzy niegdyś powtykali lokalizatory w moje ciało, uznali, że zesłanie mnie na ściśle strzeżoną wyspę to prawie tak samo dobre rozwiązanie jak zabicie mnie.

– Jasne. Danny na pewno w to wszystko uwierzy i zgodzi się, że dokonałaś właściwego wyboru.

– A ty uważasz, że nie postąpiłam słusznie, ratując wam życie?

– Nie mnie ciebie osądzać. Jestem tylko początkującą maginią wrót, Sierotą o jeszcze nieustalonych mocach.

– Och, ta sztuczka z wiatrem w zamkniętym pomieszczeniu była całkiem, całkiem – stwierdziła Hermia. – Powinnaś sobie nieźle poradzić na nadchodzącej wojnie.

– To nie moja wojna.

– Nie łudź się, mała. Sieroty zostaną zmiecione z powierzchni ziemi, zanim zacznie się prawdziwa walka magów przeciwko magom.

– W porządku. Więc umrę.

– Śmierć jest raczej ostateczna.

– Niewątpliwie – przytaknęła Pat. – Pomijając jeden mały drobiazg. – I wtedy, na oczach Hermii, przeniosła się o mniej więcej metr w lewo. Mimo że nie zmieniła pozycji, nie zrobiła żadnego gestu.

Co ta dziewczyna chciała w ten sposób pokazać?

– Masz amulet, który przenosi cię o metr? Możesz choć wybierać kierunek tego arcyprzydatnego ruchu?

Pat zaczęła błyskawicznie przemieszczać się po pokoju. Potem zupełnie zniknęła, by wrócić po jakichś dziesięciu sekundach.

– Ile wrót powstało? – spytała Pat.

– Ani jedne.

– Nic dziwnego, skoro nie jestem maginią wrót.

– Znaczy, że robi to Danny.

– Danny jest z Veevee i uczy ją tego, co właśnie zrobiłam. Szczerze mówiąc, w chwili, kiedy mnie tutaj nie było, zajrzałam do nich i powiedziałam Danny'emu, że jesteś prawie gotowa.

– Gotowa na co?

– Na to, żeby zdecydował, czy można podzielić się z tobą choć częścią wiedzy, którą ostatnio zdobyliśmy. I czy powinien cię po prostu stąd zabrać. Ja jestem za tym, byś tutaj została, on jednak sądzi, że jest ci coś winien za pomoc, jakiej mu kiedyś udzieliłaś. Danny jest jeszcze bardziej lojalny ode mnie. Choć może to też okaże się chwilowe.

– Jak na amerykańską nastolatkę opanowałaś zarozumialstwo do perfekcji.

– Dla amerykańskich nastolatek zarozumialstwo to dyscyplina olimpijska i wszystkie pilnie trenujemy, żeby dostać powołanie do kadry narodowej. Zaczynamy już w gimnazjum.

Hermia zaśmiała się.

– Teraz rozumiem, dlaczego Danny cię lubi. Nawet ja ciebie lubię, choć w tej chwili tak naprawdę ciekawi mnie tylko to, jak Danny przekazał magini wiatru umiejętność stwarzania wrót, skoro mnie nie mógł tego nauczyć.

Pat lekko przekrzywiła głowę. Myśli? Słucha?

– Nie przekazał mi tej umiejętności. – Podjęła decyzję, że wyjawi coś o tych wrotach bez wrót, uchyli choć rąbka tajemnicy.

– Och, proszę cię – powiedziała Hermia. Bowiem okazywanie Pat pogardy zdawało się przynosić lepsze skutki niż zadawanie prostych pytań.

– Każdy potrafi się przemieszczać w taki sposób – mówiła Pat. – Zastanów się, a zrozumiesz, że to nawet nie jest tajemnicą. Wszyscy przenosimy się z Duat do naszych nowo narodzonych ciał bez żadnych wyczuwalnych wrót, a po śmierci wracamy. Znowu bez wrót.

Hermia uświadomiła sobie, że Pat ma rację; to było dość oczywiste.

– No tak, ale to przecież nie wrota.

– To są nie tylko wrota, ale i Wielkie Wrota, bo prowadzą z jednej planety na drugą. I wszyscy znamy drogę. Po prostu nie zostawiamy za sobą śladu naszego przejścia.

– Ktoś z Duat kieruje tym wszystkim – orzekła Hermia.

Znowu przekrzywienie głowy. I decyzja.

– Nie. Nie w tym sensie, o jakim myślisz. Wszyscy mamy wrodzoną umiejętność przenoszenia się z jednego dowolnego miejsca w drugie. Trudność polega na tym, że razem ze sobą musimy zabrać swój bagaż. – Gestem wskazała własne ciało.

– Danny kazał, żebyś mi to powiedziała? – upewniła się Hermia.

– Zostawił decyzję mnie. Samo to, że ci o tym powiem, nic ci nie da – tłumaczyła Pat. – Możesz się nauczyć, tylko robiąc to.

Hermia próbowała zrozumieć.

– Znaczy, że ty się tego nauczyłaś, ale nie od Danny'ego. Jak? Umarłaś czy co?

– Tak.

Pytanie Hermii miało być żartem. Jednak Pat odpowiedziała szczerze. Hermia przemyślała więc, co może z tego wynikać.

– Poszedł za tobą w zaświaty i przyprowadził cię z powrotem?

– Mówiąc najprościej.

– Byłaś martwa.

– Kto nie jest martwy, nie dostanie się na Duat. Tyle że Danny trzymał się mnie, oderwany od swojego ciała, i pozwolił, żebym go tam zaciągnęła.

– Zatem umarłaś i zmartwychwstałaś.

– I stąd wiem, jakie to uczucie przemieszczać się bez zostawiania za sobą wrót, które ktoś mógłby wykorzystać.

Hermia zaczynała rozumieć. Danny oddał wszystkie swoje wrota i przed kilkoma dniami pozbył się też ostatnich wrót zniewolonych. Teraz jednak mógł przenosić się wszędzie, gdzie chciał, bez potrzeby używania wrót. Jego zewnętrzne ja pozostawało pod czułą opieką Lokiego, a mimo to miał nieograniczoną swobodę ruchów.

– Krótko mówiąc, jesteś maginią wiatru i wrót – podsumowała.

– Mogę tylko przemieszczać samą siebie – wyjaśniła Pat. – Ale na dłuższą metę nikt nie potrafi nic ponadto. Danny i Veevee dużo o tym rozmawiali, to znaczy, o zwykłym sposobie działania wrót, i podejrzewam, że chcą, żebyś wysłuchała ich przypuszczeń i ewentualnie przedstawiła własne.

– Zamknęli się przed tobą w pokoju czy czytasz im w myślach?

– Gdyby można było się tego nauczyć na podstawie suchych objaśnień, Veevee już by to potrafiła.

Sądzisz, że skoro Veevee nie może tego opanować, to ja też nie? Hermia jednak nie powiedziała tego głośno. Natomiast stwierdziła:

– W takim razie możesz mi objaśnić, jeżeli to i tak nie wystarczy, żebym się nauczyła.

Pat parsknęła drwiącym śmiechem – i jednak zaczęła mówić. Nie wszystko, ale zawsze coś.

– Ruch w przestrzeni, jaki teraz potrafię wykonywać, jest jedynym możliwym ruchem: polega na tym, że Ka zmienia swoje położenie w odniesieniu do innych Ka. Tyle że na Duat sądzą, że „Ka" powinno oznaczać wyłącznie ludzkie wewnętrzne ja. Ogólnym terminem określającym każdy byt zdolny do tego rodzaju ruchu jest „pret". My wszyscy jesteśmy pretami. A Ba... zewnętrzne ja, no nie? Wydaje się częścią każdego z nas, ale nią nie jest. Składa się z garstki, tuzina, tysiąca lub miliarda pretów, które postanowiły przejść za nami na ten świat, w nasze ciała.

– A więc Danny tak naprawdę nie jest człowiekiem z miliardem wrót, tylko prezesem zarządu?

– Zdaje się, że prety wchodzące w skład Ba są tak posłuszne naszej woli, jak nasze ciała. Dlatego kiedy stworzysz wrota i umrzesz, one pozostaną, dalej będą przenosić ludzi z miejsca na miejsce.

Do Hermii dotarło, że Danny i Pat rzeczywiście mogli zobaczyć, co jest za zasłoną, a to wzbudziło jej entuzjazm. Może i była więźniem, któremu nikt nie ufał, ale wciąż uwielbiała dowiadywać się, jak wszystko działa. Poznawać mechanizmy rządzące światem.

– Twierdzisz więc, że każde wrota są cudzym Ka, a zarazem twoim niewolnikiem, który zmuszony jest być ci posłusznym?

– Nie niewolnikiem, nie własnością. Są z tobą dlatego, że tego chcą, dlatego, iż wiąże je z tobą swego rodzaju nienaruszalna przysięga. Przynajmniej one nie są zdolne jej złamać.

– Co to było za słowo? – spytała Hermia. – Pret?

– Magowie wrót nie zapominają słów, więc dobrze wiesz.

Hermia podsumowała to, co zrozumiała z wyjaśnień dziewczyny.

– Ty, ja i wszyscy ludzie jesteśmy pretami, które mają swoją świtę. Ciało, do tego może Ba, może też tysiąc wrót. Jednak wszystkie elementy świty w rzeczywistości są niezależnymi bytami, które w innych okolicznościach same mogłyby być ludźmi.

– Nie sądzę, by mogły być ludźmi – odparła Pat – bo wtedy ludźmi by były. Wydaje się, że na Duat obowiązuje swoisty ranking. Jeśli jesteś na określonym poziomie, możesz się urodzić jako człowiek i zabrać ze sobą prety, które z własnej woli postanawiają się z tobą związać.

– Coś w rodzaju kumoterstwa. Nasze zewnętrzne ja to protegowani, którzy się pod nas podczepiają.

– W żadnym razie. Są źródłem naszej mocy. Kieruję wiatrem za pomocą pretów mojego zewnętrznego ja. Nie są tak liczne jak twoje i brak im wytrwałości koniecznej, żeby stać się wrotami. Kochają jednak dyrygować powietrzem, stwarzać z niego wiatr. Tak to widzę.

– Bardzo ciekawe. Ale co właściwie daje ci cała ta wiedza o „pretach"?

– Potrafię wyczuwać, gdzie co jest, i tam się przenosić. Razem z moim ciałem. Nie potrzebuję do tego wrót, po prostu przechodzę z miejsca na miejsce, a cała reszta idzie za mną bez żadnego ponaglenia. Za to ktoś taki jak Veevee może wyczuwać cudze wrota, ale zewnętrzne ja magów innych specjalności dostrzega słabo i nie potrafi wyczuć cudzych Ka ani niemagicznych pretów.

– Niby wszystko się zgadza, chociaż ręczę ci, że nie omieszkam sprawdzić, czy to prawda, czy tylko mydlisz mi oczy.

Pat milczała.

– Chyba nie jesteś zaskoczona, że nie wierzę ci na słowo – dodała Hermia.

– Niczego po tobie nie oczekuję, więc nie możesz mnie niczym zaskoczyć.

– Kiedy znalazłaś czas na to, żeby umrzeć i wyprawić się na Duat?

– Kilka dni temu. Umarłam, Danny uzdrowił moje ciało i zaraz potem pozbył się zniewolonych wrót. I przyłączył się do mojej instynktownej podróży na Duat.

– Nie musieliście dać monety przewoźnikowi przez Styks?

– Nie ma tam żadnej rzeki, a drogę znamy wszyscy.

– A nasze zewnętrzne ja to prety, które z własnej woli związały się z nami, gdy się urodziliśmy.

– Nie wiemy, w jaki sposób się organizują, ale mniej więcej tak to nam wytłumaczono – odparła Pat.

– Jak więc Złodziej Wrót mógł je odebrać innym magom wrót? Jak Danny mógł pozbawić mnie zewnętrznego ja? Czyżby moje prety nagle zdecydowały, że wolą go ode mnie?

– Nie, nadal należą do ciebie – odpowiedziała Pat. – Tylko są w niewoli. Nie możesz z nich korzystać, ale Złodziej Wrót też nie, przynajmniej nie bez ryzyka. Dlatego właśnie powstały Dzikie Wrota. Prety chciały stać się częścią Wielkich Wrót i kiedy wyswobodziły się ze skarbca Danny'ego, przestały być mu podporządkowane.

– Ale jak można je było ukraść?

– Nie jestem magiem wrót, Hermio. Ale z tego, co mówili Danny i Veevee, najnowsza teoria jest taka, że twoje wrota, zewnętrzne ja, twoja... świta?... dostała propozycję, żeby na jakiś czas ciebie opuścić, i zgodziła się.

– Tak po prostu?

– Zaproponował im to ktoś znacznie potężniejszy od ciebie. Dużo bardziej atrakcyjny dla preta. Wciąż jednak należą do ciebie, bo przysięga, która je obowiązuje, wydaje się nienaruszalna.

– Mówisz, jakbyś była całkowicie tego pewna – zauważyła Hermia.

– Jestem pewna, iż Danny i Veevee mówili dokładnie to, co ja mówię tobie, i że nie wiedzą, czy mają rację. Jestem też pewna, że sama nie potrafię takich rzeczy robić, bo chociaż mogę się przenosić, gdzie chcę, nie jestem maginią wrót, więc nigdy nie doświadczę tego, czego doświadczacie wy.

– I czego ja prawdopodobnie nigdy więcej nie doświadczę – stwierdziła Hermia. – Bo nawet gdyby Danny był skłonny zwrócić mi moje wrota, w tej chwili ma je Złodziej Wrót, a on nie oddaje niczego.

– Wszystko jedno. Danny usłyszał tyle, ile trzeba. Mam więc jeszcze tylko jedno pytanie.

– Słucham.

– Chcesz się stąd wydostać?

– Jestem jak Dzikie Wrota. Jeśli Danny mnie uwolni, na jakiej podstawie sądzi, że zdoła nade mną zapanować?

– Wcale tak nie sądzi. Uważa, że nie może mieć władzy nad nikim.

– Ma władzę nad tobą – stwierdziła Hermia, świadoma, że to nieprawda, te słowa miały tylko zadać ból osobie, od której nie doświadczyła żadnej krzywdy. No ale mówienie takich rzeczy leżało w jej naturze. I sprawiało przyjemność.

W tej chwili, nie wyczuwając obecności żadnych wrót, Hermia znalazła się na krześle na balkonie apartamentu Veevee w Naples na Florydzie. Veevee wygrzewała się w słońcu, wyciągnięta na szezlongu. Danny siedział na podłodze w kącie i wyglądał zupełnie jak przerażone dziecko.

– A zatem jaśnie państwo łaskawie udzielili mi audiencji – skomentowała Hermia.

– Nie bądź suką, kochana – odezwała się Veevee. – Wiesz, że wedle obyczajów Rodzin Westiliańskich powinnaś zostać zrzucona z tego balkonu, może po uprzednim obdarciu ze skóry.

– Wiem. Ale wiem też, że ani ty, ani Danny nie jesteście tacy. Podobnie jak moja Rodzina, nawiasem mówiąc, skoro jestem tu przed wami cała, zdrowa i jak zawsze rezolutna.

Pat pojawiła się na krześle obok Veevee.

– Myślę, że uwierzyła w moje wyjaśnienia i sądzi, że może się tego nauczyć przez obserwację.

– Może tak, może nie – powiedziała Veevee. – Nikt jej nie broni spróbować.

– Żeby to opanować, raczej nie wystarczy stuknąć obcasami i powiedzieć: „Wszędzie dobrze, ale w domu najlepiej" – przestrzegł Danny cicho.

– Mówi tak, bo okazało się, że na stare lata nauka mi opornie idzie – wyjaśniła Hermii Veevee.

– Może po prostu potrzeba na to więcej czasu – stwierdziła Hermia. – Oboje z Dannym niewiele mogliście sami wykombinować, zanim wam pokazałam, co potrafię.

– Tyle że Danny pokazał mi już swoje nowe moce. Jestem pod wielkim wrażeniem, Hermio, kochanie, ale pojęcia nie mam, co on właściwie robi.

– Pat to potrafi, bo była ze mną na Duat – powiedział Danny. – Musiałem ją tylko nauczyć, jak ten ruch wykonać. Wszystko, co konieczne, zobaczyła wcześniej.

– Prety? – spytała Hermia. – Pret... to naprawdę ma francuską nazwę? Jak w *prêt-à-porter*?

– Nie wiem – odparł Danny. – To słowo nagle pojawiło się w moim umyśle. Naszych umysłach. Wprowadził je tam ktoś, kto nie porozumiewa się mową. Kto więc może wiedzieć, od czego ta nazwa pochodzi?

– Prawdziwi z was magowie wrót – wtrąciła Pat. – Mówimy o fundamentalnej mocy wszechświata, a wy się etymologią przejmujecie.

– Wiem, że nie dam rady cię tego nauczyć, Hermio, skoro nie nauczyłem Veevee – oświadczył Danny. – A jej, wyobraź sobie, ufam.

– Rozumiem, że słyszałeś, co powiedziałam Pat? – spytała Hermia. – Nie zdradziłam cię.

– Och, od początku zakładałem, że w jakiś sposób tobą manipulowali. Myślę jednak, że znalazłaś pretekst, by zrobić to, na czym ci naprawdę zależało: zawładnąć Wielkimi Wrotami i przepuścić przez nie swoją Rodzinę.

– Pewnie masz rację – przyznała Hermia. – Powiem więcej: trafiłeś w dziesiątkę. Chciałam, żeby mnie do tego zmusili. Co nie zmienia faktu, że naprawdę daliby twoim przyjaciołom popalić.

– Nie osądzam cię. Nie osądzam nikogo.

– Osądzasz wszystkich, Danny, tak uważam. Ci, którzy mają moc, zawsze osądzają, decydują, kogo dobrze traktować, a kogo mieć za nic. A ta umiejętność przenoszenia się bez wrót...

– Przenoszenia siebie i innych bez użycia zewnętrznego ja – uściślił. – Nie wiem, czy posiadłbym ją tak czy owak, czy to zwyczajny skutek katabazy.

– Pat naprawdę umarła? – dociekała Hermia.

Uniósł dłoń i przyjrzał jej się z poważną miną.

– Precz, przeklęta plamo – powiedział cicho.

– Set zabił ją twoją ręką?

– Tylko tą ręką mógł się posłużyć. A więc tak.

– Pamiętasz, jak ją zabiłeś.

Skinął głową.

– I pamiętam, jak podjąłem decyzję, żeby pozwolić jej umrzeć.

– Żebyś mógł zabrać się z nią na Duat.

– To był mój pomysł – wtrąciła Pat.

– Na jakiej podstawie sądziłaś, że to się uda? – spytała ją Hermia.

– Na podstawie opowieści o Persefonie. Izydzie. Eurydyce.

Hermia nie mogła uwierzyć, że to było wszystko, na czym Pat oparła swoją pewność.

– Prastare kłamstwa, przez wieki podkolorowywane, przeinaczane i...

– Podjęła szalone ryzyko – przerwała jej Veevee – i naraziła własne życie. Co zrobiłaś ty?

– Skapitulowałam przy pierwszej okazji. Więc zrzućcie mnie z balkonu do zatoki.

– Zatoka nie jest bezpośrednio pod balkonem, to po pierwsze, a po drugie, nie zasługujesz na miękkie lądowanie – skwitowała Veevee.

– Nikt nikogo nie będzie znikąd zrzucał – oświadczył Danny. – Na razie nie zyskałem nic poza tym, że Pat może się do woli przemieszczać z miejsca na miejsce, a ja mogę przenosić siebie i innych, wszystko to bez potrzeby odebrania moich wrót Lokiemu. Nie mogę nauczyć tego kogoś, kto nie umarł i nie zmartwychwstał. Nie bardzo wiem, do czego to wykorzystać.

– Może tego nijak się nie da wykorzystać. – Hermia wzruszyła ramionami. – A tymczasem, gdzie się podziewa Set?

Danny poklepał się po piersi.

– Mam rozumieć, że nadal siedzi w tobie?

– A gdzie miałby być? – odezwała się Pat. – Dokąd by się przeniósł, gdyby Danny go uwolnił?

– Więzisz go? – spytała Hermia.

– Nie sądzę – odparł. – Poprosiłem, żeby mnie nie opuszczał, i został.

– Znaczy, że może przeskoczyć z ciebie w każdą z nas – powiedziała.

– Po co? – spytała Veevee. – Danny ma moce, jakich nie miał jeszcze nikt. Set pewnie myśli, że w każdej chwili może odzyskać nad nim władzę.

– Możliwe, ale nie sądzę, żeby był aż tak głupi – odpowiedział Danny.

– Chyba naprawdę nie może odejść – stwierdziła Pat. – Szkoda, że nie słyszałyście Danny'ego, kiedy „poprosił" Seta, żeby został. Danny teraz ma autorytet. Nie, ma Autorytet. Przez duże A. A może AUTORYTET pisany wielkimi literami.

– Jak w esemesie wysłanym po pijaku? – zagadnęła Hermia.

– „Shift" nie wciska się sam z siebie po przekroczeniu określonego poziomu alkoholu we krwi – powiedziała Veevee.

– Set wszystkiego słucha? Wszystko obserwuje? – dopytywała Hermia. – Nie boicie się, że w ten sposób się uczy? Jeśli się dowie, jak przechodzić ze świata na świat bez użycia wrót, na nic się zdadzą wymyślne środki ostrożności, które podjęliście ze Złodziejem Wrót, nie sądzisz?

– On tego nie potrafi – powiedział Danny. – Nie zdoła zakorzenić się w żywym ciele.

– Jesteś pewien? – spytała Hermia.

– Idiotka – mruknęła Pat.

– Gdybym nie był pewien, nie zrobiłbym wszystkiego, co zrobiłem.

– Co się wydarzyło na Duat? – chciała wiedzieć Hermia.

– Byliśmy martwi i już nie jesteśmy – odpowiedziała Pat.

– Wszystko się tam działo poza zasięgiem ludzkiej mowy – uzupełnił Danny. – I normalnych ludzkich zmysłów. I czasem to widzę wyraźnie, czasem nie, jak mgliście pamiętany sen. Raz przypominają mi się takie szczegóły, raz inne. Nie mogę jednak tego poskładać w spójny raport. „Co robiłem na wakacjach w Hadesie".

– *Wizyta kapitana Stormfielda w niebie* – podsunęła Veevee. – Mark Twain.

– Skoro więzisz w sobie Seta – powiedziała Hermia – już wygrałeś wielką wojnę. Co jeszcze możesz zrobić?

– Nie będę żyć wiecznie.

– Niech Loki cię nauczy, jak przeżyć tysiąc lat w drzewie – powiedziała Veevee.

– Sądzisz, że o tym nie pomyślałem? Jak jednak dowiódł Loki, nawet tysiąc lat to nie tak długo. A Set w tym czasie nabrał sprytu i mocy.

– Och, nie pochlebiaj mu – zirytowała się Veevee. – Wiesz, że kiedy mówisz takie rzeczy, zaraz stroszy piórka.

– Nie mam pojęcia, co myśli i czuje. Jeśli w ogóle cokolwiek. Nawet kiedy władał moim ciałem, tak naprawdę nie czuł tego, co ja.

– Co więc z tego ma? – spytała Pat. – Po co to robi?

– Żeby mieć moc – odparł. – Władzę. Lalkarz nie czuje tego, co czują marionetki. Ani nic go to nie obchodzi. Po prostu lubi je zmuszać do tańca.

– Czyli jeśli kiedyś odzyska wolność… – powiedziała Pat.

– Nie wyobrażam sobie, jak mógłby wyrządzić jeszcze więcej zła niż do tej pory. – Danny wzdrygnął się. – A podczas kiedy on jest tutaj, Sutahici nadal krążą po świecie i robią swoje.

– W kółko powtarzam Danny'emu, że nie ma powodu, żeby już teraz coś zrobić – mówiła Veevee. – Niech sprawy toczą się swoim biegiem, zobaczymy, co z tego wyniknie. Może Danny sam pozna, kiedy jego interwencja stanie się konieczna.

– Sądząc z tego, że siedzicie na balkonie, dał ci się przekonać – zauważyła Hermia.

– Sprowadziliśmy tu ciebie – przypomniała Pat. – Więc to nie jest tak, że nic nie robimy.

– Jasne, powiększyliście grono siedzących o jeszcze jedną osobę – powiedziała Hermia. – A przecież to samo robiłam na Arki.

– Danny może cię odesłać z powrotem – zaproponowała Pat.

– Mówiłeś, że obchodzi cię los suszłaków – wytknęła Hermia Danny'emu. – Mimo to nie robisz nic, żeby zapobiec rzezi.

– Jakiej rzezi? – zainteresowała się Veevee.

– Lada chwila wybuchnie wojna między Rodzinami, a prowadzić ją będą suszłacy przy użyciu suszłackiej broni. W porównaniu z nią wojna trojańska wydawać się będzie atrakcją z wesołego miasteczka.

Danny pokręcił głową.

– W tym właśnie kłopot – odezwała się Pat. – Dano nam pewne… sama nie wiem, zasady. Danny nie może odbierać innym możliwości wyboru. Z Rodzinami włącznie.

– To znaczy, mogę… mogę robić pewne rzeczy. Ratować ludzi. Niektórych. Uzdrawiać ludzi. Ale nie wolno mi ich powstrzymać przed wszczęciem wojny, przynajmniej tak to zrozumiałem. Gdybym za to mógł ich przekonać...

– Wszyscy już byli na Westilu – wtrąciła Hermia. – Nie masz żadnej karty przetargowej.

– Perswazja nie jest kartą przetargową – stwierdziła Pat. – Karta przetargowa to rodzaj przymusu. Perswazja służy temu, żeby ukazać im sytuację z innego punktu widzenia, zachęcić, by sami z siebie zmienili zdanie. Nie dlatego, że boją się Danny'ego czy że chcą czegoś, co może im dać.

– Tutaj, na tym świecie, jedynie takie metody perswazji są skuteczne. – Hermia pokiwała głową. – Ludzie w rzeczywistości nie zmieniają zdania, tylko tak twierdzą, kiedy dochodzą do wniosku, że mogą na tym zyskać.

– Chciałabym wierzyć, że przemawia przez ciebie cynizm – odparła Veevee – ale, niestety, chyba masz rację.

Danny westchnął.

– Myślicie, że tego nie wiem? Ale zasady to zasady.

– Zupełnie niemagowrotowe podejście – stwierdziła Veevee.

– Niemagowrotowe – powtórzyła Hermia. – Oto słowo, które musiało paść choć raz w historii języka.

– Loki powinien uczestniczyć w tej rozmowie – powiedział Danny.

– Puść mu esemesa, może przyjdzie – poradziła Hermia.

– Na Westilu raczej trudno złapać zasięg – zauważył.

– A Danny nie może się tam przenieść – odpowiedziała Veevee. – Bo zabrałby ze sobą Seta. Jeszcze by się uwolnił i co wtedy?

– Dlatego lepiej siedzieć na balkonie i grzać się w słońcu – skwitowała Hermia.

– A co ty robiłaś na Morzu Egejskim? – zagadnęła Pat.

– Byłam więźniem.

– A my jesteśmy więźniami naszej niewiedzy – wtrącił Danny. – Ale dobrze się stało, że porozmawialiśmy, bo teraz już chyba wiem, gdzie nie znajdę odpowiedzi.

– U nas? – spytała Veevee.

– W danych, które zebrałem do tej pory. Za mało ich, żebyście wpadły na jakieś dobre pomysły. Dlatego jeśli nie macie nic przeciwko temu, żeby tutaj trochę poczekać...

– Ja mam – weszła mu w słowo Hermia.

– Odprowadzę cię z powrotem na Arki – zaproponowała Pat. – Chyba umiem już robić to, co Danny, na tyle dobrze, żeby zabrać z sobą dobrowolnego pasażera.

– To co, jesteście razem? – spytała Hermia.

Pat spojrzała na nią pustym wzrokiem.

– Pyta o to, czy ze sobą sypiacie, moja droga – wyjaśniła Veevee.

– Wiem, o co pyta. I dałam jej odpowiedź, na jaką zasługuje.

– Tak się tylko zastanawiam, czy Danny aby nie będzie się martwił o dziewczynę, która jest z nim w ciąży – powiedziała Hermia.

– To nie ja – ucięła Pat.

– Nie chcę wracać na Arki – oświadczyła Hermia. – Nie jestem pewna, czy wolę zostać tutaj, z ludźmi, którzy mają wszelkie powody mnie nienawidzić i żadnego powodu mi ufać... Ale skoro to samo można powiedzieć o mojej rodzinie, zwłaszcza po mojej zdumiewającej ucieczce...

– Zostań – przerwała jej Veevee. – Nienawidzę ciebie, to prawda, ale Danny wyzwolił się spod władzy Seta i oboje z Pat wrócili z zaświatów, więc szczerze sądzę, że nie jest tak źle, jak jeszcze kilka dni temu, no a poza tym chyba lepiej, żebym cię miała na oku.

– A jeśli postanowię stąd odejść?

– Rób, co chcesz – odezwał się Danny. – Jeżeli odejdziesz, od tej pory nie będziesz uczestniczyć w żadnych naszych działaniach.

– Nigdy?

– Już raz nas zdradziłaś – wypomniał. – Kto się na gorącym sparzył i tak dalej.

– Niech będzie – odparła Hermia.

– Poza tym jedzenie tutaj mają całkiem niezłe – powiedziała Veevee. – Nie jesteś w więzieniu. Możesz chodzić na zakupy i w ogóle gdzie chcesz. Pod warunkiem że będziesz wracała na noc. I musimy wiedzieć, gdzie jesteś i z kim się spotykasz.

– Nie musimy – sprzeciwił się Danny. – Nie jest więźniem. Nie chcę już nikogo więzić.

– Z jednym wyjątkiem – przypomniała Pat.

– No tak – zgodził się. – Ojca Kłamstwa i tak dalej. Jemu nie mogę pozwolić robić, co chce. Chociaż w sumie nie jestem pewien, czy rzeczywiście jest więźniem.

– A ja nie jestem – powiedziała Hermia. – Ale jeśli się urwę ze smyczy...

– Jesteś na zwolnieniu warunkowym – stwierdziła Pat.

Hermia chwilę o tym myślała.

– Tak to wygląda, Danny?

– Mniej więcej. Obiecujesz być grzeczna i słuchać się mamy?

– Och, proszę cię, nie jestem niczyją „mamą" – żachnęła się Veevee.

– Miał na myśli mnie – wtrąciła Pat.

– Miałem na myśli Veevee. Bo liczę, że ty zostaniesz ze mną.

Veevee zaśmiała się drwiąco.

– Och, ale z was numery, naprawdę. Danny, nie wiesz, dlaczego ludzie wymyślili instytucję przyzwoitki? Powinniście po prostu wziąć ślub, wtedy wszystko będzie legalnie i moglibyście swobodnie kleić zwierza o dwu grzbietach bez obaw, że łamiecie jakieś zasady.

– Jesteśmy za młodzi – powiedział Danny. – I nie sądzę, żeby osoba trzecia miała prawo proponować nam małżeństwo w naszym imieniu.

– To była tylko sugestia – sprostowała Veevee.

– Zawsze się troszczysz o innych – wtrąciła Hermia. – Prawdziwa z ciebie święta, Veevee.

– Święta Voyeuse, patronka zbereźników, alfonsów i sprośnych myśli – wyrecytowała Veevee.

– Kościół katolicki raczej nie wyniesie takiej świętej na ołtarze. – Pat pokręciła głową.

– Każdy ma świętego patrona – przypomniała Veevee. – Trzeba mieć się do kogo modlić.

To było dla Hermii zupełnie niepojęte. Czy oni nie zdawali sobie sprawy, że bogowie to tylko członkowie Rodzin, a modlitwy to jedynie... podlizywanie się?

Spojrzała w kąt i zorientowała się, że Danny zniknął.

Tak po prostu. Był nie wiadomo gdzie, robił nie wiadomo co.

– Dziwne, Pat, że nawet z tobą się nie pożegnał.

Pat tylko spojrzała na nią z politowaniem.

– Wiem, gdzie jest.

– Gdzie?

– Gdyby chciał, żebyś wiedziała, powiedziałby ci.

Hermia przewróciła oczami.

– Och, ona wie, gdzie jest Danny, możesz być tego pewna – potwierdziła Veevee. – Jak się okazuje, nie ma nic bardziej romantycznego od wspólnej śmierci. Nigdy nie tracą kontaktu ze sobą i w razie, gdyby była mu potrzebna, może do niego dołączyć w mgnieniu oka.

– Przecież to koszmar – obruszyła się Hermia. – Nigdy nie móc się od siebie oderwać.

– Jak zapewne zauważyłaś, w tej chwili nie jestem z nim – przygadała jej Pat. – Nie lepię się do niego.

– Coś sobie uświadomiłam. – Hermia pomyślała chwilę. – Każda magiczna moc jednego człowieka odbiera coś drugiemu. Danny teraz już nigdy nie będzie mógł mieć tajemnic.

– I vice versa – stwierdziła Veevee.

Hermia roześmiała się.

– Bez przesady. Pat może mieć tyle tajemnic, ile zechce, bo nic, co robi, nie ma najmniejszego znaczenia.

– To ona nalegała, żeby wyciągnąć cię z niewoli.

– I o to właśnie chodzi – stwierdziła Hermia. – W świecie, na którym żyje Danny North, ciekawe nie jest nawet to, co się ze mną stanie.

– Ale kilka dni wcześniej, na parę minut – mówiła Veevee – odszedł ze świata Danny'ego Northa. Był z nią w królestwie umarłych. Dlatego, Hermio, możesz próbować zrobić Pat przykrość, obrażać ją albo wmawiać, jak mało jest ważna, a to i tak będzie bez znaczenia, bo już osiągnęła w swoim życiu więcej, niż ty i ja kiedykolwiek osiągniemy.

W sumie prawda. Kiedy jednak Hermia znów spojrzała na Pat, zobaczyła, że dziewczyna ma łzy w oczach.

– Przepraszam – rzuciła. – Jestem złośliwa, nic na to nie poradzę.

– Co znaczy, że jesteś z tego dumna i ani myślisz przestać być wredna – wytknęła jej Veevee.

– Przepraszam. – Pat otarła oczy rękawem. – Nie słuchałam. Mówiłyście o mnie?

– Jeśli nie zraniłam twoich uczuć, dlaczego płakałaś? – chciała wiedzieć Hermia.

– Z powodu tych dzieci. Chłopców. Danny jest z nimi. Dlatego mi smutno.

– Mówisz o Halu i Wheelerze? – spytała Veevee.

Pokręciła głową.

– Aha, rozumiem, chodzi o chłopców z Westilu.

– Wybaczcie. Chyba jestem mu potrzebna.

– Co znaczy, że on jest potrzebny tobie – stwierdziła Hermia.

– Co znaczy, że właśnie powiedział, że jestem mu potrzebna – ucięła Pat. I zniknęła.

Hermia usiadła na balkonie i patrzyła, jak Veevee praży się w słońcu.

– Floryda zimą ma swoje zalety – zagaiła.

– Och, skarbie, nie musisz tu siedzieć i ze mną rozmawiać. – Veevee nie podjęła tematu. – Uważam cię za parszywą zdrajczynię i w tej chwili nie życzę sobie twojego towarzystwa. Może więc pójdziesz zrobić sobie kanapkę albo pooglądać coś na YouTube? W klimatyzowanym wnętrzu. Albo idź na zakupy.

Hermia wyczuwała, że jej tu nie chcą. Zjechała windą na plażę i wybrała się na długi spacer. Doskonale wiedziała, gdzie są wszystkie wrota, ale przecież nie będzie świętować odzyskanej wolności, korzystając z wrót, które pozostają pod kontrolą Złodzieja Wrót. Wędrówka bez celu dawała jej poczucie swobody. Coś, co mógł robić każdy suszłak.

Danny miał rację. Suszłacy potrafią wszystko, co najważniejsze, i to pewnie lepiej od każdego Westilianina. Za to naszą specjalnością jest gra o władzę i kiedy ją prowadzimy, przegrywają wszyscy.

# Rozdział 8

Pat nie wiedziała, dokąd idzie. Po prostu poszła tam, gdzie był Danny. Od czasu, kiedy wyprawiła się na Duat i z powrotem, otulona – tak to przynajmniej odczuwała – wewnętrznym ja Danny'ego, w każdej chwili wiedziała, gdzie on jest, i mogła do niego dołączyć, zabierając ze sobą swoje ciało.

Znalazła się w salonie – nie, bawialni – z Dannym, dwoma chłopcami i dwojgiem dorosłych.

– Dzięki, że przyszłaś – powiedział Danny.

– Kiedy ją zaprosiłeś? – spytała kobieta.

– I po co? – dorzucił mężczyzna.

– Pomyślałem o niej i o tym, że jest mi potrzebna, no i przyszła – odparł.

– A cóż to za magia? – zainteresowała się kobieta.

Zamiast odpowiedzieć, Danny przedstawił im Pat. Chociaż teraz skojarzyła, że widziała tych ludzi przy Wielkich Wrotach w Maine, wtedy, kiedy na chwilę przeszła na Westil i obudziła uśpioną w niej magię wiatru. Marion i Leslie Silvermanowie, zastępczy rodzice Danny'ego. I wyglądało, że doskonale wiedzieli, kim jest ona, co było budujące – to znaczyło, że Danny im o niej mówił. I mówił dobrze, bo przywitali ją serdecznie, choć Pat wyczuła też w głosie pani Silverman coś jakby nutę współczucia.

– Cieszymy się, że tutaj przybyłaś – powiedział pan Silverman – zwłaszcza jeśli jesteś potrzebna Danny'emu.

– Choć mam nadzieję, że na co dzień nie siedzisz bezczynnie, czekając na jego wezwanie – dodała pani Silverman.

– Oddanie dobra rzecz, ale Danny znudzi się tobą, jeśli nie będziesz żyła własnym życiem.

– Nie ma takiego zagrożenia. Czy chcemy, czy nie – mówił Danny – wyczuwamy siebie nawzajem przez cały czas, dlatego wiem, że z jej życiem jest wszystko w porządku.

Właściwie nie było to prawdą, ale Pat wiedziała, że Danny miał tylko mgliste pojęcie o tym, jak wyglądało jej życie, zanim umarła i ją wskrzesił, więc brakowało mu punktu odniesienia.

– Ona jest innego zdania – stwierdziła pani Silverman.

Pat była zaskoczona. Zwykle nikt nie potrafił nic wyczytać z jej twarzy; czym się zdradziła?

– Pani Silverman – powiedziała.

– Mów mi Leslie.

– Pani Leslie – zaczęła Pat. – W tej chwili nikt nie może o sobie powiedzieć, że z jego życiem jest wszystko w porządku.

– Dziewczyna z Południa – mruknęła Leslie. – „Pani Leslie". To mi się podoba.

Pan Silverman odchrząknął.

– To co, już jesteśmy przyjaciółmi? Możemy przejść do rzeczy?

– Zrzęda – powiedziała Leslie.

– Po co ją tu ściągnąłeś, Danny? – zapytał znowu.

– Bo ja nie naprawię tego, co z tymi chłopcami jest nie tak, a jej może się to udać.

Pierwszą myślą Pat było: ale też może się nie udać. Nie wypowiedziała tego głośno, bo nie miała pojęcia, co właściwie w nich wymaga naprawy i dlaczego właśnie magini wiatru miałaby się tym zająć.

– Nic nam nie jest – zapewnił młodszy chłopiec. Pat przypomniała sobie, jakim imieniem nazywał go Danny, kiedy o nim rozmawiali. Enopp. Ten milczący, starszy, to Eluik.

Danny mówił jej, że Enopp uważał się za maga wrót, Eluik zaś, jak się wydawało, miał dar do zaklinania ludzi jak jego matka, bo w czasie ich koszmarnej niewoli w oddzielnych jaskiniach w Iswegii na Westilu jakimś sposobem posłał swoje Ba w brata, żeby go pocieszać. I tam utknął, bo za mało miał doświadczenia, żeby wiedzieć, jak do siebie wrócić; a może udzielił mu się strach Enoppa i bał się z nim rozdzielić. Danny przypuszczał, że bez względu na to, co było powodem, starszy brat już nie pocieszał młodszego. Teraz to Eluik nie chciał zostać sam i dlatego porozumiewał się ze światem za pośrednictwem Enoppa.

Tyle że Pat już wyczuwała więcej niż inni magowie. Ona i Danny jako jedyni spośród żywych byli na Duat i stamtąd wrócili. To sprawiło, że nie tylko zaczęli nawzajem wyczuwać swoje zewnętrzne i wewnętrzne ja, ale i zrozumieli, że wewnętrzne ja, Ka, jest ja pierwotnym, podczas gdy ja zewnętrzne, Ba, wędrowiec, przenikacz, to tak naprawdę ktoś inny, niezależny byt lub byty, które od swojego przewodnika na Duat nauczyli się określać słowem „pret".

Pret lub prety, które składały się na zewnętrzne ja maga, dobrowolnie tworzyły z nim mocną więź, potem jednak nie mogły jej zerwać. Dlatego właśnie, kiedy tylko Danny oddał je samym sobie, zniewolone dzikie wrota wróciły na Duat, żeby na nowo połączyć się ze swoim panem, wielkim pretem, z którym związały się przed jego bądź jej narodzinami. Można je było uprowadzić, tak jak robił Złodziej Wrót, albo wypożyczyć, jak to uczynił Danny, „oddając" je Lokiemu; należeć jednak mogły tylko do Ka, z którym połączyły się jako Ba.

A zatem, patrząc na dwóch chłopców z Westilu, Pat powinna zobaczyć, spodziewała się zobaczyć, że Ba Eluika tkwi w ciele Enoppa i steruje nim jak bratem serca.

Sytuacja jednak wyglądała zupełnie inaczej. Eluik nie był zaklinaczem ludzi, który częścią siebie przebywał wewnątrz młodszego brata. Tak naprawdę to Ka Enoppa, jego ja, skrywało się w ciele Eluika. Aż do tej chwili Danny miał zupełnie mylne pojęcie, kto kim steruje. Eluik milczał, bo miał nie większy dostęp do swojego ciała niż Danny, kiedy pozostawał we władzy Seta. A Enopp zawsze wiedział, co jego brat chce powiedzieć, bo w nim tkwił, przechwytywał każde słowo, zanim Eluik mógł je wypowiedzieć.

Jednocześnie Enopp zachował pełną władzę nad swoim ciałem, bo choć zostało w nim tylko jego Ba – tysiące pretów, których obecność dowodziła, że najprawdopodobniej jest potencjalnym magiem wrót – to nie dzielił go z rywalem próbującym przejąć nad nim kontrolę. Kierował więc własnym ciałem jak bratem serca przy użyciu swojego zewnętrznego ja.

Danny spojrzał na Pat badawczo.

– Widzisz?

– Jest dokładnie odwrotnie, niż sądziłeś, Danny.

– Ani słowa więcej – uciął. – Nie można o tym mówić na głos.

Zastanawiała się chwilę, dlaczego on nie ufa Silvermanom. A może uważał, że nazywając rzeczy po imieniu, zaszkodziłby chłopcom jeszcze bardziej?

I wtedy dotarło do niej, że jest z nimi siódma osoba – Set, milczący intruz wewnątrz Danny'ego Northa. Wydawało się, że Danny na razie nad nim panuje, nie było jednak gwarancji, że tak będzie zawsze. Set mógł się zorientować, że w ciele Enoppa nie ma żadnego Ka, i je zająć. Istniało też zagrożenie, iż pomagając Enoppowi przenieść Ka z powrotem do własnego ciała, mimowolnie pokażą Setowi, jak przejąć pełną kontrolę nad ciałem – a on wykorzysta tę wiedzę, żeby znów zawładnąć Dannym, tym razem głęboko i nieodwracalnie.

Dlatego pomóc Eluikowi i Enoppowi – o ile to w ogóle możliwe – można było tylko pod nieobecność Danny'ego, a tym samym Seta.

– Nie mam pojęcia, czy sobie poradzę – powiedziała Pat.

– Wszystkiego, co teraz potrafimy, nauczyliśmy się z własnego doświadczenia – zauważył Danny. – Może Enoppa i Eluika da się nauczyć w ten sam sposób.

W tych słowach zawarta była niemal jawna przestroga: nie mogli pozwolić, żeby Set patrzył, bo też mógłby się tego nauczyć.

– Idź więc – zdecydowała Pat. – Zrobię, co w mojej mocy.

– To wystarczy – zapewnił.

– Nie możesz tego wiedzieć – odparła lekko rozbawiona.

– Jeśli rzeczywiście zrobimy wszystko, co w naszej mocy, to wystarczy – przekonywał. – Więcej po prostu się nie da zrobić. – Podszedł do Leslie Silverman i pocałował ją w policzek. – Przepraszam za wszystkie kłopoty, które wam sprawiłem.

– Jeśli Pat się uda – rzekł pan Silverman – tak czy owak będziemy musieli znaleźć nową kryjówkę dla chłopców.

– I dla was – dodał Danny.

– Kiedy wybucha wojna – stwierdziła Leslie – czasem trzeba zostać uchodźcą, żeby przeżyć. Umówiliśmy się ze znajomym, że będzie doglądał naszych krów. Stęsknią się za mną, ale oddaję je w dobre ręce.

– Tylko szlachetny mag zdobyłby się na to, żeby zostawić swoje siostry serca z troski o nieznajomych – skomentował Danny.

– Nie gadaj głupstw – obruszyła się Leslie. – Ci chłopcy nie są nieznajomymi.

– Lubimy ich dużo bardziej niż ciebie – rzekł Marion. – Mniej z nimi kłopotów.

– Tylko dlatego, że mówią średnio o połowę mniej niż ja – podsumował Danny.

– Pewnie masz rację – przyznał Marion.

– Poza tym zawsze ich mamy w zasięgu wzroku – zaznaczyła Leslie.

– Rzeczywiście byłem nieznośny, co? Wy biedni, cierpliwi staruszkowie.

Mariona zirytowało określenie „staruszkowie".

– Co za okropne słowo. – Skrzywił się.

– Jestem nieznośny, prawda? Zgadzamy się co do tego? – Danny wyszczerzył się radośnie i zniknął.

Pat stała i patrzyła na chłopców, którzy siedzieli obok siebie, Eluik na drewnianym krześle, Enopp przy nim, na podłodze.

– Eluik nie chce siedzieć na miękkich krzesłach – oznajmiła Leslie. – A Enopp zawsze trzyma się blisko niego.

Nic dziwnego, pomyślała Pat. Enopp chce mieć swoje ciało w pobliżu, bo posługuje się nim do mówienia.

Czy Enopp rozumiał, że trzyma ciało brata w niewoli? Prawie na pewno nie.

– Może będzie łatwiej – zwróciła się do chłopców – jeśli zamkniecie oczy.

– Nie lubię niespodzianek – burknął Enopp. – A Eluik zamyka oczy tylko wtedy, kiedy chce.

– Obawiam się, że to, co zrobię, nie będzie na tyle oczywiste, żebyście zrozumieli, na czym polega – tłumaczyła Pat. – A ponieważ nie da się tego zobaczyć oczami fizycznymi, chyba lepiej, żeby nie rozpraszały was żadne bodźce wzrokowe.

Enopp wzruszył ramionami i opuścił powieki. Oczy Eluika pozostały otwarte, a ponieważ nie skupiał wzroku na niczym konkretnym, Pat uznała, że to nie powinno jej utrudnić zadania. W końcu sama nie wiedziała, co przyniesie dobry skutek, a co ewentualnie mogłoby w tym przeszkodzić.

Nic im nie mówiąc, posłała swoje Ba – czyli, teraz już rozumiała, grupę swoich pretów – w głąb Eluika. Tam odszukała Ka Enoppa, jego najgłębsze ja, o korzeniach wpuszczonych w ciało brata. Oczywiście, nie wczepiły się tak mocno, jak korzenie Ka Eluika – bo ciało należało do niego – Enopp jednak bez wątpienia był ściślej spleciony z Eluikiem niż Set z Dannym Northem.

Pat przyszło do głowy, że Eluik być może przeżył te wszystkie lata w stanie głębokiej frustracji, zmuszony znosić to, że Enopp nim władał, odebrał mu głos, wypowiadał się w jego imieniu. Z drugiej jednak strony, może naprawdę chciał pocieszać i chronić młodszego brata, nawet za cenę utraty własnej zdolności mówienia, i nie żywił do niego urazy.

Będzie niezadowolony, jeśli odzyska wolność?

I czy w ogóle wolność odzyska? W ostatecznym rozrachunku będzie to zależało od Enoppa. Czy zrozumie to, co Pat mu pokaże?

Nie mówiła ustami, tylko porozumiewała się z chłopcami tak jak Ten z nią i Dannym, pokazywała im, co w swoim przekonaniu widziała wewnątrz ciała Eluika. To ty, Enoppie. Ty jesteś w nim, nie on w tobie. Możesz oddać mu władzę nad samym sobą, wystarczy, że wycofasz się o, stąd. I stąd. I stąd.

Potem posłała część swojego Ba w ciało Enoppa, żeby pokazać puste miejsce – jeśli można to nazwać „miejscem" – w którym powinno być Ka Enoppa, i to, że tysiące wrót nie mogły skutecznie zastąpić nieobecnego wewnętrznego ja.

Czas tracił znaczenie, kiedy dwoje Ka rozmawiało ze sobą w ten sposób; Pat bardzo skrupulatnie wszystko demonstrowała i wyczuwała, że Enopp rozumiał ją na tyle dobrze, żeby wyciągnąć części siebie, macki, którymi sterował bratem, z ciała Eluika. Ale czy uda mu się przenieść całe swoje Ka z powrotem tam, gdzie jego miejsce?

Przyszła pora, by Pat dała mu wybór, co znaczyło, że musiała też dać czas na dokonanie tego wyboru. Wciągnęła swoje Ba z powrotem w siebie, po czym szepnęła:

– Pora oddać Eluikowi jego ciało, Enoppie. Służył ci z tak wielką dobrocią, ty byłeś mu przyjacielem. Nie wiedziałeś, ile go to kosztowało ani nawet gdzie sam w tym czasie byłeś. Teraz już wiesz. Zwrócisz mu wolność? Obleczesz się we własne ciało i będziesz żył swoim życiem? – Mówiła ściszonym głosem, tonem prośby, nie żądania, a jednak naciskając na niego, żeby podjął decyzję.

– Ćśśś – szepnął Enopp. Czy nakazywał jej milczenie, czy po prostu wypuścił z siebie powietrze, tego nie wiedziała.

– Eluiku – szeptała – teraz już możesz śmiało powiedzieć mu, czego chcesz. Pozwolić bratu wrócić, gdzie jego miejsce. Jego ciało to nie samotna jaskinia, to jego dziedzictwo, królestwo, którym ma sam jeden rządzić. Tak jak twoje jest królestwem przeznaczonym tylko dla ciebie. Stańcie obok siebie jako bracia, nie dwie chaotycznie zespolone dusze, jedna bezradna, druga zagubiona.

Zorientowała się, że jednak próbuje wymusić na nich określone działanie; właściwie dlaczego nie? Żaden z nich nie będzie mógł żyć normalnie, dopóki ich metafizycznego zrośnięcia nie zastąpi układ prawidłowy: jedna dusza w jednym ciele.

I wreszcie, powtórzywszy kilkakroć wszystko, co jej przyszło do głowy, znużyła się swoimi słowami i zamilkła.

Chłopcy siedzieli nieruchomo, z twarzami bez wyrazu; Enopp miał zamknięte oczy, Eluik otwarte, ale spojrzenie nieskupione na niczym.

Pat odwróciła się w stronę Mariona i Leslie Silvermanów. Już chciała wzruszyć ramionami, żeby okazać swoją bezradność, narastające przekonanie, że to jednak ponad jej siły, że skoro nie poradził sobie Danny, jest to po prostu niewykonalne.

Powstrzymały ją jednak ich miny; bowiem Leslie płakała; ze łzami cieknącymi po policzkach nie odrywała wzroku od chłopców, a Marion, choć nie płakał, przyglądał się chłopcom w skupieniu. Ile z tego wszystkiego zobaczyli i zrozumieli?

Dźwięk wydany przez jednego z chłopców przyciągnął uwagę Pat; ku jej zaskoczeniu, Eluik patrzył na nią przytomnym wzrokiem. Twarz wciąż miał pozbawioną wyrazu, ale jego usta lekko się ruszały i wychodziły z nich urywane dźwięki, jak głos słyszany przez tracący zasięg telefon.

Na najgłębszym poziomie wyczuwała, że Enopp prawie całkowicie wyciąga swoje Ka z ciała Eluika. Mogła sobie tylko wyobrazić, jakie to przeżycie dla Eluika: po raz pierwszy od lat był panem swojego ciała, znów rozporządzał nim według swojej woli.

Jednak jej konsternacja szybko przeszła w niepokój, a potem przerażenie, Ka Enoppa bowiem po opuszczeniu Eluika nie wracało do jego własnego ciała. Zamiast tego, wyglądało na to, że Enopp wydobywa swoje Ba z własnego ciała i przyciąga do siebie. I Pat zrozumiała: on umiera. Przygotowuje się do powrotu na Duat.

– Nie – powiedziała głośno. – Tak nie można. Enoppie, zabraniam ci umrzeć. To ciało czekało na ciebie przez cały ten czas. Nie porzucaj go teraz. – I dla wzmocnienia swoich słów posłała swoje Ba w ciało Enoppa. Czuła, że opuszczone przez kierujące nim umysł i wolę, szykowało się do śmierci. Raz po raz przemieszczała swoje Ba od Ka-i-Ba Enoppa do ciała, które pozostawił, i z powrotem.

Enopp nie mógł nie zdawać sobie sprawy z tego, co robiła – skoro rozumiał ją wcześniej, teraz tym bardziej. Nie, postępował tak, bo nie chciał tego ciała. Nie, to też nie to. Kiedy jej Ba zbliżyło się do jego Ka-i-Ba, otuliło je, wyczuła jego odpowiedź na jej słowa. Wyrażała przytłaczające zaskoczenie i wstyd z powodu tego, co zrobił bratu.

Nie wiedziałeś, powiedziała mu Pat bezgłośnie. Nie twoja wina, nie twoja hańba; nie miałeś złych zamiarów, więc sumienie masz czyste. Nie czas, żebyś wracał na Duat. Weź swoje ciało i żyj życiem, które jest ci przeznaczone. Masz jeszcze wiele do zrobienia, a żeby tego dokonać, niezbędne ci jest ciało, niezbędna moc maga wrót, z którą przyszedłeś na świat.

Enopp zdawał się nie słuchać – nie próbował wrócić do swojego ciała – a mimo to nie wzbił się w przestworza, by w mgnieniu oka pokonać lata świetlne dzielące go od Duat. Czy dlatego, że chce pozostać przy życiu, ale uważa, że nie zasługuje, by mieć własne ciało, po tym, gdy przez tyle lat odmawiał tego Eluikowi? A może to ja go tutaj trzymam, otoczonego moim zewnętrznym ja?

Nie mam prawa więzić jego Ka, tak jak on nie miał prawa żyć w swoim bracie.

Wciągnęła swoje Ba z powrotem w siebie.

I poczuła, że Ka-i-Ba Enoppa zaczyna się wznosić. Ostatnie nitki łączące go z Eluikiem rozciągały się i pękały. Dokonał wyboru. Umrze.

W tej chwili Eluik zerwał się niezdarnie z krzesła i rzucił na brata siedzącego na podłodze. Enopp przewrócił się. Eluik położył się na nim, objął go nieporadnie i zaczął coś krzyczeć. Łkał i krzyczał.

Pat nie była magiem wrót. Nie miała daru do języków, nie rozumiała więc krzyków Eluika.

Rozumiała jednak – bo kto by nie zrozumiał? – co Ka Eluika przekazywało Ka Enoppa. Tak wielka moc. Niby bezgłośny krzyk. Ten nie użył nawet ułamka tej mocy, kiedy rozmawiał z Pat i Dannym na Duat. Treść przesłania była prosta i czysta: Zostań ze mną. Żyj.

Ka Enoppa zatrzymało się w górze.

Eluik zaczął niezdarnie bić i klepać Enoppa po ramionach i piersi, jakby chciał obudzić jego zmysły czy nawet sprowokować go, żeby oddawał ciosy.

Pat empatycznie czuła, jak Ka Enoppa wraca do jego własnego ciała i wsuwa swoje macki, czy raczej swój wpływ, we wszystkie miejsca, z którymi musiało się połączyć, by nastąpiło pełne zespolenie.

I w tej samej chwili Enopp zerwał ostatnie więzy łączące go z ciałem Eluika. Jeszcze moment i już Ka-i-Ba Enoppa istniało tylko wewnątrz jego ciała, po czym błyskawicznie się w nim zakorzeniło, mocno i głęboko. Tak głęboko, jak u niewielu ludzi. Teraz był połączony z samym sobą tak, jak Pat i Danny nauczyli się łączyć z własnymi ciałami.

Eluik też zrozumiał, na czym to polega, i wniknął swoim Ka w głąb siebie. Jak Danny, nigdy więcej nie pozwoli, by uzurpator zawładnął jego królestwem.

Ciosy ustały. Eluik sturlał się z brata i obaj leżeli na podłodze pod ścianą. Ciała chłopców stykały się ze sobą w wielu miejscach, ale ich wewnętrzne i zewnętrzne ja po raz pierwszy od lat były całkowicie rozdzielone.

– Dobra decyzja, Enoppie – pochwaliła Pat. – Eluiku, to dzięki tobie został. Znów uratowałeś swojego brata.

Ciałem Eluika wstrząsnął potężny szloch. A potem tylko leżał i łkał rozpaczliwie jak nieszczęśliwe małe dziecko.

Enopp przewrócił się na bok, wyciągnął rękę i dotknął twarzy brata.

– Przepraszam cię – powiedział po angielsku. – Nie wiedziałem.

Eluik odpowiedział mu w innym języku, tym razem jednak Leslie zauważyła, że Pat go nie rozumie, i szeptem przetłumaczyła.

– Mówi, że nic się nie stało, nie miał nic przeciwko temu. Przynajmniej nie byli samotni w jaskiniach.

Nie pierwsza i nie ostatnia plama na sumieniu Lokiego, pomyślała Pat. Uwięził tych chłopców, zmusił do tego, żeby związali się ze sobą zawiłym węzłem, w którym przeżyli tyle lat.

Potem sobie przypomniała: królowa, jego kochanka, kazała Lokiemu ich zabić. A mimo to uznał, że więcej jest winien swojemu sumieniu niż królowej Bexoi. Zachował ich przy życiu. Teraz znaleźli się tutaj, udręczeni, cierpiący... ale żywi. Wciąż mogli dokonywać wyborów, działać, żyć swoim życiem. Łączący ich węzeł został rozsupłany. Każdy z nich znów był sobą.

Danny ufał, że Pat sobie poradzi, i jakoś przez to przebrnęła, mimo że nie wiedziała, co robi, wszystko zaś, co było poza jej kontrolą, chłopcy ustalili sami między sobą.

– Tak się zastanawiam – powiedziała Leslie – kiedy towarzystwo zacznie myśleć o lunchu. Skoro już wszyscy postanowiliśmy pozostać przy życiu.

Enopp wstał bez trudu, ale Eluik wyszedł z wprawy we władaniu swoim ciałem. Z pomocą Mariona dźwignął się z podłogi, po czym, wsparty na nim i młodszym bracie, ruszył do stołu kuchennego, gdzie Leslie już postawiła stos talerzy, a teraz rozkładała pajdy chleba domowej roboty, plasterki wędlin i serów, warzywa i rozmaite smarowidła.

Kiedy chłopcy usiedli do stołu i Eluik udowodnił, że potrafi zrobić kanapkę i podnieść ją do ust, Marion podszedł do Pat, która stała w drzwiach kuchni.

– Dobra robota – mówił łagodnym tonem. – Dokonałaś czegoś, co wydawało mi się niemożliwe. Widziałem wszystko... a właściwie rozumiałem wszystko, jak nigdy dotąd. Wykazałaś się odwagą, cierpliwością i mądrością. Danny to szczęściarz. Mam nadzieję, że jest dość bystry, żeby cię docenić.

– Jeśli nie – wtrąciła Leslie – już ja mu przemówię do rozumu.

Pat uśmiechnęła się z ulgą i poczuła, że łzy napływają jej do oczu. Nie lubiła płakać przy ludziach, ale nie chciała odejść.

– Oj, nie przejmuj się kilkoma łzami – uspokajała Leslie. – Usiądź, niech osolą twoją kanapkę.

Pat usiadła przy stole z chłopcami, którzy jedli swój pierwszy wspólny posiłek jako niezależne dusze, każdy zespolony z własnym ciałem, każdy mogący swobodnie dokonywać własnych wyborów i wcielać je w czyn.

To, co wywalczyli z tak wielkim wysiłkiem, łatwo przychodzi prawie każdej istocie ludzkiej na Ziemi i Westilu, pomyślała Pat. Różnica polega na tym, że oni, tak długo pozbawieni tej niezależności, wiedzą, ile jest warta.

Oby nigdy o tym nie zapomnieli. Obym ja nigdy o tym nie zapomniała. Jak cudownie jest żyć, mieć własne ciało, móc postępować na świecie fizycznym wedle swojej woli.

– Przede wszystkim jestem ciekaw – odezwał się Enopp – czy dobry z ciebie śpiewak.

Eluik odpowiedział w tym drugim, nieznanym Pat języku i obaj chłopcy uśmiali się do łez.

Tym razem przetłumaczył Marion.

– Powiedział: „Dotąd nie miałem głosu". Jak widać, to strasznie śmieszne.

Pat nie mogła powstrzymać uśmiechu – rozciągnął szeroko jej policzki, bo rzadko zmuszała je do okazywania tak wielkiej radości.

– Widzę, że też tak uważasz – rzekł Marion.

– Daj dziewczynie zjeść – ofuknęła go Leslie. – Ma za sobą pracowity dzień.

# Rozdział 9

Król Prayard nie okazywał już zaskoczenia, kiedy Klucha zjawiał się w pilnie strzeżonej komnacie Bexoi. Czy domyślał się, co łączy ich dwoje – że byli kochankami, a są wrogami – niespecjalnie Kluchę obchodziło. Dziecko w jej łonie było dzieckiem Prayarda. Dla Kluchy nie miało więc znaczenia, czy Prayard żywił urazę o dawne zdrady. Ważne, że w tej chwili nie miał powodu czuć się zdradzonym.

Oczywiście, Klucha wiedział też, że ludzie oceniają, co jest dobrem, a co złem, na podstawie wyznawanych przez siebie zasad, a zasady te rzadko bywają racjonalne. Zasady samego Kluchy były zwariowane jak mało co. Mimo to instynktownie czuł, że są bezwzględnie słuszne, i kiedy ich nie przestrzegał, dręczył go głęboki niepokój, dopóki nie wracał na właściwą drogę. Dlatego nie mógł po prostu zabić Bexoi, żeby mieć ją z głowy – bo jeśli zabójstwo jego dziecka było złem, to zabójstwo jej dziecka również złem być musiało. Bowiem morderstwo jego synka Figla było zbrodnią nie dlatego, że czyn ten był obrazą i zdradą wobec Kluchy; było zbrodnią, ponieważ w jego wyniku życie stracił wspaniały, mądry, piękny chłopiec. Gdyby więc Klucha odpłacił za to Bexoi, zabijając też niewinne dziecko, w rzeczywistości nie byłaby to zemsta, tylko nowa zbrodnia, nowa niesprawiedliwość. Wiedział, że musi się tej zasady trzymać, ale nie wiedział, dlaczego tak uważa ani co jest źródłem jego kodeksu moralnego. Wiedział tylko, iż nie może znieść myśli, że miałby uczynić taką samą niegodziwość jak Bexoi.

Prayard mógł jednak kierować się w życiu zupełnie innym kodeksem moralnym, takim, według którego przyprawienie rogów mężczyźnie to grzech lekki, natomiast przyprawienie rogów władcy jest zdradą stanu. Albo takim, stanowiącym, że kobiece łono, jeśli raz wydało nieprawy owoc, już nigdy nie może wydać prawowitego następcy tronu. Sam król pewnie nie wiedział, co sądziłby o cudzołóstwie Bexoi, zwłaszcza że dopuściła się go w czasie, kiedy on, Prayard, nie czynił starań o to, żeby począć z nią potomka. Choć pewnie niekoniecznie przywiązywałby wagę do takich niuansów.

Klucha czasem był ciekaw, jak Prayard zdecydowałby się postąpić, gdyby poznał całą prawdę o przeszłości. Myślał nawet, czy mu wszystkiego nie wyjawić. Nie mógł jednak nie zdawać sobie sprawy, że wtedy król zapewne niezwłocznie zabiłby Bexoi. A ponieważ to uczyniłoby Kluchę pośrednim sprawcą śmierci jej dziecka, nie mógł podjąć takiego ryzyka. Nigdy, przenigdy. To będzie prawowity potomek Prayarda. Klucha nie mógł dać mu powodu, żeby w to zwątpił. Dlatego trzymał język za zębami.

Starał się też jednak odwiedzać uśpione ciało Bexoi tylko wtedy, kiedy w jej komnacie był Prayard. Gdyby przychodził do niej pod jego nieobecność, król mógłby pomyśleć, że Klucha coś przed nim ukrywa. To wzbudziłoby podejrzenia, a Klucha nie chciał wzbudzać podejrzeń.

– Bez zmian – powiedział Prayard cicho.

– Ale dziecko rośnie – zauważył Klucha.

– Niedługo nastąpi rozwiązanie. – Prayard westchnął. – A jak odebrać poród, kiedy matka jest uśpiona?

– Może się obudzi, kiedy dziecko zacznie się rodzić – rzekł Klucha, chociaż w to nie wierzył.

– A może nie – stwierdził Prayard. – Może dziecko będzie gotowe do narodzin, ale jej ciało pozostanie nieświadome, nie zrobi nic, żeby je wyprzeć na świat. Może dziecko w niej zostanie, będzie rosło i rosło, aż rozsadzi jej brzuch i oboje umrą.

– Nie dopuszczę do tego – zapewnił Klucha.

– Niby jak? Odbieranie porodów jest jedną z twoich umiejętności?

– Można kazać chirurgowi wyciąć z niej dziecko.

– Słyszałem o tym zabiegu. – Prayard pokiwał głową. – Matka zawsze umiera, dziecko przeważnie też, jeśli w ogóle jeszcze żyje.

– Dopóki tu jestem – zaręczył Klucha – ani królowa, ani dziecko nie umrą, i daję słowo, że dziecko w tej chwili żyje i jest zdrowe. Jak myślisz, dlaczego tak często tu bywam? Dlatego, że chcę, żeby ten stan rzeczy utrzymał się do chwili, kiedy dziecko się urodzi... albo zostanie wyjęte.

– Naprawdę sądzisz, że pozwolę rozpłatać brzuch mojej pani? Że dopuszczę do niej człowieka z nożem?

– Tak. Jeśli będziesz musiał wybierać między nożem a jej pewną śmiercią, wybierzesz nóż, a ja będę strzegł jej bezpieczeństwa.

– Możesz wyleczyć ranę od noża, ale nie ten... ten sen, w który zapadła.

– Ona nie śpi. Sądzę, że wszystko słyszy, wie, co się dzieje, przysłuchuje się naszej rozmowie. Nie jest zdolna zareagować, bo nie panuje nad swoim ciałem.

– Pozostaje we władzy zaklinacza ludzi? – spytał Prayard.

– Nie myśl, że zaklinacze ludzi są aż tak potężni – przekonywał Klucha. – Żyjemy w epoce słabości, bez Wielkich Wrót, które mogłyby zwiększyć moce magów. Żaden zaklinacz ludzi nie zdołałby skraść tej kobiecie ciała.

Anonoei jednak przeszła przez Wielkie Wrota. A Enopp i Eluik mieli nad sobą nawzajem dziwną władzę, w wyniku czego Eluik milczał jak Bexoi, choć nie był tak bierny, jak ona. Klucha nie wiedział, czy mówi Prayardowi prawdę. Prawie miał nadzieję, że nie, bo znaczyłoby to, że Anonoei jakimś sposobem wciąż żyje, uwięziona – przynajmniej jej Ba – w Bexoi. Kiedy więc przyjdzie pora zabić Bexoi – po bezpiecznych narodzinach dziecka – jej śmierć być może oswobodzi tę zachowaną pozostałość Anonoei, pozwoli jej Ba wrócić na Duat, tak jak Danny North uwolnił zniewolone wrota, oddając je samym sobie.

Jakby przywołany myślami Kluchy, Danny North nagle ukazał się za królem Prayardem, z rękami w kieszeniach, zgarbiony jak dzieciak, który nie jest pewien, czy czeka go bura, czy uniknie kary.

Jak to możliwe, że Danny North był tutaj, na Westilu? Gdyby stworzył kolejne Wielkie Wrota, Klucha wiedziałby o tym, nie tylko dlatego, że wyczuwał wszelkie wrota powstające na obu światach, ale i dlatego, że miał wszystkie wrota Danny'ego pod swoją kontrolą. Nie mogły być używane bez jego wiedzy.

Tyle że teraz Klucha zrozumiał, iż Danny zjawił się tutaj bez pomocy wrót. Przynajmniej sam nigdzie ich nie dostrzegał. Do tej pory zaś widział wszystkie wrota. Jak Danny tu się dostał?

Prayard musiał zauważyć zaskoczenie Kluchy, bo odwrócił się i podążył za jego spojrzeniem.

Danny'ego Northa już tam nie było.

Nie dlatego jednak, że chciał pozostać niezauważony przez Prayarda. Klęczał u wezgłowia łoża Bexoi. Wyciągnął dłoń i dotknął jej czoła.

– Kim jesteś? – spytał Prayard cicho. – Przyszedłeś tutaj tak, jak przychodzi on. Jesteś magiem wrót?

– Tak, jest nim – potwierdził Klucha. – Ale nie ma tu czego szukać.

– Odeślij go – polecił Prayard.

Klucha spróbował. Stworzył wrota i przesunął je nad Dannym Northem – ale ten ani drgnął. Nieprawdopodobne – nikt nie mógł się oprzeć mocy wrót. A jednak on tego dokonał.

– Próbowałem. – Klucha się poddał. – Nic z tego.

– Nie możesz odesłać mnie wrotami – odezwał się Danny. – Ani nie chcesz. Bo zjawiłem się tutaj dlatego, żeby wybudzić tę kobietę ze śpiączki.

– To nie jest w twojej mocy – stwierdził Klucha.

– Nie znasz mojej mocy – odparował Danny. – Mówię, że mogę tę kobietę ocucić. Coś jednak czuję, że nie chcesz tego.

Klucha nie wiedział, co odpowiedzieć, bo gdyby wyznał Danny'emu prawdę, usłyszałby to Prayard.

Patrzyli na siebie w milczeniu.

– Rozumiem – powiedział Prayard. – Macie do omówienia jakieś tajemnice magii wrót, a przy mnie nie możecie swobodnie rozmawiać.

– Byłoby łatwiej, gdyby cię tutaj nie było – przytaknął Danny.

– To jest król – przypomniał Klucha – a ona jest jego żoną.

– Jeśli ją kocha – odparł Danny – zrobi wszystko, żeby ją odzyskać. Nawet gdyby musiał zaufać mnie, obcemu, na tyle, żeby stąd wyjść, dopóki nie zrobię tego, co nauczyłem się robić.

– Czy nadal tkwi w tobie Inny? – spytał Klucha.

Danny North klęczał i w milczeniu patrzył na Prayarda.

– Pójdę więc – zdecydował król.

– Nie musisz – rzekł Klucha. – Cokolwiek ten niemądry chłopak zamierza, nie pozwolę mu na to.

– Nie powstrzymasz mnie – oświadczył Danny – a król Prayard nie chce, żebyś mnie powstrzymał.

Prayard wstał ze stołka, na którym czuwał.

– Zaufam ci pod warunkiem, że Klucha zostanie tutaj i dopilnuje, żebyś nie zrobił jej krzywdy.

– Ten chłopak nawet nie jest z naszego świata – powiedział Klucha. – Nie można mu ufać.

– Wiem, że nie jest z Westilu – odparł król. – Wystarczy na niego popatrzeć, posłuchać jego akcentu. To oczywiste, że pochodzi z Mittlegardu. A mimo to przybył tutaj wbrew Złodziejowi Wrót. I nie udało ci się go odesłać. Myślę więc, że to on jest najpotężniejszym magiem w tej komnacie.

– To prawda – przyznał Danny – ale nikomu nie wyrządzę krzywdy.

– Wyrządzisz krzywdę wszystkim – rzekł Klucha.

– Nie – odparł Danny. – Wiem, dlaczego ona milczy i się nie rusza, i wiem, jak temu zaradzić, a ty ani tego nie wiesz, ani nie chcesz wiedzieć.

– Nie chcę wiedzieć – odezwał się Prayard, choć niewątpliwie wiedział, że słowa Danny'ego skierowane były do Kluchy. – Ale chcę odzyskać żonę.

– I żeby dziecko bezpiecznie się urodziło – dodał Danny.

– We właściwym czasie – zaznaczył Prayard.

– Ten czas już przyszedł – stwierdził Danny. – I Klucha o tym wie.

Prayard spojrzał na Kluchę. Wyglądało, że ten oduczył się robić niewinną minę, bo król natychmiast zapytał:

– Kiedy zamierzałeś mi powiedzieć?

– To może stać się teraz, za tydzień, za dwa tygodnie – odparł Klucha. – Czekam, żeby zobaczyć, czy zacznie rodzić własnymi siłami.

– Dobrze wiesz, że ta chwila już nadeszła i że przed porodem trzeba obudzić Bexoi. On nie jest zdolny tego zrobić, ja tak.

– Przynajmniej tak twierdzisz – rzekł Klucha.

– Przyszedłem tutaj, prawda? – mówił Danny North. – A ty nie mogłeś wyczuć mojego przybycia, odesłać mnie ani nawet zrozumieć, jak się tu dostałem. Ja to zrobię, Loki. Jeśli spróbujesz mnie powstrzymać, postaram się, żebyś więcej nie miał mocy mi przeszkodzić.

– Chodź ze mną, Klucho – powiedział Prayard. – Może wygląda młodo, ale jest potężnym magiem. Starcom jak my wypada uznać cudzą wyższość.

– Król Prayard mądrze mówi – oświadczył Danny. – I co, Loki? Idziesz z nim czy zostajesz?

– Zostaję.

– A ja idę. – I Prayard wyszedł, szurając pantoflami, w których chronił stopy przed zimnem kamieni. Drzwi zamknęły się za królem i Klucha został sam z Dannym.

– Ostatnim, czego Westilowi potrzeba – odezwał się Klucha bardzo cicho – jest to, żeby ta suka się przebudziła i znów zaczęła mordować.

– Zgadzam się – przytaknął Danny – ale nie wiesz wszystkiego. Chcesz, żeby magini ognia utraciła moc. A co z zaklinaczką ludzi?

Klucha odczuł ulgę.

– Znaczy, że umierając, zostawiła swoje Ba wewnątrz królowej.

– Nie – odrzekł Danny. – Jest wewnątrz tego ciała swoim Ka i Ba, i walczy z królową o panowanie nad nim.

– Zaklinacze ludzi nie potrafią posyłać swojego Ka w innych.

– Z wyjątkiem tych, którzy to potrafią – powiedział Danny. – Pamiętasz synów Anonoei, Eluika i Enoppa? Wiem już, co tak naprawdę się z nimi stało: to Enopp tkwi wewnątrz Eluika i dlatego Eluik milczy. Enopp przeniósł do niego swoje Ka, a we własnym ciele zostawił tylko zewnętrzne ja, jakby ciało było jego bratem serca.

– Niemożliwe. – Klucha nie krył zdumienia.

– Zgadzam się. A mimo to moja przyjaciółka Pat właśnie wyciągnęła Enoppa z jego brata i teraz razem z Eluikiem robią wszystko, żeby uratować go od śmierci.

– Mówiąc „śmierć", masz na myśli...

– Powrót na Duat – wyjaśnił Danny.

– I to samo planujesz zrobić tutaj?

– To nie tak prosty przypadek, bo Enopp i Eluik kochają się nawzajem, a te dwie kobiety ze sobą walczą. Trwają w stanie gorzkiego pata, żadna nie może zwyciężyć.

– Dwoje Ka w jednym ciele – rzekł Klucha.

– Oczywiście, zaklinaczka ludzi nie ma prawa tam przebywać. Ciało należy do Bexoi, Anonoei jest złodziejką.

– Jeśli tak sądzisz...

– Tak jest, koniec, kropka. I dobrze o tym wiesz. Wiesz też jednak, że Bexoi zamordowała Anonoei. Spaliła jej ciało, z którego Anonoei wyzwoliła się w ostatniej chwili agonii. Powstaje więc poważne pytanie. Czego wymaga sprawiedliwość? Żeby Anonoei opuściła ciało, w którym nie ma prawa przebywać? Czy żeby to Bexoi porzuciła swoje ciało i pozwoliła Anonoei w nim żyć, by zadośćuczynić jej za to, że ją spaliła żywcem? Byłoby to w jakimś sensie wyrównaniem krzywd, nie sądzisz? Mimo że suche prawo nakazywałoby wybrać to pierwsze rozwiązanie.

– Skąd to wszystko wiesz? Nie możesz mieć pewności.

– Nie dość, że wiem – odparł Danny – to jeszcze przez cały czas, kiedy moje usta do ciebie mówiły, moje Ka pokazywało tym dwu kobietom, co potrafi. Słuchało, co mają do powiedzenia.

– W tej chwili interesuje mnie tylko jedno: nadal jest w tobie smok?

– A mógłbym tutaj być, gdyby był?

– To unik, nie odpowiedź – zauważył Klucha.

– Set nie ma już nade mną władzy. Ale tak, nadal siedzi w moim ciele.

– I sprowadziłeś go tutaj? – spytał Klucha, ogarnięty strachem i wściekłością.

– Nie.

– Jak to więc jest? Tkwi w tobie czy nie?

– Tkwi we mnie, ale tutaj go nie ma – odpowiedział Danny North. – Zamiast się wściekać, może mnie wysłuchasz i spróbujesz zrozumieć, co ci chcę powiedzieć?

– Jest w tobie, ale go tutaj nie sprowadziłeś. To sprzeczność.

– A jednak sprzecznością nie jest, bo przyjąłeś jedno błędne założenie.

– Jakie? – zainteresował się Klucha.

– Zakładasz, że ja tutaj jestem.

– Przecież cię widzę.

– Kiedyś widziałeś, jak Bexoi umierała zalana krwią w swoim łożu, choć ona sama stała obok ciebie i patrzyła na swoją śmierć.

– To był jej klant – przypomniał Klucha. – Doskonały klant, tak realistyczny, że nawet krwawił. Ale ty nie możesz być klantem, magowie wrót nie stwarzają klantów.

– Nie stwarzali do tej pory – uściślił Danny North.

– Ty naprawdę umarłeś. Umarłeś i przeszedłeś na Duat, a potem wróciłeś i wszystko, co teraz robisz...

– Nauczyłem się na Duat tego i owego, i od tej pory sam opanowałem jeszcze kilka umiejętności. Teraz już stwarzam wrota bez mojego Ba. Czy raczej, prawdę mówiąc, przemieszczam siebie, przedmioty i ludzi bez stwarzania wrót. Po prostu przechodzę z miejsca na miejsce.

Klucha nie miał innego wyjścia, jak tylko mu uwierzyć, bo przecież Danny jakoś dostał się na Westil, mimo że nie stworzył ani jednych wrót.

– Każdy żyjący człowiek ma tę umiejętność – mówił Danny – bo kiedy umieramy, nasze Ka wraca na Duat bez przewodnika, bez łodzi, bez statku kosmicznego, bez wrót, wracamy i tyle. Ta moc jest w nas wszystkich. Dlatego moja przyjaciółka Pat nie potrzebuje już ani mnie, ani amuletu, który jej dałem. Po prostu się przemieszcza.

– Nauczyłeś ją tego? Maginię wiatru?

– Niczego jej nie nauczyłem. Umarła, przeszła na Duat, tam zobaczyła to, co ja, i nauczyła się tego, co ja.

– Co więc postanowiłeś? Obudzisz królową i wypędzisz to, co zostało z nieszczęsnej Anonoei, z powrotem na Duat?

– Tego raczej nie mogę zrobić.

– Nie możesz czy nie chcesz, bo uważasz, że to byłoby nie w porządku?

– Jedno i drugie. Zabijając Anonoei, Bexoi utraciła prawo do posiadania własnego ciała.

– To znaczy, że wypędzisz Bexoi i zostawisz Anonoei jej ciało?

– Nie mogę zrobić czegoś, co nie leży w mojej mocy.

– No proszę, a myślałem, że możesz wszystko. Że jesteś magiem nad magami.

– Nie mogę robić rzeczy niewykonalnych. Nie mogę odesłać Bexoi na Duat; musi sama chcieć tam odejść, a biorąc pod uwagę życie, jakie wiodła, nie wiem, czy byłby to dla niej radosny powrót.

– Nie obchodzi mnie, czy będzie tam szczęśliwa – rzekł Klucha.

– Ale ją obchodzi – zauważył Danny – i jeśli sama nie zechce odejść, nie będę mógł jej zmusić.

– Więc co możesz zrobić?

– Mogę pokazać Anonoei, jak zakorzenić się głęboko w ciele. To jednak powiedzie się tylko pod warunkiem, że ciało samo z siebie uzna ją za swojego prawowitego właściciela.

– Niby jak? – zdziwił się Klucha. – Przecież to ciało Bexoi.

– Narodziło się jako ciało Bexoi, dorastało jako ciało Bexoi, ale teraz jego dłonie skalane są krwią niewinnych dzieci. Ciało nie lubi być w ten sposób hańbione. Może ma jej dosyć.

– Jeśli własne ciało ją odrzuci...

– Tak się nie stanie – stwierdził Danny. – Ciało Bexoi nie wypędzi jej z siebie. Może natomiast uznać kogoś innego za swojego prawowitego właściciela. I sądzę, że zrobi tak, tylko jeśli dostanie takie polecenie z Duat.

– Rozumiem, iż ostateczny skutek może być taki, że jednak wypędzisz Anonoei. Zabijesz ją.

– Decyzja należy do ciała.

– Ciało to tylko... kukiełka z mięsa. O niczym nie decyduje.

– Też tak myślałem, dopóki nie przeszedłem na Duat, zostawiając ciało na Ziemi. Set miał je całe dla siebie, ale nie mógł w najmniejszym stopniu nad nim zapanować. Czekało na mnie. Dalej było moje. Ciało Bexoi jednak zasługuje na lepszą panią od kobiety, która przy jego użyciu popełniała straszliwe morderstwa. Zgodzisz się?

– To, co mówisz, zaczyna mi przypominać teologię – powiedział Klucha. – Sprawiedliwość i miłosierdzie. Oko za oko. Nie chrześcijaństwo, w którym tyle się mówi o przebaczeniu, lecz prawo starsze, wet za wet, ząb za ząb, surowe zasady, których nie da się oszukać.

– Co mnie obchodzi, co ci to przypomina? Jeśli taka jest prawda, byłoby dziwne, gdyby ta koncepcja nie przewijała się wszędzie, w takiej lub innej postaci.

Miał trochę racji; Klucha jednak wiedział, że istniały pewne reguły, których Danny North jakimś cudem nie przestrzegał.

– Jak możesz być klantem, skoro mam wszystkie twoje wrota, a ty nie masz żadnych?

– Nigdy nie stwarzałem klanta, więc nie wiem, czy to właśnie zrobiłem. Poprosiłem dużą liczbę cząstek, żeby ułożyły się w drugie ciało dla mnie. Zrobiły tak i oto jestem.

– A potem przeprowadziłeś klanta przez Wielkie Wrota?

– Nie ma Wielkich Wrót – oświadczył Danny North. – I nie przeniosłem klanta z Mittlegardu, tylko stworzyłem go tutaj. W tej komnacie. Stworzyłem go z powietrza wypełniającego pomieszczenie, ze światła i żaru ognia, wykorzystując moją wiedzę o tym, jak moje ciało działa i czym prawdziwie jest. Będące tutaj prety zrozumiały, co muszę zrobić, i mi w tym pomogły.

– Stworzyłeś klanta, razem z ubraniami i całą resztą, tutaj, na miejscu? W tej chwili?

– Później będziesz się zachwycał moimi nowo odkrytymi umiejętnościami. Dziecko jest w drodze, a zanim się urodzi, musimy ustalić, kto będzie miał władzę nad ciałem jego matki.

# Rozdział 10

Anonoei słuchała każdego słowa, nie dlatego, że w pełni rozumiała wywody Danny'ego Northa; po prostu nie miała nic innego do roboty. Bexoi spała lub zapadła w innego rodzaju trans, więc jej myśli, kiedy docierały do świadomości, były czymś, na czym Anonoei przynajmniej mogła się skupić. Była beznadziejnie samotna. Słyszała wszystko, co słyszało ciało Bexoi, widziała to, co ona; ponieważ jednak królowa przeważnie nie otwierała oczu ani nic nie robiła, Anonoei czuła się jak rozbitek na szalupie uwięzionej w zimowym lodzie.

Dlatego rozmowa Kluchy z Prayardem przynajmniej zabiła nudę, potem zaś, kiedy zjawił się Danny North, zrobiło się ciekawie. Usłyszała rzeczy, które, gdyby miała własne, czujące ciało, obudziłyby w niej nadzieję. Bez ciała jednak nie było uczuć. Mogła wszystko rozumieć, ale bez emocji. Aha, to mogłoby być możliwe. Aha, to nie.

Co to właściwie ma za znaczenie, czy przeżyję, czy umrę? Czy w ogóle tak naprawdę żyję, będąc tutaj, w ciele Bexoi? Może to, co we mnie najważniejsze, umarło w płomieniach, a teraz jestem tylko cieniem, mniej rzeczywistym od klanta maga wrót?

Trudno było zatrzymać Bexoi przy sobie. Anonoei musiała stale pilnować kruchej równowagi. Ponieważ wyrwała się z własnego konającego ciała i przeskoczyła w ciało nieprzyjaciółki, wiedziała, że bez Bexoi nie mogłaby w nim zostać. Ciało bowiem pozostało własnością królowej i gdyby jej wewnętrzne ja wyswobodziło się z niego i wróciło na Duat, zostałyby tylko gnijące zwłoki, nie jeden spójny organizm, lecz kupa tkanek, pokarm dla padlinożerców, zawsze czekających w pobliżu na pierwsze oznaki śmierci.

Ja też jestem padlinożercą, grzybem, który rozrasta się wewnątrz Bexoi, niezdolny żyć samodzielnie, żeruje na niej.

I Anonoei nie miała pewności, na ile Bexoi rozumie tę sytuację. Może po tym, gdy otarła się o śmierć, naprawdę sądziła, że nie żyje czy coś w tym rodzaju. Może nie mogła się w pełni połączyć na powrót ze swoim ciałem. Co jej w tym przeszkadzało? Może dziecko?

Również możliwe i, znając Bexoi, dużo bardziej prawdopodobne było jednak to, że królowa doskonale wiedziała, co się dzieje, i z rozmysłem pozostając na skraju świadomości, czekała, kiedy Anonoei znuży się tym bezustannym przeciąganiem liny.

Gdyby Anonoei przycisnęła ją za mocno, Bexoi opuściłaby swoje ciało, które wówczas by umarło. Gdyby jednak rozluźniła swój chwyt, Bexoi odzyskałaby pełną władzę i Anonoei nie zostałoby nic, nawet cząstka tego życia. A wtedy Bexoi osiągnęłaby swój cel; zabiłaby ją.

I może tak byłoby najlepiej. Może to nie heroiczne, tylko pożałowania godne, że Anonoei tak rozpaczliwie pragnęła zachować choć część siebie przy życiu. Jeśli tę nędzną egzystencję w postaci cienia skrytego w ciele królowej można nazwać życiem.

Anonoei nie była zdolna zmusić Bexoi, żeby otworzyła oczy i spojrzała na Kluchę czy Danny'ego. Znaczy, mogła to zrobić – ale taki przymus powodował, że wewnętrzne ja Bexoi w niezrozumiały sposób odrywało się od ciała. Anonoei to wyczuwała, ale nie miała pojęcia, jakim zmysłem. Tej wiadomości nie przesłało ciało Bexoi, dawno zdała sobie z tego sprawę. Czuła, jak wewnętrzne ja Bexoi odłącza się od ciała na poziomie, na którym istniały tylko wewnętrzne i zewnętrzne ja. Jednocześnie jakoś wiedziała, że dokądkolwiek Bexoi odejdzie, już stamtąd nie wróci. A wtedy ona zostałaby sama w ciele nienależącym do niej, nad którym nie miała władzy. Mogła powstrzymywać Bexoi, nie pozwalać jej nic robić ani mówić. Sama jednak nie była zdolna do żadnego działania; najpierw musiałaby przejąć władzę nad ciałem w takim stopniu, że zmusiłaby Bexoi do odejścia.

Przesłanie było jasne: może nie jestem w stanie się ciebie pozbyć, ale nie będę twoją marionetką. Jeśli ja nie mogę tutaj rządzić, nie będzie tu rządził nikt.

Co, zrozumiała Anonoei, taką naczelną zasadą Bexoi kierowała się w życiu. Pragnęła rządzić wszystkim, co miała w zasięgu ręki. Każdy, kto jej stawał na przeszkodzie, musiał zostać zniszczony. Każdy, kto mógł jej pomóc, musiał być wykorzystany. Nie mogła poprzestać na częściowym sukcesie, a w razie niepowodzenia po prostu wycofywała się z gry.

A zatem, Danny North, czy w całej swojej mądrości wreszcie rozumiesz, co się dzieje?

– Tak – powiedział Danny.

Chociaż nie, nie, nie powiedział tego, a Anonoei tego nie usłyszała, przynajmniej nie uszami Bexoi. Nawet nie było to słowo. Anonoei sformułowała pytanie w swoim umyśle – jeśli to rzeczywiście był jej umysł – a Danny odpowiedział bez użycia mowy, porozumiał się z Anonoei głęboko wewnątrz niej, tam, gdzie nie sięgały macki Bexoi.

– W tym właśnie sęk – mówił Danny. – Musisz sięgnąć głębiej. To ciało może cię zaakceptować, jeśli będzie wiedziało, że w przeciwieństwie do Bexoi nigdy nie posłużysz się nim do zabijania niewinnych. A może nie. Ale nie zaakceptuje cię na pewno, jeśli nie sięgniesz w jego głąb i nie przedstawisz siebie jako alternatywy dla Bexoi.

I znowu bez użycia słów. Szczerze mówiąc, Anonoei nie zrozumiałaby, o co chodzi z tym sięganiem w głąb, gdyby Danny nie wprowadził czegoś do ciała Bexoi. Co to było? Jego zewnętrzne ja? A może wewnętrzne? Danny North był magiem wrót, nie zaklinaczem ludzi. Nie powinno go tu być, nie powinien móc nic zrobić.

Mimo to nie mogła zignorować jego natarczywych wezwań. Spójrz, naciskał. Skup się na tym, co robię.

Ale jak mogła się na czymkolwiek skupić? Do tego potrzeba cielesnych zmysłów, a ich nie miała.

Delikatnie przyciągnął ją do siebie. Chodź, spójrz na to. Zobacz. Poczuj to.

Gdybym była usposobiona poetycko, pomyślała, może znalazłabym słowa na opisanie tego, co robił Danny North. To tak, jakby jego wewnętrzne ja wzięło moje za rękę – nie, za serce; nie, wziął całe moje wewnętrzne ja, objął je, poprowadził.

A mimo to nie miała wrażenia, że jest do czegoś zmuszana. Co najwyżej nęcona. Chodź, spróbuj tego. Poczuj to. Patrz na to.

Zaczynała rozumieć, co się działo, kiedy Danny wnikał w ciało Bexoi. Nie robił tego całym sobą, tak jak Anonoei była całą sobą obecna w cielesnej powłoce Bexoi. Tylko coś jakby sztylet wysuwało się z niego szybko niby język węża i wchodziło do wnętrza Bexoi, sięgając miejsc, których znaczenia Anonoei przedtem nie rozumiała. Kiedy Bexoi próbowała umrzeć, z tych właśnie miejsc wycofywała swoje ja.

Więc to tak przejmuje się władzę nad ciałem.

Nie do końca, powiedział Danny North, znów bezgłośnie, bez słów. Nie możesz go sobie wziąć. Ale możesz je poprosić, żeby ci się oddało.

Nigdy tak nie było, Anonoei doskonale to wiedziała. Przez wszystkie lata, które spędziła jako zaklinacz ludzi, zawsze brała to, co mogła, a przynajmniej czego potrzebowała. Nie prosiła.

Teraz jednak wyczuwała, jak Danny wnikał w ciało Bexoi, mimo że było ciałem kobiety, a Danny nie był zaklinaczem ludzi. Nie przejmował nad niczym władzy. Tylko pokazywał cząstkom, z których ciało było zbudowane, że jest do ich dyspozycji, jak człowiek, który wyciąga rękę za krawędź urwiska, żeby podać dłoń komuś, kto zawisł na pnączu. Proszę!, mówił. Chwyćcie się tego i nie puszczajcie. Jednak nie zmuszał ciała, żeby się podzieliło, żeby wybrało między Bexoi a nim. Tylko proponował: zobaczcie, co jest możliwe. Zobaczcie, czy to będzie wam bardziej odpowiadało. Zobaczcie, kim jestem.

I ku swojemu zaskoczeniu, Anonoei czuła, że ciało reagowało na jego wezwanie. Na poziomie głębszym i bardziej prymitywnym od czysto fizycznych doznań, coraz bardziej się przed nim otwierało.

Danny jednak nie potrzebuje tego ciała. A ja tak. To wszystko, co mam, choć tak naprawdę wcale tego nie mam.

Właśnie tak jest, powiedział Danny bez głosu, bez słów. Nie „masz” nic a nic. W najlepszym razie możesz liczyć, że ten dom z kości zaprosi cię, abyś została jego panią. Ale najpierw musisz mu się przedstawić.

Ono chce ciebie, pomyślała Anonoei. Zobacz, jak każda cząstka, której dotykasz, wyskakuje ci naprzeciw. Jak opiłki żelaza do magnesu.

Zrób to, co ja, powiedział Danny. To ciało chce być częścią czegoś lepszego niż Bexoi. Ma dosyć życia jako potwór.

Skąd jednak mógł to wiedzieć? I na jakiej podstawie sądził, że Anonoei nie jest takim samym potworem?

Samo to, że żywisz takie wątpliwości, dowodzi, iż nie jesteś taka jak Bexoi. Świadomość, że coś, czego chcesz, może nie być słuszne, pokazuje, że postrzegasz siebie jako część szerszego świata. Że poczuwasz się do odpowiedzialności. Że coś znaczy więcej od ciebie.

Moje dzieci, pomyślała Anonoei.

Ale nie, zbyt mało. Jej synowie byli częścią niej. Ich przetrwanie to jej przetrwanie.

Co takiego mówi mi, że pewnych rzeczy nie mam prawa robić? Nie mogę robić? Nie chcę robić.

A jeśli jestem tak nikczemna, jak Bexoi? Jeśli to ciało zamieni jedno zło na drugie? Silną panią na słabą, która jest nie lepsza?

I choć wątpiła w siebie, sięgnęła w głąb ciała tak, jak zrobił to Danny. Wniknęła głęboko, w najmniejsze zakamarki, bezdenne otchłanie ciała, gdzie małe ja oblepiły ją jak kurz.

Nie jestem im wstrętna.

Jej zaskoczenie, wdzięczność zdawały się przyciągać ich coraz więcej.

Ale nie te najjaśniejsze.

Niech zobaczą kobietę, której nic nie powstrzyma, powiedział Danny.

To Bexoi jest taka.

Kobietę, która przeżyła uwięzienie. Utratę synów. A mimo to pozostała przy zdrowych zmysłach.

Jeśli tak rzeczywiście jest.

Nie rozumiesz, że to nie twój strach, tylko twoja dzielność czyni cię zdolną do sprawowania władzy? Pokaż im, kim jesteś, nie kim wstydzisz się być.

Jak mogę je okłamywać? Ich się nie da oszukać.

Otóż to, powiedział Danny. Niech zobaczą wszystko.

Zobaczą? Tu niczego nie można zobaczyć, niczego nie można powiedzieć.

Choć sama tego nie rozumiała, coś w niej wiedziało, jak postąpić. Pomyślała o wszystkim, co robiła jako zaklinaczka ludzi. O tym, jak grała na najgłębszych pragnieniach innych, przekonywała ich, że to ona jest głównym obiektem ich pożądania.

Nie będę was okłamywała, powiedziała w duchu. Nie obiecam nic oprócz tego, że nie będę zabijać małych dzieci. W ogóle nikogo, jeśli to będzie możliwe. Ten świat jest pełen życia i chcę na nim pozostać. Chcę widzieć, jak moi synowie dorastają.

To dziecko rosnące w ciele królowej Bexoi – wychowam je na najlepszego człowieka, jakim mogłoby być. Nie ukarzę go za to, że jest synem swojej matki. Nigdy się nie dowie, że nie jestem Bexoi. Z tego ciała jest stworzony i to ciało okaże mu matczyną miłość. Największą, na jaką będzie mnie stać. Tyle mogę obiecać, jeśli zgodzicie się, abym była waszą panią. Nie mogłabym zabić dziecka zrodzonego z mojego ciała; nie mogłabym skrzywdzić dziecka mojej nieprzyjaciółki. Jeśli pozwolicie mi tu żyć, prawdziwie tutaj panować, to dziecko będzie jednym i drugim. Dzieckiem mojej nieprzyjaciółki; dzieckiem zrodzonym z mojego ciała.

I prawowitym potomkiem mężczyzny, którego kocham.

Czy to w ogóle było prawdą? Czy nadal kochała Prayarda?

Bez ciała zdolnego do doznawania uczuć nie mogła tego wiedzieć.

Tyle że miłość to nie uczucie. Nieraz rozmawiali o tym z Kluchą. Miłość to decyzja. Twoje szczęście przed moim. Ale nie zamiast mojego. Obok mnie.

Dam wam to samo, co daję Prayardowi. Będę uczestniczyła w waszej przyjemności i waszym bólu. Ja będę decydowała, dokąd was prowadzić, ale zawsze możecie przekonywać mnie, popychać do spełnienia waszych pragnień. Nie chciałyście zabić dziecka, które z was powstało, prawda? Ja nigdy nie przyprawię was o taką zgryzotę.

Ciało przygarnęło się do niej. Bez żadnego fizycznego ruchu; członki dalej leżały bezwładnie, oczy nie drgnęły. Anonoei poczuła jednak, że sięga w jego głąb. Że przenika świadomością mięśnie i kości, nerwy i żyły, do tego, co najgłębiej ukryte.

Że poznaje to ciało głębiej, niż znała je Bexoi.

I w tej chwili Bexoi dobrze zrozumiała, co się dzieje, albo przynajmniej że coś się dzieje. Że traci władzę.

Anonoei czuła, że Bexoi próbuje wydać dźwięk, krzyknąć, wrzasnąć. Znaczenie było oczywiste: Nie! Jednak jej więź z ciałem stała się tak płytka, tak wątła, że już nie mogła się równać z władzą, jaką miała nad nim Anonoei.

W panice próbowała zmusić własne ciało do posłuszeństwa. Oczywiście, na próżno. To się nie mogło udać. To ciało kiedyś należało do niej, ale teraz stało się niemal wyłączną własnością kogoś innego. Anonoei.

Nie całkowicie, na pewno nie. Ponieważ przed nią był tam Danny. Przedstawił się cząstkom tworzącym to ciało i poznały jego moc, ogromną, oszałamiającą siłę. I być może jego dobroć. Tak, na pewno jego dobroć, a przynajmniej pragnienie, by być dobrym dla innych. Być dobrym dla każdego ciała, które do niego należy.

A potem się wycofał, pozostawiając Anonoei jako jedyną kuszącą alternatywę wobec siebie. W porównaniu z Bexoi to mogło wystarczyć – nie, to wystarczyło.

Gdyby jednak Danny poprosił, gdyby to zaproponował, to ciało należałoby do niego.

Ale nie poprosi. Nie zaproponuje. Przybył tutaj tylko po to, żeby jej pokazać, co musi zrobić. I jak.

Przez te wszystkie lata, odkąd zrozumiała, że jest zaklinaczem ludzi, była przekonana, że nabiera innych, uwodzi ich i, kiedy trzeba, zmusza. Ale nie, to nie tak. Oni wszyscy oddawali się jej. Nie całkowicie, jak to ciało w tej chwili. Ale w jakimś stopniu przekonywali się do niej, pragnęli tego, co im proponowała. Najsłabsi z nich godzili się na jej pełną dominację. Najsilniejsi stawali się jej dobrowolnymi sojusznikami. Stronnikami.

I tym właśnie od tej pory było ciało Bexoi.

Teraz jestem tobą, powiedziała temu ciału, wszystkim jego częściom, jemu całemu. Żyjmy razem, powiedziała i ciało otuliło ją, przywarło do niej, a wtedy siłą woli zmusiła nogi, żeby się zgięły.

Zesztywniałe od długiego bezruchu, reagowały z oporem. W tej chwili Danny wyczuł, co się dzieje, i zalała ją uzdrawiająca, wzmacniająca fala. Przeniósł ją przez wrota? Nie, stało się coś innego. Zezwolił jej ciału, żeby się uleczyło. Nogi teraz już poruszały się swobodnie. Zwiesiła je z łoża, oparła się na łokciu.

– Kim ona jest? – spytał Klucha.

– Którą z twoich kochanek, o to ci chodzi? – Danny mówił łagodnym tonem. – A którą byś wolał?

– Ciało poznaję. Czy to matka, czy potwór?

– Jest kobietą, którą to ciało chciało być – odparł Danny. – Ale potwór jeszcze nie odszedł.

– Zmuś ją, żeby odeszła – szepnął Klucha.

Danny tylko zaśmiał się cicho.

– Widziałeś, jak to zrobiłem. Jak zrobiła to Anonoei. Wiesz, że żadne z nas nie może Bexoi do niczego zmusić.

– Znaczy, że nigdy się jej nie pozbędziemy – stwierdził Klucha gorzko.

– Może i nie. Ale my i nasze życzenia nie jesteśmy tu najważniejsi.

Ja jestem najważniejsza?, pomyślała Anonoei.

Reakcją Bexoi była fala sprzeciwu i nienawiści.

Anonoei poczuła to, bo teraz była bezpośrednio połączona z ciałem, tak jakby było jej własnym.

Nie, była z nim połączona, bo było jej własnym ciałem. Teraz już należało do niej.

Wyczuła pełne niepokoju pytanie Bexoi: Gdzie ja się podzieję? Nie chcę umrzeć.

Anonoei nie miała gotowej odpowiedzi. Nikt nie chce umierać, tym bardziej nie widziała więc powodu, dla którego Bexoi miałaby być skłonna umrzeć, gdy jej ciało pozostawało żywe, w cudzej władzy.

– Ono już ciebie nie chce – odezwał się Danny i Anonoei uświadomiła sobie, że tym razem używał swojego głosu. – Zaproponowano mu lepsze życie. Lepsze ja. Co ty masz do zaoferowania?

Bexoi znów chciała posłużyć się głosem ciała, nie była już jednak z nim połączona. Anonoei wiedziała jednak bez słów, co próbowała wyrazić: Jest moje.

– Jest twoje, bo kiedyś, na Duat, byłaś tak potężnym pretem – mówił Danny. – Tak wspaniałym, tak silnym. Oczywiście, że chciało za tobą pójść. Ale zobacz, co z nim zrobiłaś. Sama może nie odczuwałaś wstydu, lecz ta piękna bestia, w której żyłaś, wstydziła się życia, do jakiego ją zmuszałaś, czynów, które popełniałaś jej rękami. Przedtem nie miała wyboru. Teraz ma. Trudno sobie wyobrazić żyjącą duszę, której nie wolałaby od ciebie.

Bexoi wpadła w furię – czy raczej wpadłaby, gdyby ciało było jej posłuszne. Co ty o mnie wiesz? Nie znam cię, jesteś dla mnie nikim, smarkaczem, nieznajomym!

Danny jednak zachował niezmącony spokój.

– Bexoi – powiedział i sam dźwięk imienia wyciągnął ją jeszcze bardziej z ciała, nad którym wciąż rozpaczliwie usiłowała zapanować. – Znasz mnie. W tej chwili znasz mnie tak dobrze, jak nigdy nie znałaś nikogo innego. Niczego nie ukrywam. Ty mnie znasz, zna mnie Loki, Anonoei wyraźnie widzi, kim jestem. I wiesz, że nic ci nie zrobiłem. Za wszystko, co cię gnębi, odpowiadasz ty i tylko ty. Pozbawiałaś innych życia bez cienia żalu. Sądziłaś, że to znaczy, iż sama nigdy nie umrzesz?

Anonoei poczuła, że wściekłość Bexoi przeistacza się w mieszankę ognia i strachu. Próbowała spalić Danny'ego i była przerażona, bo ciało odmawiało jej tej mocy. Nie chciało skrzywdzić Danny'ego Northa.

I w tej chwili Anonoei zrozumiała dlaczego. Choć cała moc wzniecania ognia pozostała we władzy ciała, Bexoi nie mogła strawić płomieniami Danny'ego, bo Anonoei nie chciała zrobić mu krzywdy, a ogień podporządkował się jej woli.

Słowa Danny'ego wreszcie dotarły do głębokiej świadomości Bexoi i jej wewnętrzne ja powtórzyło echem ich niewypowiedziane znaczenie. Wszyscy umierają i Bexoi po raz pierwszy uzmysłowiła sobie, że ona nie będzie wyjątkiem.

– Dziś jest ten dzień. – Głos Danny'ego brzmiał łagodnie. Nawet życzliwie. – Nikt nie wyrządził ci krzywdy. Nikt oprócz ciebie nie jest winien twojej śmierci. Wyrzekłaś się prawa do życia, kiedy zabiłaś swojego synka. Oddałaś swoje życie Anonoei, kiedy spaliłaś jej ciało. Wiesz, że jedyne, co zrobiłem, to nauczyłem Anonoei kochać twoje ciało lepiej i głębiej niż ty.

A ono w zamian jej służy tak wiernie, jak służyło tobie, i z większą radością. Teraz wracaj do domu, na Duat, Bexoi. Jest tam Ktoś, kto pamięta, kim miałaś być, kiedy odeszłaś stamtąd na Westil. Zna całą twoją historię, ty zaś na razie znasz tylko jej część. Idź do domu i przekonaj się, kim byłaś, kim jesteś i kim wciąż możesz zostać.

Dopiero wtedy Anonoei zdała sobie sprawę, że jest z nimi ktoś jeszcze. Nie konkretnie tutaj, w komnacie, nie w pałacu Prayarda. Gdziekolwiek jednak był, postanowił pozwolić im wyczuć swoje... zainteresowanie. Czujną troskę Duat.

Danny nie wyglądał na zaskoczonego. Anonoei czuła jego ulgę. Kimkolwiek był, jakiekolwiek moce miał nieznajomy, Danny powitał go z radością, bo jemu nie był on obcy.

Anonoei poczuła coś jakby dreszcz, nie ciała, tylko wewnętrznego ja Bexoi; Bexoi nie mogła znieść skupionej na niej uwagi gościa. Nie mogła jednak jej umknąć, więc się skuliła. Ta część Bexoi, która próbowała sięgnąć w głąb ciała i odzyskać nad nim władzę, uwiędła, a wszystkie części ciała, jakie wciąż trzymały się jej wewnętrznego ja, odpadały od niego jak płaty łuszczącej się farby. Teraz była już tylko sobą, prastarą cząstką siebie, która kiedyś otrzymała tak wielką moc. Nagim ja, małym i przerażonym. Pełnym bólu i strachu. Samotnym.

Czy wszyscy jesteśmy tak mali, kiedy umieramy? Anonoei nie chciała zadać tego pytania; ledwo sobie uświadomiła, że o tym pomyślała.

Jednak od razu nadeszła wyraźna odpowiedź, nie Danny'ego, lecz tego, kto przybył po Bexoi:

Będziesz tak mała albo tak wielka, jak małym albo wielkim będziesz człowiekiem.

I obcy zniknął, a Bexoi razem z nim.

Anonoei miała wyłączną władzę nad ciałem. Teraz to w jej macicy było dziecko. To jej ręce obejmowały ją wpół z żarliwą wdzięcznością, ale i poczuciem własnej małości. Czym zasłużyłam na tę szansę, by dalej żyć?

– Od tej pory będziesz musiała mówić na głos – nakazał Danny. – Wcześniej mogłem porozumiewać się z tobą bezpośrednio tylko dlatego, że nie byłaś w pełni zespolona z ciałem. Teraz wyczuwam, że o coś pytasz, ale nie rozumiem, o co.

To sprawiło Anonoei głębszy zawód, niż mogła przypuszczać. Zaledwie kilka minut czuła tak głęboką więź i duchową bliskość z Dannym Northem – ale już za tym tęskniła.

– Też za tym tęsknię – powiedział Danny. – Za więzią z tobą. I z Pat, kobietą, którą kocham.

– Wiem, kim dla ciebie jest – szepnęła Anonoei.

– I tęsknię za bliskością Tego.

Od razu zrozumiała, o kogo chodzi.

– „Tego"? – Sama też o nim myślała.

– Tak o sobie mówił, kiedy się poznaliśmy. Inaczej nie umiem go nazwać. Ale imię „Ten" mu wystarcza, kiedy spotyka się z nami. Może nie potrafimy zrozumieć jego prawdziwego imienia.

– Przychodzi do każdego, kto umiera? – spytał Klucha.

– Nie wiem, jakie reguły obowiązują na Duat – odparł Danny. – Ale kiedy umrę, byłbym... wdzięczny. Zaszczycony. Gdyby przyszedł po mnie.

– Ulżyło mi, że mnie nie zauważył – mruknął Klucha.

– Zauważył cię – stwierdziła Anonoei. – Zauważył wszystko.

– Wiem. Ale nie zmusił mnie, żebym mu odpowiedział. Nie jestem na to gotowy.

– Jesteś – wtrącił Danny. – Odpowiadać mu jest łatwo, bo i tak wszystko wie.

Po miesiącach spędzonych w ciemności Anonoei uświadomiła sobie, że nie musi dłużej pozostawać ślepa. Te oczy teraz już należały do niej, więc otworzyła je po raz pierwszy od dawna. Tak wiele miała innych doznań w pierwszych chwilach po pełnym przejęciu władzy nad ciałem, ale teraz nareszcie czuła się gotowa, by powrócić na świat, by go zobaczyć.

Klucha był bliżej, niż się spodziewała. Klęczał obok łóżka. Kiedy poznał, że Anonoei go widzi, wyciągnął rękę do jej policzka. Dotyk był przyjemny, chociaż przyprawił ją o drżenie, bo odwykła od tak intensywnych, silnych wrażeń zmysłowych.

– Wiem, co się tutaj stało – rzekł. – Nie wiem jak, ale rozumiałem to. A mimo wszystko, kiedy na ciebie patrzę, wciąż mam przed sobą twarz Bexoi.

– Ale nie jej serce – odpowiedziała Anonoei.

– Jej – skorygował Danny. – Z organicznego punktu widzenia.

– Nie jej umysł. Nie jej wolę – oświadczyła Anonoei.

Klucha przygarnął ją do siebie, podnosząc się z podłogi. Pocałował ją lekko, po czym usiadł obok niej na łożu.

– Tak. Kiedyś kochałem tę twarz i te dłonie. A później kochałem to serce i umysł, chociaż nosiły wtedy inne oblicze.

– Nigdy nie spisałeś mnie na straty – odparła Anonoei.

– Nie będę kłamał. Zupełnie nie rozumiałem tego, co się tutaj działo. Czuwałem tak bacznie, bo bałem się, że Bexoi nagle się ocknie i zacznie zabijać nie tych ludzi, co trzeba. Nie uwierzyłem nawet twojemu synowi, kiedy powiedział mi, że żyjesz.

– Mam na myśli – mówiła Anonoei – że chciałeś uwierzyć, że jednak tu byłam.

Pokręcił głową.

– Danny pokazał mi, gdzie byłaś. Widziałem, co robił, i widziałem, jak się od niego uczyłaś. Do tej chwili na dobrą sprawę nie rozumiałem, w jaki sposób jesteśmy związani ze swoimi ciałami.

– I nadal nie rozumiesz – odezwał się Danny.

– Ale jestem tego bliższy. Widziałem, jak Anonoei przejęła pełną władzę nad ciałem dzięki temu, że ono jej się oddało.

– To ostatni raz, Klucho. Ostatni raz, kiedy możesz powiedzieć, kim jestem, i nazwać mnie moim prawdziwym imieniem.

– Wiem – zapewnił.

– Od tej pory muszę nosić jej imię. – I wtedy dotarło do niej coś jeszcze. – Wszyscy jej wrogowie staną się moimi wrogami.

– Nie wszyscy. Jej największy wróg stanie się twoim przyjacielem. – I z fałszywą skromnością Klucha skłonił głowę.

Anonoei miała ochotę go pocałować, tym razem tak, jak całuje się kochanka. Potem jednak uświadomiła sobie:

– Muszę być wierna Prayardowi.

– I najwyższy czas, żebym ja także stał się jego wiernym przyjacielem i poddanym – rzekł Klucha. – Nie będę proponował, ty nie będziesz prosić. Jesteśmy przyjaciółmi i nic więcej.

– Ani nic mniej. – Znów go pocałowała, nie za długo, ale i nie za krótko. – Długo nade mną czuwałeś, Klucho, ale czy teraz byłbyś łaskaw wezwać mojego męża, by przyszedł i powitał mnie w świecie żywych?

Spojrzał na Danny'ego; Anonoei odniosła wrażenie, że bez słów prosił o jego zgodę.

– Porozmawiamy, gdy już sprowadzisz tu Prayarda – zdecydował Danny.

– Nie będę mu umiał wyjaśnić, kim jesteś – zauważył Klucha.

– Magowie wrót nie muszą niczego wyjaśniać. – Danny z lekkim rozbawieniem pokręcił głową. – Ale zaczekam gdzie indziej. Może wrócę do Ceda? Z nim też chcę porozmawiać.

– Wiesz, gdzie jest? – spytał Klucha. Po chwili sam sobie odpowiedział: – Pewnie, że tak. Wrota wskazują jego położenie.

– Nie bój się. Seta tutaj nie ma. Teraz już to wiesz.

– Kiedy przybył Ten – mówił Klucha – widziałem Ka wszystkich, świeciły jasno jak płomienie. Seta tutaj nie było. Ani Danny'ego Northa, chociaż kiedy zjawił się Ten, zorientowałem się, gdzie dokładnie jesteś, jak wiele miliardów mil stąd.

– To tymczasowe ciało dobrze się sprawdziło, jest cennym darem, który sam mi się oddał. Będę mógł je zatrzymać do naszej następnej rozmowy.

– Najważniejsze, że Set odszedł – powiedział Klucha.

– Nie odszedł – odparł Danny. – Wciąż jest w moim ciele, które zostało na Mittlegardzie, i nie wiem, czy może przejąć nad nim władzę. Wiem za to, że spróbuje, jeśli tylko zwietrzy okazję. Nie przybędę więc na Westil, nie osobiście.

Klucha skinął głową.

– Pójdę już po króla. Żona stęskniła się za nim. – Uśmiechnął się do Anonoei uśmiechem, który, ku jej uldze, był serdeczny i czuły, choć niepozbawiony ironii i odrobiny goryczy. To było w tym wszystkim najlepsze: że jednak nosił w sercu żal, że ona już nigdy nie będzie jego.

– Gdybym nie miała tylu powodów, żeby nienawidzić Bexoi – wyznała Anonoei – teraz zazdrościłabym jej, bo dziecko w jej łonie jest tak lekkie, tak wysoko ułożone. Wiem, że lada dzień zacznę rodzić, a prawie nie czuję, że jestem w ciąży, przynajmniej w porównaniu z tym, jak było z moimi synami.

– Lepiej unikaj takich porównań – przestrzegł Klucha. – Bo Bexoi przedtem miała tylko jednego syna i nigdy go nie widziałaś.

– A ty owszem. Tak mi przykro, że tobie nie można przywrócić tego, co straciłeś.

– Jestem zadowolony – zapewnił Klucha. – Potwór odszedł. – Spojrzał na Danny'ego. – No, przynajmniej jeden z potworów.

Danny się zaśmiał.

– Idź, powiedz królowi.

Natychmiast wyszedł. Wrotami, nie na własnych nogach.

Anonoei roześmiała się.

– Chyba jesteś jedynym człowiekiem, któremu Klucha może być posłuszny.

Danny się speszył.

– Nie wydałem mu rozkazu.

– Nawet nie powiedziałeś „proszę".

– Ale ja wcale nie… nie chciałem…

– Nie chciałeś, to prawda. Ale gdybyś wydał mu rozkaz, myślisz, że mógłby go nie wykonać?

Danny pokręcił głową. W tej chwili jednak z korytarza dobiegły okrzyki i tupot nóg na wyłożonej kamieniem podłodze. Kiedy Anonoei podniosła wzrok, pragnąc zasugerować Danny'emu, że lepiej, by sobie poszedł, jego już nie było.

# Rozdział 11

Pat wiedziała, że powinna żywić na tyle głęboką niechęć do Hermii, by nie znosić każdej chwili spędzonej w jej towarzystwie. I przez pewien czas, uwięziona z nią w apartamencie Veevee, robiła wszystko, żeby nie dać jej się wciągnąć w żadną rozmowę. Zwięzłe odpowiedzi, ostentacyjne okazywanie tego, że każde skierowane do niej słowo Hermii to niedogodność, ciężar.

Nie tak jednak Pat wychowano. Nie lubiła być otwarcie niegrzeczna dla ludzi. Potrafiła milczeć dla własnego bezpieczeństwa, wiedziała też jednak, że zapytana o coś musi uprzejmie odpowiedzieć. Naczelna reguła dobrych manier jest taka, że trzeba zrobić wszystko, by druga osoba czuła się przy tobie swobodnie.

Nie chcę, żeby Hermia czuła się przy mnie swobodnie.

Nie jest twoim więźniem. Ty nie jesteś jedną z Furii. Nie do ciebie należy karanie jej.

Pat, będąc ze sobą szczera, musiała przyznać, że Hermia nie tylko była czarująca, ale i miała za sobą wiele przeżyć godnych pozazdroszczenia. Podróże po świecie – jeszcze zanim powróciła magia wrót. Wszelkie atrakcje dostępne dla członka zamożnej rodziny. Doskonałe wykształcenie – o jakim w Buena Vista Pat mogła tylko pomarzyć. I to jeszcze nie wszystko – Hermia wykryła szeroko otwarte wrota Danny'ego, podążyła jego śladem i zmusiła, żeby nauczył się te wrota zamykać. Podjęła śmiałe działanie przy pierwszej okazji, a potem próbowała mu pomóc.

Porównajmy to z pierwszym spotkaniem Pat z Dannym – ona siedziała w szkolnej stołówce i ukrywała paskudny trądzik pod długimi prostymi włosami, on przesunął nad nią wrota, żeby ją uzdrowić. I jaka była jej reakcja? Na pewno nie pomocna.

Oto wielkie pytanie, które nie dawało Pat spokoju. Danny znał Hermię. Dużo się od niej nauczył. Dlaczego więc kochał się w Pat, skoro mógł mieć Hermię? Była pod każdym względem taka, jaka Pat zawsze być chciała – ładna, towarzyska, inteligentna, zabawna, mądra. Co takiego więc miała ona, czego Hermii brakowało?

Nie mogło chodzić tylko o to, że Hermia była znacznie starsza od Danny'ego. Ani o to, że pochodziła z konkurencyjnej rodziny. Jedno ani drugie nie przeszkodziło im zostać przyjaciółmi. Danny był normalnym heteroseksualnym chłopcem, na pewno dostrzegał urodę Hermii. Całkiem możliwe, że nie zauważał, jak się do niego wdzięczyła – tych niby niewinnych dotknięć, spojrzeń, znaczącego przewracania oczami. Jakby tylko ona i Danny zrozumieli jakiś żart. Zawsze starała się włączyć Danny'ego do rozmowy – nawet wtedy na balkonie, po tym, gdy go zdradziła, flirtowała, nie, nie flirtowała z nim, ale tak, na pewno nagabywała go, dawała do zrozumienia, że w jakimś sensie należy do niego. Coś takiego nie mogło na Danny'ego nie działać, nawet jeśli nie był tego świadomy – swoją drogą to nadzwyczajne, jak wiele umykało jego uwagi. Z drugiej strony, ponieważ Hermia miała w tym większą wprawę niż Xena, Laurette i Sin, zawsze wiedziała, kiedy przyhamować, nie czekała, aż Danny otwarcie ostudzi jej zapędy. Może nawet zdawał sobie sprawę, co się za tym kryje, tylko po prostu postanowił nie reagować.

Czy Danny North nie zakochał się w Yllce Argyros – którą zwano Hermią, bo była maginią wrót?

I czy Hermia naprawdę kochała się w Dannym, czy po prostu z nim igrała? A może kryło się za tym coś jeszcze bardziej złowrogiego – manipulowała nim, szykowała jakiś szwindel godny greckiego boga?

Jestem o nią zazdrosna, mimo że Danny nie dał mi najmniejszego powodu sądzić, że jest zainteresowany kimś oprócz mnie. Jestem zazdrosna, bo wiem, że Hermia jest kobietą, która zasługuje na takiego mężczyznę jak Danny, a ja nie.

Szalone myśli, Pat dobrze o tym wiedziała. A mimo to uparcie powracały.

Danny nie buja się w Hermii. To ja nie mogę przestać o niej myśleć. Żałować, że nie jestem taka jak ona, choć wiem, że to niemożliwe. Wmawiać sobie, że nikt nie mógłby woleć mnie od niej.

– Nie jestem dla ciebie zagrożeniem – oświadczyła Hermia.

Pat z zaskoczenia upuściła książkę, którą czytała.

– Nigdy tak nie sądziłam – zapewniła, podnosząc ją.

– Ciągle mi się przyglądasz – stwierdziła Hermia. – Wiem, co myślisz.

– Naprawdę?

– Myślisz sobie: „Danny North zakocha się w tej niesamowitej greckiej bogini-suce", tyle że nie masz się czym martwić, do niczego nie dojdzie.

Pat może by zaprzeczyła, ale ponieważ dokładnie tak myślała, uznała, że szkoda zachodu.

– Jeśli do tej pory się w tobie nie zakochał, pewnie już mu to nie grozi.

– Och, pewnego dnia zakocha się we mnie. Kiedy skończy się cały ten bajzel i będzie mógł się skupić na czymś innym niż ratowanie świata i pilnowanie diabła, którego w sobie więzi. Ale bez obaw. Na nic mu nie pozwolę, dopóki nie odejdziesz w siną dal.

Pat pokręciła głową i wróciła do lektury.

– Nie nabierzesz mnie, Pat. Tak naprawdę wcale nie czytasz, tylko tłumisz w sobie jakąś zjadliwą ripostę na moje złośliwostki o niewierności bogów. Z nas dwóch to ty masz rację, przyznaję. Danny North nie jest typowym napuszonym młodym bogiem. Jeśli w Rodzinach w ogóle jest ktoś, kto byłby materiałem na przyzwoitego, godnego zaufania męża, kto mógłby zdobyć się na to, żeby pomóc w wychowaniu swoich dzieci, myślę, że go znalazłaś.

Gdy poczuła łzy pod powiekami, a właściwie nie tyle łzy, ile znajomy ucisk, który wskazywał, że zaraz popłyną, Pat odwróciła wzrok, usiłując je powstrzymać.

– Hermio, naprawdę staram się nie odgryźć, ale... mam wrażenie, że twoje docinki, całe twoje gadanie, jak to Danny ze mną długo nie wytrzyma, bierze się z tego, że szczerze liczysz, że kiedyś będzie twój.

– Pewnie, że tak. Jest najlepszy... i wierz mi, widziałam wszystkie bożątka, więc wiem, co mówię. Oczywiście, kiedy moja Rodzina zabrała mnie ze sobą, żebym przyjrzała się Northom, Danny nie wpadł mi w oko. O tym, że on stworzył te wszystkie wrota, dowiedziałam się dużo później. Tego dnia, kiedy podjął nieudaną próbę zrobienia Wielkich Wrót i wyniósł chłopaków w powietrze nad szkołą. Od tej pory jednak miałam okazję porównać go z innymi bogami i byłabym głupia, gdybym go nie pragnęła.

– Nie wątpię, że poprzedzasz wszystkie decyzje w sprawach sercowych drobiazgowymi analizami.

Hermia zaśmiała się.

– „W sprawach sercowych" – powtórzyła. – Rany, ale z ciebie suszłak.

Może dlatego Danny nie przepadał za Hermią.

– To, co my, biedni, ciemni suszłacy nazywamy „sprawami sercowymi", jest podstawowym ludzkim pragnieniem życia w parze z drugą osobą. Wy, bogowie, możecie udawać, że jesteście od niego wolni, ale prawda wygląda inaczej. Zdaje się, że większość z was to wierni małżonkowie?

Hermia miała na końcu języka pogardliwą odpowiedź, popadła jednak w zamyślenie.

– Cóż, może coś w tym jest. I masz rację, nieobce nam są wszystkie podstawowe ludzkie popędy i pragnienia. Dobrze więc, Pat, od tej pory też będę to nazywać „sprawami sercowymi". Mało tego, może wiele w ten sposób ryzykuję, ale przyznaję otwarcie, że „kocham" Danny'ego Northa.

Nie to Pat chciała usłyszeć.

– Mówisz „kocham", jakbyś brała to słowo w cudzysłów.

Milczała chwilę, więc Pat pokazała, co ma na myśli, kreśląc w powietrzu cudzysłów dwoma palcami każdej dłoni.

– „Kocham" – powiedziała, przybierając stosowną intonację. – Przyznaję, że „kocham" Danny'ego Northa.

Hermia zachichotała jak mała dziewczynka.

– A rzeczywiście, tak to powiedziałam. Jakbym czyniła wyznanie i jednocześnie próbowała mu zaprzeczyć. Nie, Pat, nie wzdycham do chłopaka po nocach, ale tak, zależy mi na nim i w tej chwili moim największym zmartwieniem jest, że dałam mu wszelkie powody, żeby mnie nienawidził, i nie wiem, co z tym zrobić.

– Nie proś mnie o radę. Moim zdaniem, jeszcze nie dość cię nienawidzi.

– Cóż, jest Dannym Northem. Nie dość nienawidzi wszystkich swoich wrogów.

– Jesteś jednym z nich?

– On tak uważa, nie bez powodu. I nie ma w swoim otoczeniu ludzi, którzy namawialiby go, żeby mi przebaczył. Że też w szkole nie zakumplował się z chrześcijańskimi dzieciakami.

– My jesteśmy chrześcijanami. Mniej więcej.

– Co było do udowodnienia – odparła Hermia. – Ale tak, mimo wszystko biorę słowo „kocham" w cudzysłów, bo nie wiem, czy to, co do niego czuję, jest miłością, i czy w ogóle jest w tym coś romantycznego. Fascynacja granicząca z obsesją, owszem; to jednak łatwo wytłumaczyć jego mocą. Nie sposób go ignorować. Jest magiem nad magami, największym Ojcem Wrót w dziejach, i biorąc pod uwagę to, co ty i on potraficie robić, przenosić się wrotami bez wrót, jak mogłabym go kochać, skoro nie mam innego wyboru, jak tylko go wielbić?

Pat nie odpowiedziała, zamyślona nad jej słowami. Wielbić go. Czy ja też to do niego czuję? Nie, Xena i Sin owszem, nawet Laurette, ale nie ja. Nie wielbię nikogo. Nigdy nawet nie potrafiłam być fanką – nie podziwiałam żadnego aktora, piosenkarza, sportowca na tyle, żeby dostawać spazmów na jego widok. Wiem, że inni takie rzeczy czują, ale...

– Nie wyobrażam sobie, żebyś była rozhisteryzowaną wielbicielką Danny'ego Northa – odezwała się Pat wreszcie. – Zawsze traktowałaś go jak równego sobie.

– Och, traktowałam go jak nieco gorszego ode mnie. Nie mówię o tym, jak się zachowuję. Mówię o tym, co czuję. Rozmawiamy o „uczuciach". – Znów ten domyślny cudzysłów.

– Jak dwie licealistki.

– Kiedy później wspomnisz tę rozmowę, dojdziesz do wniosku, że tylko próbowałam cię omotać, wkupić się w twoje łaski, żebyś wypuściła mnie z aresztu domowego, w którym mnie trzymacie.

– Przez myśl mi to nie przeszło – powiedziała Pat. – Do tej chwili.

– Prędzej czy później wpadłabyś na to. Bo taka jest prawda, a ty jesteś bystra. Dopóki mnie nie polubisz, nie będziesz mi ufać. Bardzo chciałabym, żebyś mi ufała.

– Całe popołudnie siedzę wkurzona, bo już cię lubię, i działa mi to na nerwy. Nie mówiąc już, że wstyd mi z tego powodu.

– Naucz mnie przemieszczać się bez wrót tak jak ty i Danny.

Nareszcie. Przeszła do rzeczy. Oto, czego naprawdę chce – nie Danny'ego, nie mnie, nie zaufania, nie przyjaźni. Mocy.

Ja jednak zdobyłam tę moc dlatego, że jak skończona idiotka dałam się zabić, a Ten z jakiegoś powodu pozwolił mi wrócić do mojego ciała i ożyć. Dlaczego miałabym strzec tego sekretu?

Bo Hermia pokazała już, że gotowa jest użyć swoich mocy przeciwko Danny'emu.

– Nie sądzę, żebym mogła cię nauczyć – odparła Pat. – Skoro Danny nie mógł nauczyć Veevee...

– Veevee nie jest pojętna – stwierdziła Hermia. – Nie jest tępa, mag wrót nie może być tępy, ale tak mocno skupia się na sobie i swoich myślach, że nie potrafi dobrze się przyjrzeć temu, co ma przed sobą. Wiem o tym, bo razem próbowałyśmy nauczyć się przesuwania wrót i innych pożytecznych umiejętności, kiedy Danny jeszcze miał wrota, a my grałyśmy w jednej drużynie. Jak pewnie zauważyłaś, ja się tego nauczyłam, ona nie.

– Zauważyłam.

– Ja zwykle jestem skupiona na sobie i swoich myślach – ciągnęła Hermia. – Jednak znam siebie na tyle, żeby to wiedzieć, i potrafię wyłączyć na dość długo, żeby skoncentrować się na świecie zewnętrznym. Dziś przez całe popołudnie koncentrowałam się na tobie.

Pat to pochlebiło, bardziej jednak zirytowało. Wkurzało ją, że tak łatwo daje sobą manipulować.

– Przecież nic nie robię – powiedziała.

– Och, siedzisz tam i niby czytasz książkę, żeby tylko ze mną nie rozmawiać. Kiedy ty i Danny sprowadziliście mnie tutaj, powinnam była się zdziwić, bo przecież nie użyliście wrót. Ale wiedziałam już, że przedtem, na wyspie, też nie stwarzałaś wrót, a mimo to przenosiłaś się z miejsca na miejsce. Dlatego kiedy Danny mnie tu ściągnął... wiedziałam, że on, nie ty, bo zjawiłaś się chwilę później... nie szukałam wrót. Nie jestem kotem uganiającym się za wskaźnikiem laserowym. W ogóle nie szukałam niczego w moim otoczeniu. Wszystko, co mi powiedziałaś, skłoniło mnie, by wejrzeć w głąb siebie. Zobaczyć, czy mogę wyczuć, uchwycić to, za pomocą czego Danny zaciągnął mnie tutaj, na Florydę.

Pat musiała przyznać, że to chyba najbardziej sensowna rzecz, jaką Hermia mogła zrobić.

– I mam wrażenie, że to wyczułam. Nie tak, jak wychwytuje się bodźce zewnętrzne, zapachy czy dźwięki. I nawet nie tak, jak widzisz samą siebie we śnie, w trzeciej osobie, jakbyś unosiła się tuż nad swoim ramieniem i patrzyła, co robisz. Nie, wyczułam tę część mnie, którą Danny pociągnął do siebie. Tyle że to nie było pociągnięcie. Raczej silna zachęta, której nie sposób się oprzeć. Coś jak grawitacja. Ja tutaj spadłam. Takie to było uczucie.

Teraz, kiedy Hermia ujęła to w słowa, Pat uświadomiła sobie, że ma rację, przynajmniej częściowo. Pomyślała o karkołomnym pędzie na Duat. Rzeczywiście, to przypominało spadanie. Nieuchronne, jak w wyniku działania grawitacji. Podobnie było, kiedy wracała w swoje ciało.

– Pomyślałam więc „To jestem »ja«" i tak, biorę słowo „ja" w cudzysłów, bo przez całe życie sądziłam, że co innego czyni mnie mną. „Ja" to nie ta twarz, te dłonie ani to ciało, które je, sika, chodzi i czyta, nie moje oczy ani żaden z moich zmysłów. Kiedy Danny przyciągnął tę część mnie do siebie i zaczęłam spadać, spadałam ja, a cała reszta zabrała się ze mną. A więc ta część to „ja". Tym właśnie jestem. Tyle że nie ma tego dużo, zgodzisz się? Gdyby została ze mnie tylko ta spadająca część, część, którą daje się pochwycić i przyciągnąć do siebie, tak naprawdę nie byłabym ja jako ja. Tylko fragment mnie.

– Fragment, który podejmuje wszystkie decyzje – wtrąciła Pat.

– Ach. Rzeczywiście. Właściwie do tego się sprowadza, prawda? To, co w nas podejmuje decyzje, jest naszym prawdziwym ja.

– Ka – poprawiła Pat.

– Wewnętrzne ja. Albo... pret – mówiła Hermia. – Nazwy tej części mojej jaźni, która zawsze słucha moich myśli, obserwuje mnie. Sędziego, który ocenia wszystko, co robię. Ile razy jednak uświadamiam sobie obecność tego obserwatora, tego sędziego, on odlatuje, niknie w oddali. A przynajmniej tak było do tej pory. Teraz wiem, gdzie jest. Mogę go przyciągać do siebie. Bo Danny pokazał mi, jak go odszukać.

Słuchając Hermii, Pat czuła swoje wewnętrzne ja w nowy, dziwny sposób. Na Duat była nim i tylko nim, Ka, nagim, prawie, ale nie całkiem, samotnym. Bo był z nią Danny. Przez cały czas go wyczuwała, a tym samym wyczuwała swoje położenie w odniesieniu do niego.

Teraz jednak wyczuwała też Hermię. Nie kobietę, tylko skryte w niej Ka. Tak jak wyczuwała Ka i Ba Enoppa i Eluika. Tamte pokazał jej Danny. A teraz Hermia pokazywała Pat swoje ja.

Pokazywała je celowo. Chciała, żeby Pat przyciągnęła je do siebie.

Tylko że Pat nie wiedziała jak. Nigdy tego nie robiła.

Jednak w tej samej chwili, kiedy o tym pomyślała, nawiązała kontakt – tak jak nawiązała kontakt z Enoppem i Eluikiem, tak jak połączyła się z Tym. Tyle tylko, że nie chciała wchodzić w tego rodzaju intymne, nieme porozumienie z Hermią. Hermia jest zbyt silna i niebezpieczna, nie można jej ufać. Dlatego Pat odsunęła się od niej, nie fizycznie, po prostu przeniosła swoje Ka na drugi koniec pokoju i oto stała przy oknie, plecami do szyby...

A Hermia nie siedziała już tam, gdzie przedtem. Stała może półtora metra od Pat. Uśmiechnięta.

– Rozumiem – powiedziała.

– Nie chciałam tak zrobić – odparła Pat.

– Nieważne. Uciekałaś przede mną, wiem. Ale byłaś ze mną w kontakcie. Czułam to. Nie pociągnięcie, tylko dotyk. Kiedy jednak się przemieściłaś, ja zachowałam tę samą pozycję względem ciebie. Widzisz? Jesteśmy w takiej samej odległości od siebie jak wcześniej. Ty stoisz, więc ja też stoję, ale dystans między nami się nie zmienił.

– Prawdziwy naukowiec z ciebie.

– To znaczy, znam ten dystans. Nie jego nazwę, tylko dokładną długość, i tego się trzymałam. Czy między tobą i Dannym jest tak samo? Wiesz, gdzie on jest, i w każdej chwili możesz się do niego przenieść.

Pat skinęła głową.

– Czyli w tej chwili jestem zakotwiczona w tobie, jak ty w nim.

– Nie wiem – przyznała Pat. – Przedtem musiał mnie do ciebie wysłać, bo ja potrafię tylko przemieszczać się o parę metrów, w miejsce, które widzę... albo bezpośrednio do Danny'ego.

Hermia zamknęła oczy. Na długo. I pojawiła się z powrotem przy drzwiach.

– Bardzo dobrze – pochwaliła Pat, zadowolona z jej postępów, a zarazem nimi przerażona. Co powiedziałby Danny?

– Tyle że to tylko wewnątrz pokoju. – Hermia nie była zadowolona. – I nie wiem, gdzie jest Danny, więc rzeczywiście nie kocham go tak mocno, jak ty.

– Miłość nie ma z tym związku – wyjaśniła Pat. – To bierze się z tego, że byliśmy razem na Duat. Że umarłam, a on mnie otoczył sobą. Utraciłam swoje ciało, ale nadal miałam Danny'ego Northa.

– Aha. Czyli moja więź z tobą jest zupełnie inna. Ale zobacz, mogę sama decydować, w jakiej być pozycji względem ciebie...

Zaczęła błyskawicznie przemieszczać się po całym pokoju. I nagle zupełnie zniknęła.

Nie. Była na balkonie. Weszła z powrotem do apartamentu.

– Veevee też mogłaby się tego nauczyć – stwierdziła. – Gdyby tylko potrafiła się skupić na tym, co trzeba.

– Tyle że to nadal ma ograniczony zasięg – zauważyła Pat.

– Och, wiem. Ale nie rozumiesz, jakie to przydatne? Ilekroć się przemieszczam, zostaję uzdrowiona. Jakbym przechodziła wrotami. Jak sądzę, dzieje się tak dlatego, bo wszystkie prety, które tworzą moje ciało... dobrze mówię?... przemieszczają się razem ze mną i na miejscu łączą z powrotem w jedną całość.

Tylko że łączą się prawidłowo, według właściwego schematu, bez nabytych przypadkowych urazów czy słabości. Jak myślisz? Mam rację?

Pat nie musiała odpowiedzieć. Hermia wciąż mówiła.

– Czyli już nie jestem bezbronna. Gdybym, jak Danny, zastała gdzieś kogoś, kto wypaliłby do mnie ze strzelby, mogłabym odruchowo przenieść się w inne miejsce. Nawet gdybym została w tym samym pokoju hotelowym, byłabym całkowicie uzdrowiona. Oni znów strzelają, ja znów się przemieszczam. Jestem nie do zabicia. Nie do schwytania.

Pat nie mogła powstrzymać śmiechu.

– Chyba uciekliby z płaczem.

– Ludzie, którzy nie mogą się obejść bez broni, nie wiedzą, jak postępować z ludźmi, którzy się ich nie boją – ciągnęła Hermia. – Ludźmi, którzy nie umierają, choć zostali postrzeleni.

– Jak widać, to przydatna umiejętność – zauważyła Pat.

– Najważniejsze pytanie jest takie: skoro mogę zakotwiczyć w tobie, osobie, która słabo mnie zna i mnie nie lubi, czy mogę znaleźć też inne Ka? Kogoś, kogo dobrze znam? Powiedz mi: wiesz, gdzie Danny jest w tej chwili, prawda? Daleko?

Pat prawie odpowiedziała: Jest w dwóch miejscach. Swoje ciało, z Setem uwięzionym w środku, zostawił w wynajętym domku w Buena Vista, a sam steruje klantem na Westilu. To wierna kopia jego ciała, można więc powiedzieć, że jest całym sobą na Westilu, tylko bez Seta. Tyle że jego westiliańskie ciało to tylko miraż, nie stanowi jedności z Dannym, nie jest z nim związane jak jego prawdziwe ciało pozostawione w Buena Vista, tu, na Ziemi.

Uznała jednak, że nierozważnie byłoby zdradzić Hermii, że Danny może być w dwóch miejscach naraz. I tak już za dużo ją nauczyła.

– Ciekawe, czy mogę wyczuć moją matkę – zastanawiała się Hermia. – Jest bezwzględna, przerażająco podła i samolubna, ale w końcu to moja mamunia.

Pat uświadomiła sobie, że przez te wszystkie dni od czasu, kiedy umarła i nauczyła się wyczuwać cudze Ka i Ba, ani razu nie przyszło jej do głowy, żeby poszukać swoich rodziców. Jakim ja muszę być nienormalnym dzieckiem, skoro ich nie wyczuwam?

Kobieta opuszcza ojca swego i matkę swoją i łączy się ze swoim mężem, czy jak to szło. Dlatego nie pomyślała o tym, żeby ich poszukać. „Łączyła się" z Dannym Northem.

– Hm. Zupełnie jej nie wyczuwam – mówiła dalej Hermia. – Ale to dobrze. Lubię być z dala od niej. I tatusia. Na pewno jednak jest ktoś inny, kogo mogłabym wyczuć. Veevee?

Ledwie to pytanie padło, Pat pomyślała o Veevee i ku swojemu zaskoczeniu zorientowała się, gdzie Veevee jest. Jechała Tamiami Trail, przed chwilą wyszła ze sklepu Trader Joe's. Skąd ja to wiem? Czy nieświadomie ją śledziłam?

– Proszę – powiedziała Hermia.

– Jeszcze rozbije samochód, jeśli się do niej…

Ale słowa „się do niej" wyszły z jej ust już w samochodzie Veevee. Hermia i Pat siedziały obok siebie na tylnym siedzeniu.

– O żeż wy podłe bachory, ćwiczycie beze mnie – obruszyła się Veevee.

– A na co liczyłaś? – spytała Hermia.

– Z twojej strony na nic lepszego – odburknęła Veevee. – Ale Pat to nie podły bachor, nie jest maginią wrót.

– Teraz już tak – powiedziała Hermia. – Może podłość to naturalny skutek uboczny.

– Nie wiedziałam, że cię śledzę – wyjaśniła Pat. – Ani że potrafię cię tak szybko znaleźć.

– I teraz Hermia też to potrafi – dorzuciła Veevee.

– Nie bardzo – przyznała Hermia. – Pat wiedziała, gdzie jesteś, ja tylko się z nią zabrałam.

– Naprawdę? – Pat uniosła brwi. – Nie podjęłam świadomej decyzji, żeby się tu przenieść.

– Musiałaś, inaczej by nas tutaj nie było.

– Tak trudno jest się skupić na prowadzeniu samochodu – narzekała Veevee.

– A jednak jakoś dajesz radę – stwierdziła Hermia.

– Moje ciało prowadzi odruchowo – mówiła Veevee. – W tej chwili jestem bardziej rozkojarzona, niż gdybym pisała esemesy w czasie jazdy.

– Mimo to trzymasz się swojego pasa – zauważyła Hermia.

Pat nie wtrącała się do ich dyskusji. Usiłowała odszukać Ka kogoś dla niej ważnego. Tyle że Ka Veevee poznała, kiedy

Danny przemieszczał Veevee z miejsca na miejsce, próbując ją nauczyć tego ruchu. Czy tak naprawdę kiedykolwiek wyczuwała kogoś jeszcze oprócz tych chłopców z Westilu?

Ale może nie sprowadzało się to tylko do odnajdowania ludzi. Może...

I oto znalazła się na polanie w lesie na wzgórzu nad szkołą Parry'ego McCluera. Tak po prostu. To miejsce dobrze znała. Nieraz przenosiła się tam wrotami.

Ktoś tu był. O tej porze lekcje jeszcze trwały, ale byli tutaj chłopak i dziewczyna, całowali się zapamiętale.

Xena. Tak, oczywiście, że Xena. I... nie do wiary. Wheeler.

Zanim mogła wydać jakikolwiek dźwięk, Pat znów się przeniosła. W inne miejsce, które bardzo, ale to bardzo dobrze znała. Przed lustro w łazience, tam, gdzie strawiła tyle godzin życia na myciu obsypanej trądzikiem twarzy mydłami z nadtlenkiem bezoilu. Miejsce, które znała jak żadne inne.

Nie muszę przenosić się tam, gdzie jest Danny. Mogę też przemieszczać się w miejsca, które dobrze znam. A kiedy byłam w kryjówce w lesie, poznałam Xenę i Wheelera nie po twarzach, tylko po ich Ka. Wiedziałam, że to oni. I znajdę ich znowu, gdziekolwiek będą.

Jednak w tej chwili nie chciała ich znaleźć, bo wiedziała, gdzie są i co robią, i nie sądziła, że ucieszyliby się na jej widok.

W lustrze łazienkowym przeglądały się dwie osoby. Hermia była obok niej.

– Przyszłaś tutaj?

– To był mój drugi wybór – odparła Pat. – Najpierw poszłam na polanę w lesie.

– Tak mi się zdawało, że zrobiłaś dwa przeskoki. Ale jeszcze nie jestem w tym dobra.

– Wybrałam miejsca, w których często bywam. Z którymi jestem emocjonalnie związana. Łatwo je znaleźć. Wystarczy przejść i tyle.

– Naprawdę jesteś aż tak próżna, że lustro w łazience to dla ciebie...

– Miałam okropny trądzik, dopóki Danny mnie nie uzdrowił. Nie z próżności oglądałam ten horror.

– Biedactwo. I szczęściara zarazem. – Hermia zmrużyła oczy.

Nawet ze zmrużonymi oczami była ładna. Pat naprawdę powinna nienawidzić tej kobiety.

– Z jakim więc miejscem ja jestem związana? – spytała Hermia.

I zniknęła.

Teraz Pat podążyła za nią. Od razu poznała to miejsce – tyły sali gimnastycznej liceum.

– Tutaj poznałaś Danny'ego, gdy już wiedziałaś, że jest magiem wrót – powiedziała Pat.

– Kiedy wyczułam, że zaczął stwarzać Wielkie Wrota. Pojęcia nie mam, po czym to poznałam, bo przecież nigdy wcześniej ich nie widziałam. Ale były splecione z wielu wrót. Dlatego... wiedziałam. I wtedy go zobaczyłam.

Zawiesiła głos i znów zniknęła.

A Pat znów podążyła za nią.

Wielki budynek z kamienia. Prawie monumentalny.

– Biblioteka Kongresu – oznajmiła Hermia. – Widzisz? Tam jest kopuła Kapitolu. Jesteśmy na tyłach Biblioteki Kongresu, tutaj, w tym miejscu, siedziałam, kiedy uczyłam Danny'ego zamykać jego wrota. I to tutaj stworzył wrota, które... sięgały w głąb mnie. Och, to było takie silne uczucie, taki... Sama wiesz. Pewnie czegoś podobnego doświadczyłaś, kiedy... Tyle że ja nie byłam martwa, więc nie, to jednak nie to samo.

Danny nigdy nie wspomniał o żadnym silnym uczuciu, które połączyło go z Hermią na tym etapie ich znajomości. Pat się nie podobało, że poczuła jednak niepokój. Ale może to uczucie było silniejsze dla Hermii niż dla niego.

– Wracamy do apartamentu Veevee? – zagadnęła Hermia. – Znasz to miejsce dość dobrze, żeby tam się dostać?

– A ty?

– Cóż, aż do dziś nie byłam z nim bliżej związana. Za to teraz, po odzyskaniu wolności... No i właśnie tam nauczyłam się...

Pat nie usłyszała dalszego ciągu, bo przeniosła się do mieszkania Veevee.

– Przemieszczać bez użycia wrót – dokończyła Hermia.

– Poszłaś za mną, czy przeskoczyłaś tu sama? – spytała Pat.

– Nie wiem. Po prostu przyszłam. Chyba. Myślę jednak, że czas już, żebyśmy się rozstały.

Pat od razu zrozumiała, że na tym ich współpraca się kończy. Hermia nauczyła się od niej wszystkiego, co było jej niezbędne – albo wszystkiego, czego, jak sądziła, mogła się nauczyć. Jedno bądź drugie. Teraz jednak nie potrzebowała już Pat i chciała odejść, żeby robić rzeczy, o których ona miała nic nie wiedzieć.

– Wiesz, Hermia, miła to ty nie jesteś – powiedziała. Bez złości ani goryczy. Taka po prostu była prawda.

– Właśnie że jestem – odparowała Hermia. – Mogłam odejść bez pożegnania.

– Nie, nie mogłaś. Wtedy poszłabym za tobą, a nie chcesz tego. Musiałaś więc powiedzieć mi, żebym za tobą nie szła, i wiedziałaś, że spełnię twoją prośbę, bo ja, w odróżnieniu od ciebie, jestem miła.

Hermia się uśmiechnęła.

– Bardzo to celnie ujęłaś. Jak na maginię wiatru masz gadane.

– Nie idź do Danny'ego – powiedziała Pat.

– Dlaczego? Zakładam, że jest w domu, więc jeśli nie znajdę jego Ka, znajdę jego dom. To miejsce, z którym jestem bardzo mocno związana.

– Proszę, nie idź do Danny'ego – powtórzyła Pat.

– Nie stanowię dla ciebie zagrożenia, przecież wiesz.

Pat zamknęła oczy.

– W tej chwili robi coś bardzo trudnego i niebezpiecznego, a ty już za dużo wiesz. Jeśli tam pójdziesz i Set zobaczy, co potrafisz...

Hermia zachichotała cicho ze zrozumieniem.

– Boisz się, że jeśli Set zobaczy, że umiem stwarzać wrota czy jak nazwać to, czego się nauczyłyśmy, przeskoczy we mnie.

– A twoja wizyta nie pomoże Danny'emu w tym, co robi.

– Cóż, i tak już za często krzyżowałam chłopakowi szyki – stwierdziła Hermia. – Nie zamierzam mu zawracać głowy, jeśli to nie będzie konieczne. I jeszcze jedno, Pat. Traktowałaś mnie lepiej, niż na to zasługiwałam.

– To prawda. Ale przy odrobinie szczęścia wszyscy od czasu do czasu jesteśmy traktowani lepiej, niż na to zasługujemy.

– Zasługujesz na Danny'ego, Pat, a on na ciebie. I to być może najszczersze i najmilsze słowa, jakie w życiu powiedziałam. – Wychyliła się ku Pat i pocałowała ją w policzek. – Pracuj nad swoją magią wiatru, kochanie; to fajnie, że w razie czego możesz się szybko ulotnić, ale przyda ci się też potężna broń ofensywna, kiedy wojna wybuchnie na dobre.

I zniknęła.

Pat stała w mieszkaniu Veevee i szukała choć jednego powodu, dla którego fakt, że Hermia zdobyła tę umiejętność, może nie być zupełną katastrofą.

Potem wyszła na balkon i ćwiczyła wzbudzanie potężnego tornado o tak precyzyjnie wyznaczonych brzegach, że nikt na plaży nie poczuł najlżejszego nasilenia wiatru. Trąba powietrzna wirowała z obłędną prędkością piętnaście metrów nad ziemią i sięgała do wysokich warstw atmosfery. Potem Pat ściągnęła jej górną część ku dołowi tak, że tornado stało się nie grubsze niż frisbee, za to szerokie na prawie kilometr, zmieniło się w dysk ogromnie niszczycielskiego wiatru.

To było euforyczne przeżycie.

Spowolniła tornado. Przyspieszyła je. Zwęziła, potem poszerzyła. Trzymała wir z dala od przelatujących samolotów, choć nie oparła się pokusie, by porwać parę nieszczęsnych latawców i ponieść je z tak wielką prędkością, że w mgnieniu oka zostały z nich strzępy. Wiatr był spragniony tej mocy, a tanie latawce na pewno łatwe do zastąpienia. Młodzi mężczyźni, którzy je puszczali, będą mieli co opowiadać. „Latawiec po prostu... zniknął. Szarpnięcie za sznurek i już go nie było, nie zostało nic, jakby przyleciał jakiś niewidzialny ptak i pożarł go w całości".

Każdy coś zyskuje. A ja w ten sposób mam już broń ofensywną. Gdybym jej kiedyś potrzebowała. Proszę, obym nigdy, przenigdy nie musiała jej użyć przeciwko drugiemu człowiekowi.

Po pewnym czasie na balkon wyszła Veevee.

– Bawisz się magią wiatru?

– Lepsze to, niż uczyć zdrajczynię chodzić po świecie w butach siedmiomilowych.

Veevee demonstracyjnie odęła usta.

– Czyli ją możesz nauczyć, a mnie nie?

– Teraz, kiedy wiem, jak ona się tego nauczyła, może i z tobą się uda. – Jeśli naprawdę chcesz to umieć.

– Oczywiście, że...

– Hermia uważa, że nie potrafisz się skupić na rzeczach naprawdę istotnych.

– Słowo „suka" wymyślono tylko po to, żeby mogła na kogoś takiego wyrosnąć – powiedziała Veevee.

– To wy, magowie wrót, znacie wszystkie tajemnice słów, nie ja – odparła Pat. – Pokażę ci, co robiłyśmy z Hermią. Krok po kroku. Jeśli pozwolisz, żebym w ten sposób tobą dyrygowała.

– Zrobię wszystko, co konieczne – przyrzekła Veevee. – Jeśli ona może się tego nauczyć, ja też, do jasnej cholery.

Było długo po zmroku, kiedy wreszcie się udało; przeszły do domu Stone'a w Waszyngtonie i to Veevee je tam zaprowadziła.

– Nie jest to tradycyjna metoda – powiedziała do Stone'a. – Nadal nie potrafię tego robić, a jednak, Peterze von Roth, umiem przemieszczać się po świecie jak mag wrót.

Peter wydawał się szczerze z niej dumny i wzruszony, że jemu pierwszemu się pochwaliła. Pat przeniosła się z powrotem na polanę w lesie, by mogli być sami.

Było ciemno. Macanki dawno się skończyły. Nic, tylko nocne odgłosy lasu i odległe dźwięki ruchu ulicznego. I tak, chwila, moment, tak – dobiegające z daleka gromkie wiwaty. Pewnie szkolne zawody sportowe. Albo impreza. Czy coś. Radosne dźwięki.

Pat była z tego zadowolona – zadowolona, że inni ludzie są szczęśliwi i że jest sama, nie ściśnięta w wesołym tłumie.

Tyle że nie była sama. Bo po paru chwilach obok niej wyrósł Danny.

– Wolałem nie przychodzić, kiedy uczyłaś Veevee. Szło ci to lepiej niż mnie, nie chciałem przeszkadzać.

– Cieszę się, że przyszedłeś do mnie właśnie tutaj. – Pat wybuchnęła śmiechem.

– Co? – spytał Danny.

Powiedziała mu o Xenie i Wheelerze.

– Niewyobrażalne – skomentował.

– Ciągle używasz tego słowa – powiedziała Pat. – Chyba nie za dobrze rozumiesz, co znaczy.

Zdaje się, że nie załapał aluzji do *Narzeczonej dla księcia*, i zamiast mu to wytłumaczyć, pocałowała go. Skoro polana od dziś oficjalnie była miejscem schadzek, wydawało się to stosowne, a on specjalnie nie protestował.

# Rozdział 12

Eluik siedział przy oknie samolotu z Dayton do Lexington. Nie prosił o to miejsce, ale Enopp powiedział mu: „Lepiej, żebyś mógł wyglądać przez okno”. Eluik myślał, iż może Enopp bał się, co sam czułby, patrząc w dół z takiego wysoka, ale nie. Enopp uważał, że to miejsce jest najlepsze, i oddał je bratu; Eluik zrozumiał, że ten gest jest darem z jego strony, więc nie odmówił.

Podróż nie była daleka, samochodem zajęłaby niecałe dwie godziny. Kontrola bezpieczeństwa i wsiadanie do samolotu okazały się takim skomplikowanym rytuałem, że kiedy szli przez terminal, Eluik zastanawiał się na głos, czy nie byłoby szybciej, gdyby Marion lub Leslie zawieźli ich na miejsce.

– A jeszcze szybciej byłoby – powiedział Enopp cicho – po prostu tam... no wiesz... przejść.

Eluik zobaczył, że idąca przodem Leslie na chwilę się zawahała. Potem jednak musiała sobie uświadomić, że nawet jeśli ktoś ich usłyszał, nie mógł mieć zielonego pojęcia, o czym mówią, więc ruszyła dalej, nie uciszając ich.

– Wiesz, gdzie to jest? – spytał Eluik.

– Nie – odparł Enopp. – Ale Pat lub Danny mogliby nas tam zabrać. Albo pokazać nam, gdzie iść. Wiem, że teraz już umiesz przenosić się z miejsca na miejsce jak ja.

– Nie mam twojej zuchwałej pewności siebie.

– Nie jestem zuchwały – zaprotestował Enopp. – Staram się nie robić więcej, niż potrafię.

– Po prostu ja nie sądzę, że potrafię tyle, ile ty uważasz, że potrafisz.

– Przenoszenie się czy przechodzenie wrotami, wszystko jedno, jak to nazwać – powiedział Enopp – jest szybsze. Myślę jednak, że Marion i Leslie chcą, żebyśmy zobaczyli, jak to jest lecieć samolotem. Lata nimi większość ludzi w Ameryce, więc czemu nie my? Kiedy wrócimy do domu, tam nie będzie samolotów.

I oto byli przy właściwym wyjściu. Leslie dała papiery pracownikowi obsługi, po czym wróciła do Eluika i Enoppa.

– Zobaczycie, będziecie mieć frajdę – powiedziała.

– Co znaczy, iż boisz się, że to nieprawda – stwierdził Enopp – i dlatego dajesz nam do zrozumienia, że powinniśmy mieć frajdę.

– Nie będę tęsknić za twoim zarozumialstwem. Ani trochę – odparła.

– A więc wiesz, że będziesz za nim tęsknić – zauważył Enopp.

Leslie odwróciła się do Eluika.

– Naprawdę jestem aż taką kłamczuchą?

– Po prostu mówisz tak, jak dorośli zawsze mówią do dzieci. Tylko dziecko tak zarozumiałe jak Enopp może być dość bezczelne, żeby ci to wytknąć.

– Nie cierpię być typową osobą dorosłą – stwierdziła Leslie – ale będę się tym gryzła bez końca pod waszą nieobecność. W każdym razie, czas oddać was w ręce stewardesy. – Wyjrzała przez okno. – Skromny ten samolot. No, ale i skromna podróż.

– To samolot regionalny – powiedział Enopp – i nie wejdzie na wysoki pułap, więc będziemy znacznie lepiej widzieli ziemię.

– Mówisz tak, jakby to był plus – odparła Leslie. – Ja wolę latać nad chmurami, gdzie nie widać ziemi. Tam wszystko wydaje się takie miękkie i puszyste.

Innymi słowy, zrozumiał Eluik, Leslie boi się latać. Może on też powinien. Tyle że jak mógł się bać, skoro obaj z Enoppem mogli po prostu przejść na ziemię, gdyby z samolotem działo się coś złego.

Pewnie moglibyśmy zabrać ze sobą resztę pasażerów. Albo wyprowadzać ich dwójkami i wracać po następnych. Zdążylibyśmy dużo wcześniej, zanim samolot by się rozbił.

Leslie miała rację. Widok ziemi rzeczywiście niepokoił, zwłaszcza kiedy turbulencje rzucały samolotem. Obaj z Enoppem przeczytali wszystko, co udało im się wyszperać na temat latania, wiedzieli więc, że turbulencje to nie powód do obaw. Kiedy jednak samolotem tak telepało, trudno było nie martwić się tym, że nic nie trzymało ich w górze.

Eluik mimo wszystko wyglądał przez okno, żeby się do tego przyzwyczaić. To nie było takie samo uczucie jak wtedy, w jaskini, kiedy tak bardzo musiał się wysilać, żeby nie zsunąć się do jej wylotu i nie spaść. Tamto przerażało, owszem. Z czasem jednak nabrał ufności, że wrota u wylotu zawsze go złapią i przeniosą z powrotem na górę. Teraz też powoli oswajał się z sytuacją. I wyzbywał się wrażenia, że jest w tym samolocie więźniem jak kiedyś w jaskini, bo było ono zupełnie irracjonalne. Mógł opuścić samolot, kiedy chciał. Skoro więc tego nie robił, nie chciał tego zrobić. W zasadzie.

– Szyja cię rozboli, jeśli będziesz tak wykręcał głowę do okna – powiedział kobiecy głos. Dziwną odmianą języka isweskiego.

Był zaskoczony, ale nie dał tego po sobie poznać. Powoli odwrócił najpierw głowę, potem ciało, aż zobaczył kobietę siedzącą na miejscu Enoppa. Enopp akurat poszedł do toalety. Tej kobiety nie było w poczekalni na lotnisku ani wśród wsiadających do samolotu; Eluik wiedział to, bo zapamiętał wszystkich pasażerów.

– Kiedy Enopp wróci, będzie chciał usiąść na swoim miejscu – zasugerował.

– Ponieważ oboje wiemy, że ty i twój brat moglibyście po prostu przenieść się wrotami do celu podróży…

– Jesteś Hermia, domyślam się – rzucił Eluik.

Uśmiechnęła się.

– Ostrzegano cię przede mną?

Prawie wyśmiał jej próżność.

– Mówisz odmianą języka isweskiego, więc jesteś magiem wrót, a ich lista jest bardzo krótka.

– Naprawdę powinieneś nauczyć się angielskiego – stwierdziła.

– Niedługo wróci Enopp, a w samolocie nie ma wolnych miejsc, więc jeśli chcesz o czymś porozmawiać…

– Sprawa jest bardzo prosta. Ten samolot leci na lotnisko Blue Grass w Lexington, a nie bardzo wiem, czemu się tam wybieracie.

– Tam wyląduje samolot, więc roztropność nakazuje wybrać ten sam cel podróży.

– A celem tym jest coś albo ktoś w pobliżu Lexington.

– Gdyby Danny chciał, żebyś to wiedziała...

– Co, jesteś jego psem? Trzyma cię na smyczy? Wiem, że dba o wasze bezpieczeństwo. I wiem, że na farmie Silvermanów w tej chwili nie jest zbyt bezpiecznie.

– Z powodu twoich gierek z Wielkimi Wrotami – odparł.

– Wszystko przeze mnie, ależ jestem podła. A ty przez jakiś rok żyłeś w jaskini, więc głuptas z ciebie.

– Nie z własnego wyboru. Ty z kolei nie poczuwasz się do winy, że przesunęłaś Wielkie Wrota. Tyle że ja jestem dzieckiem i nie miałem wyjścia, a ty jesteś... starsza i na pewno miałaś inne możliwości.

– Powiedz po prostu, dokąd się wybieracie – naciskała. – Muszę wiedzieć, czy stanowicie zagrożenie dla mnie i mojej Rodziny. To oszczędzi mi wielu godzin szpiegowania i jeśli ci uwierzę, może zdołam przekonać moją Rodzinę, żeby zostawiła was w spokoju.

– Wystarczy, że im nie powiesz, gdzie jesteśmy – zauważył. – Chociaż zaraz... Jestem pewien, że nie masz wyjścia, musisz im to powiedzieć.

– Inaczej zabiją mojego kotka – powiedziała. – Jak mówiłeś, zaraz wróci Enopp.

Eluik przemyślał to. W wyniku intryg Hermii wszystkie Rodziny dowiedziały się o istnieniu farmy Silvermanów. Może znały też prawdę o Eluiku i Enoppie, może nie. Jeśli jednak wieść się rozeszła – jeśli ktoś przybył na Mittlegard z Westilu – mogło im grozić niebezpieczeństwo. Co to więc pomoże, że powie Hermii prawdę?

Z drugiej strony, skoro nic jej nie przeszkodziło w przejściu wrotami na pokład lecącego samolotu, zapewne nic nie przeszkodzi jej szpiegować ich, gdziekolwiek będą.

– Jest taka farma pod Danville w Kentucky – powiedział.

– Czyja?

– Oficera sił powietrznych w stanie spoczynku. Nie jest magiem, ale przyjaźni się z Marionem.

– Czyli uważają, że nie trzeba was więcej chronić ani szkolić.

– Chronić? – zdumiał się. – Potrafimy to, co ty. Nie potrzeba nam ochrony. Wystarczą łóżka, dach nad głową, jedzenie i woda.

– Czas na pytanie za milion dolarów. Ukrywacie się przed waszymi wrogami z Westilu czy szuka was ktoś z Mittlegardu?

– Żadna z Rodzin nie wie, że istniejemy, chyba że im powiedziałaś.

– Nie powiedziałam o was nikomu – zapewniła – bo mieliście poważne kłopoty ze sobą. Widzę, że się wam polepszyło.

– Więc teraz im powiesz?

– Gdybym tak zrobiła, zaraz dowiedzieliby się o tym wszyscy i któraś z Rodzin wpadłaby na szalony pomysł, by was porwać i zagrozić, że jeśli jeden z was nie stworzy dla niej wrót, zabiją drugiego.

– Bez sensu – stwierdził Eluik. – Obaj to potrafimy, więc który z nas byłby zakładnikiem?

– Ten oficer lotnictwa…

– W stanie spoczynku.

– Umie pilotować odrzutowce?

– Miał inne obowiązki. Zajmował się teorią, doktryną, historią i wywiadem.

– Tak się tylko zastanawiałam.

– Bo potrzeba ci pilota – powiedział Eluik.

– Bo ciekawa jestem, czy Danny'emu nie potrzeba pilota.

– Potrzeba mu kogoś, kto weźmie nas do swojego domu na odludziu i pomoże nam jeszcze przez jakiś czas pozostać przy życiu. Ale im dłużej rozmawiamy, tym mocniejszego nabieram przekonania, że może powinniśmy wrócić na Westil, żebyś się od nas odczepiła.

– Ja też mogę się przenieść na Westil. Nie uciekniecie mi. Ale nie mam wobec was złych zamiarów i zachowam wasze miejsce pobytu w tajemnicy.

– W takim razie nie musiałaś mnie o nic pytać. – Eluik odwrócił się do okna.

– Może chciałam się tylko przekonać, czy naprawdę odzyskałeś mowę.

– A może chciałaś wypróbować swój isweski akcent. Ech, wy, magowie wrót, zawsze musicie się popisywać znajomością języków.

Samolot lekko podskoczył i pilot ogłosił, że zaczyna podchodzić do lądowania na lotnisku Blue Grass pod Lexington w stanie Kentucky.

– Enopp wraca – powiedziała Hermia. – Dzięki za pogawędkę. Miękkiego lądowania.

I zniknęła. Po kilku sekundach Enopp klapnął na fotel i zapiął pas.

– To nie była Pat – mruknął.

– Hermia. Pytała, dokąd się wybieramy.

– Czy posłałeś ją do... hm, dopiero teraz się zorientowałem, że nie ma westiliańskiego odpowiednika tego, co chciałem powiedzieć po angielsku.

– Powiedziałem jej, że zatrzymamy się u kogoś, kto nie jest magiem.

Enopp skinął głową.

– W sumie prawda.

Eluik znów wyjrzał przez okno.

– Ziemia jest coraz bliżej.

– Jak zawsze, kiedy się ląduje – stwierdził Enopp.

Pilot poprosił pasażerów, żeby od tej pory nie używali laptopów.

– Myślisz, że kiedyś wrócimy na Westil? – spytał Enopp.

– Na Westil? Pewnie tak. Do Iswegii? Wątpię.

– Dlatego, że już nie jesteśmy potrzebni ojcu. Bo Bexoi dała mu syna.

Eluik pokręcił głową.

– Bo nasza matka dała mu syna.

– Syna Bexoi.

– Syna ciała Bexoi – poprawił Eluik. – Które teraz jest ciałem naszej matki.

– A on jest naszym przyrodnim bratem – zauważył Enopp.

– Myślę, że powinien spędzić parę lat w jaskini, zgodzisz się? – powiedział Eluik.

– Nikt nie powinien spędzić nawet minuty w jaskini, z której bez przerwy wypada w pustkę. To dziecko nic nam nie zrobiło.

– Mądrze powiedziane – pochwalił Eluik. – Najważniejsze pytanie jest takie: czy mamy wrócić do Silvermanów i powiedzieć im, że Hermia znalazła nas w drodze?

– Po co? I tak wszędzie za nami trafi. Jeśli będzie chciała powiedzieć ludziom, gdzie jesteśmy, to im powie.

– Czyli skoro nie możemy nic z tym zrobić, nie ma żadnego znaczenia, co zrobimy.

– Będziemy dalej ćwiczyć magię – stwierdził Enopp. – Chociaż nie bardzo wiem jak, bo przyzwyczaiłem się przenosić z miejsca na miejsce tą nową metodą, zamiast korzystać z wrót. I nadal nie mamy pojęcia, jakim ty jesteś magiem.

– Może jestem drekką.

– Czy jesteś drekką, czy suszłakiem, możesz się przenosić, gdzie chcesz, i przy okazji się uzdrawiać. Postaramy się więc jak najlepiej poznać tę nową magię i jednocześnie rozwijać nasze wrodzone zdolności magiczne. Jeśli je mamy.

– Elokwentnie powiedziane. – Eluik pokiwał głową. – Dlatego nigdy nie miałem nic przeciwko temu, żebyś za mnie mówił. Zawsze potrafiłeś się lepiej wysłowić niż ja.

– Przepraszam, że nie rozumiałem, że to przeze mnie milczysz.

– To były setne przeprosiny – powiedział Eluik.

– Czyli co, wyczerpałem limit?

– Wszystkie przeprosiny od setnych wzwyż muszą mieć postać pieniężną.

– Nie mam pieniędzy.

– A zatem wyczerpałeś limit.

Eluik znów zaczął wyglądać przez okno. Patrząc, jak samolot delikatnie osiada na pasie i gwałtownie hamuje, dziwił się, jak wiele razy przedtem: te machiny, które suszłacy wytwarzają na Mittlegardzie... Dlaczego nikt na Westilu nie wynalazł samolotu?

Inne światy, inne obyczaje.

Pułkownik Diamond czekał na nich przy wyjściu. Już się wylegitymował, bo podziękował stewardesie, przedstawił się Eluikowi i Enoppowi i było po wszystkim. Musieli prawie biec, żeby za nim nadążyć, kiedy maszerował przez terminal.

Gdy wyszli na zewnątrz, Hermia stała przy krawężniku, jakby czekała na kogoś, kto miał ją stamtąd odebrać. Eluik udawał, że jej nie zna, ona udawała, że nie zna jego. Byle tylko, pomyślał, nie wpadła na dowcipny pomysł, żeby przenieść się na tylne siedzenie samochodu pułkownika Diamonda, kiedy będą jechali na jego farmę. Nie wiedział, co Diamond już wie o magach Mitheru. A nie miał ochoty tłumaczyć, dlaczego niektórzy ludzie potrafią pojawiać się znikąd.

– Nie mogę się doczekać, kiedy zobaczycie Persimmon Knob – powiedział Diamond.

Eluik posłał Enoppowi lekki półuśmiech. Jeśli pułkownik naprawdę nie mógł się tego doczekać, mogli się tam przenieść w mgnieniu oka. Ale to oczywiście było tylko takie wyrażenie. Idiom. Eluik nie musiał być magiem wrót, żeby to rozumieć.

Zewsząd otaczały ich drzewa, wzgórza i asfalt, zupełnie jak w Ohio. Krajobraz w niczym nieprzypominający Iswegii. Eluik przez całą drogę siedział z nosem w oknie. Stwierdził, że nie tęskni do nagich skalistych urwisk i wzgórz Iswegii. Tutejszy pejzaż, łagodniejszy, pełen liściastych lasów przeplatanych łąkami, pastwiskami i polami uprawnymi, napawał go większym spokojem.

Czy to znaczy, że jestem magiem drzew? Że łączy mnie z roślinnością duchowa więź i przez to wśród skał i lodu czuję się spięty, osamotniony? A może to tylko wrażenie wynikające z prostego faktu, że w Iswegii żyłem w ciągłym zagrożeniu i znosiłem straszliwe męki, a tutaj, na Mittlegardzie, w Ameryce, najpierw w Ohio, teraz w Kentucky, naprawdę jestem bezpieczniejszy?

Choć skoro ta dziwna Greczynka może się zjawić i szpiegować mnie, kiedy jej się podoba – nawet mnie zabić, gdyby miała taki kaprys – może wcale nie powinienem czuć się bezpiecznie.

– Jakim jesteś magiem? – spytał Enopp Diamonda.

Pułkownik zawahał się. Może nie od razu zrozumiał pytanie. Suszłakom z Mittlegardu trudno było się oswoić z obecnością magów na ich świecie, tak przynajmniej przestrzegali Silvermanowie.

– Chyba w ogóle nie jestem magiem – odparł. – I, szczerze mówiąc, nawet mi na tym nie zależy. Myślę, że to, co robią tacy ludzie jak wy, jest fajne, chociaż, trzeba przyznać, potencjalnie destrukcyjne. Słyszałem, że część Wielkich Rodzin podjęła współpracę z naszym wojskiem, i niektórzy moi znajomi są tym przerażeni. No ale wygląda, że wszyscy będziemy musieli się po prostu przyzwyczaić do życia na świecie, gdzie występują te dziwaczne zdolności. Co nie znaczy, że sam chciałbym je mieć.

Eluik pomyślał, iż odpowiedź Diamonda świadczy, że trochę o tych sprawach myślał. I kiedy pułkownik oświadczył, że nie chce żadnych mocy, prawdopodobnie znaczyło to, że tak naprawdę pragnął je mieć, ale wiedział, że szanse na to są zerowe, więc by nie psuć sobie nastroju, udawał, iż wcale mu na tym nie zależy.

– Może gdybyś przeszedł przez Wielkie Wrota – zagadnął Enopp – przekonałbyś się, że masz moce, o jakich ci się nie śniło. Tak jak to było z Pat, dziewczyną Danny'ego.

– Może – odparł Diamond bez szczególnego zainteresowania.

– Na świecie w tej chwili nie ma Wielkich Wrót – przypomniał Enoppowi Eluik.

– Wiem. Ale mogłyby być.

– Planujesz je stworzyć? – spytał Eluik. – Bo Złodziej Wrót żyje, ma się dobrze i jest dużo potężniejszy od ciebie.

– Wiem, że żyje, ale jest przyjacielem mamy, więc nie sądzę, że zrobiłby mi coś takiego.

– Zrobił to Danny'emu.

– Kiedy jeszcze nie wiedział, kim Danny jest – przypomniał Enopp.

– Nie ma to dla mnie znaczenia – powiedział Diamond z naciskiem. – Nie sądziłem, iż uwierzycie, że nie chcę zdolności magicznych, ale taka jest prawda. Poza tym, co by było, gdyby się okazało, że mam jakąś szczególnie niebezpieczną moc? Albo denerwującą? Kto chciałby mieć zdolność przyzywania komarów? Albo sprawiać, żeby ludziom wypadały włosy?

Enopp zaśmiał się.

– Taka magia nie istnieje.

– Może po prostu o niej nie słyszałeś. Pewnie okazałoby się, że jestem pierwszym magiem o takich zdolnościach.

– Jeśli magia cię nie interesuje, ciekaw jestem, dlaczego bierzesz nas do siebie? – spytał Eluik.

– Stone powiedział mi, że ma pod opieką dwójkę dzieciaków z obcego kraju, które wiele wycierpiały i muszą pozostać w ukryciu. Moja farma może nie jest pilnie strzeżona, ale nie rzuca się w oczy i Stone był przekonany, że to wystarczy.

– Jedna z Wielkich Rodzin już wysłała za nami szpiega, który śledzi każdy nasz ruch – powiedział Eluik. – To dziewczyna. I nie ma co nawet próbować jej zgubić. Nie korzysta z samochodów.

Diamond parsknął śmiechem.

– Stone wspomniał o tym, że Hermia zapewne was znajdzie, cokolwiek zrobimy. Jego żona, zdaje się, nie ma o niej dobrego zdania. Oboje jednak są zgodni, że raczej nic wam z jej strony nie grozi.

– Może i słusznie – powiedział Eluik.

– Skąd znasz Stone'a? – spytał Enopp. – My niewiele o nim wiemy. Właściwie znamy tylko Silvermanów. I Danny'ego.

– Nie miałem z tymi ludźmi do czynienia – odpowiedział Diamond. – Jeśli nie liczyć rozmów telefonicznych przed waszym przylotem. Stone'a poznałem, kiedy byłem oddelegowany do Pentagonu. Przy jednej z kilku okazji, kiedy pełniłem tam służbę.

– Podobno byłeś ważniakiem w siłach powietrznych? – zagadnął Enopp.

– Przeszedłem w stan spoczynku w stopniu pułkownika. Żeby być ważniakiem, trzeba mieć generalskie gwiazdki.

– Właśnie że byłeś ważniakiem – stwierdził Eluik. – Stone mówił, że znasz wszystkich.

– Znam wszystkich, których znam. Czyli do „wszystkich" w ogóle brakuje jeszcze kilku miliardów. Gromadzę wokół siebie przyjaciół i pomagam im dzielić się informacjami i pomysłami. Jest w tym gronie kilku generałów, paru przywódców cywilnych, garstka naukowców. No i, od dziś, dwóch magów. Dość różnorodne towarzystwo.

– Znaczy, że będziesz się z nimi dzielił informacjami o nas? – dociekał Eluik.

– Nie konkretnie o was dwóch. Ale o magach w ogóle? „Westilianach" czy jak siebie nazywacie? To w tej chwili temat numer jeden. Co myśleć o tych wszystkich samolotach i czołgach, których silniki pracują bez tarcia i pobierają paliwo z powietrza. Jak strzec bezpieczeństwa, kiedy każdy jastrząb, orzeł, wrona może być szpiegiem. Czy jest choć cień szansy na to, by suszłacy jak my zachowali kontrolę nad naszym rządem i wojskiem. Tego typu drobiazgi.

– A więc chcecie prowadzić nad nami badania.

– Być może zapytam was o takie czy inne sprawy, które uznam za istotne, ale nie, nie zamierzam prowadzić nad wami badań. Udzielę wam schronienia. Wy też możecie zadawać mi pytania. Nie chcę, żebyście byli szczurami laboratoryjnymi; chcę, żebyście zostali moimi przyjaciółmi.

– Bo zawsze dobrze mieć zaprzyjaźnionych magów – podsumował Eluik.

Diamond roześmiał się.

– Chyba będziecie po prostu musieli mnie poznać i sami wyciągnąć wnioski na temat moich motywów. Ale tak, przyjaciele się przydają. I dają mi radość. A radość ta jest jeszcze większa, kiedy mam przyjaciół z wielu różnych grup i klas społecznych, narodów, grup etnicznych. Wy na pewno nie wywodzicie się z żadnej znanej mi grupy etnicznej. I na pierwszy rzut oka nie sposób poznać, do jakiej rasy należycie.

– Ludzkiej – mruknął Enopp. – W zasadzie.

– Na upartego – dodał Eluik.

Diamond parsknął śmiechem.

– Och, jesteście w stu procentach ludźmi, to pewne.

– A ty masz w sobie tyle samo krwi magów Mitheru, ile wszyscy na Mittlegardzie – powiedział Eluik. – Nie wykluczaj więc z góry możliwości, że masz dar do jakiegoś rodzaju magii.

– Pierwsza zasada, jaką się kieruję w intelektualnych dociekaniach: Nie wykluczaj niczego, dopóki nie masz innego wyjścia.

– Słusznie – przytaknął Enopp. – Ale w tym przypadku, żeby taką możliwość wykluczyć, musiałbyś przejść przez Wielkie Wrota i zobaczyć, co się stanie. To jedyny sposób.

– Czy mój dar, jeśli taki posiadam, nie powinien się jakoś objawić, zanim przejdę przez wrota? – spytał Diamond.

– Gdybyś był szkolony od dzieciństwa, pewnie tak, chyba że jesteś magiem wrót – wyjaśnił Eluik. – Ich umiejętności są utajone.

– Stone mówił mi, że magów wrót się zabija – rzekł Diamond. – To chyba mija się z celem, skoro wszyscy wrót potrzebują.

– Nie zawsze tak było. Magowie wrót są rzadkością, ale ich wrota mogą przetrwać stulecia – powiedział Enopp. – Dlatego każda Rodzina na Westilu i tutaj, na Mittlegardzie, z magiem wrót i bez, dawniej miała do dyspozycji liczne wrota. Potem jednak Loki ukradł wszystkie wrota. I nagle wrót nie miał nikt. Czyli ten, kto pierwszy dostałby w swoje ręce maga wrót, zdobyłby dużą przewagę nad pozostałymi.

– To nadal nie wyjaśnia, dlaczego jakakolwiek Rodzina miałaby zabić własnego maga wrót.

– Jedyną Rodziną, której wszyscy stale pilnowali, była Rodzina Northów, bo z niej pochodził Loki – odpowiedział Eluik. Pozostałe pewnie oszukiwały, sądząc, że ujdzie im to na sucho. Tyle że wszyscy magowie wrót, którzy próbowali stworzyć Wielkie Wrota, trafiali na Złodzieja Wrót, on zabierał im wszystkie wrota i tak to się kończyło.

– Dopóki nie zjawił się Danny North – przypomniał Diamond.

– Uciekł od swojej Rodziny w samą porę... słyszałem, że z czyjąś pomocą – powiedział Enopp.

– I był silniejszy od Złodzieja Wrót – dodał Eluik. – Ukradł mu wrota.

– Widzę, że jesteście z tego zadowoleni – stwierdził Diamond.

– Złodziej Wrót nas więził – odparł Enopp. – Teraz tego żałuje. Ocalił nam też życie, kiedy królowa chciała nas zabić.

– Trochę jak Stalin – mówił Diamond. – Na początku był znienawidzonym wrogiem, ale został sojusznikiem, kiedy zaatakował go jeszcze bardziej znienawidzony wróg.

– Nic o tym nie wiem – rzucił Enopp lekceważąco. – Po co mielibyśmy się uczyć historii Mittlegardu? Nie zostaniemy tu na zawsze.

– Kiedy będziecie mogli bezpiecznie wrócić? – zainteresował się pułkownik.

– Nie wiem – odparł Enopp. – Ale nasza matka odzyskała wolność, więc to tylko kwestia czasu.

Eluik pokręcił głową.

– Możliwe, że nigdy nie będzie mogła sprowadzić nas z powrotem. Jest w drugim ciele. Musi udawać, że jest tamtą kobietą.

– Wciąż pozostaje naszą matką – zauważył Enopp.

– W ciele naszej nieprzyjaciółki – uściślił Eluik.

– Wasza matka przeniosła się w inne ciało? – upewnił się Diamond.

Eluik natychmiast się zreflektował, że powiedział za dużo. Jak to się stało? Obaj z Enoppem świetnie potrafili dochowywać tajemnic. Od tego zawsze zależało ich przetrwanie.

Diamond miał w sobie coś, co sprawiało, że Eluik tracił swoją zwykłą czujność. Że mu ufał.

I wtedy zrozumiał.

– Wiem, do czego masz dar – oświadczył.

– Tak? Do czego?

– Do zaklinania ludzi. To znaczy, o ile rzeczywiście jesteś magiem. A sądzę, że tak. I to silnym.

– Mówisz tak tylko, żeby mi pochlebić.

– Enopp i ja normalnie nie zdradzamy tajemnic – powiedział Eluik. – Nikt nie potrafił na tyle uśpić naszej czujności, żebyśmy mówili otwarcie. Dopóki nie poznaliśmy ciebie.

– Cóż, cieszę się, że mi zaufaliście. Wasz sekret jest bezpieczny. Nikomu go nie zdradzę.

– Nasz sekret jest bezpieczny tylko wtedy, kiedy nikt go nie zna – odpowiedział Eluik. – Nigdy się nie wygadujemy. A jednak tobie powiedzieliśmy wszystko.

– I z tego wynika, że jestem zaklinaczem ludzi? Zdaje się, że takich magów Rodziny też zabijały?

– Bez litości – potwierdził Enopp. – Zaklinacze ludzi z Dapnu Dap przez pewien czas rządzili całym Westilem. Nie było jak z nimi walczyć.

– Ale wreszcie stawiliście im czoło i wygraliście.

– Nie „my" w sensie ja i Enopp – uściślił Eluik. – To było pięć tysięcy lat temu. Pokonaliśmy ich tylko dlatego, że część najpotężniejszych zaklinaczy ludzi przeszła na naszą stronę. Potem, kiedy wszyscy wrodzy zaklinacze już nie żyli, ci, którzy nam pomogli, zabili się. Prawo stanowiło, że żaden zaklinacz ludzi nie może pozostać przy życiu.

– Czyli nazwanie mnie zaklinaczem ludzi to nie komplement – zauważył Diamond.

– Nasza matka jest zaklinaczką ludzi – oznajmił Enopp. – Uważamy, że bez sensu jest zabijanie wszystkich zaklinaczy ludzi. Niektórzy są dobrzy.

– Stone tłumaczył mi – rzekł Diamond – że zaklinacze ludzi sterują ludźmi tak jak... brat krwi? Nie, Brat Szpona steruje zwierzęciem.

– Albo Ojciec Krwi – wtrącił Enopp. – I tak, najpotężniejsi z nich to potrafią. Ale nasza matka nigdy tak nie robiła.

– Właśnie że tak – sprzeciwił się Eluik. – Ale nie zapominaj, na czym polega sterowanie bratem serca. Brat Szpona nie może zawładnąć jastrzębiem czy niedźwiedziem i sprawić, żeby zachowywały się inaczej niż jastrząb czy niedźwiedź. Zwierzę pozostaje sobą. Brat Szpona może nim kierować, ale nie zmienia jego natury.

– Zatem człowiek pozostaje sobą – powiedział Diamond. – Nawet kiedy jest we władzy zaklinacza ludzi?

– Tak – odparł Enopp.

– Nie. – Eluik pokręcił głową. – Zależy, co rozumiesz przez bycie sobą.

– Jakbyś sam wiedział, co to znaczy – prychnął Enopp.

– Mama wytłumaczyła mi to przed laty, kiedy wyznała, kim jest – odparł Eluik. – Zaklinaczem ludzi zostaje się tak samo jak każdym innym magiem. Prawdziwie kochając i służąc temu, z czym łączy cię więź. Magowie piasku służą suchemu piaskowi, Burzownicy dają siłę burzy, Ojcowie Pnia kochają drzewa.

– Jak widać, zaklinacze ludzi kochają ludzi – podsumował Diamond.

– Tak jak ty – stwierdził Eluik. – Gromadzisz ludzi wokół siebie. Stworzyłeś rozległą siatkę intelektualistów i decydentów z całego świata. Nie rządzisz nimi, nie próbujesz ich w żaden sposób organizować, wiesz tylko, kiedy jeden musi spotkać się z drugim, żeby wymienić się pomysłami. Dobrze zapamiętałem? Silvermanowie niczego nie pomylili?

– Nigdy nie myślałem o tym w tych kategoriach, ale rzeczywiście, jestem dobry w nawiązywaniu kontaktów.

Eluik zaśmiał się.

– Zgrabnie powiedziane. Kochasz tych ludzi, prawda? Zależy ci na nich. Starasz się dać im to, czego potrzebują.

– Kiedy mają jakiś problem do rozwiązania, rzadko umiem w tym pomóc, za to z reguły znam kogoś, kto może coś doradzić.

– Zaklinacz ludzi – powiedział Eluik.

– Dlaczego nie zauważyliśmy tego od razu? – zastanawiał się głośno Enopp.

– Dlaczego nie zauważył tego Stone? Albo Leslie czy Marion? – dorzucił Eluik.

– Bo to nie ma nic wspólnego z magią – wtrącił Diamond. – Na tym po prostu polega przyjaźń.

– Jak przyjaźń Pasterza Korzeni ze zbożem albo Ojca Kamienia z górą – mówił Eluik. – Mama mówiła, że widzi, co ludzie naprawdę kochają i na czym im zależy, i dzięki temu może tak z nimi rozmawiać, by doszli do wniosku, że to, czego od nich chce, jest dokładnie tym samym, co i tak chcieli zrobić.

– Aha. Tyle że ja tak nie robię. Moi przyjaciele sami decydują, czego chcą – oznajmił Diamond.

– Nie przeszedłeś przez Wielkie Wrota – przypomniał Eluik. – Poza tym, jesteś pewien, że naprawdę sami decydują? Czy nie bywa czasem tak, że przekonujesz ich do pomysłów, które początkowo im się nie podobały?

– Każdy tak robi. – Diamond wzruszył ramionami.

– Ale zaklinacze ludzi zawsze stawiają na swoim – zauważył Eluik.

Pułkownik wybuchnął ostrym śmiechem.

– Jeszcze trochę, a wmówicie mi, że umiem sterować jastrzębiem i latać.

– Nie jesteś Ojcem Krwi, Przyjacielem Szpona ani nawet Giermkiem Futra – powiedział Eluik. – Zaklinanie ludzi to nie to samo co zaklinanie zwierząt. Do jastrzębia, lwa czy konia nie można przemówić słowami. Zwierzę musi ci zaufać i dopuścić cię do siebie w wyniku tego, jak je traktujesz, co do niego czujesz.

– Cóż, jak mówiliście, Wielkich Wrót już nie ma, więc nigdy nie poznamy prawdy o mnie.

– Ja jestem magiem wrót – oświadczył Enopp.

– Dopiero możesz zostać magiem wrót – wyjaśnił Eluik. – Nawet Ojcem Wrót jak Klucha i Danny. Ale to nic nie zmieni, bo jeśli spróbujesz stworzyć Wielkie Wrota, Złodziej Wrót cię powstrzyma.

– Już tak nie robi – powiedział Enopp.

– Dlaczego tak uważasz? – spytał Eluik. – Nie przeszkodził Danny'emu, bo Danny był silniejszy. Ale przecież pożarł Dzikie

Wrota, które przesunęła Hermia, prawda? Ma wszystkie wrota Danny'ego i ich nie oddaje.

Enopp pogrążył się w zamyśleniu.

– Pewnie się mylę. – Eluik zwrócił się do Diamonda. – Zapewne nie jesteś magiem, tylko bardzo miłym człowiekiem, który łatwo nawiązuje przyjaźnie i potem je pielęgnuje.

– Też tak myślę. Przynajmniej staram się taki być. Moje dzieci powiedzą wam, że nie zawsze jestem bardzo miły.

– Twoje dzieci nie zawsze robią to, czego chcesz? – zaciekawił się Enopp.

– Żarty sobie stroisz? Mówię im, jak powinny postąpić, ale ponieważ decyzja należy do nich, one słuchają i... robią, co im się żywnie podoba.

– Więc... marny z ciebie zaklinacz ludzi – stwierdził Enopp.

– Przeciwnie, jest doskonałym zaklinaczem ludzi – zaoponował Eluik. – Jak nasza matka. Nie rządziła nami. Zostawiała nam swobodę.

– Bo kochała nas jak nikogo innego na świecie – uzupełnił Enopp.

– Nie ma dla mnie nic trudniejszego – wyznał Diamond – niż pozwolić moim dzieciom na niektóre z szaleństw, na jakie się decydują.

– Co nie znaczy, że nie jesteś zaklinaczem ludzi – zauważył Eluik. – Tylko że nie jesteś zaklinaczem ludzi, którego trzeba zabić.

Na lewo od samochodu ciągnęły się pola, kiedy skręcili w prawo, między drzewa, na krętą, wąską drogę biegnącą pod górę przez gęsty las.

– Jesteśmy prawie w domu – oznajmił Diamond.

– Ktoś mógłby cię wziąć za maga drzew – powiedział Enopp. – To prawdziwa knieja.

– Kocham drzewa – odparł pułkownik. – Większość wielkich, starych drzew na mojej ziemi znam z imienia.

– Imienia? – zdziwił się Enopp. – Drzewa nie mają imion.

– Chodzi mu o nazwę – wyjaśnił Eluik.

– Nie – powiedział Diamond. – Imię. Platan Annie. Wiąz Nad Strumykiem. Dąb Do Czytania. Pochodzą od tego, co robiliśmy z drzewem, na nim, pod nim albo w jego pobliżu. Każde ma swoją historię i stąd biorą się ich imiona. Kochamy te drzewa.

– Magia drzew jest znacznie bezpieczniejsza – zauważył Enopp. – Nikt nie zabija magów drzew.

– Czyli problem rozwiązany – uznał Diamond.

Samochód wspiął się na szczyt wzniesienia. Jakiś czas jechali przez łąkę otaczającą dom ze wszystkich stron, potem droga znów opadła między drzewa. Dookoła widzieli bezkresne zalesione wzgórza, bez żadnych zabudowań.

– Prawie jak na Westilu – stwierdził Enopp. – Jakby nigdzie nie było brukowanych dróg ani dużych domów oprócz tego.

– Dlatego tak mi tu dobrze – mówił Diamond. – Wszędzie dookoła życie... zwierzęta i drzewa... ale to drzewa są matkami i ojcami wszystkiego. Wszystkich żywią, wszystkich chronią. Spójrzcie tam, w głąb tego wąwozu. To drzewa, których nikt nigdy nie ścinał. Niektóre mają tysiąc lat.

– Dużo jak na ten świat. – Enopp był pod wrażeniem.

– Indianie przechadzali się wśród tych drzew. Pradawne stworzenia przechadzały się wśród przodków tych drzew. Tutaj drzewa rosły swobodnie, nikt ich nie tępił. To dla mnie wiele znaczy.

– Służyłeś w lotnictwie wojskowym – zagadnął Eluik. – Lotnictwo wojskowe zrzuca bomby i niszczy, co się da.

– Czasem nie ma innego wyjścia – odpowiedział Diamond. – Ale to nie znaczy, że żołnierz nie marzy o miejscu pełnym pokoju.

Eluik zamyślił się. Miejsce pełne pokoju. Chyba to trochę na opak. Jemu zawsze się wydawało, że pokój to brak wojny. Ale może wojna to brak pokoju. Może kiedy zostawiasz jakieś miejsce w spokoju, pozwalasz tam wszystkim żyć swoim życiem, miejsce to napełnia się pokojem i pokój rozprzestrzenia się dalej. Jak jezioro, z którego wypływa strumień niosący wodę ludziom mieszkającym na jego brzegu.

– Wiecie, Westil może i jest pełen magii – mówił Eluik – bardziej niż Mittlegard. Ale i na jednym, i na drugim świecie brakuje tego.

– Drzew? – spytał Diamond.

– Na Westilu rośnie dużo drzew – wtrącił Enopp.

– Pokoju – oświadczył Eluik. – Ani na jednym, ani na drugim świecie nie ma pokoju. Może najwyżej w małych enklawach, jak ta.

– Czyli dobrze się składa, że tu przyjechaliśmy, nie? – powiedział Diamond. – Wchodźcie, Annie na pewno naszykowała wam całą górę jedzenia. Zwyczajnego. Prostego. Chleba, mięsa, sera, owoców, warzyw. Nic specjalnego, ale same zdrowe rzeczy.

– Na Westilu – powiedział Enopp – niczym lepszym nie karmią.

– To będziecie się tu czuli jak u siebie w domu. Wchodźcie, zapraszam.

Eluik i Enopp wzięli swoje bagaże – te, których Diamond nie zabrał pierwszy – i weszli za nim po schodach do domu.

Eluik zerknął do tyłu, na drzewa za samochodem, i miał wrażenie, że mignęła mu czyjaś sylwetka. Nie, nie „czyjaś". Hermii. Raczej mu się nie przywidziało. Pewnie doskonale wiedziała, gdzie są. Nic się na to nie poradzi. Ale Hermia była chyba jedyną osobą, która mogła zaburzyć spokój tego domu.

Pobyt pod dachem Silvermanów był dla Eluika i Enoppa szkołą amerykańskiego stylu życia. Nie obowiązywały w tym kraju żadne obyczaje isweskie i choć potrawy gotowane przez Diamondów nieco różniły się od tych, które przyrządzała Leslie, sposoby zdobywania żywności – kupowanie całych jej opakowań w sklepach, przechowywanie wszystkiego w lodówkach i zamrażalnikach, pieczenie, smażenie, opiekanie i gotowanie w mikrofalówce zgodnie z tajemniczymi zasadami, których Eluik nawet nie próbował zrozumieć – były w obu domach bardzo podobne. Pułkownik żartował na temat pichcenia dań z miejscowej fauny – o gulaszach z szopów i wiewiórek i o tym, jak oleiste i niesmaczne jest mięso oposa („ale w sytuacji awaryjnej utrzyma przy życiu") – nic takiego jednak nie podano do stołu.

Eluik i Enopp we wczesnym dzieciństwie jedli głównie dziczyznę – wtedy, kiedy w ogóle było mięso – i Eluikowi teraz jej brakowało, za to Enopp twierdził, że ze względu na lokalną kuchnię najchętniej nigdy nie opuściłby Mittlegardu i Ameryki, ani w ogóle nie oddalił się na więcej niż sto pięćdziesiąt kilometrów od rzeki Ohio. Nie mieli jednak w tej sprawie nic, ale to nic, do powiedzenia.

Pewnego dnia wezwie ich matka. Raczej nie w najbliższym czasie, bo, jak wyjaśnił Danny North, Anonoei latami przygotowywała grunt pod zniszczenie królowej Bexoi i teraz, zmuszona żyć w jej ciele i ją udawać, musiała w jakiś sposób udaremnić wszystkie swoje knowania – najlepiej tak, żeby nie zdradzić ludzi, którzy bądź co bądź zaufali jej, kiedy jeszcze miała własne ciało. Przed nią bardzo trudne zadanie. Oczywiście, że to potrwa. Oczywiście.

Enopp nie miał nic przeciwko temu, Eluik jednak nie czuł się na Mittlegardzie swojsko. Może dlatego, że był starszy i lepiej pamiętał, jak wyglądało życie w Kamesham i pałacu Nassassa, zanim ich uprowadzono i uwięziono. Dla Enoppa Mittlegard był po prostu jedynym światem, jaki znał; dla Eluika to obca planeta, na której nie mógł znaleźć sobie miejsca.

Może nie bez wpływu było też to, że w Enoppie już przebudziła się magia. Danny, Pat, Veevee, nawet Hermia mówili o nim tak, jakby uważali, że tylko zapowiada się na maga wrót. Eluik jednak wyraźnie widział, że choć Enopp nie był Ojcem Wrót równym Danny'emu Northowi czy Klusze, jednak miał w sobie ogromną liczbę pretów, które kiedyś posłużą jako wrota.

A skoro Enopp będzie mógł przenieść się wrotami, dokąd zechce, jakie to ma dla niego znaczenie, gdzie mieszka? Pewnego dnia zgromadzi w sobie wystarczająco wrót, żeby samodzielnie stworzyć Wielkie Wrota. Dlatego różnice między światami nie były dla niego takie ważne.

Eluik wiedział, że sam, choć nie ma wrót, może przenosić się z miejsca na miejsce, nie zostawiając po sobie śladów. Nauczył się tego od Pat, kiedy pomogła jemu i Enoppowi odłączyć się od siebie. Zobaczył wtedy prety i zrozumiał, czym są, widział, jak jasnym blaskiem świeci Enopp, jak potężna jest jego moc, jak wiele pretów postanowiło podążyć za nim.

Ale kim jestem ja?, zastanawiał się. Jego własny pret był bez blasku, bez iskry, a jeśli pociągnął za sobą rzeszę stronników, Eluik ich nie wyczuwał. To mój młodszy brat jest wielkim magiem. A ja? Tutaj, na Mittlegardzie, prawdopodobnie będzie nawet nie drekką, tylko suszłakiem, i choć suszłacy z reguły nic nie wiedzą o magii, on zawsze świadom będzie tego, jak wielka przepaść dzieli tych, którzy mają moc, od tych, którzy są jej pozbawieni.

W Iswegii być może też nie miałby magicznych umiejętności – ale byłby pierworodnym synem króla Prayarda, choć zrodzonym z łona kochanki, nie żony. Nie brakowało tam ludzi pragnących go wykorzystać; niektórzy nawet chcieliby go zabić. Ale byłby kimś.

Może więc to z czystej próżności postrzegam Mittlegard jako obcą ziemię, która nigdy nie była i nie będzie dla mnie domem.

Enopp łaknął towarzystwa, rozmów, a dom Diamondów zawsze był pełen ludzi, tętnił życiem; za sprawą nie tylko członków rodziny, także licznych gości, których spraszał pułkownik albo tych, którzy przyjeżdżali bez zapowiedzi. I kiedy Enopp z entuzjazmem przysłuchiwał się, co mówią dorośli, albo grał w gry wideo z młodymi Diamondami – choć starsi od niego, uczyli go z przyjemnością – Eluik miał pod dostatkiem czasu dla siebie.

I to mu odpowiadało. Kiedy rozmowy się rozkręcały, odzywał się tylko po to, żeby wszyscy go zauważyli, po czym dyskretnie wymykał się za drzwi i... znikał.

Gdyby był magiem wrót, mógłby go wytropić inny mag wrót. Ponieważ jednak po prostu przechodził z miejsca na miejsce – jego pret przemieszczał się bez korzystania z wrót – nikt nie miał szans go wyśledzić.

Eluikowi podobało się gospodarstwo Diamonda, zwłaszcza jego dzikie części, las, wąwozy, szczyty wzgórz. W jasne letnie wieczory po prostu się tam przenosił. Nawet gdy przemieszczał się w miejsca położone poza zasięgiem wzroku, nigdy nie materializował się częściowo ani całkowicie wewnątrz drzewa lub skały. Może inne prety, które już tam były, chroniły go przed tego rodzaju katastrofalnym zderzeniem. Czy tak, czy nie, najważniejsze, że to działało.

Czasem przenosił się też z powrotem do Ohio. Nie do domu Silvermanów, nigdy – nie chciał, żeby się zorientowali, że tam jest, a już na pewno nie zamierzał podsłuchiwać ich prywatnych rozmów. Po prostu przemieszczał się w taki czy inny zakątek farmy Silvermanów albo w jakieś pobliskie miejsce w Yellow Springs, po czym chwilę tam siedział i rozmyślał.

Nie miał zbyt wielu wesołych myśli; niektóre były gniewne, inne smutne. Żałował, że nigdy więcej nie zobaczy twarzy swojej matki, że patrząc na nią, będzie widział bałamutną gębę Bexoi, i musi w jakiś sposób sam siebie przekonać, że to naprawdę mama. Nienawidził Kluchy, a mimo to wiedział, że nie ma innego wyboru, jak tylko mu zaufać, bo Złodziej Wrót chyba rzeczywiście troszczył się o dobro mamy i, skoro już o tym mowa, Eluika i Enoppa. Veevee była zbyt apodyktyczna; Hermia zawsze coś knuła. Najbardziej lubił Danny'ego i Pat. Ich miał w sercu i przywoływał związane z nimi uczucia. Dopiero potem pozwalał sobie myśleć o kimś albo o czymś innym.

Najczęściej rozważał sprawę powrotu na Westil. Enopp zapowiadał, że pewnego dnia stworzy Wielkie Wrota, a Eluik zawsze mu tłumaczył, że i tak pożre je Złodziej Wrót, w głębi ducha jednak zastanawiał się: po co komu Wielkie Wrota? Przydają się tylko wtedy, kiedy chcesz, żeby na drugi świat mogli przenieść się inni.

Dlaczego nie miałbym tam po prostu... przejść? Iswegię znam lepiej niż Amerykę; skoro mogę w mgnieniu oka przenieść się do Ohio lub innych części Kentucky, to czemu nie do Iswegii?

Z dwóch powodów. Po pierwsze, nie miał pewności, jak działają Wielkie Wrota, więc skąd mógł wiedzieć, czy rzeczywiście może się bez nich obejść? A jeśli utknie w pół drogi, w kosmicznej próżni?

Po drugie, też nie miał pewności, czy zdołałby potem wrócić z Westilu. Ponieważ jego dom był tam, nie tutaj, mogłoby się okazać, że owszem, pokona przestrzeń dzielącą oba światy, ale tylko jeden raz i tylko w jedną stronę.

Nie próbował więc wykonać tego przeskoku. Wyobrażał sobie tylko, jak to robi – i ciekaw był, gdzie wylądowałby. W pałacu? W więzieniu? W ubogim małym gospodarstwie w górach? Na pokładzie statku? W domu, w którym mama opiekowała się nimi po narodzinach Enoppa?

Czy odnalazłby mnie któryś z magów wrót? Klucha? Danny?

Eluik miał nadzieję, że nie. Na pewno istniał jakiś sposób, żeby się wykręcić od statystowania w dramatach innych ludzi.

# Rozdział 13

Gerd North nie była zadowolona.

– Tajwan mi się nie podoba – poskarżyła się Alfowi.

– Nie jesteśmy tu na długo – odparł.

– Tęsknię za spokojnym życiem na gospodarstwie.

– Wcale nie było spokojne. Byliśmy w ciągłych rozjazdach, pertraktowaliśmy z innymi Rodzinami, udoskonalaliśmy i rozwijaliśmy umiejętności magiczne, zgrywaliśmy różne rodzaje magii ze sobą. I myślę, że tutaj, na wojnie o przetrwanie Tajwanu, dowodzimy, że osiągnęliśmy najwięcej ze wszystkich magów w dziejach.

Gerd doskonale go rozumiała, ale te słowa wydawały jej się puste.

– Alfie, wiem, że masz rację, ale jakoś nie mogę przekonać samej siebie, że to istotne, czy jedna grupa Chińczyków rządzi drugą.

– To istotne dla Amerykanów i dla całego świata, więc jest okazja, żeby coś im pokazać.

– Co? Po co?

– To, że każdy naród pod naszą ochroną jest niezwyciężony. Zawsze tak robiliśmy.

– I co to zmienia w ostatecznym rozrachunku? Po jednej stronie ginie więcej suszłaków niż po drugiej. Bogaci, wpływowi suszłacy stroją się w szaty królów lub cesarzy i łaskawie ofiarują symboliczne datki kapłanom, którzy udają, że zależy im, by nas zadowolić. Alfie, czy te wszystkie stulecia bez wrót niczego nas nie nauczyły?

– Nauczyły nas, że źle nam bez Wielkich Wrót – powiedział.
– Których, praktycznie rzecz biorąc, nadal nie mamy.

– Danny przeprowadził nas przez swoje wrota.

– Jako ostatnich. Przyszedł do nas na samym końcu. Za grosz lojalności.

– Jest lojalny wobec tych, którzy są lojalni wobec niego. Kiedy dorastał, ktokolwiek z Rodziny okazał mu choć odrobinę lojalności? A gdy stworzył swoje pierwsze Wielkie Wrota, kto chciał go za to zabić?

– Chcesz, to go broń – rzekł Alf. – Nawet w sumie się z tobą zgadzam. Ale chłopak musi to wreszcie przeboleć.

– Czy tak się stanie, czy nie – mówiła Gerd – na razie jesteśmy na tej górzystej wyspie, gdzie jedzenie jest barbarzyńskie, a języka nie sposób zrozumieć, w kółko dłubiemy w samolotach, uzbrojeniu, czołgach, a nawet karabinach zwykłych i maszynowych, i jakby tego było mało, ktoś jeszcze wspomniał o akumulatorach do noktowizorów i radiostacji; strasznie nudna robota. To znaczy, posłuchaj tylko, co powiedziałam: robota! Tak samo mogłabym pracować w jakiejś korporacji.

– Magia to ciężka praca. Tylko suszłacy sądzą inaczej.

Gerd wiedziała, że miał rację. Drażniła ją we własnym głosie marudna nuta. Cóż począć, kiedy nie była zadowolona.

– Rzeczywiście na to liczyliśmy? Kiedy darowaliśmy Danny'emu życie? Że zwielokrotnimy nasze moce, a potem, korzystając z nich, będziemy ulepszać broń suszłaków, żeby się bardziej wydajnie nawzajem zabijali? Czy aby nie marzyliśmy o powrocie na Westil?

Alf wyszedł z łazienki, z ustami wciąż pełnymi pasty do zębów i szczoteczką w dłoni.

– Kiedy to rozmawialiśmy o powrocie na Westil?

– Bez przerwy o tym mówimy!

– Mówiliśmy, żeby przejść na Westil, bo to niewyobrażalnie zwiększy nasze moce i znów staniemy się bogami! Ale żeby „wracać" na Westil? Żaden z nas tam nie mieszkał od piętnastu stuleci. Nawet nie wiem, czy współcześni Westilianie jeszcze mówią naszą odmianą westiliańskiego.

– Przecież tam też mielibyśmy większe moce – przekonywała Gerd. – I nie byłoby tych wszystkich straszliwych rodzajów broni. Przynajmniej taką mam nadzieję.

– Może mają jeszcze gorszą broń – powiedział Alf.

– Skoro nie mogę spokojnie żyć w Wirginii, dlaczego nie wyskoczymy na Westil, żeby zobaczyć naszą dawną ojczyznę? Co w tym złego, że tęsknię za ziemią, którą widziałam tylko przez sekundę – dwie? Wszyscy Amerykanie odczuwają nostalgię za krajem pochodzenia ich przodków, czy sami tam kiedykolwiek byli, czy nie.

– Mówisz, jakbyś chciała przejść na emeryturę.

– Może po prostu muszę się porządnie wyspać.

– Jeśli Chińczycy z kontynentu okażą gotowość do współpracy i przestaną napuszczać na nas bombowce, komandosów i...

– Skoro tacy z nas mocarze, Alfie, dlaczego Chińczycy z kontynentu w ogóle jeszcze mają bombowce i helikoptery?

– Bo produkują je szybciej, niż my je strącamy.

– Kiedy Tajwańczycy wreszcie zrobią użytek z ulepszonej broni, którą im daliśmy, i wezmą sprawy w swoje ręce?

– Robią, co mogą. Piloci mogą spędzić tylko określoną liczbę godzin w powietrzu. W samolotach prędzej czy później kończy się amunicja. Prowadzimy operacje na zbiorach skończonych.

– Znaczy, że będziemy musieli dalej wstawać w środku nocy, żeby strącać samoloty i śmigłowce z nieba.

– Jednym słowem, tak – rzekł Alf. – Bo kiedy świat zobaczy, co robimy dla Tajwanu, zaczną nas poważnie traktować.

– Przecież poważnie traktują Amerykę.

– Daj spokój, Gerd. W tej chwili Ameryka to my. Kiedy prezydent w zeszłym tygodniu ogłosił, że wyśle do Izraela szesnaście unowocześnionych myśliwców i pięćdziesiąt ulepszonych czołgów, islamskie armie od razu wycofały się spod granic, a ich samoloty przestały naruszać izraelską przestrzeń powietrzną.

Gerd chwilę o tym myślała.

– Czyli może zabijając ludzi tutaj, ratujemy ludzi tam.

– Tak! O to chodzi! Jeden efektowny pokaz naszych możliwości i naszym wrogom odechce się walki.

– Wrogom Ameryki.

– Kiedy bierzemy naród pod naszą ochronę, jego wrogowie stają się naszymi wrogami. Taka jest rola bogów.

– W *Iliadzie* wygląda to inaczej.

– Fabuła *Iliady* to wymysł błaznów, którzy nie wiedzieli, o czym mówią.

– W tle tych starych legend zawsze są jakieś osobiste urazy. Co będzie, jeśli naprzeciwko nas stanie wielki mag z innego rodu? Co zdziałają nasze myśliwce przeciwko Panu Wody, który wywoła w Ameryce suszę? Albo Pasterzowi Korzeni, który może sprawić, że rośliny wyginą od jakiejś niszczycielskiej zarazy... ale tylko na obszarze Ameryki?

– Zrzuci się trochę bomb i zaraz sobie odpuszczą.

– Oj, Alfie, daj spokój. Znamy historię... historię najnowszą... dość dobrze, by wiedzieć, że bomby nie wystarczą. Jeśli Ameryka będzie głodować, skapituluje. Zresztą, po czym w ogóle mielibyśmy poznać, która z pozostałych Rodzin nas atakuje?

– Racja. Wrogów Tajwanu i Izraela nie chronią magowie.

– Za to nasi wrogowie teraz widzą jak na dłoni ograniczenia naszej mocy, bo otwarcie pokazujemy, co potrafimy – twierdziła Gerd. – I sprzysięgną się przeciwko nam, bo pozostałe Rodziny nienawidzą nas od wieków. Zostaniemy sami przeciwko wszystkim. Chcę do domu, na Westil!

Alf chwilę stał w milczeniu, po czym włożył szczoteczkę z powrotem do ust i szorując zęby, wrócił do łazienki.

W miejscu, gdzie stał, nagle zmaterializowała się młoda kobieta. Gerd rozpoznała ją od razu:

– To ty. Mała Greczynka.

– Hermia, tak mnie tytułują – odparła dziewczyna. – Z urodzenia jestem Yllka.

– Widzę, że Wielkie Wrota jednak zrobiły z ciebie prawdziwą maginię wrót.

– Nie. Zresztą Danny zabrał mi wszystkie wrota, więc to i tak nic by nie zmieniło.

– A mimo to jesteś tutaj.

Alf wyrósł za plecami Hermii. Jego oczy, całą postać, przepełniała furia.

– Nic z tego, Odynie. – Hermia zwróciła się do niego oficjalnym tytułem. – Danny i jego dziewczyna nauczyli mnie innego sposobu przemieszczania się, takiego, do którego wrota nie są potrzebne. Mogę zniknąć... i uleczyć wszystkie rany, jakie mi zadasz... zanim zrobisz to, co ci chodzi po głowie. Odejdę i ślad po mnie zaginie.

– Jakaś ty potężna – powiedział Alf.

– Dobrze wiesz, że to nieprawda. Od magów wrót zależy wszystko, moc każdego z was, leczenie ran odniesionych na polu bitwy. Ale w gruncie rzeczy tylko tyle możemy: transportować i leczyć. Wszyscy inni magowie mają więcej prawdziwej mocy niż my.

– Cóż za skromność – skwitowała Gerd. – Chociaż oczywiście możesz „przetransportować" swoich wrogów na dno oceanu, w przestrzeń kosmiczną albo wysoko nad ziemię. Dlatego to nie całkiem tak, że jesteś tylko od transportu i leczenia.

– No dobrze. Jestem niezwykle potężna. Tak potężna, że udało mi się niepostrzeżenie podsłuchać całą waszą rozmowę. Z początku zamierzałam tylko zebrać informacje, potem jednak coś mi przyszło do głowy i zrozumiałam, że nie robiąc tego, czego pragnie Gerd, marnujecie szansę.

– Nie twój interes – uciął Alf.

– Nawet jeśli nie mogliśmy przeszkodzić ci nas podsłuchiwać, nie musimy cię dowartościowywać, słuchając ciebie – powiedziała Gerd.

– „Dowartościowywać" – powtórzyła Hermia. – Typowi z was Amerykanie.

– Bogom ufamy – odparł Alf. – Czego chcesz, Yllko?

– Wpadłam na pewien pomysł, to wszystko. A ponieważ jesteście jedynymi ludźmi na obu światach, którzy mogą go zrealizować, powiem wam, o co chodzi, i zobaczymy, co wy na to.

– Mów więc – rzucił Alf.

– Te samoloty i czołgi, które ulepszyliście... paliwo nigdy się w nich nie kończy, same wytwarzają prąd elektryczny i praktycznie same się prowadzą, części zamienne się nie zużywają, bo nie ma tarcia, broń nigdy nie pudłuje...

– Wiemy, co zrobiliśmy – przerwał jej Alf.

– Dzięki wam stały się potężniejsze i bardziej użyteczne, ale prawda jest taka, że wciąż tylko posługujecie się wytworami suszłaków.

– Posługujemy się otaczającym światem. Taka jest istota magii – odrzekła Gerd cierpko. Nie spodobała jej się zawarta w słowach Hermii sugestia, że są w jakiś sposób zależni od suszłaków. Choć wiedziała, że to prawda.

– Och, wiem. Ale tak czy owak, wasze samoloty może i wygrywają więcej pojedynków niż samoloty wroga... tyle tylko, że samoloty wroga też są całkiem niezłe. Muszą częściej tankować, strzelają mniej celnie, ale nie zawsze pudłują, przez co wy dwoje sami musicie z nimi walczyć. Wychodzić w środku nocy na zewnątrz i walić w nie piorunami albo demolować ich silniki na odległość.

– Wiemy, co robimy, dziewczyno – zapewnił Alf.

– Alfie, ona chce nam zasugerować, żebyśmy przerzucili część tych samolotów i czołgów na Westil – mówiła Gerd. – Gdzie druga strona w ogóle nie będzie miała samolotów i czołgów. W naszych maszynach nie trzeba uzupełniać paliwa, a gdyby udało się je tam przenieść, razem z nimi moglibyśmy zabrać rakiety, kule, pociski artyleryjskie. I nie trzeba by było wielu zużyć, bo kiedy wszyscy zobaczą, co potrafi myśliwiec wyposażony w działka i rakiety, kto ośmieli się z nami zadrzeć?

– Jaka „druga strona"? – spytał Alf.

– Ta, która będzie przeciwna stronie, którą wybierzemy. Tutaj też wszystko nam jedno, kogo popieramy. Ale gdy już dokonujemy wyboru, nasza strona musi zwyciężyć.

– Czyli chcesz, żebyśmy przeprowadzili inwazję na Westil – stwierdził Alf. – Przeżyliśmy tu piętnaście stuleci, marząc o powrocie do domu... a teraz wrócimy z ciężkim uzbrojeniem i będziemy wszystko niszczyć.

– Nie tak magowie zwykle postępują? – odezwała się Hermia. – Po co walczyć przeciwko komuś, kto ma szansę zwyciężyć?

Alf parsknął śmiechem.

– A to dopiero.

– Musielibyśmy zabrać ze sobą pilotów – powiedziała Gerd. – Nie byliby zadowoleni, że każe im się opuścić Mittlegard.

– Nie na długo – zapewniła Hermia. – Weźmiecie samych ochotników, oni przeszkolą miejscowych i będą mogli wrócić na Mittlegard. Oczywiście, hojnie wynagrodzeni.

– Rodzina Northów nie jest tak bogata, jak wy, Grecy – zauważyła Gerd.

– Rodzina Northów ma pełny dostęp do majątku Stanów Zjednoczonych i każdego banku na terenie całego kraju – oświadczyła Hermia.

– No tak. – Gerd zrobiło się głupio, że o tym zapomniała. Już nie byli mało znaną rodziną z osady w Wirginii.

– Co ty z tego masz? – zapytał Alf.

– W tym właśnie tkwi sedno rzeczy. Wiecie, że Danny nie stworzyłby Wielkich Wrót po to, żebyście mogli przenieść uzbrojenie na Westil. Pat też nie. A już na pewno nie Złodziej Wrót. Dlatego możecie się tam dostać tylko z moją pomocą.

– Czego chcesz w zamian?

– Nie pieniędzy. A poza tym nie jestem pewna, czy w ogóle dam radę to zrobić.

Gerd nie musiała spojrzeć na Alfa, by wiedzieć, że przewrócił oczami.

Hermia uniosła dłoń.

– Myślę, że tak, ale dotąd nie miałam powodu spróbować. To tylko rozdrażniłoby Danny'ego i Lokiego, a pożytek byłby żaden. W tej chwili nie mam na Westilu nic do załatwienia, poza waszymi sprawami. Przemknęło mi przez myśl, żeby tam skoczyć i zaproponować miejscowym magom, że przeprowadzę ich na Mittlegard i z powrotem, przynajmniej zrobiłoby się trochę ciekawiej, tyle tylko, że nie wiem, czy ten nowy sposób przemieszczania się wzmacnia tak samo jak przejście przez Wielkie Wrota.

Alf uniósł rękę w sceptycznym geście.

– No cóż, skoro...

– Zastanówcie się – zachęcała Hermia. – Już przeszliście przez Wielkie Wrota, więc nie potrzeba wam wzmocnienia. Wystarczy, żebyście mogli się przenosić z miejsca na miejsce. Nie wiem jednego: czy zwiększenie mocy jest skutkiem samej przeprawy z Mittlegardu na Westil? Czy może następuje w wyniku przejścia przez dziesiątki wrót połączonych ze sobą w tunel między światami? Nie przekonamy się, dopóki nie spróbujemy.

– Ta twoja nowa metoda przemieszczania się w przestrzeni, bez wrót, mimo wszystko uzdrawia? – chciała wiedzieć Gerd.

– Tak, zdecydowanie. Daje mi to więc nadzieję, że efekt wzmacniający Wielkich Wrót też zadziała. Po prostu jeszcze tego nie wiem.

– Skoro faktycznie nie ma wrót – powiedział Alf – jak potem znajdziesz drugi koniec przejścia?

– Nie muszę. Nie wyślę niczego przez wrota, tylko zabiorę wszystko ze sobą.

Zaśmiał się.

– Weźmiesz pod pachę myśliwce, śmigłowce szturmowe i czołgi.

– Może się nie uda. Nie wiem. Co macie do stracenia?

– Jest jeden spory problem – zauważyła Gerd.

– Tylko jeden? – zdziwił się Alf.

Uniosła palec.

– Pasy startowe.

– No nie – powiedział Alf. – To ważne. Żeby samolot wystartował i wylądował, potrzebna jest długa, prosta, równa, szeroka droga. Jak sądzisz, ile utwardzonych dróg jest na całym Westilu?

– Brukowanych? Wiele kilometrów – odparła Hermia. – Prostych? Żadnej. Równych? Ani jednej. Może więc samoloty sobie odpuśćmy.

– I dobrze – stwierdził Alf. – Bo dużo łatwiej nauczyć się obsługi czołgu niż myśliwca. No i jeśli coś schrzanisz, nie spadasz z wysokości dziesięciu tysięcy metrów.

– Rozumiem więc, że planujesz przeszkolić tubylców – upewniła się Gerd.

– Najszybciej jak to możliwe.

– Jak widać, poważnie myślisz o tym, żeby to zrobić. – Gerd westchnęła ciężko.

– Hermia ma trochę racji.

– Ma też zdradziecką naturę – dodała Gerd.

Hermia tylko na nią spojrzała. Ze spokojem.

– Nie przeczy temu – zauważyła Gerd.

– Jak mogłabym? – odezwała się Hermia. – Przecież to prawda. Danny wydał mi rozkazy i nie chciał słuchać moich argumentów. Uznał, że skoro przestałam się z nim spierać, zrobię, co mi kazał. Mylił się jednak. Jego plan był głupi i skazany na niepowodzenie. Dwóch magów na Rodzinę? Wolny dostęp dla wszystkich Sierot? Dzięki temu, że załatwiłam to po mojemu, jeszcze nie walczymy między sobą. Gdybym go usłuchała, wojna wybuchłaby od razu. Dlatego przesunęłam jedyne Wielkie Wrota, do których miałam dostęp, i przeprowadziłam przez nie moją rodzinę. Specjalnie się z tym ociągałam, żeby Danny miał czas zareagować i zrobić jedyne, co mu w tej sytuacji pozostawało: dopuścić do swoich nowych wrót wszystkie pozostałe Rodziny. Nie sądzicie, że mój plan był lepszy?

– Był. Ale zdradziłaś Danny'ego – wytknął jej Alf.

– Nie zgadzałam się z Dannym i nie byłam mu posłuszna – uściśliła Hermia. – Powiedzcie, proszę, czy w waszych podaniach występuje choć jeden posłuszny mag wrót.

Alf parsknął śmiechem.

Gerd nie.

– Będziemy całkowicie od niej zależni – orzekła. – Może zabrać nas, gdzie zechce, i tam porzucić.

– Mogłabym zrobić to już teraz – odparła Hermia – i nie powstrzymalibyście mnie.

Gerd była ciekawa, czy ładunek elektryczności statycznej zatrzymałby serce Hermii, zanim mogłaby uciec i się uzdrowić. Nie, musiałaby wymierzyć go w jej mózg, przepalić w nim wszystkie obwody, włącznie z tym, który umożliwiał skoki w przestrzeni.

– Zanim spróbujesz mnie zabić – oświadczyła Hermia – uprzedzam, że za tego rodzaju przeskoki nie odpowiada żadna część mojego fizycznego ciała. Mogłabyś usmażyć mi mózg, a i tak potrafiłabym to zrobić i przy okazji się uzdrowić.

Gerd się uśmiechnęła.

– Miło wiedzieć, że podobnie myślimy.

– Nie jestem taka jak Danny. Dorastając, byłam cenionym członkiem Rodziny, więc nauczyłam się myśleć jak członek Rodziny. Wy traktowaliście Danny'ego jak powietrze i przez to stał się mięczakiem.

– Masz gołębie serce – powiedziała Gerd.

– Danny to poczciwina – orzekła Hermia. – Kocha suszłaków i sądzi, że ich życie, ich szczęście jest tak samo ważne jak nasze. W dni parzyste rozumiem go. W pozostałe jednak zdaję sobie sprawę, że moc istnieje tylko wtedy, kiedy wykorzystujesz ją do wzmocnienia swojej pozycji. Nie broniąc własnych interesów, ośmielasz nieprzyjaciół do coraz silniejszego, bardziej otwartego oporu, tracisz wszelkie wpływy i zostajesz sama ze swoimi wrodzonymi darami, o ile jakieś masz. Do Danny'ego to nie dociera. Ma, czy raczej miał, tak wielką wrodzoną moc, że nie rozumie, iż moc prawdziwa polega na tym, by skłonić innych do uległości, zanim trzeba ich będzie zmusić. Wy, robiąc to, co robicie tutaj, na Tajwanie, dowodzicie, że to rozumiecie.

– Bo tak jest – przyznał Alf. – Oto więc mój problem. Mittlegard znamy. Jest tutaj dużo straszliwej, potężnej broni, ale oboje z Gerd mamy wyjątkowe umiejętności, które pozwalają nam jej używać i ją neutralizować. Możemy podporządkować sobie ten świat i to zrobimy.

– I wszystkie Rodziny wiedzą, że to was muszą zabić pierwszych. – Hermia pokiwała głową.

– Gdybyś zamierzała to zrobić – rzekła Gerd – już bylibyśmy martwi.

– O Westilu natomiast nie wiemy nic – ciągnął Alf. – Nasze mapy, cała nasza wiedza o tej planecie pochodzi sprzed piętnastu stuleci. Nie wiemy, gdzie są jakie królestwa, które się prężnie rozwijają, które chylą ku upadkowi.

– I nie wiemy, jaki jest stan tamtejszej magii – dodała Gerd.

– Nie mieli żadnych Wielkich Wrót – powiedziała Hermia – a wy tak. W tej chwili tylko Loki może je stwarzać, a nie zamierza tego robić. Dlatego jeśli zdołam was zabrać na Westil, wiedzcie, że bez względu na to, czy taka przeprawa zwiększy wasze moce, będziecie najpotężniejszymi magami na Westilu.

– Nie licząc Lokiego – zaznaczył Alf.

– I każdego, kogo Danny przeniósł stąd tam – dodała Gerd. Miała wrażenie, że oczy Hermii na chwilę stały się niepewne, puste, jakby coś ukrywała. A zatem Danny zabrał kogoś z Mittlegardu na Westil. I może w przeciwnym kierunku, kto wie. Zagadka, którą warto się bliżej zainteresować.

– Dlaczego więc mielibyśmy porzucić znane na rzecz nieznanego? – spytał Alf.

– Poza tym – uzupełniła Gerd – oboje z Odynem tak kształtowaliśmy i doskonaliliśmy nasze moce, żeby zdobyć władzę nad wytworami technologii Mittlegardu i móc je ulepszać. A na Westilu nie ma elektroniki ani ciężkiego sprzętu, prawda?

– Nie wiem – odparła Hermia. – Wątpię.

– Nie umiem majstrować w drewnianych urządzeniach – argumentował Alf. – Takich jak w młynach wodnych i wiatrakach.

– Wszystko, co trwałe, na pewno jest z metalu – stwierdziła Hermia.

– Co pokazuje – wytknął jej – że nic nie wiesz o wytrzymałości żeliwa w porównaniu z drewnem.

– Jeśli chcecie, zostańcie tutaj, wasza sprawa – skwitowała Hermia. – A ja wrócę do mojej Rodziny i spytam, czy chcą, żebym spróbowała przenieść flotę okrętów na oceany Westilu.

– Jeden dobry mag wiatru albo morza posłałby wszystkie na dno – zauważyła Gerd.

– Mamy magów, którzy mogliby temu zapobiec i w odróżnieniu od miejscowych przeszli przez Wielkie Wrota. Jakoś sobie poradzimy.

– Dlaczego najpierw przyszłaś do nas? – spytał Alf.

– Bo moja Rodzina uważa mnie za swoją własność, tak jak wy głupio uważaliście, że Danny jest waszą własnością. Uwięzili mnie na ponurej małej wyspie na Morzu Egejskim.

– Jak można uwięzić maga wrót?

– Byłam w stanie zawieszenia. Danny za karę odebrał mi wszystkie moje wrota, a jeszcze nie nauczyłam się przenosić bez nich.

– Wygląda, że całą swoją moc zawdzięczasz Danny'emu.

– I jestem mu wdzięczna. On też sporo się ode mnie nauczył. Myślę, że jesteśmy kwita.

– Mam pomysł – oznajmiła Gerd. – Zabierz jedno z nas na Westil w tej chwili i zobaczymy, czy w ogóle jest o czym mówić.

– Jedno z nas? – zdumiał się Alf.

– Jeżeli jej celem jest usunięcie nas z Mittlegardu, nie będzie mogła zrobić tego nam obojgu naraz – tłumaczyła. – Ty zostaniesz tutaj, żeby zniszczyć jej Rodzinę i utrzymywać cały ten arsenał w stanie używalności dotąd, aż Mittlegard i pozostałe Rodziny padną przed nami na kolana.

– Mogłaby po prostu wrócić i mnie zabić. Albo zabrać, gdzie jej się podoba. Maga wrót nikt nie okiełzna – odparł Alf.

– Oprócz innego maga wrót – przypomniała Gerd.

– To prawda – powiedziała Hermia. – Gdybym zdradziła jego matkę, porzuciła ją na Westilu, Danny podjąłby stosowne działania.

– Sądzę, że może cię zabić, kiedy zechce – stwierdziła Gerd.

– Cóż, nawet jemu niełatwo byłoby mnie zabić. Ale Danny nie jest typem zabójcy. Nie, po prostu sprowadziłby cię z powrotem na Mittlegard i dopilnowałby, żebym nie mogła wam nic zrobić. Proszę bardzo, macie więc gwarancję, że ta bogini-psotnica nie spróbuje was oszukać.

Gerd wyciągnęła dłoń.

– Zabierz mnie tam.

Hermia wzięła ją za rękę i spojrzała na Alfa.

– Dasz radę znieść rozłąkę z kobietą, którą kochasz?

– Nie na długo.

– No nie wiem. Oboje musicie zobaczyć na Westilu jak najwięcej, żebyście mogli sami ocenić, co tam możecie zwojować – powiedziała Hermia.

– Widać, że nigdy nie miałaś męża – stwierdziła Gerd.

– Od dziesiątków lat blisko ze sobą współpracujemy – wyjaśnił Alf. – Gerd zobaczy wszystko, co zobaczyłbym ja. Zrozumie wszystko, jak zrozumiałbym to ja. I wiem, że z tobą powinna się czuć bezpieczna, bo w przeciwnym razie moja zemsta będzie straszna.

– Zemsta Danny'ego – powiedziała Hermia.

– Dla ciebie to bez różnicy – stwierdził Alf.

I oto była na Westilu. W kamiennym kręgu, jak poprzednio. Hermia wciąż trzymała ją za rękę – dziewczyna przynajmniej nie zostawiła jej na pastwę losu, dobre i to.

– Gdzie jesteśmy? – spytała Gerd.

Hermia rozejrzała się.

– To ciekawe, że przeprawa między światami mimo wszystko zawiera w sobie element przypadku. Zamierzałam przenieść cię z powrotem do łapacza wrót, z którego korzystaliśmy przedtem. Tymczasem jesteśmy w górach z widokiem na piaszczystą pustynię. Gdybym miała zgadywać, powiedziałabym, że to Dapnu Dap, ale stąd trudno poznać, czy ta pustynia jest częścią tak ogromnej całości.

– Jak widać, przejście ze świata na świat odbywa się na chybił trafił. Za to teraz jesteśmy w konkretnym miejscu, więc powinnaś być zdolna przenieść się stąd w każde inne znane miejsce.

– Gdybyśmy były na Mittlegardzie, owszem, bo tam znam większość miejsc, w które mogłybyśmy chcieć przejść. Tutaj nigdy nie miałam okazji się zadomowić.

– To zabierz mnie z powrotem do Alfa.

– Musimy zebrać informacje – powiedziała Hermia. – Chodźmy na przeszpiegi.

– Nie powinnyśmy się najpierw przebrać? – spytała Gerd. – Idę o zakład, że te stroje będą się rzucać w oczy.

– Buty masz niepraktyczne, to prawda. Naprawdę chodziłaś w nich na Tajwanie?

– Chodziłam po moim domu. A skoro prowadzisz mnie wszędzie za rękę, tutaj pewnie też się nie nachodzę na świeżym powietrzu.

– Danny ma trochę racji, kiedy mówi o arogancji Rodzin.

– Poczynając od ciebie, moja droga – odparowała Gerd. – Rozejrzyjmy się, gdzie można by zrobić zakupy.

– Tutaj nie przyjmują American Express.

– Ale na pewno nie będą mieli nic przeciwko temu, że weźmiemy sobie parę rzeczy w promocji. Pod hasłem „bierz i w nogi". Myślisz, że uda nam się uciec?

– Ciekawe, jak fatalny jest nasz akcent.

– Wy, magowie wrót, macie taki dar do języków, że na pewno przyswoisz miejscowy w mgnieniu oka – stwierdziła Gerd. – I nie mam nic przeciwko temu, żebyś mówiła za nas obie.

Kiedy zapadł zmierzch, miały już stroje dam z wyższych sfer miasta i portu rzecznego Ny, stolicy Nefyryd, i znały zaskakująco wiele ciekawych, ale zapewne bezużytecznych faktów dotyczących przemysłu bawełniarskiego i tkackiego, a także szlaków wodnych i lądowych, którymi do Nefyryd trafiały bogactwa z innych królestw.

Same w zamożnym domu, który, jak wcześniej ustaliła Hermia, stał pusty, rozmyślały nad swoim następnym posunięciem.

– Możemy założyć – mówiła Hermia – że plotki o wielkim Burzowniku z Hetterwee są prawdziwe, i że Danny jakimś sposobem powstrzymał spustoszenia czynione przez Sierotę Cedrica, który nie wrócił po przejściu przez pierwsze Wielkie Wrota.

– Ale to nam nie mówi, gdzie Danny jest – zauważyła Gerd. – Dziwne, że jeszcze do nas nie przyszedł.

– Nie stworzyłyśmy wrót – odparła Hermia. – Przynajmniej takich, jakie on i Loki rozpoznaliby od razu. Nie wiem, czy Danny może wyczuć tego rodzaju przeskok, jaki zrobiłyśmy, czy nie. Loki prawie na pewno nie. A jeśli Danny nas wyczuł, może czeka, żeby zobaczyć, co zrobimy.

– Albo jest zajęty.

– Co ważniejsze, jak oceniasz swoją potencjalną moc tutaj, na Westilu?

– Maszyny są prościuteńkie. Nie ma nawet porządnego zegara. I nic nie wskazuje, że gdzieś jest jakaś wyższa technologia, bo tutejsi są dość majętni, by sprowadzać z całego świata wszystko, co cenne i interesujące.

– Przyjemny klimat. Jesteśmy prawie w strefie tropikalnej, jeśli tu w ogóle używają tego określenia, ale nie jest tak parno i duszno jak, powiedzmy, w Manaus czy nawet Hawanie.

– To miasto, Hermio, jako takie nieszczególnie mnie interesuje.

– Ny panuje nad jednym z największych i najbogatszych narodów Westilu.

– Gospodarka monokulturowa.

– Mało jesteś spostrzegawcza. Eksportują też żywność, jak Ameryka. Zwłaszcza na północne wyspy. Są samowystarczalni, jeśli chodzi o produkcję większości metali, bo północne rubieże Nefyryd sięgają daleko w głąb pogórza Gór Wysokich...

– Mitherkame – powiedziała Gerd.

– Miejscowi unikają tego słowa – odparła Hermia. – Jest zbyt święte.

– Zawsze tak było. Dlatego nazywamy ten świat Westilem, nie Mitherhame, a tym bardziej Mitherkame. Nie widzę jednak powodu, dla którego nie miałybyśmy nazywać rzeczy po imieniu, kiedy jesteśmy same.

– Myślisz, że czołgi i śmigłowce szturmowe zrobiłyby tutaj wrażenie? – spytała Hermia.

– Oczywiście. Ale Cortés i Pizarro nie zwyciężyli dzięki prymitywnym muszkietom i armatom, które z sobą przywieźli. Wojownicy Inków i Azteków mieli taką przewagę liczebną, że mogliby ich zmiażdżyć w mgnieniu oka. Nie, przesądziło to, że najeźdźcy poznali miejscową kulturę dość dobrze, by skutecznie prowadzić różne gierki psychologiczne.

– Zawierali też sojusze. Przynajmniej Cortés.

– Dlatego – ciągnęła Gerd – ten świat daje nam pewne możliwości. I... choć nie jestem Przyjaciółką Łąki, miałam wrażenie, jakby każde ziarnko pyłku w powietrzu serdecznie mnie tu witało. Jakbym stworzona była do oddychania tutejszą atmosferą. Niesamowite, wręcz upajające uczucie.

– Prawda? – Hermia odetchnęła głęboko. – Teraz chyba wypadałoby, żebyśmy wróciły do Odyna i uspokoiły go, że nie uwięziłam cię gdzieś w lodach Antarktyki.

– A mimo to wciąż czuję...

– Zgaduję, że korci cię, żeby odstawić jakiś złośliwy numer. Myślałam, że tylko magowie wrót tak mają.

– Przez cały pobyt tutaj starałyśmy się być niewidoczne – mówiła Gerd. – I słusznie. Tyle tylko, że... Czy nie powinnyśmy pokazać ludziom, że był wśród nich Jeździec Światła? Nie mogę wyłączyć impulsem elektromagnetycznym ich komputerów i telefonów komórkowych. Ale co powiesz na widowiskowy pokaz gromów z jasnego nieba?

– Imponujące, owszem – przyznała Hermia. – Tylko czy to wystarczy? Jeśli idea jest taka, żeby przybyć tutaj i zawrzeć sojusz z Nefyryd, czy ten pokaz nie powinien mieć jakiegoś konkretnego celu? Służyć czemuś?

– Na razie nie chcę się ujawniać.

– Zgoda. Pozostaniemy anonimowe. Ale wykorzystaj błyskawice, żeby pokazać ludziom, że jesteś po ich stronie. Że bóg zstąpił z niebios, żeby ich chronić.

– Kto jest ich konkurentem handlowym? File Apwor, Barliham, Ru, Nix...

– Nix leży na dalekiej północy. A chyba tam działa Loki. Tak przynajmniej wynikało z tego, co mówił Danny.

– Więc załóżmy, że pioruny uderzą tylko w statki Nix.

– Może ich nie niszcz. Nie chcę, żebyśmy rozpętały wojnę morską.

– Nie, ale... pokażemy, że nie są niezniszczalne – powiedziała Gerd. – Tak sobie myślę... Ogromne błyskawice na niebie, ale tylko małe tańczące światełka na wszystkich statkach pod banderą Nix.

– Może zamiast tego... małe ogieńki na szczytach masztów? – zasugerowała Hermia. – Tak że nikt nie zginie, żaden statek nie pójdzie na dno, ale załogi będą musiały w pośpiechu ugasić pożary, a potem jeszcze może przeprowadzić drobne naprawy przed wypłynięciem?

– Jeśli spotka to tylko statki Nix – zastanawiała się Gerd – co w taki sposób pokażemy? Że jesteśmy przyjaciółmi Ny? Czy wrogami Nix?

– Na razie to chyba bez znaczenia – stwierdziła Hermia. – Grunt, że zapoczątkuje plotki. Takie jak o Burzowcu z Hetterwee. Ludzie już snują przypuszczenia, że gdzieś otworzyły się Wielkie Wrota. Dajmy im kolejny materiał do przemyśleń.

Z tarasu domu miały doskonały widok na wszystkie statki przycumowane do nabrzeży i zakotwiczone na rzece. I kiedy Gerd rozpuściła po niebie węże piorunów, bez trudu można było dostrzec bandery na masztach. Pięć z nich miało barwy Nix i Gerd ściągnęła ku nim smużki błyskawic, żeby je oświetlić, a potem zwiększyła moc wyładowań i skierowała je na czubki masztów, tak że te stanęły w ogniu.

Bandery natychmiast się zajęły i w porcie wybuchła wrzawa i zamieszanie. Dwa statki stały na cumach, więc ludzie mogli od razu wbiec z nabrzeża na pokład, żeby ugasić płomienie. Dwa inne kotwiczyły blisko brzegu i łodzie szybko powiozły do nich ochotników pragnących pomóc tym, którzy już walczyli z ogniem.

Na każdym ze statków błyskawicznie zdjęto górną część płonącego masztu z gniazda i, po przecięciu szotów i lin, wyrzucono za burtę. Miejscowi nie znali urządzeń, które dostarczyłyby wodę na szczyt masztu. Może Alf im jakieś wynajdzie. Układ pomp. Łódź strażacka, która mogłaby gasić ogień, stojąc z dala od płonącego statku.

– Niedobrze – zaniepokoiła się Hermia. – Tamten pożar wymyka się spod kontroli.

Ogień na statku kotwiczącym najdalej od brzegu sięgał już pokładu. Wyglądało, że nikt nie próbował go gasić, i nawet gdyby popłynęła tam jedna z łodzi, nie miała szans zdążyć na czas.

– Powinni byli zostawić część załogi na pokładzie – irytowała się Hermia. – Zamiast puścić wszystkich do miasta na chlanie i dziwki.

– Może są na statku – podsunęła Gerd. – Śpią pod pokładem i nie słyszą krzyków z zewnątrz.

– Pewnie tak zalani, że nic ich nie obudzi. Normalnie nikt nie mógłby spać przy takim huku piorunów. Dość głośny ten twój pokaz.

– Musisz iść ich obudzić, żeby zdążyli zejść ze statku – zdecydowała Gerd.

– Nikogo nie ma na pokładzie – odburknęła Hermia.

– Nie wiadomo. Jeśli to ma wyglądać jak salwa oznajmiająca przybycie wielkiego maga, nikt nie może zginąć.

– Rozumiem. Oczekujesz, że pójdę tam, na płonący statek, i wszystkich obudzę?

– I przeniesiesz na ląd, jeśli zajdzie potrzeba.

– Mogę ich zabierać tylko pojedynczo. A jeśli będzie ich za dużo?

– Dopiero co mówiłaś, że nie ma nikogo. Idź, zanim statek spłonie, żeby nie było za późno.

– Jak widać, muszę naprawiać skutki twojej nieudolności.

Zanim Gerd mogła ją ponaglić krzykiem, Hermia uśmiechnęła się szeroko.

– Chylę czoło przed twoją niezrównaną mądrością, o czcigodna staruszko. – I zniknęła.

Po kilku minutach zjawiła się z powrotem na tarasie.

– Tylko jeden człowiek i tak, pijany w sztok. Omal się nie zaczadził, ale przeniosłam go do wody i to oczywiście go od razu uleczyło.

– A nauczyło go pływać? – spytała Gerd.

– Chyba wszyscy marynarze umieją pływać?

– Greczynka powinna znać odpowiedź na to pytanie.

– Cóż, ostatnio wymagają tego od wszystkich członków załogi każdego statku w naszej flocie, ale dawniej… I fakt, masz rację, już jest cały pod wodą.

Hermia zniknęła i tym razem wróciła przemoczona do suchej nitki.

– Nie miałam nastroju na wieczorną kąpiel. – Otrząsnęła się lekko. – Ale przeniosłam go w pobliże łodzi, która płynie do jego statku, i już wciągają go na pokład. Oczywiście, przy okazji cofnęłam skutki podtopienia. Miło, że niektóre rzeczy mogę robić bez żadnego wysiłku.

Najdalszy statek stał cały w płomieniach.

A dwie łodzie, które płynęły w jego stronę, nagle zawróciły i pomknęły z powrotem do brzegu.

– No, no – powiedziała Gerd. – Chyba osiągnęłyśmy więcej, niż można było przypuszczać.

– Jak to? – zdziwiła się Hermia. – Zobaczyli, że sprawa jest beznadziejna, i wracają.

– Z taką prędkością? Nie, sądzę, że ktoś na tym świecie wynalazł proch strzelniczy albo inny materiał wybuchowy, i że ten statek jest nim wyładowany po brzegi.

Jak na zawołanie, płonący statek zniknął w kuli ognia i potężny huk wstrząsnął tarasem, a z wnętrza domu dobiegł brzęk tłuczonego szkła i ceramiki.

– Pewnie materiały wybuchowe używane w górnictwie, nic więcej – stwierdziła Hermia.

– Kopalnie drąży się z pomocą Przyjaciół Kamieni i Braci Skały – zauważyła Gerd. – Jesteśmy na Westilu. Tutaj magia nie jest tajemnicą, a technologia nie jest rozwiązaniem.

– Fakt – przyznała Hermia.

– Nix przywiózł materiały wybuchowe z innego powodu. Teraz grzecznie pozwolimy Nixanom wytłumaczyć, dlaczego zakotwiczyli ten statek tak daleko od brzegu i zostawili na pokładzie tylko jednego wartownika. Co zamierzali? W jakim celu wysłali ten statek do samego Ny?

– Masz serce maga wrót – powiedziała Hermia.

– W pudełku na górnej półce – odparła Gerd. – No dobrze, zabierz mnie z powrotem do męża. Pewnie zgodzi się ze mną, że musimy ustalić, czy Nix osiągnął na tyle wysoki poziom rozwoju technologicznego, żebyśmy mogli coś zdziałać.

# Rozdział 14

– Wolałbym, żebyś tego nie robiła – rzekł Klucha, Anonoei wiedziała jednak, że nie mógł jej powstrzymać. A skoro tak, to nawet nie spróbuje.

– Możesz pójść ze mną i patrzeć – zaproponowała.

– Myślisz, że jestem temu przeciwny, bo boję się o ciebie, ale to nie tak. Wiem, że możesz uciec w mgnieniu oka. Nadal nie rozumiem, na czym to polega ani jak Danny North cię tego nauczył. Ale sama jesteś bezpieczniejsza niż ze mną.

– Więc dlaczego nie chcesz, żebym to zrobiła? Najazd Frostincha na Iswegię to ostatnie, czego nam teraz trzeba, i zamierzam mu zapobiec.

– Wiem, że od czasu, kiedy przejęłaś moce Bexoi, ćwiczyłaś ich używanie.

– Byłabym głupia, gdybym tego nie robiła.

– Nie chcę, żeby Frostinch skończył w płomieniach – rzekł.

– Nie ma powodu, żeby tak się stało – zapewniła.

– Jest głupim, samolubnym pokurczem i otruł własnego ojca, ale tylko dlatego, że go namówiłaś.

– Przyjmuję za to odpowiedzialność – odparła.

– Wcale nie i nigdy tego nie zrobisz, bo wtedy ludzie mogliby zrozumieć, że piękne ciało Bexoi nie zawiera już szpetnego małego preta Bexoi.

– Ale przyjmuję odpowiedzialność w głębi ducha.

– I nie masz najmniejszych wyrzutów sumienia.

– Ojcem Frostincha był jarl Grayu, który zmusił ojca króla Prayarda do podpisania pokoju na upokarzających warunkach, a samego Prayarda do poślubienia Bexoi. Nie mogę zbyt rzewnie opłakiwać jego niefortunnego zejścia.

– A kiedy będziesz w obecności Frostincha, jego mordercy i następcy, przyjdzie ci do głowy, że Frostinch przerażony nie jest nawet w połowie tak użyteczny, jak Frostinch martwy.

– Na pewno tam na to nie wpadnę – zauważyła Anonoei – bo powiedziałeś mi to tutaj.

– Są na świecie ważniejsze sprawy niż to, czy największą potęgą Północy jest Iswegia czy Gray.

– Ważniejsze dla ciebie, Klucho. Jeszcze nie rozumiesz? Teraz to Danny wszystkim rządzi.

– Danny nie ma wrót – przypomniał.

– I ich nie potrzebuje – oświadczyła Anonoei. – A gdyby miał wrota, mógłby ich używać Set.

– Danny myśli, że ma władzę nad Setem, i dlatego będzie próbował robić różne głupstwa.

– Danny powiedział ci, że wie, że nie może być pewny swojej władzy nad Setem i dlatego nigdy go tu nie sprowadzi.

– Dopóki nie zmieni zdania.

– Tylko ty jeden jesteś mądry – prychnęła Anonoei.

– Tylko ja jeden przeżyłem tysiąc lat. Nauczyłem się być nieustępliwy, Danny North nie.

– Chcesz, żebym porzuciła walkę o wyzwolenie mojego ludu, który żyje pod wrogą okupacją, i pomogła ci w przygotowaniach do boju, który trwa już tylko w twoich koszmarach.

– Otóż to. Bo mój koszmar jest nieskończenie gorszy od drobnych upokorzeń, których Iswegia doznaje z rąk Grayu.

– Nie kłóćmy się, Klucho. Obiecuję, że nie zabiję Frostincha.

– Nie powinnaś narażać dziecka króla Prayarda na niebezpieczeństwo.

– Nie ma żadnego niebezpieczeństwa.

– Przez co chcesz powiedzieć, że to nie twoje dziecko. Ale jest dzieckiem ciała, w którym jesteś, jedynego ciała, które może dać ci dziecko w przyszłości, więc tak samo możesz je uznać za własne.

– Mam już dwóch synów, prawdziwych synów, na Mittlegardzie. Kiedy sprowadzę ich do domu...

– Król Prayard każe ich zabić, bo są bękartami z łona jego nałożnicy i stanowią zagrożenie dla prawowitego następcy tronu. Jak mu wytłumaczysz, Bexoi, że tak naprawdę jesteś jego nałożnicą? Jak go przekonasz, że nie oszalałaś?

– Klucho, przyszłam do ciebie przez grzeczność, bo uważałam cię za przyjaciela. Widzę jednak, że chcesz mieć nade mną władzę...

– Próbuję cię przekonać.

– Raczej narzucić mi swoją wolę.

– Chcę, żebyś pomogła mi ocalić Westil.

– Mam moce Bexoi, a także własne, spotęgowane przejściem przez Wielkie Wrota. Kiedy zaprowadzę porządek na Północy, pomogę ci, gdzie tylko zechcesz.

– Wiem, że mówisz szczerze...

– Klucho, chyba wiesz, że gdybym chciała cię przekonać przy użyciu mojej mocy...

– Wiem, że powiedziałaś mi, że nigdy tak nie zrobiłaś.

– To prawda. Gdyby było inaczej, myślisz, że teraz traciłabym czas na spieranie się z tobą?

– Myślę, że wiesz, iż mam rację, i dlatego wolisz nie zadzierać z mądrzejszym od siebie. – Uśmiechnął się lekko na znak, że to tylko ironiczna uwaga, żart.

Anonoei jednak postanowiła powiedzieć mu coś zgodnego z prawdą, żeby skierować jego myśli na inne tory.

– Wiem, Klucho, że nie Danny North jest największym zagrożeniem dla Westilu. Ta samolubna, nieodpowiedzialna Greczynka kilka dni... nie, już tydzień temu znów tutaj kogoś sprowadziła.

– Nigdzie nie powstały Wielkie Wrota, a ona tak czy owak nie umie stwarzać wrót...

– Jak myślisz, ile czasu minęło, zanim ufny, dobroduszny Danny North nauczył ją tego, czego nauczył mnie?

– Ta umiejętność pozwala przemieszczać się między światami?

– Bez potrzeby stwarzania wrót.

– I wyczuwasz, kiedy ktoś to robi?

– Tak jak ty wyczuwasz wrota – odpowiedziała. – Wyczuwam też każdego, kto umiera, od chwili, kiedy jego pret opuszcza Mitherhame, aż do powrotu na Duat. To rozprasza, ale jest całkiem przyjemne. Jak swoista muzyka w tle mojego życia. Wielu ludzi umiera o każdej porze dnia i nocy.

– Gdzie ta Greczynka jest teraz?

– Zabrała kobietę z powrotem na Mittlegard. Spędziły tu tylko jeden dzień. W Ny, choć nie mam pojęcia dlaczego.

– Byłaś tam? Obserwowałaś je? Podsłuchiwałaś?

– Nie mogę podglądać przez miniaturowe wrota jak ty, Klucho. Albo jestem na miejscu, albo nic z tego. No i jestem w ciąży. Nie mam pojęcia, jakimi mocami włada magini, którą Greczynka przyprowadziła ze sobą. Dlatego nie zamierzam narażać dziecka na niebezpieczeństwo.

– Gdybyś mi powiedziała, że tu była, mogłem ją podsłuchać i podejrzeć, żeby zobaczyć, co jest grane.

– To idź tam teraz i wypytaj ludzi, czy tydzień temu zauważyli coś dziwnego.

– Muszę wiedzieć, co one planują.

– To wypraw się na Mittlegard i ją o to zapytaj. Nie mogłam ci powiedzieć, że tutaj była, bo nie wiedziałam, gdzie jesteś. Dziś spotykamy się pierwszy raz od czasu, kiedy to się stało, więc, jak widzisz, mówię ci o tym przy pierwszej okazji.

– Zawsze wiesz, gdzie jestem – powiedział Klucha.

– Może i tak. Ale jak by to wyglądało, gdyby brzemienna królowa ot, tak pojawiła się u twojego boku w czasie, kiedy prowadziłbyś jakąś delikatną rozmowę?

– Dopóki nosisz tę twarz, lepiej, żebyś nie uciekała się do głupawych wymówek ani nie pyszniła tym, że mnie przechytrzyłaś.

– Nie robię ani tego, ani tego, zapewniam cię. Nie próbuję tobą zawładnąć, chcę dać ci swobodę, jaką ty kiedyś dawałeś mnie.

– Tobą nikt nie zawładnie, więc masz pełną swobodę – powiedział Klucha.

– Taka prawda. – I to rzekłszy, przeniosła się na korytarz pałacu Frostincha.

Rzeczywiście, nie umiała w każdej chwili określić dokładnego położenia Kluchy, nie potrafiła tak jak on namierzać wrót i się do nich przemieszczać. Zostawiła w nim cząstkę siebie, podobnie jak we Frostinchu i wszystkich tych, na których wywierała wpływ – tym samym w gruncie rzeczy czyniąc ich swoimi braćmi serca. Ale dopóki nie zdecyduje się w pełni nim zawładnąć, nie będzie mogła go precyzyjnie zlokalizować w przestrzeni.

Jej nowy zmysł do pretów też niewiele pomagał. Potrafiła poznać, czy pret jest na jednym, czy drugim świecie, więc od razu się zorientowała, że Hermia przyprowadziła na Westil tę matronę rodu Northów. Potem jednak przez dobrych kilka godzin musiała się przenosić z miejsca na miejsce, zanim znalazła je na ulicach Ny, gdzie kradły sklepikarzom wytworne kobiece stroje. Myślała, żeby z nimi porozmawiać, ale uznała, że lepiej, by sądziły, że nikt nie wie o ich wizycie. Zastanawiała się też, czy nie powiedzieć o nich Klusze, ale zabrakło jej sił. W ciąży męczyła się, kiedy za długo stała, chodziła, a nawet po prostu czuwała. Długie poszukiwania tych kobiet dały jej tyle, że mogła powiedzieć Klusze, by to w Ny spróbował ustalić, co i czy w ogóle cokolwiek knuły. Na nic więcej nie było jej stać.

Mam wielką moc, a jednak wiele spraw pozostaje poza moim zasięgiem. Moc bogów jest znacznie przeceniana. Wciąż mamy tak ograniczone możliwości. Wyjątkiem jest Danny North. On, jak się zdaje, może zrobić wszystko, co mu przyjdzie do głowy.

Ktoś nadchodził. Nie był to dobry moment, żeby dać się nakryć. Anonoei przeniosła się więc w głąb korytarza – hop, hop, hop – bezszelestnie, niepostrzeżenie. Aż znalazła otwarte drzwi i weszła do środka.

Ludzie przechodzący obok komnaty rozmawiali ze sobą, ale o niczym ważnym. Nie powiedzieli nic, z czego mogłaby wywnioskować, gdzie jest Frostinch.

Cóż, wiedziała, jak trafić do jego sypialni, a nawet do jego wygódki. Jeśli nie mogła go dyskretnie zlokalizować, zaczeka, aż sam do niej przyjdzie.

Albo spali zamek.

Nie, nie. Nie po to tu jestem.

Poza tym kamień nie płonie.

Ale sufity są z drewna, a wszystkie gobeliny i dywany z tkanin.

I może kiedy Jeździec Światła o mocy Bexoi rozpala ogień, kamień nagrzewa się, pęka i rozpada. Gdyby płomienie były wystarczająco gorące, zamek mógłby runąć.

Wyobraziła sobie Kluchę mówiącego: „To się nazywa dyskretna demonstracja siły. Tylu zabitych, którzy nie zrobili nic poza tym, że służyli swojemu jarlowi".

I wyobraziła sobie, jak Danny patrzy na nią zimno, odwraca się na pięcie i odchodzi. Mimo że tak długo znała Kluchę i tak mocno go kochała, to właśnie myśl o dezaprobacie Danny'ego przyprawiła ją o drżenie.

Dlaczego? Co Danny mógłby jej zrobić? Nic a nic, zwłaszcza gdyby nadal odmawiał przybycia na Westil z powodu stwora, którego w sobie nosił.

A mimo wszystko, choć przekonywała samą siebie, że Danny jest bezsilny, podporządkowała się zakazowi, którego nawet nie mógł wydać, skoro go tutaj nie było. Tego wieczora w Graywald nie będzie ognia. Nie zginą prości ludzie. To Bexoi zabijała, żeby postawić na swoim – a nawet wtedy, kiedy nie zachodziła taka potrzeba. Anonoei przybyła tu, by zapobiec wojnie, do której wywołania sama kiedyś dążyła, żeby zwyciężyć Bexoi. Teraz to ona jest Bexoi i musi przeciąć własne intrygi. Była zaklinaczką ludzi o mocy zwielokrotnionej przejściem przez Wielkie Wrota, a teraz umiała jeszcze przemieszczać się szybko i niepostrzeżenie jak mag wrót. Zaklinaczka ludzi, magini ognia, magini wrót, wszystko to w jednym ciele, jej ciele; na pewno zdoła zyskać sobie posłuszeństwo Frostincha, nikogo przy tym nie zabijając.

Przyszedł do sypialni sam – oczywiście, że tak, o jego braku zainteresowania kobietami szeptało się w całym kraju jarlów Grayu. Zobaczył Bexoi, dopiero kiedy zamknął drzwi i zaczął się rozbierać.

– Jesteś zabójczynią? – Patrzył na nią, skrytą w cieniu. Przyjrzał się uważniej. – I to w ciąży. Dziwne, że akurat ciebie wysłali na taką misję.

– Nie jestem tutaj po to, żeby cię zabić. – Mówiąc, pobudziła do działania pozostawioną w nim cząstkę siebie, dzięki czemu poczuł ulgę, zaczął jej ufać. Nabrał przekonania, że tej kobiecie można wierzyć.

– Wobec tego nie będziesz miała nic przeciwko temu, że skorzystam z wygódki – powiedział. – Musiałem uciec z jadalni, żeby się wypróżnić, nie rażąc towarzystwa.

– Tylko nie wpadnij do środka – powiedziała wesoło. – Nasza rozmowa przyniesie korzyści nam obojgu.

Z tak bliskiej odległości wyczuwała, co czuł i czego pragnął. Prawdą było, że miał spore kłopoty z trawieniem. Prawdą było też, że nie czuł się bezpiecznie w swojej wygódce. Dobrze pamiętała, jak zaskoczyła go tam poprzednim razem.

Dlaczego przyszłam tu osobiście?, zastanawiała się. Bexoi potrafiła stworzyć klanta tak realistycznego, że krwawił. Ja nawet nie spróbowałam. Wysłać klanta na tę misję...

Wtedy jednak nie mogłaby być tak blisko, tak dobrze go rozumieć, tak silnie na niego wpływać. Czekała więc cierpliwie, ciekawa, czy jeśli usiądzie na jego łożu, jej władza nad Frostinchem osłabnie. Stanie było takie męczące, bolały ją plecy.

Stała jednak dalej. Znosiła ból. Słuchała donośnych odgłosów wypróżniania się Frostincha i była zadowolona, że nie jest z nim w jednym pomieszczeniu.

I wtedy zobaczyła, że obok niej stoi Klucha.

– Pomyślałem, że chciałabyś to wiedzieć – szepnął. – Hermia i matka Danny'ego trochę się popisywały w Ny. Próbują wywołać wojnę morską między Nix a Ny.

– Ciągnie swój do swego – skomentowała Anonoei.

– Mówisz o Nix i Ny czy o Hermii i Gerd? – spytał Klucha.

– To tak matka Danny'ego ma na imię? Przykre.

– A tutaj jak się sprawy mają?

– Czekałam, aż przyjdzie do swojej komnaty, żebyśmy mogli pomówić na osobności. Teraz czuję, że jest mu... lżej.

– Pozwól, żebym przysłuchiwał się waszej rozmowie – poprosił.

– Nie ufasz mi.

– Jesteś w ciele Bexoi, zdolnej do zadziwiającego gniewu i okrucieństwa. Na pewno panujesz nad tymi uczuciami?

– Jestem zaklinaczką ludzi, marny, przemądrzały posługaczu. Odejdź, proszę.

– Nie mogę obserwować mistrzyni manipulacji w akcji?

– Idź.

– Boisz się, że rozpoznam techniki, które stosowałaś wobec mnie?

– To, co działa na Frostincha, nie podziałałoby na ciebie. Wraca, zabieraj się stąd.

Drzwi wygódki otworzyły się; Anonoei nie musiała spojrzeć, by wiedzieć, że Klucha zniknął. Cokolwiek o nim powiedzieć – a fakt faktem, miał naturę psotnika – nie zniweczyłby z premedytacją tego, czego chciała tu dokonać.

– Kim więc jesteś? – spytał Frostinch. – Skoro masz takie pokojowe zamiary.

– Nie pamiętasz mnie, drogi chłopcze?

Frostinch wyjął świecę z kinkietu na ścianie.

– Pełniejsze policzki, ale to skutek ciąży. Sądzę, że jesteś moją ciotką Bexoi, królową Iswegii. Zadziwiające, że udało ci się przybyć tutaj bez ceremonii. Ani zaproszenia.

– Tyle byłoby dyplomatycznych zabiegów i przygotowań, gdybym miała przyjechać z wielką pompą. A tak wiele jest spraw, które możemy uzgodnić we dwoje.

– Zdaje się – odparł Frostinch zimno – że spór toczy się między Prayardem a mną.

– Historia jest ciężkim łańcuchem, który za sobą wleczemy. Przed tysiącem lat Iswegia podbija Gray, zajmuje połowę naszego wybrzeża, przenosi swoją prastarą stolicę Kamesham nad odnogę morza na odebranej nam ziemi i staje się morską potęgą, jaką Gray nie był nigdy.

– Nie zapominaj, że zmusili króla Grayu, żeby przystał na swoją degradację do rangi jarla.

– Który to tytuł twoi przodkowie zamienili w synonim króla.

– Historia nie zawsze obraca się przeciwko nam.

– Zadawnione urazy. Owszem, ta odwieczna nienawiść dała twojemu ojcu siłę do tego, żeby pokonać Iswegię. Zwycięstwo jednak nie było dość przekonujące, by wyrównać stare krzywdy, zwłaszcza że ludzie zamieszkujący nasze dawne ziemie teraz już są zdeklarowanymi Iswegami.

– Ktoś mi kiedyś powiedział – odparł Frostinch – że planujesz zabić Prayarda, kiedy tylko urodzisz syna, by potem sprawować władzę w imieniu królewicza i ponownie podbić Gray.

– Wierzysz we wszystko, co ci mówią?

– Powiedziano mi też, że jesteś wielką maginią ognia.

– Tyle plotek o skromnej Dziewczynie Pióra.

– Co tu właściwie robisz?

– Jestem siostrą twojego ojca – powiedziała Anonoei. – Wychowywałam się w Grayu. Nie chcę, żeby zginął choć jeden mężczyzna z Grayu ani żeby choć jedna kobieta z Grayu została wdową. A że teraz jestem też królową Iswegii, pragnę, aby i w tym kraju nikt nie stracił życia.

– Czyli jesteś tutaj, żeby zawrzeć pokój. Dlaczego miałbym ci wierzyć?

Bo napełniam cię zaufaniem i zadowoleniem.

Tyle że był jeden mały kłopot: mogła wpływać tylko na pragnienia już obecne w duszy rozmówcy. A w Frostinchu nie wyczuwała najmniejszej chęci zawarcia pokoju. Dziwne.

– Wiem, że nie zależy ci na pokoju.

– Pokój znaczy tyle, co „czekam na dobrą okazję" – powiedział Frostinch. – Ale jeśli mnie odpowiednio zachęcisz, poczekam dłużej.

– Pozwól, że pomogę ci zdefiniować „czekanie na dobrą okazję". Chciałabym, żeby to znaczyło „do końca życia".

– Czemu nie? Pokój do końca mojego życia. Proszę bardzo. Umowa stoi.

Pokręciła głową.

– Tyle się namęczyłeś w tej małej klitce, a jeszcze ci gówno ustami wychodzi.

Wzruszył ramionami.

– Pragnę cię zadowolić, bo domyślam się, że pomaga ci mag wrót. Jak inaczej mogłabyś niepostrzeżenie dostać się do tego zamku?

Anonoei przemieściła się za jego plecy.

– Dlaczego uważasz, że potrzebuję pomocy jakiegoś maga?

Kiedy zaczął się odwracać, przeniosła się z powrotem w miejsce, gdzie przed chwilą patrzył.

– Pamiętasz kobietę, która kiedyś była tu u ciebie? Wiem, co ci powiedziała. Mogę to zacytować słowo w słowo. Wiesz, była zaklinaczką ludzi. Odebrała ci wolną wolę. Inaczej na pewno nie zabiłbyś mojego brata.

Zaplątał się we własne nogi, próbując odwrócić się twarzą do niej.

– Nie wiem, o czym...

– Przyszła do ciebie, kiedy byłeś w wygódce. Wmówiła ci, że jestem potworem. Ostatecznie jednak przeliczyła się ze swoimi siłami. Raz przyłapałam ją bez jej zaprzyjaźnionego maga wrót i niestety, poniosły mnie nerwy. Próbowała zawładnąć mną, tak jak zawładnęła tobą, ale ja jestem z twardszej gliny ulepiona. Ona zaś okazała się... łatwopalna.

Anonoei, która już umiała z wyczuciem władać mocą Bexoi, zaczęła podgrzewać ciało Frostincha. Tylko trochę, do lekkiej gorączki. Pot zrosił mu czoło.

– Ciepło ci? – spytała. – Za ciepło? Czyżbyś się rozchorował?

Szybko schłodziła jego ciało.

Zadrżał.

– A to co... masz febrę? Dlaczego drżysz? Chyba nie ze strachu przed ciotką, co?

Bez trudu podsyciła płomyki wszystkich świec w kinkietach i zaraz zgasiła. Czuła jego strach, wiedziała, jak go sprowokować i do czego.

W ciemności słyszała każdy ruch Frostincha. I zgrzyt wysuwanego metalu.

Zapaliła siłą woli wszystkie świece i w tej samej chwili Frostinch wbił sztylet w jej brzemienny brzuch. W dziecko.

Natychmiast wykonała skok w przestrzeni i jej ciało oraz dziecko się uzdrowiły.

– Frostinchu. Naprawdę myślałeś, że to takie proste?

Trzymał sztylet przed sobą, wymierzony ostrzem w nią.

– Nawet nie krwawisz. A wiem, że się wbił.

– Wbił się w co?

– Tam, gdzie tkanina jest rozdarta. W brzuch.

– Frostinchu, pozwól, że ci to wytłumaczę. Zaklinaczka ludzi, która była tu przede mną, nie mogła mną zawładnąć. Nie da się mnie zabić. Każdy okręt, który poślesz przeciwko Iswegii, spłonie do szczętu. Jeśli twoja armia spróbuje przekroczyć granicę lądem, ze wszystkich skutych lodem szczytów górskich zejdą lawiny. Kto nie zginie pod śniegiem, utonie w powodzi. Bądźmy szczerzy, stoisz na straconej pozycji.

Napełniła go strachem i rozpaczą.

– Nie ma potrzeby, żebyśmy ze sobą walczyli. Chcę, żebyś zachował władzę, było nie było, zdobyłeś ją kosztem własnego ojca, wypada, byś też coś z tego miał.

– Skąd mam wiedzieć, że naprawdę mówisz w imieniu króla Prayarda? Ty jesteś tylko kobietą, on jest władcą.

– Nareszcie myślisz jak bystry chłopak, którym kiedyś byłeś. Jeśli mam ocalić twoje życie i twoje rządy, musimy przekonać mojego męża, że można ci zaufać.

– Pewnie, że można. – I w tej chwili, przerażony tym, jak wielką miała władzę nad jego ciałem, mówił całkowicie szczerze.

– Nie zaskarbisz sobie jego zaufania, jeśli dalej będziesz trzymał sztylet wymierzony we mnie i upierał się, że dźgnąłeś mnie w łono.

Rzucił sztylet na łoże.

– No dobrze. Stoisz przede mną w samej tunice i bez broni. To dobry początek. Tyle że, oczywiście, dopóki jesteśmy tutaj, w Graywald, mój mąż nie może zobaczyć, jaki jesteś nieszkodliwy. Musimy przenieść się do Kamesham.

– Nie – zaprotestował Frostinch. – Tam moje życie warte jest mniej niż zardzewiały gwóźdź.

– Fakt – powiedziała Anonoei. – Ale tak się szczęśliwie składa, że zaraz odejdą mi wody. Prawdę mówiąc, chyba zaczynam rodzić.

Usiadła na łożu, padła na plecy, podniosła kolana wysoko i stękała.

– Och, bratanku mój Frostinchu, myślę, że trzeba, aby ludzie zobaczyli, jak pomagasz mi przy porodzie.

– Nie wiem jak...

– Stań w nogach łóżka, tam, między moimi nogami, otóż to, bardzo dobrze. Teraz chwyć moje nogi tuż pod kolanami, jedną i drugą. O tak. I kiedy zobaczy cię król Prayard, nic nie mów, zostaw to mnie.

– Przecież nie możesz...

– Trzymaj mnie za nogi, drogi bratanku, i przestań chlapać ozorem.

Posłusznie umilkł i w tej samej chwili przeniosła się do własnego łoża. Ulżyło jej, kiedy zobaczyła, że zabrała Frostincha ze sobą. Nie wiedziała, czy to dlatego, że ściskał jej nogi, czy dlatego, że próbowała włączyć go w półcień swojego preta. Może to wymagało i dotyku, i świadomego działania.

Kiedy Anonoei zjawiła się w łożu, w komnacie były dwie jej służące. Natychmiast wydała głośny jęk, jakby rodziła. Dobrze pamiętała, jak to się odbywa. Zaczęła przeć.

Kobiety wrzasnęły z przerażenia.

– A to kto?! – krzyknęła jedna.

– Dziecko jest w drodze? – spytała druga.

– Zawołajcie akuszerkę! – krzyknęła Anonoei. – I króla!

Obie kobiety wybiegły z komnaty.

– Naprawdę rodzisz? – odezwał się Frostinch cicho.

– Oczywiście, że tak. – Nie mówiła prawdy, ale wiedziała, że Klucha ją obserwuje i w odpowiedniej chwili pomoże dziecku z niej wyjść. Powiedział jej już, że się odwróciło i jest gotowe do narodzin. Ona sama od pewnego czasu odczuwała lekkie bóle. Klucha dopilnuje, żeby dziecko było zdrowe.

Prayard przyprowadził ze sobą oddział zbrojnych – bo służące powiedziały mu o nieznajomym, który nagle pojawił się wraz z Bexoi nękaną bólami porodowymi.

– Przybył na moje wezwanie! – krzyknęła Anonoei, kiedy tylko Prayard wszedł. – A teraz pójdź do mnie, mężu! Pomóż naszemu dziecku przyjść na świat!

– Frostinch! – Prayard dopiero w tej chwili rozpoznał intruza.

– Niech to dziecko będzie zrodzone ze współpracy między Grayem i Iswegią! – wykrzykiwała. – Niech wszyscy wiedzą, że mój mąż i mój bratanek wspólnie pomogli mi wydać na świat to dziecię dwojga narodów!

Wydobyła z siebie rozpaczliwy okrzyk bólu i, jak na zawołanie, poczuła, że dziecko zaczyna wychodzić, że jej mięśnie się kurczą. Poród zaczął się na dobre. Klucha jej nie zawiódł. A może ciało Bexoi było niezwykle podatne na sugestię.

Prayard podszedł niepewnie i stanął obok Frostincha.

– Co mam robić? – spytał.

– Wiem nie więcej niż ty – odparł Frostinch. – Prosiła, żebym pomógł jej się zaprzeć nogami.

– To ja przytrzymam tę nogę – powiedział Prayard.

– Tak! – krzyknęła Anonoei.

Wpadła zaaferowana akuszerka.

– Co tu robią mężczyźni?

– Przyszli na mój rozkaz! – krzyknęła Anonoei i akuszerka, podobnie jak obaj władcy, mogła się tylko podporządkować. – I wzywam zbrojnych na świadków, że król i jarl trzymali mnie, kiedy rodziłam syna!

Akuszerka wepchnęła się między dwóch mężczyzn.

– Nie moja wina, jeśli dziecko umrze – mruknęła do nich.

Ale to nie zachwiało ich postanowieniem, by robić to, czego Bexoi, a przynajmniej kobieta, którą mieli za Bexoi, od nich żąda.

Poród przebiegł szybko i gładko. Chłopiec był zdrowy, nie miał mizernego, cherlawego wyglądu wcześniaka. Akuszerka zaczęła zawiązywać pępowinę, ale Anonoei krzyknęła:

– Nie! Prayard zawiąże pępowinę, a Frostinch ją odetnie! Niech Gray przerwie więzy, w których trzyma Iswegię, i przywróci nam wolność!

Prayard wyjął sznur pępowiny z dłoni akuszerki i ostrożnie zrobił, co trzeba, zgodnie z jej nerwowymi instrukcjami. Kobieta odwróciła się i wyciągnęła pępowinę do Frostincha.

– Niech trzyma ją Prayard! – krzyknęła Anonoei.

Frostinch rozglądał się za czymś, czym mógłby przeciąć pępowinę.

Anonoei nagle poczuła pod prawą dłonią rękojeść sztyletu. Chwyciła za ostrze i podała Frostinchowi. Oczywiście, od razu poznał, że to jego własny sztylet, ten sam, który rzucił na swoje łoże w Graywald. Złapał go jednak za rękojeść i przeciął pępowinę między węzłami.

Dziecko krzyczało wniebogłosy.

Prayard wziął chłopca na ręce, próbując go uspokoić.

Anonoei już miała w malcu cząstkę swojego zewnętrznego ja i zmuszała go, by płakał jeszcze głośniej.

– Trzymajcie go obaj. I razem przynieście go do mnie.

Byli wręcz uroczo nieporadni. Przerażeni, że upuszczą dziecko, szli bokiem wzdłuż łoża, ostrożnie niosąc malca między sobą. Miała nadzieję, że Klucha czuwa i złapie go, jeśli wyśliźnie się z ich niezdarnych rąk.

Nie upuścili jednak chłopca i kiedy tylko ułożyli go w ramionach Anonoei, przestał płakać – bowiem jedno, co na pewno potrafiła, to ukoić serce płaczącego dziecka.

– Mój mąż z Iswegii – szepnęła, teraz pozwalając sobie na to, żeby okazać wyczerpanie porodem. – Mój bratanek z Grayu. Moje dziecię z obu krajów. – I zamknęła oczy.

Akuszerce wróciła jej zwykła nadgorliwość i pewność siebie.

– Zasnęła, panowie – szepnęła ze złością. – Idźcie, powiedzcie wszystkim, co widzieliście, i dajcie wielkiej damie w spokoju odpocząć!

Frostinch natychmiast czmychnął z komnaty, po drodze oddając sztylet jednemu ze zbrojnych. Nie wyszłoby mu na dobre, gdyby ktoś zobaczył go uzbrojonego w pałacu Nassassa. Prayard przystanął tylko po to, żeby niezwykle czule ucałować Anonoei w czoło i pogłaskać dziecko po głowie. Ileż w tym mężczyźnie miłości, pomyślała Anonoei.

Wieść szybko rozniosła się po Kamesham i ludzie przyjęli ją całkiem szczerymi wiwatami. Radości nie podzielali tylko przedstawiciele Grayu, przekonani, że ich zadaniem było zwasalizowanie Iswegii i przygotowanie działań sabotażowych na czas planowanej inwazji. Jak jarl mógł się dostać do Nassassa bez ich wiedzy? Czego od nich oczekiwał?

Dopiero późną nocą, podczas narady u jej łoża, karmiąca dziecko Anonoei pomogła dwóm władcom uzgodnić warunki nowego porozumienia. Frostinch wróci do Grayu razem ze wszystkimi swoimi agentami. Na wypadek gdyby miał ochotę wyciąć jakiś numer, wymieniła imiona wszystkich szpiegów Grayu co do jednego, włącznie z kilkoma starymi wysłannikami jego ojca, o których istnieniu Frostinch nawet nie wiedział. Statki jednego kraju będą mogły swobodnie zawijać do portów drugiego w celu uzupełnienia prowiantu, każdy statek w potrzebie będzie dobrze traktowany na terytorium sąsiada.

Układ był gotowy i podpisany, zanim wszyscy położyli się spać, i nazajutrz w południe Frostinch wyprowadził tysiąc swoich ludzi, mężczyzn i kobiet, do portu Kamesham. Król Prayard dopilnował, by ich statki były dobrze zaopatrzone, i stanowczo nakazał kapitanom odstawić pasażerów całych i zdrowych do portów Grayu, bez żadnych niefortunnych wypadków na pokładzie.

Późnym popołudniem następnego dnia Anonoei odprawiła wszystkich, żeby mogła zostać sama z nowo narodzonym synem.

Klucha przybył prawie od razu.

– Poradziłaś sobie lepiej, niż mogłem przypuszczać – przyznał natychmiast. – Choć nadal za grosz nie ufam Frostinchowi.

– Nie zaufałby mu nikt rozumny – odparła. – Ale mogę przysiąc, że mnie nie zdradzi.

– Widzę, jak ruszają się usta Bexoi, słyszę jej głos składający przysięgę – powiedział Klucha. – Ona jednak, mówiąc to, co ty, miałaby na myśli, że zamierza zabić Frostincha w dogodnej chwili, zanim będzie mógł złamać dane słowo.

– Trzeba nadać imię dziecku. – Zmieniła temat, zanim Klucha mógł sobie przypomnieć, że za jej sprawą Frostinch nie będzie miał najmniejszej wolności wyboru. – Myślałam, żeby dać mu imię po twoim synu, którego zamordowała Bexoi. Wielka szkoda, że nazwałeś go „Figiel". Takie imię nie odpowiadałoby mieszkańcom ani jednego, ani drugiego królestwa.

– Miło, że o tym pomyślałaś. – Oczy Kluchy napełniły się łzami, mimo że Anonoei nie zrobiła nic, by podsycić w nim uczucia. – Ale żadne dziecko nie zastąpi mi synka. Dobrze go znałem, a wątpię, żebym miał okazję poznać tego twojego chłopaka.

– Cóż. Właściwie nie mojego...

– Może nie jest dzieckiem twojego pierwotnego ciała – rzekł – ale jest dzieckiem ciała, które masz teraz i będziesz miała do końca życia. I wychowasz go na najlepszego człowieka, jakim zdoła być.

Skinęła głową.

– A co z moimi własnymi synami? Moimi dwoma pierwszymi synami? Tymi, których król Prayard rzeczywiście spłodził ze mną?

– To nadzwyczajni chłopcy. Bardzo mądrzy, niezwykle zdolni. Kiedy sytuacja się wyklaruje, będziemy wiedzieli, czy mają zostać na Mittlegardzie.

– Nie mogą tu wrócić. – Anonoei pokręciła głową. – Byliby w niebezpieczeństwie. Nieślubni synowie władcy zawsze przyciągają potencjalnych buntowników.

– Gdziekolwiek się znajdą, będziesz mogła ich od czasu do czasu odwiedzać. Hermia dowiodła, że można się przenosić między światami bez wrót.

– Nie pomyślałam o tym.

– Ty? O czymś nie pomyślałaś? – Klucha udał zdumienie. – Mam nadzieję, że zauważyłaś, jak wiernie spełniłem wszystkie twoje oczekiwania. Kiedy wysuwałem dziecko na zewnątrz, nieprzerwanie, milimetr po milimetrze, twoje ciało reagowało wspaniale. Pod koniec był to już całkowicie naturalny poród.

– Byłeś mi wierny nawet wtedy, kiedy mi nie ufałeś.

– To właśnie mnie zadziwia – przyznał. – Powodzenie twojego planu zależało od mojej zgody, nie tylko na to, żeby przynieść sztylet Frostincha. A mimo wszystko nie sterowałaś mną. Przez cały czas miałem wątpliwości.

– Czemu miałabym zmuszać do czegokolwiek przyjaciela, który pomaga mi z własnej woli? – spytała.

I prawie mówiła prawdę.

# Rozdział 15

Szkoła straciła dla Danny'ego Northa dużą część swojego uroku. Miała być przygodą, a stała się tylko schronieniem. Po roku przemierzania jej korytarzy wszystko mu spowszedniało, włącznie z twarzami innych uczniów. To, co czuł, nie było pogardą, jaką w Rodzinach budzili suszłacy; nie, to raczej pogarda licealisty dla swoich rówieśników. Byli plemieniem, u którego znalazł gościnę, ale nie miał szans zostać jego pełnoprawnym członkiem. Bo i jakże mógłby? Dla nich liczyła się nauka i oceny; to albo pozycja w hierarchii towarzyskiej szkoły, przyszłe studia, wymarzona praca. Sprawy, które Danny'emu wydawały się dziecinadą.

– O czym myślisz? – spytała Pat.

Danny ledwo ją słyszał wśród gwaru panującego po ostatniej lekcji.

– Że lepiej mi się żyło, kiedy czepiał się mnie trener Killer i martwiłem się tylko, czy startować w zawodach lekkoatletycznych.

– No cóż. Użalanie się nad sobą też może być ciekawe.

– Co dzień pozwalam sobie na pół godziny użalania się nad sobą – odparł.

– Właśnie zauważyłam, że wokół niektórych zbierają się chmury niepowiązanych pretów.

Danny nie zwracał na prety najmniejszej uwagi. Choć wszystkie twarze były mu znane, patrzył tylko na ludzi, nie na prety, z których się składali, a już na pewno nie na niepowiązane z nikim prety uganiające się za nimi po korytarzach.

Teraz jednak, kiedy Pat mu je wskazała, zobaczył, że kilku uczniów otaczają dziesiątki, a kilku innych setki pretów, które na pierwszy rzut oka do nikogo ani niczego nie należały. Nawet nie drobinki kurzu. Były tu jednak nieprzypadkowo i Danny po chwili namysłu zrozumiał dlaczego.

– Sutahici – powiedział.

Pat spojrzała na niego z tą znużoną miną, która mówiła: Może ty wiesz, co to znaczy, ale ja nie.

I wtedy sobie przypomniała.

– Niewolnicy Seta.

– Raczej jego towarzysze podróży. Nie mają wystarczającej mocy, żeby jak on przejmować władzę nad ludzkimi ciałami i umysłami. Mimo to wnikają do głów ludzi i sieją w nich spustoszenie. Ciekawe, co szepczą tej biednej dziewczynie... Zobacz, otoczyły ją jak chmura deszczowa.

– Świetnie wiem, co mówią. Jesteś brzydka, wszyscy tylko udają, że cię lubią, nawet przyjaciele znienawidziliby cię, gdyby wiedzieli, jaka naprawdę jesteś, żaden chłopak nigdy cię nie zechce, dlaczego właściwie jeszcze żyjesz, jeśli Bóg istnieje, ma dość ciebie i twoich żałosnych modlitw, po co w ogóle wstajesz z łóżka, idź do domu i połóż się spać, tylko sen przyniesie ci ulgę i właściwie po co miałabyś się obudzić? Nie lepiej zasnąć na zawsze?

– Przestań – powiedział Danny łagodnie. – Znasz ten monolog aż za dobrze.

– Myślisz, że przez te wszystkie lata mnie też otaczał kłąb Sutahitów? – Coś przyszło jej do głowy. – Danny, spójrz na mnie i powiedz... Są tu teraz?

– Nie.

– To dobrze. Bo nie miałam takich myśli od lat. Dużo wcześniej, nim cię poznałam, jeszcze w gimnazjum, postanowiłam zaakceptować siebie taką, jaka jestem. Cieszyć się tym, w czym jestem dobra, czyli nauką, czytaniem i dostrzeganiem absurdów tego świata.

– Ciekawe, czy zostawili cię w spokoju po tym, gdy podjęłaś tę decyzję, czy może porzucili cię, dopiero kiedy umarłaś.

– Tutaj lepiej nie mów o tym głośno; ktoś mógłby usłyszeć.

– I na pewno od razu by w to uwierzył. Sam ledwo cię słyszę, więc wątpię, żeby mógł cię usłyszeć ktoś inny.

– Zdziwiłbyś się, ile można usłyszeć, kiedy stanie się w odpowiednim miejscu. – I wskazała gestem pierwszoklasistę w głębi korytarza. – Kto wie, może szafki działają jak megafon, który kieruje nasze głosy prosto do niego.

– Cześć, Tillman – rzucił Danny, przypominając sobie nazwisko chłopaka.

Tillman chyba nie usłyszał. Chociaż w tej samej chwili odwrócił się i odszedł korytarzem. A zatem... nigdy nic nie wiadomo.

– Ci Sutahici – zagadnęła Pat. – Jak dużą mają moc?

– Mogą co najwyżej podsuwać myśli. Przypominać o pragnieniach, które już masz. Dlatego... ich moc zależy od tego, na ile ofiara im pozwoli. Jak silnie narzucali się tobie? Kiedy jeszcze ich słuchałaś?

– Och, to nie tak, że chciałam się zabić czy coś. Moja ogólna rozpacz przejawiała się głównie tym, że za długo spałam, źle się uczyłam i zrażałam do siebie wszystkich, którzy mogliby zostać moimi przyjaciółmi. Jak to zwykle w gimnazjum bywa. Swoją drogą, ciekawe, jakie jest życie trzynastolatków na Westilu.

Danny po chwili się uśmiechnął.

– Rzeczywiście. Taki był podstawowy cel Lokiego. Nie wpuszczać Sutahitów na Westil.

– Mam wrażenie, że życie tam bywa ponure i bez pomocy Sutahitów – zauważyła Pat.

– Może i tak. Ta kobieta, która zamordowała matkę chłopców, a przynajmniej próbowała...

– Jej ciało umarło – wtrąciła Pat.

– No dobrze, czyli ją zamordowała. Nie kusiły jej żadne ciche głosy. Nie musiały. Wystarczyła jej własna nieskrywana ambicja.

Chwilę milczała.

– A ty co, Danny? Masz jakieś ambicje?

Zastanowił się.

– Cóż... Nic konkretnego. Nie wiem nawet, co chcę studiować.

– No to chodźmy do pedagoga szkolnego! Za rok kończysz szkołę, czas, żebyś zdecydował, gdzie pójdziesz na studia i czy masz zadatki na lekarza, czy, sama nie wiem, pilota? A może astrofizyka? Może kiedyś wymyślisz, jak przekroczyć prędkość światła, zostaniesz specjalistą od lotów międzygwiezdnych albo chociaż opracujesz technikę teleportacji.

– Głupstwa pleciesz, Pat. To wszystko science fiction, w rzeczywistości nie da się robić takich rzeczy.

Przywarła nieco mocniej do jego ramienia. Czuł, jak jej ciało wtula się w niego.

– Powiem ci, czego naprawdę pragnę. Być z tobą, mieszkać z tobą w jednym domu, wychowywać z tobą brzydkie małe dzieci... chociaż nie, czekaj, może twoje geny wzięłyby górę.

– Mógłbyś uzdrawiać je z trądziku. To nie byłoby oszukiwanie. Trądzik nie kształtuje charakteru, tylko robi z ciebie człowieka gotowego kupić broń i strzelać do ludzi.

– Mam większe ambicje, niż sądzisz. Chcę mieć taką pracę, od której mógłbym się oderwać zawsze, kiedy to będzie konieczne.

– Jak Superman – powiedziała Pat. – Ktoś potrzebuje pomocy, więc dajesz nura do składzika, żeby się przebrać w pelerynę.

– Nie. Chodzi o to, żebym mógł wyjść z pracy, gdyby trzeba było zabrać jedno z dzieci do lekarza.

– Nie przewiduję takiej potrzeby – odparła.

– Będziemy musieli je zabierać na szczepienia i badania, inaczej wyszlibyśmy na nieodpowiedzialnych rodziców. A czasem urywałbym się z pracy tylko po to, żeby wrócić do domu, dać ci się przytulić jak teraz, i przypomnieć sobie: Po to właśnie odszedłem z Rodziny, po to opuściłem Silvermanów... żeby odnaleźć ciebie.

– Trochę wygórowane te twoje ambicje – zauważyła Pat. – Z góry zakładasz, że kiedyś wszyscy zostawią cię w spokoju. I że jakimś sposobem pozbędziesz się tego paskudztwa, które w sobie nosisz.

– Nie chcę się go pozbyć. Teraz zawsze wiem, gdzie jest. Jeśli mnie opuści i przeniesie się gdzie indziej niż na Duat, znów będę miał poważne zmartwienie.

– Czyli nie niepokoi cię to, że twoi rodzice przejęli dowództwo nad wojskiem amerykańskim?

– Nie rozpętali żadnych nowych wojen, postarali się tylko, żeby nasi sojusznicy, sojusznicy Ameryki, mieli większą szansę na zwycięstwo.

– A więc to, że Hermia zabrała twoją matkę na Westil, nic według ciebie nie znaczy?

Pokręcił głową.

– Nie wiem, po co to było, ale na pewno nie są szalone.

– Twoja matka szalona nie jest. Ale Hermia?

On sądził, że z nich dwóch to Hermia jest zdrowsza na umyśle.

– Odprowadzę cię do domu – powiedział.

– Pozostali na pewno czekają na wzgórzu – odparła. Po czym, zanim mógł zaprotestować: – Danny, boją się, że staną ci się obojętni.

– Kiedy facet ma dziewczynę, w której jest prawdziwie zakochany, przyjaciele zawsze mu obojętnieją.

– I czują się porzuceni i rozgoryczeni – dodała. – Czytałam te same powieści dla młodzieży, co ty.

– Myślę, iż ważne jest, że widzimy Sutahitów. To, gdzie się zbierają. Teraz wydaje się to takie oczywiste, aż dziwię się, że wcześniej tego nie zauważyłem.

– Zawsze otacza cię kurz, wpada do nosa i ust, osiada na ubraniach i skórze. Ale zauważasz go, tylko kiedy wiruje w promieniu słońca.

– Cóż, o Promyku Słońca, dziękuję, że mi to pokazałaś. Szkoda tylko, że nie słyszę, co mówią.

– Już ci powiedziałam – przypomniała Pat.

– Każdemu dzieciakowi to samo?

– Mniej więcej. Zastanów się, Danny. Wiek dojrzewania jest wtedy, kiedy marzysz o tym, żeby być superbohaterem, a jednocześnie dociera do ciebie, jak mało jesteś wart.

– To którą z tych myśli wciskają im Sutahici?

– Obie naraz. A potem podsycają tę, która się lepiej przyjmie. Przynajmniej tak robiłabym ja, gdybym chciała zniszczyć nastolatkowi życie.

Zaśmiał się niewesoło.

– Mnie na okrągło podsuwają obie, pewnie po to, żeby mnie zmiękczyć.

Pat cofnęła się i obejrzała go od stóp do głów.

– Żadnych Sutahitów nie widzę.

– A ilu jest takich, których nie możesz zobaczyć? Nazwijmy ich „nieodkrytymi zasobami".

– Myślę, że widzę wszystkich, jacy istnieją, a ty po prostu nie masz ani jednego. Ja też nie.

– Może z ciebie zrezygnowali, bo jesteś za silna – zasugerował.

– A może to dlatego, że oboje byliśmy na Duat i nauczyliśmy się widzieć prety i przemieszczać się jak prety. Może już nas nie uważają za ludzi. A może rozmowa z Tym nas uodporniła.

– A może Sutahici do mnie nie lgną, bo mam w sobie ich pana i wolą trzymać się z daleka.

– Zmyjmy się stąd i weźmy ślub – powiedziała Pat. – To głupie, że nie mogę pójść do ciebie na noc.

– Mam w sobie diabła we własnej osobie – odparł Danny. – To chyba nie jest dobry moment na zakładanie rodziny.

– Ale już nad tobą nie panuje. Może uwięziłeś go na zawsze.

– Nawet jeśli rzeczywiście nie może uciec, „na zawsze" w tym przypadku znaczy „do mojej śmierci", a to jednak różnica. Co by było, gdybym umarł? A jeśli przeskoczyłby w ciebie? Albo w jedno z naszych dzieci?

– A jeżeli spadnie ci na głowę satelita i zabije cię tak błyskawicznie, że nie zdążysz przenieść się w inne miejsce i uzdrowić spopielonej radioaktywnej miazgi, która z ciebie zostanie?

– Masz duszę poetki, kochanie – szepnął Danny i pocałował ją.

– Proszę was. – Zobaczył ich pedagog szkolny. – Młodzieńcza miłość to piękne uczucie, ale odpychający widok.

– Wielkie dzięki – odezwała się Pat. – A już, o dziwo, poczułam się atrakcyjna i kochana. – Pedagog oddalił się w głąb korytarza. Pat zawołała za nim: – Ale pan wyprowadził mnie z błędu!

– Gdyby nie mieli takich przepisów, na szkolnych korytarzach pewnie trwałaby jedna nieprzerwana orgia – powiedział Danny.

– Tyle że on podniecił się na ten widok – odparła Pat. – Dlatego poczuł się tak niezręcznie.

– Nie chce myśleć o uczniach w seksualnym kontekście. Pewnie mu nie wolno.

– Cieszę się, że ty, Danny, nie masz takich zakazów.

– Mam. Tylko kiepsko ich przestrzegam.

Szkoła prawie opustoszała, bo teraz, pod koniec roku szkolnego, właściwie nie było już zajęć kółek zainteresowań ani treningów drużyn sportowych. Bez trudu więc dostali się na tyły budynku i przenieśli na polanę na wzgórzu. Reszta już tam była.

– Patrzcie, zrobili sobie przerwę dla nabrania tchu – skomentowała Xena.

– Przecież można oddychać w trakcie całowania – zauważyła Laurette.

– Można też wdmuchnąć powietrze do gardła drugiej osoby – dorzuciła Sin. – Brzmi to jak beknięcie wspak.

– Trafiliśmy na wstęp do antropologii? – zagadnęła Pat. – Czy może do horroru, w którym wszystkie nastolatki zasługują na śmierć?

– Gdyby nie były analfabetkami – zaczął Hal – nazywałyby to migdaleniem się, nie całowaniem. Tak J.K. Rowling nauczyła Amerykanów, którzy umieją czytać.

– O nie – powiedział Wheeler. – Jesteśmy mugolami.

– Dopiero teraz to do ciebie dotarło? – spytała Xena.

– O czym rozmawialiście, zanim przyszliśmy? – chciał wiedzieć Danny.

– O zwykłych sprawach – odparła Laurette. – Szkoła się kończy, za rok idziemy do ostatniej klasy, a ja nie będę najlepszą uczennicą.

– Właśnie klepaliśmy ją po rączce i mówiliśmy „biedactwo" – powiedziała Xena.

– Graliśmy jej na nosie – dodał Hal.

– I tak realistycznie nie miała żadnych szans – stwierdziła Sin. – Teraz nareszcie poszła po rozum do głowy.

– Powiedziała dziewczyna z trzydziestoma zakażonymi przekłuciami – dogryzł jej Wheeler.

– Osiemnastoma – uściśliła.

– Ale większość jest zakażona na obu końcach – zauważył Danny – więc Wheeler w sumie jest bliski prawdy.

– Kiedy dzieje się z nimi coś złego – oświadczyła Sin – przechodzę przez wrota prowadzące tutaj i znów wszystko gra.

– Czyli dziś przyszłaś tu pieszo? – dopytywał Wheeler. – Z własnej woli?

– Ci z nas, którzy chcą dożyć pięćdziesiątki, starają się mieć choć trochę ruchu – odparła.

– A ci z nas, którzy mają nadzieję się kiedyś rozmnożyć, nie robią w sobie dziur, jakby byli notesem w oprawie spiralnej – podsumowała Xena.

– Suka – mruknęła Sin.

– Czyli koniec trzeciej klasy znaczy, że to koniec uprzejmości – zauważył Danny. – Będę pamiętał.

– Akurat ty nie musisz się tym przejmować – wtrącił Wheeler.

– Czym?

– Czwartą klasą, studiami, tym, jak będziesz zarabiać na życie.

– Niewiele jest ofert pracy dla magów wrót. – Danny pokiwał głową. – Zwłaszcza takich, którzy stracili swoje wrota.

– Mówisz, że je straciłeś – zdziwił się Hal – ale z tego, co widzę, oboje z Pat przenosicie się, gdzie chcecie.

– W tym roku wszyscy zdawaliśmy próbny SAT* – mówił Wheeler – a to podobno dość dobry sprawdzian predyspozycji do studiów. Choć więc jestem nadnaturalnie inteligentny i tak otrzaskany z komputerami, że żadna laska mi się nie oprze, na studia raczej się nie załapię.

– Głupoty gadasz – zaprotestował Danny. – Pamiętam twój wynik, tysiące uczelni przyjęłoby cię z pocałowaniem ręki.

– Musiałbym się dostać na taką, która nie pobiera czesnego – ciągnął Wheeler – albo położoną na tyle blisko, żebym mógł dojeżdżać z domu, bo ani rodzice, ani ja nie zarobimy tyle, żeby opłacić i czesne, i kwaterę z wyżywieniem.

– Z góry odrzucił dwuletni college imienia Dabneya S. Lancastera – powiedziała Laurette – bo nie spełnia jego wygórowanych wymagań.

– Może jestem ubogi – odpowiedział Wheeler – ale to nie znaczy, że mam marnować swój mózg w szkole, do której każdy może się dostać.

– Snob, który gardzi wszystkim, na co go stać – rzucił Hal pogardliwie. – Paragraf 22.

– Raczej niepotrzebna autodestrukcja – stwierdziła Pat. – Gdybyś się tak nie obijał, miałbyś wystarczająco dobre oceny, żeby dostać stypendium na Uniwersytecie Wirginii. Pewnie przyjęliby cię nawet na Washington and Lee.

– Banda snobów – burknął Wheeler.

– Przyjmują osiemnaście procent kandydatów. – Sin, jak widać, poczuła potrzebę wyjaśnienia, skąd to wie. – Kiedyś miałam marzenia.

---

* Ustandaryzowany test dla uczniów szkół średnich w Stanach Zjednoczonych.

– A ty, Danny? – spytała Xena. – Mógłbyś dostać się na każdą uczelnię, ale po co ci to?

– Fizycznie, owszem, dostałbym się na każdą, ale żeby skończyć studia, musiałbym znaleźć kogoś, kto zafundowałby mi czesne na Harvardzie.

– Na Harvard dostaje się sześć procent kandydatów – przypomniała Xena – i nie, nigdy się nie łudziłam, że mnie przyjmą.

– Trzeba mieć średnią 5,0 – uzupełniła Laurette – perfekcyjnie zdany SAT i Nagrodę Nobla albo list polecający od prezydenta.

– Ale tylko prezydenta z Partii Demokratycznej – dodał Wheeler. – Z listem od Busha wyleciałbyś za drzwi. Nawet w Yale.

– Biedny republikanin Wheeler.

– Właściwie jestem libertarianinem.

– No ale spójrzcie na Danny'ego. Kiedy wspomniałam o średniej 5,0 i perfekcyjnie zdanym SAT – mówiła Laurette – nawet okiem nie mrugnął.

– Nie, ale wyglądał, jakby miał się zaraz zarumienić, jak to on – zauważyła Xena.

– Same piątki? – spytał Hal. – Serio?

– Zdałeś już SAT? – dodała Pat.

– W Ohio uczyłem się w domu. Na koniec każdego roku szkolnego musiałem przedstawić dowód, że robię postępy w nauce, więc w czerwcu zdawałem SAT. Tyle tylko, że potem kazali mi też zdać ACT* na potwierdzenie, że wynik SAT nie był przypadkowy.

– Czyli miałeś maksa. – Hal zdawał się przygnębiony.

– Znałem odpowiedzi – wyjaśnił Danny – albo dobrze zgadywałem.

– Tylko wtedy, kiedy zdałeś go ostatnio, czy za każdym razem? – dopytywał Wheeler.

Danny nie chciał odpowiedzieć. Jego wahanie jednak wystarczyło im za odpowiedź.

– O bogowie. – Xena była pod wrażeniem. – Kiedy przyszedł do McCluera, miał już zdane SAT i ACT. I to na maksa.

– Pięć razy – dodał Wheeler.

– Zapracowałem na te wyniki – odpowiedział Danny. – I nie pięć razy, tylko każdy po dwa. Uczyłem się długo i pilnie.

* Inny ustandaryzowany test dla uczniów szkół średnich w USA.

– A więc jest bogiem – oznajmiła Sin, odliczając na palcach. – Nie wygląda zbyt wstrętnie...

– Kwestia gustu – zauważył Wheeler.

– Kwestia kobiecego gustu – uściśliła Xena. – I potwierdzają to także liczne osoby spoza tego grona, w tym jedna w ciąży.

– Może przenosić się w każde miejsce na świecie i wysyłać każdego, gdzie zechce, może się dostać do każdego zamkniętego pomieszczenia, może przed wszystkim uciec, może wrotami zerwać ubrania z każdej kobiety...

– Sin, zachowaj swoje erotyczne sny dla siebie – zirytowała się Laurette.

– Naprawdę to potrafi? – Xena zwróciła się do Pat.

– Skąd mam wiedzieć? – odparowała Pat.

– I jeszcze ma same piątki i celująco zdane egzaminy na studia – dokończyła Sin.

– Ale za mało udziela się społecznie – wytknął Wheeler.

– Czyli na Princeton się nie nadaje – podsumował Hal z udawanym żalem.

– Myśleliście o tym, żeby pójść na Uniwersytet Wirginii Południowej? – zagadnął Danny. – Macie go pod ręką, tutaj, w mieście.

– To szkoła religijna – obruszyła się Laurette – i prowadzona przez kościół, do którego nie chodzimy.

– Mógłbyś się dostać na każdą elitarną uczelnię – powiedział Hal. – I pewnie na MIT i Caltech, skoro z matmy masz piątkę.

– Nie ciągnie mnie na elitarne uczelnie – odparł Danny. – Ani na MIT, Caltech, Stanford czy Sorbonę.

– Jednego ni w ząb nie rozumiem. – Wheeler wzruszył ramionami. – Co cię podkusiło, żeby chodzić do naszej budy.

– Przecież wam mówił – przypomniała Pat. – Przenosił się wrotami na to wzgórze i obserwował szkołę. Dlatego to do niej postanowił chodzić.

– Czy spełniliśmy twoje najśmielsze dziecięce marzenia? – upewnił się Hal.

– Najśmielsze dziecięce marzenia, najśmielsze dziecięce... – wyrecytowała Xena pospiesznie, robiąc z tego łamaniec językowy.

– Czego pragniesz, o jedyny boże, którego znamy osobiście? – spytała Laurette.

– Czegóż pragniesz – poprawił Hal.

– Dlaczego właściwie rozmawiamy o tym, co będzie, kiedy skończymy szkołę? – zastanawiał się głośno Danny.

– Co znaczy, że już ma jakieś plany, które nas nie obejmują – powiedziała Xena.

– Jak mogłyby obejmować? – powiedziała Sin. – On podróżuje na inne planety. Stacza tytaniczne boje z mrocznymi bogami z innych światów.

– Może srać do wrót i potem nie musi się podcierać – dodał Wheeler.

Kiedy odpowiedziały mu jęki i protesty, uniósł dłonie, jakby się osłaniał przed ciosem.

– Bez takich, wiem, że wszyscy też o tym pomyśleliście.

– Papier toaletowy z powodzeniem wystarcza – powiedział Danny. – Używają go nawet najbardziej wybredni bogowie. Jakie macie plany na lato?

– Właściwie liczyliśmy, że ty nam powiesz – odparła Sin. – Żadne z nas w sumie nie ma pieniędzy, no, pomijając Laurette i może Hala. Nigdzie więc nie wyjedziemy.

– Chyba że – powiedział Wheeler.

– Nie! – zakrzyczeli go pozostali.

– Uzgodniliśmy, że to odpada! – wykrzyknęła Laurette.

– Brak sprzeciwu nie oznacza zgody – zauważył Wheeler.

– W porządku – odezwał się Danny. – Z transportem nie będzie kłopotów. Dokąd chcecie wyskoczyć?

– Do Disney World – odparła Xena.

– Do krainy Harry'ego Pottera w Universal Studios! – zawołała Sin.

– Czarodziejskiego Świata Harry'ego Pottera – dodała Xena.

– A za co będziemy korzystać z atrakcji? Wszystkie kosztują – przypomniał Wheeler.

– Nie możemy zdobyć pieniędzy na bilety? – spytał Danny.

– Cóż, w bankach leży dużo gotówki – kombinował Wheeler – i niektórzy z nas bez trudu mogą się do niej dostać.

– Ty nadal nic nie wiesz? – zirytowała się Pat.

– Przecież nawet nie próbowaliśmy okradać banków – odparł Wheeler.

– O Dannym – wyjaśniła Pat. – Nie wiesz, jakim jest człowiekiem. Ciągle patrzysz na niego przez pryzmat swoich dziecięcych marzeń o tym, co byś zrobił, gdybyś miał pelerynę niewidkę czy coś.

– Peleryna niewidka to nic – burknął Wheeler. – Tak czy owak trzeba by pokonywać duże odległości, i to piechotą.

– Najśmielsze dziecięce, najśmielsze dziecięce... – zaczęła Xena znowu.

– Zamknij się, Xena – powiedziała Laurette słodkim tonem. – Ratuję cię przed samą sobą.

– Gotów jestem przenieść was wszystkich w dowolne miejsce na świecie – oświadczył Danny. – Ale na żadną atrakcję nie wejdziemy bez biletu. Poza tym pewnie mają jakiś nowoczesny system identyfikacji, a akurat fałszowanie hologramów nie jest jedną z moich umiejętności.

– Czyli w gruncie rzeczy – Hal westchnął – nie ma z ciebie żadnego pożytku.

– W Andach jest zima, więc odradzam Machu Picchu – mówił Danny. – Alpy?

– Widziałem zdjęcia – wtrącił Hal. – Gdybyśmy byli tam osobiście, pomyślałbym po prostu: „Hm, wyglądają jak na zdjęciach".

– Nauczyłeś tego Pat – zaczął Wheeler. – Dlaczego nie możesz nauczyć i nas?

– Bo ty wchodziłbyś do bankowych skarbców – odpowiedział mu Hal ostro.

– Nie ufasz nam – stwierdził Wheeler.

Jednym słowem: Nie, pomyślał Danny. I chyba odbiło się to na jego twarzy. Wheeler odwrócił się ze wstrętem.

– Mogę zrozumieć, że nie ufasz Wheelerowi – odezwała się Laurette – bo on jest tym, no, ambasadorem rodzaju ludzkiego u karaluchów.

– Jest księciem karaluchów, który chce wyciągnąć od nas numery ubezpieczenia społecznego, bo tylko wtedy dostanie należny mu spadek – dodała Sin.

– Księciem ślimaków – rzuciła Xena. – Księciem nicieni.

– My, przedstawiciele gatunku *Introverta* – oznajmił Hal – z cichą dumą zaliczamy nicienie do naszego grona.

– Żarty naukowe. – Laurette się wzdrygnęła.

– Pozwolicie, że przerwę ten maraton dowcipów i zawiści, żeby zwrócić Danny'emu uwagę na coś, czego być może nie zauważył, a czego nikt oprócz nas dwojga nie jest zdolny zobaczyć? – spytała Pat.

– To niegrzeczne – obruszyła się Laurette. – Jakby dwoje bogaczy porównywało stan swoich kont w obecności grupy bezdomnych.

– Robią tak na co dzień – powiedziała Pat. – Danny, swobodne prety zbierają się wokół nich wszystkich, ale te Wheelera najbardziej rzucają się w oczy. Jeden–dwa co pewien czas tak jakby dają nura do jego Ka, a on wtedy wyskakuje z jakimś ordynarnym lub zawistnym komentarzem, albo z jakimś, no wiesz, wheeleryzmem.

Danny przedtem tego nie zauważył, ale teraz, w czasie, kiedy mówiła, widział – a właściwie wyczuwał – wiszące chmury niezróżnicowanych pretów. Wiele z nich pędziło w stronę Ka Wheelera.

Wheeler odwrócił się gwałtownie i przeszył Pat gniewnym wzrokiem.

– Co, niby mam jakieś znamię Kaina czy coś? I dlatego jestem zwierzęciem, które nie rozumie po angielsku i nie czuje, jak bardzo mną gardzisz, Pat? Powiedz, czy ty, z twoją magią wiatru i podróżowaniem wrotami, z dyszącym u twojego boku ukochanym, który szczęśliwym trafem okazał się bogiem, brzydzisz się takiego samotnego faceta jak ja? Uważasz, że jestem odrażający? Straszny?

– Odwracasz kolejność przyczyny i skutku – zauważyła Laurette.

Danny uniósł dłoń i patrzył, jak kolejne prety zbliżają się do Ka Wheelera, które zdawało się wręcz zapraszać je do siebie. Nawet nie krążyły wokół niego, były z nim połączone.

Przyszło mu do głowy, że wrota – i właściwie wszelkiego rodzaju zewnętrzne ja – składają się z pretów powiązanych z czyimś Ka. Wiedział, że takie prety dołączają do ludzkich Ka, kiedy te opuszczają Duat i rodzą się na Ziemi. Tymczasem prety niepowiązane nie były częścią niczego. Ani atomów, ani cząsteczek, ani ludzi, ani zwierząt.

– Sutahici – szepnęła Pat.

No właśnie, pomyślał Danny. Prety, które pociągnęły za Setem na Mittlegard, kiedy został wygnany z Duat, trwale bezcielesny. Set potrafił opętać człowieka, w taki czy inny sposób nim sterować. Sutahici jednak byli słabsi. Bardziej ograniczeni. Mogli tylko... sugerować. Przypominać.

Ale jeśli byli jak wrota bez maga wrót, czy mógł ich pochwycić, tak jak zeszłej jesieni pochwycił wszystkie wrota Złodzieja Wrót i wrota zniewolone?

Nie. W ten sposób ich nie zagarnie, bo nie zwykli być częścią czegoś większego od siebie. Nie podlegali żadnemu prawu.

Co nie znaczyło, iż musiał się poddać bez walki.

Zauważył, że Pat podniosła dłoń na znak, żeby nikt nic nie mówił, nie wytrącał go z koncentracji. I chociaż Wheeler wrzał z wściekłości, Danny widział, że starał się panować nad sobą, nie uzewnętrzniać gniewu i bólu. Czekał tylko, podczas gdy Sutahici uparcie kusili go, żeby zrobił coś destrukcyjnego.

A zatem Wheeler potrafił im się oprzeć, kiedy silniejsze w nim było inne pragnienie. Pragnienie, by zobaczyć, co Danny zrobi.

Danny zaś zrobił, co następuje: zaprosił Sutahitów do siebie. Bał się, że w ten sposób powtórzy błąd, jaki popełnił, zapraszając Seta, ale nie. Nie zachęcał ich, żeby w niego wstąpili, wniknęli w jego ciało. Prosił tylko, by połączyli się z jego Ka, jakby mieli stać się jego wrotami.

Ale wrotami się nie staną. Nie mógł „zrobić" z nich wrót, bo nie wiedzieli, na czym to polega. Nie byli podporządkowani żadnemu prawu. Potrafili tylko zbliżyć się do niego, połączyć z nim.

Czuł, że napływają ku niemu. Nietrudno było ich odciągnąć od Wheelera. Żaden nie miał silnej woli. Ka Danny'ego było tak mocne, tak... charyzmatyczne?... że nie mogli oprzeć się zaproszeniu, nawet gdyby któryś chciał spróbować.

Kiedy się do niego przyłączali, wyczuwał ich jak odległy gwar głosów, jak tłum przeciągający ulicą po drugiej stronie dużego budynku. Właściwie nie było w tym słów. Nauczyli się wywoływać emocje i Danny czuł, jak to samo próbują zrobić w nim. Lekkie ukłucia zazdrości, żądzy, chciwości, wstrętu, dumy, niezadowolenia, ambicji, nawet serdeczności i humoru. I pragnienie, by krzywdzić ludzi. Ono leżało u podłoża prawie wszystkiego. Nie wściekłość, nie całkiem. Tylko chęć wyrządzania szkód.

Wszystko to jednak było takie nikłe, takie słabe. I siła woli Danny'ego wzięła nad nimi górę. Poddali mu się. Podporządkowali jego władzy. Ogłosili go swoim królem, stali się częścią jego królestwa.

I kiedy ostatni z nich przeszedł do Danny'ego, Wheeler odwrócił się z powrotem, mówiąc:

– Zachowałem się jak palant. Przepraszam.

– Niech zgadnę – rzuciła Xena. – Nie mówiłeś serio.

– Och, to było serio, pewnie, że tak, bo naprawdę jestem palantem. Ale... wiedziałem, że nie powinienem był tego mówić. Kurczę, Danny to mój kumpel. Nie mówi się takich rzeczy kumplowi, nie wiem, co mi strzeliło do głowy.

– A ja wiem – powiedziała Pat. – I wiem też, dlaczego już nie masz takich myśli. Dlatego, że Danny zabrał od ciebie małe istoty, które nakłaniały cię, żebyś mówił te rzeczy. I je czuł.

– Oj, bez przesady – żachnął się Hal. – Zaraz powiesz, że naprawdę mamy na jednym ramieniu aniołka, a na drugim diabełka, jak w kreskówkach.

– Bo tak jest – odezwała się Pat. – Tylko że... aniołka nie ma.

Pozostali spojrzeli na Danny'ego, szukając u niego potwierdzenia.

– Trudno to wyjaśnić komuś, kto nie może tego zobaczyć. Wyczuć. Ale tak, Pat to widziała, a ja nie, dopóki mi tego nie pokazała. Ten stwór, którego miałem w sobie, kiedy zachowywałem się jak nie ja...

– Set – powiedziały Laurette i Xena jednocześnie.

– Mag Bel – powiedziała Sin w tej samej chwili.

– Kiedy został wygnany z Duat i trafił na Ziemię bez ludzkiego ciała, za nim pociągnęły miliony. Bezcielesne, jak on. Mniej niż mikroskopijne. Coś jak punkty geometryczne. I zdecydowały się służyć sprawie Seta, który dąży do tego, żeby możliwie najbardziej unieszczęśliwić ludzi, skłonić nas, byśmy niszczyli się nawzajem.

– Czyli diabeł mnie do tego zmusił – stwierdził Wheeler po trosze z pogardą, po trosze z nadzieją.

– Nikt cię do niczego nie zmuszał – odparł Danny. – Gdyby mogły, zrobiłyby to, ale nie, mogą co najwyżej cię podjudzić. Przypomnieć ci coś, co sam czułeś albo myślałeś. Każde słowo, które powiedziałeś do mnie w złości, było zgodne z tym, co o mnie naprawdę sądzisz. Ale nie całkowicie. To była tylko część prawdy, ta część, która może zniszczyć naszą przyjaźń.

– Co im przeszkadza, że się z tobą przyjaźnię? – zdziwił się Wheeler.

– Wszelkie więzi między ludźmi... może nie są namacalne, ale są autentyczne. Z jednymi łączy nas przyjaźń, z innymi więzy rodzinne. A Sutahici chcą, żebyśmy postępowali w sposób, który to wszystko przekreśla.

Xena zaczerwieniła się.

– Więc wtedy, gdy próbowałyśmy cię, tego, uwieść...

– Kiedy rzucałyśmy się na ciebie jak dziwki z przeceny – wyznała Sin.

– Zdziry na wyprzedaży – dodała Laurette.

– ...manipulowali nami Sutahici? – dokończyła Xena.

– Nie wiem – odparł Danny. – Wtedy jeszcze nie dostrzegałem pretów. Ale fakt, to całkiem możliwe.

– A teraz mamy ich koło siebie? – spytała Laurette.

– Kiedy szukałyście najbardziej wulgarnie dowcipnych słów na opisanie waszego zachowania – tłumaczyła Pat – dwaj, trzej za każdym razem dawali nura w wasze Ka, wasze wewnętrzne ja.

– Super – prychnęła Sin. – Czyli zawsze, kiedy jestem dowcipna, tak naprawdę dowcipny jest diabeł, a ja tylko służę mu za marionetkę.

– Nie – odpowiedział Danny. – Nigdy nie jesteś marionetką. Nie mogą cię zmusić, żebyś coś powiedziała albo zrobiła. Nie masz sznurków, za które można by pociągać. To znaczy, kiedy jesteś głodna i przechodzisz koło działu piekarniczego w Walmarcie...

– Nie ma tam nic, co miałabym ochotę zjeść – przerwała mu Sin.

– Kłamczucha – rzuciła Xena.

– Czy nagły atak głodu zmusza cię, żebyś przystanęła i wzięła coś do jedzenia? – ciągnął Danny. – Możesz po prostu pójść dalej i kiedy jesteś spłukana, tak właśnie robisz. Mózg ci się nie wyłącza, nadal masz wolny wybór.

– Znaczy, że Wheeler był odpowiedzialny za wszystkie swoje krzywe teksty? – chciała wiedzieć Xena.

– Tak jak ty jesteś odpowiedzialna za ten krzywy tekst – wytknęła Pat. – Ale Danny zabrał tylko prety krążące wokół Wheelera.

– Więc jeśli teraz powiem coś niemiłego, będzie to znaczyć, że ja i tylko ja jestem niemiły – stwierdził Wheeler.

– Albo że weszło ci to w krew. – Danny pokiwał głową. – Słuchajcie, jeszcze tego nie rozumiem, po prostu coś zobaczyliśmy, a ja coś wypróbowałem.

– Ale teraz już jestem czysty – upewnił się Wheeler. – Nie został ani jeden?

– Nie, ale przyciągnąłeś do siebie kilku nowych – tłumaczyła Pat. – Może byli bezpańscy, może przeszli do ciebie od kogoś innego.

– Czyli... czyste myśli miałem przez może półtorej minuty – powiedział Wheeler.

– Ani chwili nie były czyste – stwierdziła Pat. – Nadal miałeś w sobie pełną dawkę testosteronu.

– Ma tylko pół dawki – przygadał mu Hal. – Myślałem, że wiecie.

– Zabawne, ale nieprawdziwe – stwierdził Wheeler.

– Aha, czyli nie wiedzieli? – dociekał Hal.

– Kiedy dokuczasz przyjacielowi – odezwała się Pat – możesz udawać, że to tylko dla żartu, ale prawda jest taka, że mówisz coś, o czym wcześniej pomyślałeś, że poczyniłeś w duchu złośliwe spostrzeżenie i świadomie postanowiłeś wypowiedzieć je na głos. Śmiech tego nie wymaże. Ani twój, ani Wheelera.

– Nie możesz zabrać tych istot od nas wszystkich? – spytała Laurette. – Bo nawet nie macie pojęcia, ile miałam wrednych myśli w ostatnich trzech minutach.

– A mnie aż korci, żeby odpowiedzieć: „Oprócz tych, które wypowiedziałaś na głos?” – skwitowała Sin.

– Sutahici nie próżnują – oświadczyła Pat.

– Nie wiem, czy to, że ich zabiorę, coś pomoże – mówił Danny. – I tak zaraz zjawią się następni. Myślę, że są ich miliony. Nawet miliardy. Nie wiem, czy dałbym radę schwytać ich wszystkich. W pewnym sensie ich słyszę, robią mi to, co robili tobie. Pewnie nie tak natarczywie, może dlatego, że nie znają mnie tak dobrze, jak poznali ciebie. Chcę przez to powiedzieć, że... na dłuższą metę to chyba nic nie da.

– Ponieważ Sutahici nie mogą stać się częścią człowieka – powiedziała Pat. – Ludzie nie zabierają ich ze sobą, kiedy przechodzą przez wrota. Także Wielkie Wrota. Sutahici odrywają się i zostają na miejscu. Myślę, że Złodziej Wrót boi się Wielkich Wrót, bo gdyby przeniknął przez nie Set, akurat on mógłby przyprowadzić ze sobą wszystkich Sutahitów, a mieszkańcy Westilu nigdy nie mieli z nimi do czynienia. Mogliby naprawdę stać się niewolnikami.

– Nie żeby sami z siebie nie byli zdolni do koszmarnych i podłych uczynków – dopowiedział Danny.

– Bez żartów. Mamy uwierzyć, że nad naszymi głowami wiszą roje gzów, które namawiają nas do złego? – Hal wzruszył ramionami.

– Pomyślmy. – Laurette uśmiechnęła się sceptycznie. – Widzieliśmy ludzi, którzy znikają z jednego miejsca i pojawiają się w innym. Rany gojące się w mgnieniu oka. Dzieciaki, które wzleciały wysoko nad Buena Vista i bez szwanku spadły na ziemię. Dziewczyna, którą znamy całe życie, nagle potrafi wywoływać burze pyłowe i tornada. Ale żeby dookoła naszych głów wisiały roje mikroskopijnych stworów? Rzeczywiście, nie do uwierzenia.

– To po prostu wydaje się takie dziecinne – poparł ją Hal.

– Zamknij się – rzuciła Sin. – Nie ty, Hal, mówię do Xeny. Już miała wyskoczyć z tym swoim durnym łamańcem językowym, „najśmielsze dziecięce” i tak dalej.

– Wiecie, jak ja to odczuwam? – spytał Wheeler. – Jakby było dziwnie cicho. Nie że przedtem słyszałem głosy, słowa czy coś takiego. Ale to tak, jakby coś, co sprawiało, że zawsze byłem wzburzony, wzięło sobie wolne.

– Od tej pory Wheeler będzie mniej dziwny? – spytała Laurette.

– Wątpliwe – odpowiedziała Pat.

– I to właśnie strasznie mnie drażni – podjął Danny. – W kółko tak się przekomarzamy, robi to każde z nas, wbijamy sobie szpilki, podśmiewamy się z siebie, tyle tylko, że... to boli, prawda? Zadajemy ból sobie nawzajem. Nie możemy po prostu przestać? Być dla siebie życzliwi? Wheeler nie jest dziwakiem, tylko jednym z wielu ludzi, którzy chcą znaleźć sobie miejsce w takim czy innym plemieniu. I czy na tle naszej grupy rzeczywiście jest taki dziwny?

Spójrzcie tylko na nas. Cała „szkolna elita" uważa nas za dziwolągów, bo nie jesteśmy im posłuszni, nie ubieramy się jak oni ani ich nie wielbimy, ale chrzanić ich, to banda wrednych głupków. My jesteśmy mądrzy i... przestańmy traktować siebie nawzajem tak, jak traktują nas oni. Bo na to nie zasługujemy.

Wszyscy na chwilę zamilkli.

– Nie wiedziałam, że to ci przeszkadza – odezwała się Laurette.

– Dotąd nie przeszkadzało. Nawet tego nie zauważałem. Ale oto Wheeler mówi nam, że zawsze był wzburzony, my z Pat tłumaczymy wam, że to sprawka istot, które dążyły do tego, żeby go unieszczęśliwić, odebrać mu chęć do życia, a wy jeszcze musicie nazywać go dziwnym?

– Ja tak o nim powiedziałam – przypomniała Laurette – a właściwie zapytałam, czy od tej pory będzie mniej dziwny...

– Wiem, co powiedziałaś, Laurette, i nie mówię tylko o tobie. Wszyscy się śmialiśmy. Ze mną włącznie!

– Oprócz Pat. Ona się nigdy nie śmieje – zauważyła Xena.

– Właśnie że tak – sprzeciwił się Danny. – Bez przerwy.

– Może z tobą. – Sin przewróciła oczami.

– Raczej z ciebie – rzucił Hal. – Nie, cofam to, przepraszam. Tak trudno od tego odwyknąć!

– Po tym poznajemy, że należymy do jednej paczki – podsumowała Laurette. – Ta, jak ich nazwałeś, szkolna elita drwi z ludzi spoza swojego grona. My żartujemy z siebie nawzajem, ale nigdy nie jesteśmy złośliwi dla osób z zewnątrz.

– Jak to nie – mruknęła Sin.

– Jesteśmy tak podli, jak szkolna elita – oświadczyła Xena.

– Tak, ale jesteśmy też mądrzejsi, więc to, co mówimy o innych, jest naprawdę śmieszne.

– Nie chciałem zepsuć nastroju – tłumaczył się Danny. – Nie złoszczę się, nie mam pretensji do was ani w ogóle do nikogo, bo przecież sam też się tak zachowuję. Po prostu uznałem, że akurat w tej sytuacji nie wypadało się nabijać z Wheelera. Bo wyszło tak, że znaleźliśmy u niego ukrytą ranę, sztylet sterczący mu z żeber, ja ten sztylet wyciągnąłem, po czym wszyscy śmialiśmy się z chłopaka, że krwawi.

– Kiepska analogia. – Laurette się skrzywiła.

– Może trochę tak – przyznał Danny. – Ale i poniekąd trafna. Oczywiście, że możemy sobie dokuczać. Gdybyśmy nie wbijali sobie szpilek, jasne, skąd mielibyśmy wiedzieć, że tu jesteśmy wśród swoich. Po prostu chciałbym, żebyśmy przestali wbijać szpilki prosto w krwawiące rany. Niech te rany się najpierw zagoją, a szpilki do tego czasu wbijajmy gdzie indziej.

– Spróbuję – postanowiła Pat. – No ale wiesz, jesteśmy uczniami liceum.

– Nie zdaliśmy celująco SAT i ACT – dodał Hal.

– Wiesz, że te testy nie sprawdzają niczego oprócz umiejętności rozwiązywania testów – powiedział Danny.

– Skoro jednak na studiach trzeba zaliczyć całą masę testów, dobrze tę umiejętność mieć – zauważyła Sin.

– Fajnie by było, gdybyśmy mieli bystrzejsze umysły. Moglibyśmy założyć taką ekipę jak Skorpion – rozmarzył się Wheeler.

– I kim byś był? – spytał Hal. – Sylvestrem?

– Pobożne życzenie. – Wheeler westchnął. – Raczej nadawałbym się na... jednego z cywilów, którzy zawsze pętają się pod nogami.

– Ja byłabym Paige – oznajmiła Laurette. – Tą normalną, która pomaga im się porozumiewać z ludźmi.

– Czyli Danny byłby Walterem? – dopytywał się Wheeler. – Geniuszem?

– Nie mam pojęcia, o czym mówicie – odparł Danny.

– Musisz sobie założyć kablówkę w tym twoim domku – poradziła Xena. – *Skorpion* to serial o zespole geniuszy, którzy nie przepadają za sobą, tyle że są sobie stale potrzebni, więc co rusz prawie ze sobą zrywają, ale potem się okazuje, że nie mogą bez siebie przeżyć.

– My nigdy nie jesteśmy bliscy zerwania ze sobą – oświadczył Danny.

– Ale i nie musimy mieć co tydzień wysokiej oglądalności, żeby zostać na antenie – zauważyła Pat. – W każdym odcinku są jakieś sztuczne konflikty, a ja się nimi przejmuję, chociaż wiem, że to tylko scenarzyści mną manipulują.

– To przez tego małego, Ralpha – przyznała Xena. – Głównie dla niego to oglądam.

– Danny to nie Walter – stwierdził Hal. – Danny to Cade. Dorosły, który ma rzeczywistą władzę w rzeczywistym świecie i raz po raz ratuje im tyłki.

– Ale jednocześnie sam ciągle pakuje ich w tarapaty – stwierdziła Laurette. – Wybacz, Danny, ale... to w sumie prawda.

– Rozmawiamy o serialu – wtrąciła Pat.

– Bo przypomina nasze życie – uzasadniał Hal. – Daj spokój, Pat, przecież nie będziemy myśleć o samych poważnych sprawach i dyskutować o Nietzschem, Kierkegaardzie i Eddzie Starszej.

– Skąd ten Kierkegaard? – zdziwiła się Pat. – Słyszał ktoś o Kierkegaardzie?

Sin już wyjęła telefon i próbowała sobie przypomnieć, jak się pisze Kierkegaard – o ile to kiedykolwiek wiedziała. Hal zaczął jej pomagać.

– Danny nie potrzebuje kablówki – orzekł Wheeler. – Wystarczy mu tablet.

– Ale żeby oglądać na nim seriale, musiałby mieć wi-fi, a nie będzie miał wi-fi, dopóki nie założy sobie kablówki – wyłuszczyła Xena. – A wtedy będzie miał kablówkę.

Sin zaczęła czytać.

– „Nuda jest korzeniem wszelkiego zła – rozpaczliwa odmowa bycia sobą".

– Nie mam pojęcia, co to znaczy. – Danny wzruszył ramionami.

– Ja też nie – przyznała Sin – ale tak podobno powiedział Kierkegaard.

Hal wbił wzrok w ekran jej telefonu.

– „Przeciwności losu zbliżają ludzi do siebie" – przeczytał – „i tworzą piękno i harmonię w życiowych związkach, jak mróz zimy tworzy na szybach lodowe kwiaty, które zanikają z nadejściem ciepła".

– Powiedział zdołowany Duńczyk – skwitowała Pat.

– Duńczyk w pieskim nastroju – dodał Wheeler.

– Hau – rzuciła Xena.

Sin znów czytała.

– Jeszcze jeden cytat. „Nie zapomnij kochać siebie".

– Może Duńczykom trzeba o tym przypominać. Zwłaszcza zimą – skomentowała Pat. – Amerykanom zwykle trzeba zwracać uwagę, żeby kochali kogoś oprócz siebie.

– „Modlitwa nie zmienia postanowień Boga, ale zmienia tego, kto się modli" – przeczytała Sin.

– Jeśli Danny jest bogiem – zaczął Wheeler – ciekawe, czy ktoś się do niego modli.

Danny uniósł dłoń, przewidując, że któreś z nich zaraz dla żartu zacznie się modlić.

– Proszę, nie róbcie tego. Bądźcie moimi przyjaciółmi i nigdy, przenigdy nie nazywajcie mnie bogiem. Nie zachowuję się tak, jakbym miał się za boga, prawda? Przynajmniej się staram.

– Dopiero co wygnałeś diabły z Wheelera – przypomniała Xena. – Może nie jesteś bogiem, ale na pewno jesteś nie byle kim.

Danny ukrył twarz w dłoniach.

– Jestem Danny North i mam moc, jakiej nie powinien mieć żaden człowiek, ale ciągle nie wiem, do czego powinna mi służyć. Dzieje się wiele okropnych rzeczy, wkrótce będzie jeszcze gorzej, po części przeze mnie, więc sądzę, że moim obowiązkiem jest jakoś temu zaradzić, ale nie wiem jak, i, kurczę, nawet nie mam pojęcia, jak świat powinien wyglądać, kiedy zaprowadzę na nim porządek, bo właściwie to był do bani, jeszcze zanim się dowiedziałem, że jestem magiem wrót, i nie ja go do takiego stanu doprowadziłem. Mam więc uprzątnąć ten syf tylko na tyle, żeby znów było tak dennie, jak dawniej? Naprawić wszystko? A może wystarczy powstrzymać to, co najgorsze, a potem zaszyć się w jakiejś jamie jak Loki, kiedy już pozamykał wszystkie wrota?

– Danny jest zagubiony – stwierdziła Laurette.

– Nie lubi być zagubiony – dorzuciła Sin. – Jest dobrze zorganizowanym człowiekiem. Ta planeta nie nadaje się dla niego.

– Żadna planeta się dla mnie nie nadaje – oświadczył Danny. – A byłem na wszystkich trzech.

– Zostań na tej – poprosiła Pat. – Dla mnie.

– Miłość to najsilniejszy afrodyzjak. – Xena się uśmiechnęła. – Nie poprawiaj mnie, Laurette, nie bredzę, tylko ironizuję.

– „Filozofowie mają całkowitą rację, kiedy mówią, że życie trzeba rozumieć, oglądając się wstecz" – przeczytał Hal. – „Lecz wtedy zapominają, że...".

Nie zdołał dokończyć, bo pozostali go zakrzyczeli.

– Skończ już z tym Kierkegaardem. – Sin odebrała mu swój telefon.

– „Ludzie domagają się wolności słowa jako rekompensaty za wolność myślenia, której rzadko używają" – wyrecytował Hal pospiesznie.

– Hal będzie studiował filozofię – powiedziała Xena.

– Duńską filozofię – dodał Wheeler.

– A potem przerzuci się na duńskie ciastka – dorzuciła.

– Myślę, że Kierkegaard jest całkiem spoko. Dużo paradoksów i innych takich. Nie jest wariatem jak Nietzsche.

– Czytałeś Nietzschego – odezwała się Laurette.

– Kiedy poznałem prawdziwego nadczłowieka, uznałem, że wypada przeczytać *Człowieka i nadczłowieka* – wyjaśnił Hal.

– To George'a Bernarda Shawa – zauważyła Pat.

– Wiem. Ale to Nietzsche wymyślił termin „Übermensch", więc przeczytałem *Also sprach Zarathustra*...

– Proszę, nie mów, że przeczytałeś to w oryginale.

– Nie znam niemieckiego – odparł. – A Nietzschego nie rozumiem nawet w tłumaczeniu, wiem tylko, że pisze tak, jakby był najmądrzejszy, najlepszy, najgroźniejszy i najfajniejszy na świecie, co znaczy, że jest przeciwieństwem Danny'ego, bo Danny ciągle głupio przeprasza za to, kim jest.

– Dzięki – mruknął Danny.

Hal przeczytał z ekranu swojego telefonu:

– „Konieczność bycia kimś innym, niż się jest, stanowi dla człowieka źródło najgłębszej rozpaczy".

– „Bądź sobą" – zacytowała Xena. – „Wszyscy inni są już zajęci".

– Kiedyś miała koszulkę z tym tekstem – oznajmiła Sin.

– Nadal ją mam. Ale kupiłam ją, zanim urosły mi cycki, i już nie mogę jej na nie naciągnąć, więc i tak nikt nie mógłby tego przeczytać.

– Jeśli teraz ktoś patrzy ci na biust – zauważyła Laurette – to nie po to, żeby czytać.

– Dziękuję – odparła Xena.

– „Nie ma nic boleśniejszego nad wyobrażanie sobie przyszłości" – czytał Hal – „zwłaszcza tej, której nigdy nie będziemy mieli".

Danny zaśmiał się cierpko.

– To akurat brzmi tak, jakby coś znaczyło. Szkoda tylko, że nie jestem dość inteligentny, by zrozumieć, jak to się odnosi do mnie. Wiecie co? Dużo się dzisiaj nauczyłem i na dodatek przekonałem się, że potraficie cierpliwie słuchać mojego trucia o tym, jak ciężkie mam życie, choć to bzdura, bo przecież jestem chyba jedyną osobą na tym świecie, która w każdej chwili może zdobyć wszystko, co zechce. Dlatego dzięki.

– Myślę, że wszystkim nam powinni z góry dać zaliczenie kursu uniwersyteckiego o Kierkegaardzie – uznała Laurette.

– Tylko pamiętajcie, że Danny wypędził diabły ze mnie – przypomniał Wheeler – a wy wszyscy nadal macie swoje.

– To nie całkiem prawda – sprostowała Pat – bo już przyłączyła się do ciebie grupa nowych.

– Diabeł kazał mi tak powiedzieć – uzupełnił Wheeler.

– Czas, żebym poszedł przemyśleć pewne sprawy – oznajmił Danny. – Co znaczy, że muszę się przespać.

– Jeśli zabierzesz ze sobą Pat, nie zmrużysz oka – zauważyła Laurette.

– Nie nudź, Laurette, to wcale nie jest tak – odparła Pat.

– Jeśli zabiorę Pat ze sobą, będzie mi się lepiej myślało – skwitował Danny.

– Mózgiem? – zagadnął Wheeler.

– Wheeler nie potrzebuje Sutahitów, żeby być palantem – powiedziała Pat. – Oczywiście, w najbardziej pochlebnym tego słowa znaczeniu.

Danny wziął ją za rękę.

– Idziesz ze mną?

W odpowiedzi przeniosła się do jego domu – i zabrała go ze sobą. Dziwne wrażenie – być jej pasażerem. Ale i przyjemne. To dało mu poczucie, że mógłby powierzyć stery komuś innemu, choćby na chwilę, i nie stałoby się nic złego.

# Rozdział 16

– Smoków nie ma i nigdy nie było – mówił Lus, stary nadworny mędrzec. – To legenda, która zrodziła się na Mittlegardzie, ale takie stwory nie istniały nigdzie, a już na pewno nie tutaj, na Mitherhame.

Gerd tylko się uśmiechnęła – Hermia wiedziała, że to poza niezbędna osobie, która chce uchodzić za wpływową. Sama nie dążyła do tego, by sprawiać takie wrażenie; nie była prezesem wielkiej korporacji, tylko zwykłą konsultantką, która nie ma do zaoferowania nic oprócz swojej mądrości. A przynajmniej pożytecznych informacji.

– Kiedy nazwiemy to smokiem – powiedziała – wszyscy będą wiedzieli, czego się spodziewać. Czegoś, co lata. Czegoś, co zieje ogniem, zabija z daleka i z bliska. Czegoś, czego nie zmoże strzała ani miecz. Ale rzeczywiście, na świecie nigdy nie było żywego smoka i nie to lady Gerd z rodu Northów pragnie wam dzisiaj zademonstrować. Na przykład, wszyscy wiedzą, że jedyną przeszkodą, przez którą smok się nie przedrze, jest kamień. Miasto Y powstało tutaj, wśród tych urwistych wzgórz, właśnie dlatego, żeby można je było zbudować z miejscowego kamienia, znanego z niezwykłej twardości. Cóż smok, gdyby taki stwór istniał, mógłby zrobić, mając przed sobą te mury?

– Nic, oczywiście – odrzekł Lus, bo był miłośnikiem logiki.

– Trudno się nie domyślić, do czego zmierzasz – odparła królowa Genoesswess. – Ten wasz „smok" uszkodzi nasze mury, inaczej po co nam go pokazywać? Przypuśćmy, że mówicie prawdę. Rzeczywiście, uszkodzenie murów zrobiłoby na nas wrażenie. Tyle że potem musielibyśmy te mury odbudować.

Hermia zerknęła na króla Soriana, który jak zwykle słuchał w milczeniu.

– Nie macie magów kamienia? – spytała.

Królowa się uśmiechnęła.

– Mury tej warowni wznieśli pradawni Ojcowie Kamienia, z epoki, kiedy przemieszczaliśmy się między światami. Wszystko tu jest z żywego kamienia, wydobytego z głębi tych wzgórz i ukształtowanego tak, jak to widzieli w swoich snach. Nie ma dziś na świecie maga kamienia, który mógłby dokonać czegoś podobnego.

– W takim razie – zasugerowała Hermia – może wybierzemy inny cel. Co o tym sądzisz, o Pani Rodu Northów?

Gerd odwróciła się na dźwięk imponującego tytułu, który dla niej wymyśliły.

– Wedle twego życzenia. – Wskazała na pobliską formację skalną. – Może pokażemy, co smok potrafi, na tym.

– Uznamy to za wystarczającą demonstrację jego burzącej siły – oświadczyła królowa Genoesswess. – To też żywa skała, nie słabsza i nie mocniejsza od tych murów.

W górze rozległ się dźwięk, inny od szumu wiatru, rytmiczny łoskot przypominający trzepot wielkich skrzydeł. Hermia oczywiście wiedziała, gdzie spojrzeć, bo wyczuwała położenie pilota, ale udawała, że się rozgląda, aż dostrzegła kropkę nadlatującego helikoptera. Gerd, która miała większą wprawę w wypatrywaniu własnego lotnictwa, już pokazywała Sorianowi, Lusowi i Genoessess punkcik na południowym niebie.

– Jest bardzo mały albo bardzo odległy – zauważył Lus.

– Sądząc po dźwięku, musi być bardzo głośny – stwierdziła królowa.

– Jest większy od konia – powiedziała Gerd – i mniejszy od większości statków. I tak, robi dużo hałasu, więc kiedy się zbliży, będziecie musieli do siebie krzyczeć, żeby was usłyszano.

Hermia wiedziała, że pilot dostał już zmienione rozkazy od Gerd, która opanowała sztukę zdalnego korygowania kursu w komputerze pokładowym. Pilot mógł uchylić jej komendy, bo to on rozumiał, jak wiatr, ptaki i prądy wznoszące wpływają na lot śmigłowca, a Gerd nie chciała, żeby maszyna się rozbiła z powodu tępego posłuszeństwa wobec niej. Przyjął jednak do wiadomości, jaki jest jego nowy cel, i leciał prosto na wyznaczoną formację skalną.

W tej chwili Hermia wyczuła, że powstały wrota i ktoś pojawił się na tarasie. Na obu światach został już tylko jeden mag wrót zdolny stwarzać wrota po staremu, nie była więc zaskoczona, kiedy zobaczyła Lokiego opartego o ścianę zamku, daleko poza zasięgiem głosu.

Przeprosiła pozostałych i podeszła do niego.

– Chciałeś zobaczyć, co kombinują mamusia i tatuś Danny'ego Northa?

– Wiem, co kombinują. Jestem tutaj po to, żeby zdecydować, czy pozwolę na tę demonstrację siły, czy nie.

Hermia ledwie się powstrzymywała, żeby nie przewrócić oczami.

– Odpalą rakietę, ta trafi w urwisko, rozrzuci trochę skalnych odłamków i narobi hałasu.

– A wtedy król i królowa uznają, że to dobry moment, by pomścić dawne krzywdy. Na którego sąsiada padnie? Suffyrd? Nefyryd? Czy nieszczęsne małe Badys?

– Nie wiem, co Gerd zamierza. Chyba sama tego nie wie. Westiliańska polityka to jeszcze dla niej czarna magia.

– Za to ty jesteś ekspertką?

– To nie moje śmigłowce, czołgi i okręty podwodne.

– Sprowadzając je tutaj, stałaś się za nie odpowiedzialna.

– Postąpiłbyś nie fair, gdybyś je zabrał. Poza tym zaraz sprowadziłabym nowe.

– Nie będziesz wiedziała, dokąd je przeniosę, a ich zapasy nie są nieskończone – zauważył.

– Po co miałbyś się w to mieszać? Jesteśmy magami wrót. Za dawnych lat każda ze stron pozwalała pozostałym przenosić ludzi i machiny wojenne, gdzie im się podobało.

– W pewnych granicach.

– Pierwsze słyszę. – Hermia pokręciła głową.

– Czyli twoja wiedza też ma pewne granice. Ja przy tym byłem.

– Pozwól, żeby ten pokaz się odbył – poprosiła. – Na Mittlegardzie takie rzeczy już na nikim nie robią wrażenia. Naoglądali się za dużo filmów z efektami specjalnymi i wybuchy to dla nich żadna sensacja, przynajmniej dopóki nie zdmuchnie ich fala uderzeniowa albo nie oberwą odłamkami szrapnela.

– Chyba rzeczywiście pozwolę, choćby dlatego, by się dowiedzieć, co to jest fala uderzeniowa i odłamki szrapnela.

– Za daleko jesteśmy, żebyś to odczuł na własnej skórze, i dobrze.

– Ale to nie wystarczy – zastrzegł Loki. – Sądzę, że musimy zobaczyć, co te urządzenia robią z ludzkim ciałem.

– Nie najlepszy pomysł. Nie jestem pewna, czy zdołasz stworzyć wrota dość szybko, żeby uleczyć się ze skutków wybuchu.

– Dzięki za radę. – I Loki zniknął.

Gdy Hermia odwróciła się, zobaczyła go zawieszonego w powietrzu jakieś dwadzieścia metrów od ściany urwiska. Widziała, że spadał we wrota, które przenosiły go o milimetr w górę, potem znowu w nie spadał i tak w kółko. Ponieważ wybuch nie mógł uszkodzić wrót, siła grawitacji przeciągnie go przez nie i uzdrowi, nawet gdyby był rozerwany na kawałki.

Chyba że jego szczątki rozlecą się na wszystkie strony i w ogóle nie trafią we wrota. Właściwie mogła go przestrzec przed tym zagrożeniem – przecież to jeden ze skutków działania fali uderzeniowej – ale skoro jest taki przemądrzały, niech ma, na co zasłużył.

Śmigłowiec był w odległości jakichś dwustu metrów, kiedy odpalił pocisk. Pilot być może zobaczył Lokiego w powietrzu blisko celu, ale pewnie nie, a nawet gdyby, i tak nie wiedziałby, co to za dziwo.

Jak się okazało, Loki znajdował się na tyle daleko, że choć fala uderzeniowa nim wstrząsnęła, nie rozpadł się na kawałki, a nawet jeśli jego ciało na chwilę straciło swoją spójność, to w wyniku przejścia przez wrota odtworzyło się w nienaruszonym stanie. Poza tym Hermia dopiero teraz zauważyła, że Loki stworzył też ogromne wrota po przeciwnej stronie siebie od miejsca eksplozji. Gdyby więc wybuch rozerwał go na strzępy, jego szczątki na pewno wpadłyby w któreś wrota. W sumie ciekawe, czy to wystarczyłoby, żeby uzdrowić tak rozszarpanego trupa, ale... dziś się o tym nie przekona.

– Po co wysyłać swojego klanta tak blisko celu? – spytała królowa Genoesswess.

Zanim skończyła mówić, Loki był już z nimi.

– Nie jestem klantem – powiedział wesoło. Pokłonił się królowej głęboko; pełen szacunku gest cudzoziemskiego władcy, nie czołobitny hołd służącego czy kupca. Hermia podziwiała jego ogładę; teraz żałowała, że nie pobierała u niego lekcji, zanim przybyła tu, by pomóc Gerd wyrobić sobie markę na Westilu. Hermia miała te same kłopoty, co każdy antropolog i socjolog: trudno było się zorientować, które zachowania są wspólne dla wszystkich kultur, które właściwe dla danej kultury, a które to indywidualne dziwactwa. Loki to wszystko wiedział.

– Kim więc jesteś? – zapytała królowa.

– Bliskim towarzyszem Bexoi, królowej Iswegii. Możesz mi mówić Hull, pani.

– Iswegia to kraj żeglarzy, prawda? – odezwał się król Sorian.

– Od tysiąca lat – rzekł Lus. – Ściągnęli ze skutego lodem Icekame, opanowali połowę Grayu, zajęli długi odcinek wybrzeża i przenieśli swoją stolicę, Kamesham, nad wrzynającą się daleko w głąb lądu odnogę morza. Ich władcą w owym czasie był Ojciec Pływów... Gdyby mógł się przenosić między światami, byłby magiem nad magami, ale i bez tego miał wystarczającą moc, by zniszczyć posłaną przeciwko niemu flotę Grayu. Od tamtego czasu...

– Z każdym słowem jesteśmy mądrzejsi – stwierdził król Sorian. – Ale tyle mądrości mi na razie wystarczy. – Odwrócił się do Gerd. – Chcę wiedzieć, dlaczego ten mężczyzna dołączył do was, cudzoziemki. Nie jest mężem żadnej z was?

– Nie mam tej przyjemności ani zaszczytu – odparł Loki. – Jestem tutaj po to, żeby zobaczyć, co ich zabawki potrafią. Odczułem na sobie część mocy tego urządzenia.

– Zrobiło wielką wyrwę w skale – powiedziała królowa Genoesswess. – Gdyby celem był nasz zamek, nie postałby długo.

– Ale do tego nie dojdzie – zapewniła Hermia.

– Chyba że zmienię zdanie – rzuciła Gerd, która zawsze była mało subtelną negocjatorką.

– Nie dojdzie do tego – ciągnęła Hermia – bo naszym jedynym pragnieniem jest służyć wam i przywrócić Yffyrd należną mu pozycję największego mocarstwa na południowym wschodzie. Miasto Y niegdyś kontrolowało cały Szlak Bawełniany, wszystkie porty i wyspy od Braccuin do File płaciły wam trybut. Dziś ludność Ny szydzi z akcentu Y, a ostatnią część waszego wybrzeża zajęli niewdzięczni kupcy z Fyrdhaven.

– Znam naszą historię – oświadczyła Genoesswess.

– Ale Hermia obawia się, że ja nie – wtrącił Loki. – I słusznie. W ostatnim roku skupiałem się głównie na sprawach północy. Teraz widzę, że macie zasadne roszczenia. Nie rozumiem jednak, jak planujecie użyć smoka, którego chcą wam udostępnić te kobiety.

– Nasi nieprzyjaciele mają zamki – odpowiedział król Sorian. – Po wizycie takiego smoka przestaną je mieć.

– A zamki są pełne żołnierzy. Ilu zginie?

– Ludzie giną na wojnie – stwierdził Sorian.

– W boju albo na warcie – uzupełnił Loki. – Kiedy mają szansę się bronić albo kontratakować. Jak mogliby przeciwstawić się takiej mocy?

– Dlatego zażyczymy sobie dziesięciu smoków – rzekł Sorian. – Żeby nasze zwycięstwo było szybkie, a nieprzyjaciele poddali się, zamiast stawiać opór.

– I co zrobicie, kiedy już wygracie? – zainteresował się Loki.

– Nie za wcześnie o tym myśleć? – odpowiedziała pytaniem królowa Genoesswess. – Choć to oczywiste, że jesteś magiem wrót... bez wątpienia Ojcem Wrót, a przynajmniej, jak sądzę, za takiego się podajesz... na pewno wiesz, że żaden mag nie może snuć zbyt dalekosiężnych planów. Zwłaszcza mag wrót, na którego czyha Złodziej Wrót.

– Tylko jeśli stworzę Wielkie Wrota – odparł Loki. – A nie mam takiego zamiaru. Pragnę za to wiedzieć, co to będzie znaczyć dla prostych ludzi z Suy, Ny, Badmardden, Brac i Fyrdhaven, że ich władcami będziecie wy zamiast dynastii, które rządzą nimi w tej chwili.

– Życie zwykłych ludzi nie powinno się zmienić – oświadczyła królowa. – Co im za różnica, komu płacą podatki? Może nawet na tym zyskają, bo skoro znikną granice, nie będą musieli płacić ceł.

– Strefa wolnego handlu – dodała Hermia. – Korzystna dla każdej gospodarki.

Loki nawet na nią nie spojrzał.

– A co będzie z tymi, którzy jednak stawią wam opór?

Królowa spojrzała na niego jak na szaleńca.

– Suszłacy nie stawiają oporu magom.

– Za to inni magowie owszem – zauważył Loki. – Zresztą, suszłacy czasem też.

– Zajmiemy się zdrajcami i kryminalistami, kiedy będzie taka potrzeba. Co ci właściwie do tego?

– Chciałem lepiej poznać ludzi, którzy mieliby władać tą fantastyczną nową bronią, jeśli pozwolę, żeby tu została.

– Uważa się za opiekuna tego świata – skomentowała Hermia. – Żałosne rojenia.

Ledwie skończyła mówić, znalazła się na samotnym, wietrznym szczycie górskim i wrota, którymi posłał ją tam Loki, zniknęły. Musiał wiedzieć, że to próżny gest. Szybko zorientowała się w swoim położeniu i przeniosła z powrotem na taras w Y.

– I to właśnie – zwróciła się do królowej Genoesswess – planuje zrobić z waszymi smokami, jeśli nie spodoba mu się, jak ich używacie.

Królowa wyglądała, jakby ją lekko zemdliło.

– Wiedziałam, kim magowie wrót byli dawniej, w czasach przed Złodziejem Wrót. Ale zobaczyć to na własne oczy… a właściwie, nie zobaczyć…

– Droga królowo Y – odezwał się Loki – mam wrażenie, że ty i twój mąż nie jesteście najgorszymi spośród możnych tego świata, jakich miałem okazję poznać. Bynajmniej. Na pewno jesteście lepsi od obecnej tutaj Gerd, która kiedyś próbowała zabić własne dziecko za to, że było magiem wrót.

Gerd poczerwieniała.

– Wiesz, że chroniłam go na wszelkie możliwe sposoby.

– Ale kiedy przyszli go zabić, byłaś razem z nimi – przypomniał Loki.

– Postąpiła najlepiej, jak mogła – stwierdziła Hermia. – Lepiej niż ty, jeśli to, co mówią Eluik i Enopp, jest choć w części prawdą.

Teraz Loki się zarumienił.

– Podła zdrajczyni chce być moim sędzią? – powiedział.

– Czemu nie. – Hermia nie dała się sprowokować. – Byłam posłuszna mojej niebezpiecznej Rodzinie, ale starałam się wyrządzić jak najmniej szkód. Nie terroryzowałam dzieci, trzymając je przez długie lata w pochyłych jaskiniach.

Loki odwrócił się od Hermii i stanął twarzą do pary królewskiej.

– My, magowie, jesteśmy grupą niedoskonałych ludzi. A mimo to powtarzam: ty i twój mąż jesteście lepsi od większości magów sprawujących władzę.

– Przekonałeś się o tym na podstawie kilku głupich pytań zadanych nam na tym tarasie? – spytała królowa.

– Przekonałem się o tym, kiedy przechadzałem się ulicami Y i kilku wiosek w Yffyrd. Kiedy słuchałem rozmów w pubach i uwag wymienianych między kupcami. Niewielu was kocha, ale i nikt was nie nienawidzi. Przeciwnie, z dumą mówią o pracy, którą wykonujesz jako Siostra Trawy, królowo Genoesswess. Plony są obfite i od czasu, kiedy osiągnęłaś pełnoletność, twój lud nie zna nędzy. Król Sorian zaś posługuje się swoją mocą Brata Skały, by wydrążyć suche jaskinie, w których ubogie rodziny mogą mieszkać bez płacenia czynszu. Taka dobroć jest rzadkością wśród magów. Traktujcie lud swoich nieprzyjaciół tak, jak traktujecie własnych poddanych, a nie odbiorę wam tych straszliwych zabawek. Jeśli jednak zaczniecie ich używać wobec zwykłych ludzi, zwrócę tę broń przeciwko wam, a potem ją zniszczę.

– Rozumiem, czego od nas żądasz – rzekł król Sorian. – Weźmiemy twoje zastrzeżenia pod rozwagę, przynajmniej dopóki nie dopadnie cię Złodziej Wrót. Zawsze jednak będziemy działać przede wszystkim w interesie naszej dynastii. – Wziął królową Genoesswess za rękę i ruszyli do drzwi.

– Miałem nadzieję, że zrobię na nim większe wrażenie – stwierdził Loki.

– Nie wyglądasz tak groźnie, jak groźnie mówisz. – Hermia wzruszyła ramionami. – Masz w sobie coś z napuszonego malca, który udaje króla. – Puściła oko do nadwornego mędrca – Lus wciąż stał przy nich, obserwował i słuchał.

– Nie jestem królem niczego – odparł Loki łagodnym tonem, wciąż patrząc za parą królewską, która w tej chwili zniknęła za drzwiami.

– Skoro nie zamierzasz przenieść ich śmigłowców na dno morza – zagadnęła Hermia – może zobaczymy, gdzie tu można by zjeść kolację?

Spojrzała na Gerd, a ta uśmiechnęła się i lekko skinęła głową.

– Niedługo wrócę, Wielka Pani, by sprowadzić tyle smoków, na ile się z Lusem umówicie – powiedziała Hermia. – Na razie jednak my, magowie wrót, mamy parę spraw do omówienia.

Klucha zaprowadził dziewczynę w zaułek na zewnątrz tawerny w Kamesham. Wybrał to miejsce właściwie tylko dlatego, że je dobrze znał. Nie był stałym bywalcem, ale stołował się tam na tyle często, by nie uchodzić za obcego. Kiedy jednak Hermia podążyła za nim, zorientował się, że każdy, kto zobaczy jej nietutejszy strój – nie z Mittlegardu, tylko z Y – od razu pozna w niej cudzoziemkę. Jeśli do tego dołożyć jej nieskrywaną pewność siebie, żeby nie powiedzieć butę, wszyscy nieuchronnie zwrócą uwagę na obecność tak niezwykłej i, bądźmy szczerzy, cokolwiek przerażającej kobiety.

– Wejdziemy oddzielnie – zdecydował.

– Wejdę uczepiona twojego ramienia, jakbyśmy byli świeżo po ślubie. Albo po prostu zjawię się na środku sali.

– Z jakiegoś powodu czujesz potrzebę, żeby wszyscy się na ciebie gapili?

– Będą się na mnie gapić, cokolwiek zrobię. Chcę tylko, żeby patrzyli też na ciebie. Ale zastanów się, Loki. Jeśli zachowamy pozory zakochanej pary, komu będzie się chciało nas zaczepiać lub podsłuchiwać? Nikogo nie obchodzą ckliwe banały młodych kochanków. Małżeństwa są nieciekawe, dopóki małżonkowie choć parę razy nie zapragną zabić się nawzajem.

– Jestem prawie pewien, że w poprzednim życiu nie byłem żonaty. Ciekawe, czy to wynikało z podobnego sposobu myślenia. Mam nadzieję, że nie.

– Nadal nie pamiętasz wszystkiego?

– Kiedy człowiek spędza półtora tysiąclecia w drzewie, z jego głową dzieją się dziwne rzeczy.

– Skoro wiesz, że umysł ci szwankuje, dziwię się, czemu wyznaczyłeś sobie rolę policjanta Westilu.

– Nie doceniasz mojej ambicji. Przed piętnastu stuleciami wyznaczyłem sobie rolę policjanta Westilu i Mittlegardu.

– Uznałeś wszystkich za winnych i skazałeś ich na wieczne uwięzienie na ojczystym świecie.

– Osłabienie magów było dobre dla wszystkich, i magów, i suszłaków.

– Ptaki są szczęśliwsze, kiedy mają złamane skrzydła.

– To nie były ich skrzydła.

– Ani twoje – odparła Hermia. – Ale znam prawdziwy powód, dla którego pilnujesz, żeby światy były oddzielone od siebie, i tak się zastanawiam, czy to w ogóle słuszne.

– Uwięzienie Seta na jednym świecie zamiast dwóch było wielką zmianą na lepsze.

– Nie wątpię, że masz rację – przyznała. – Tyle że te dwa światy pod żadnym względem nie są sobie równe. Na Mittlegardzie żyją miliardy ludzi. Nie przypuszczam, żeby tutaj przeprowadzono spis ludności, ale sądząc po niskiej gęstości zaludnienia, Westil ma góra dwieście milionów mieszkańców.

– Myślę, że dwa razy więcej. Są miasta znacznie większe niż Y i Ny.

– Tak czy owak, to zaledwie ułamek ludności Mittlegardu, gdzie rolnictwo jest zmechanizowane, a pola uprawne się nawozi, gdzie ulepszono nasiona i rośliny, by dawały więcej owoców, gdzie atmosfera obfituje w dwutlenek węgla niezbędny dla wzrostu roślinności. Tam żyje sześć miliardów ludzi.

– Byłem na Mittlegardzie. Jeszcze przed zamknięciem wrót był światem zamożniejszym, utrzymującym większą populację. Nie mamy odpowiedniej technologii, żeby to zmierzyć, ale uważam, że u nas jest mniej lądów nadających się do zamieszkania.

– Mam więc do ciebie proste pytanie, Loki: Dlaczego świat, na którym przebywa Set, jest dużo bogatszy, większy, ludniejszy, bardziej rozwinięty, potężniejszy od świata, którego czystości strzegłeś?

– Ty mi to powiedz – odparł Klucha. – Znasz dzieje twojego świata. Ile było na nim śmierci i cierpienia?

Hermia przyznała mu rację skinieniem głowy.

– Im liczniejsza ludność, tym więcej ludzi doświadcza okrucieństwa. Trzydzieści milionów umiera w jednym kraju dlatego, że władca postanawia pozbyć się niepokojąco niezależnych kułaków. Sześć milionów ginie w innym, bo przywódca dyszy chorą nienawiścią do ludzi, których uważa za niebezpiecznych szkodników. Trzy miliony zostają wymordowane w znacznie mniejszym państwie, bo ktoś postanawia wyeliminować wszystkich potrafiących utrzymać się z handlu, nie rolnictwa. Do tego dochodzą wojny. Wiem jednak, że na Westilu też wybuchają, a jeśli tutaj mniej ludzi cierpi i umiera z ich powodu, czy nie jest tak dlatego, że ogólnie na tym świecie żyje mniej ludzi?

– I chyba tego właśnie nie rozumiesz – powiedział Klucha. – Tu też zdarzały się wyniszczające wojny. Wielką pustynię Dapnu Dap stworzyli magowie piasku, którzy po długich bojach pokonali zaklinaczy ludzi z Ethue Dappa. Cena tego zwycięstwa była straszliwa, ale od tego czasu wojny są rzadkością i toczą się głównie między magami.

– Nie wmówisz mi, Klucho, że żołnierze i marynarze nie giną na tych wojnach.

– Pewnie, że tak. Ale takie straty są rzadkie i względnie nieliczne. I to jeszcze nie wszystko. Niewolnictwo jest tu nieznane, po części dlatego, że traktowanie człowieka jak własność trąci zaklinaniem ludzi, a po części dlatego, że kiedy na świecie są magowie wrót, trudno trzymać kogokolwiek w niewoli. Praktycznie nikt nie znęca się nad dziećmi, a gdy już do tego dochodzi, sąsiedzi wymierzają brutalowi szybką i surową karę.

– Naprawdę? – spytała Hermia. – Co, zabijają go?

– Nie. Za pierwszym razem, powiedzmy, Brat Skrzydła poleca bratu serca wydziobać mu oko. Za drugim oprawca traci swoje dzieci, żonę, prawo pobytu w wiosce. Wyrusza jednooki w świat i musi radzić sobie sam, z dala od dzieci. Ale bardzo rzadko tak się dzieje. Dlatego, że na Westilu, choć ludzie mają te same słabości i szkodliwe odruchy co na Mittlegardzie, brak jest Sutahitów, którzy stale by ich poszturchiwali, natarczywie podsycali w nich mroczne żądze. Zło, jakie czynią, jest dziełem ich samych, nie sług Seta usiłujących zerwać wszelkie więzi międzyludzkie – czy te przyjacielskie, czy dobrosąsiedzkie.

– Skąd wiesz, że Sutahici są tego przyczyną i że sprowadzenie Seta na Westil byłoby takie straszne? Przypomnij sobie, jakie skutki dla magów na obu światach miał brak wrót, a wszystko dlatego, że boisz się czegoś, co niekoniecznie musi być złe.

– Widziałem różnicę między oboma światami, kiedy były na bardziej zbliżonym poziomie rozwoju technologicznego – mówił Klucha. – Miałem ponad sto lat na to, żeby rozeznać się w sytuacji, obserwować, jak semickie religie zwiększają moc i wpływy Sutahitów. Może i nazywają Seta diabłem, szatanem, Lucyferem, ale właśnie Sutahici najchętniej wysłuchiwali ich modłów i namawiali do złego. Wiedziałem, co robię, kiedy to zrobiłem.

– A wy, magowie westiliańscy, bogowie indoeuropejscy, to co? – spytała Hermia. – Przypomnij sobie, ile strasznych rzeczy macie na sumieniu.

Wiedział, że spędzą ze sobą za mało czasu, żeby mógł ją oświecić. Mimo to musiał spróbować.

– Hermio – powiedział. – Eddy, Upaniszady, *Iliada*, wszystkie pisma o czynach magów Mitheru nie są naszego autorstwa. Napisali je suszłacy przekonani, że jesteśmy nieśmiertelni i mamy większą władzę nad siłami natury, niż to jest w rzeczywistości. Myśleli, że obchodzi nas los suszłaków, że jakiś ciemny „śmiertelnik" mógł wywołać wojnę między bogami. Mogliśmy bardziej mieszać się w ich sprawy i tak by było, gdyby nam na tym zależało.

Hermia się zamyśliła.

– Cóż, masz trochę racji. Te wszystkie teksty zdają się wychodzić z założenia, że Rodziny obchodziło to, co suszłacy robili sobie nawzajem. Albo przedstawiają suszłackie wyobrażenia o naszych wzajemnych relacjach.

– Jeszcze zanim pozamykałem wszystkie wrota, na Mittlegardzie już panowało barbarzyństwo. Zauważyłem jednak, że w miarę jak Set nabierał mocy i doświadczenia, Sutahici coraz skuteczniej prowokowali i suszłaków, i magów do nieopisanego okrucieństwa. I wreszcie przyszedł dzień, kiedy dowiedziałem się, że przejście przez wrota nie wypędza Seta z człowieka. To znaczyło, że gdyby Set opętał kogoś, kto wiedziałby, gdzie są Wielkie Wrota, mógłby dostać się na Westil i przyprowadzić ze sobą miliony Sutahitów. Mieszkańcy Mittlegardu od setek pokoleń nabierali doświadczenia, uczyli się, jak ignorować Sutahitów, stawiać im opór, bronić się przed nimi. Westilianie nie mieli okazji zdobyć tej wiedzy.

– Dlatego zamknąłeś wszystkie wrota.

– Nie, pożarłem je. Zebrałem, wciągnąłem w siebie i tam trzymałem, a kiedy ktoś na jednym ze światów choć próbował stworzyć Wielkie Wrota, natychmiast odbierałem mu wszystkie jego wrota, bo Westil nie poradziłby sobie z inwazją Sutahitów.

– Więc rzeczywistym zagrożeniem są Sutahici, nie Set.

– Set w pojedynkę może zawładnąć tylko jednym człowiekiem. Fakt, człowiek ten może dopuścić się straszliwych czynów. Pomyśl jednak o najgorszym tyranie w dziejach Mittlegardu i zadaj sobie pytanie: jak wiele zła mógłby wyrządzić, gdyby nie miał do dyspozycji setek, tysięcy ludzi gotowych wcielić w życie jego zbrodnicze plany? A dlaczego robili tak straszne rzeczy? Bo Sutahici popychali ich do tego, przekonywali, żeby ulegli swoim najmroczniejszym pragnieniom i czerpali przyjemność z wykonywania rozkazów, które, jak dobrze wiedzieli, były niemoralne. Nieopisanie okrutne. Zgodzisz się?

– Skoro tak mówisz – powiedziała Hermia. – Nie wiem, na jakiej podstawie twierdzisz, że to wszystko rzeczywiście wiesz. Danny i Pat uważają, że teraz już widzą Sutahitów.

– Widzą?

– No, wyczuwają. Nie wiem, na czym to polega.

– A wyczuwają samego Seta?

– Danny oczywiście tak sądzi, jest pewien, że uwięził tego starego czarta w sobie, tak jak ty uwięziłeś te wszystkie wrota.

– Jeśli tak myśli, jest głupcem. Chociaż może to ja jestem głupcem. Kto wie, kim stał się Danny North po wizycie na Duat? Jego moce zwiększyły się w takim stopniu, że nawet nie chce odzyskać swoich wrót. W dodatku pośrednio skorzystaliście na tym też ty, Pat i... ktoś jeszcze, o kim powinienem wiedzieć?

– Myślę, że wiesz kto – odparła. – Bo to ludzie z twojego świata. Chłopcy i ich matka. Potrafią przemieszczać się tak samo, jak robię to ja. Prędzej czy później zrozumieją, jak ja, że mogą też podróżować między światami.

– I tak oto staliście się ludźmi, na jakich czeka Set. Jeśli zawładnie którymś z was, będzie mógł przenosić się z jednego świata na drugi, a ja nie zdołam temu zapobiec, bo nie posłuży się wrotami, które mógłbym pożreć.

– Czyli przegrałeś – skwitowała Hermia.

– Ale przez półtora tysiąca lat robiłem swoje. A Danny jak dotąd rzeczywiście trzyma Seta na uwięzi. Set jednak jest inteligentny. Uczy się. Eksperymentuje. Umie tak się zespolić z człowiekiem, żeby wrota go z niego nie wyrzuciły. Czego uczy się teraz? Bo myślę, że tak to właśnie wygląda: nie jest we władzy Danny'ego, tylko próbuje się nauczyć tego, co potrafi Danny. Co potrafisz ty.

– A jeśli postanowił być taki jak Danny i właśnie tego się uczy? Jak mieć nie tylko jego moc, ale i jego autentyczną dobroć, pragnienie, by nikogo nie krzywdzić?

– O to musisz zapytać Danny'ego. Nigdy nie byłem opętany przez Seta, widziałem tylko, jak to zmieniało innych. Wszyscy stawali się podli i niebezpieczni, uznałem więc, że Set jest toksyczny. Niereformowalny. Nie jest człowiekiem. Nigdy nie był dzieckiem, nie wychowywał się wśród ludzi. Nie zna macierzyńskich ani ojcowskich uczuć, poczucia braterstwa ani przynależności, nie ma żadnego z przyrodzonych naszym ciałom i umysłom odruchów, które pozwalają nam żyć razem w pokoju. Nie jest zdolny pomagać innym własnym kosztem, bo to nie leży w jego naturze. Ale może Danny sądzi, że właśnie od niego Set uczy się cnoty.

Hermia przyjrzała się Klusze.

– Za to ty wcale tak nie uważasz – odparła po chwili. – Mało tego, boisz się, że Danny rzeczywiście może tak myśleć, ale jesteś na tyle pewien tego, że się myli, że... Planujesz zabić Danny'ego Northa?

Klucha pokręcił głową.

– Nic nie planuję. Jest, jak jest, nie mam na to żadnego wpływu.

– Poważnie? W takim razie dlaczego zjawiłeś się w Y, żeby w swojej nieskończonej mądrości zdecydować, czy Gerd i ja możemy sprowadzić smoki na Westil?

– Bo Gerd jest typowym magiem z Mittlegardu; Rodziny uważają, że im wszystko wolno.

– Ale ja nie – powiedziała Hermia.

– Jesteś takim samym produktem Rodziny jak ona – stwierdził Klucha. – Udowadniasz to wszystkim, co mówisz i robisz.

– A ty nie?

– Suszłaków trzeba chronić przed takimi jak ty.

– Czyli nigdy w życiu nie podjąłbyś arbitralnej, z nikim niekonsultowanej decyzji, która wyrządza krzywdę wszystkim ludziom na całym świecie? – spytała.

– Wyrządza krzywdę garstce ludzi. I to krzywdę niewielką, a jednocześnie ratuje znacznie więcej ludzi przed inwazją tych niewidzialnych potworów. I uciemiężeniem przez Rodziny.

– Bohater suszłaków. Robin Hood. Obrońca ludu.

– Mówisz to pogardliwie, bo jesteś tak arogancka, że uważasz, iż masz prawo być bogiem.

– To nie ja postawiłam płomienisty miecz przed bramami raju, żeby Adam i Ewa nie mogli do niego wrócić.

– Dążę do tego, by wąż pozostał uwięziony tam, gdzie jest – powiedział.

– W miejscu, gdzie, jeśli masz rację, on i Sutahici już sprowadzili cierpienie i śmierć na setki milionów ludzi. Ale to nic, prawda? Ważne, że twój mały prowincjonalny świat jest bezpieczny.

– To? – Klucha wskazał gestem tawernę, miasto, świat Westil. – To nie jest mój świat. Nie tu się urodziłem, nie tutaj dorastałem.

Wyglądało, że taka możliwość nigdy nie przyszła Hermii do głowy.

– Dorastałem wśród wikingów. Zanim Sutahici skłonili ich do tego, żeby ruszyli w świat palić, rabować i gwałcić. Wychowywałem się wśród rolników i rybaków Mittlegardu.

– I płatałeś im figle.

– Niemiłosiernie. Bądź co bądź, jestem magiem wrót.

– Za to na Westilu nigdy tego nie robiłeś?

– Chciałem zakończyć wojny między Rodzinami. Dlatego, jako najpotężniejszy mag wrót na świecie, stworzyłem Wielkie Wrota w kilkunastu różnych miejscach. Dopilnowałem, żeby żadna Rodzina nie miała nad pozostałymi przewagi, jaką zapewniłby jej ułatwiony dostęp do drugiego świata. I to rozwiązanie się sprawdziło. Tyle tylko, że wszystkie Rodziny zaczęły wyzyskiwać suszłaków, właściwie ich zniewoliły. Najokrutniejsi magowie z Westilu przenieśli się na Mittlegard, bo był większym, bogatszym światem, z większą liczbą suszłaków, których mogli sobie podporządkować i wykorzystać. Dlatego owszem, jeszcze zanim się dowiedziałem, że Set może przechodzić przez wrota, uświadomiłem sobie, że dopuszczenie Rodzin do Wielkich Wrót to błąd. Bo wtedy robią takie rzeczy jak... no wiesz...

– Jak to, co robimy Gerd i ja – dokończyła Hermia.

– Cóż, jesteście żywą ilustracją wszystkiego, co w Rodzinach najgorsze.

Jej reakcja zaskoczyła go. Wyglądała na zrozpaczoną. Łzy napłynęły jej do oczu. Klucha myślał, że Hermia jest wyrachowana, bez serca. Jak widać jednak, choć nie pierwszy raz był dla niej niemiły, akurat tymi słowami zranił jej uczucia.

Albo tylko udawała emocjonalną reakcję, żeby wywieść go w pole.

– Nie chcę, żeby przeze mnie suszłakom żyło się gorzej – powiedziała. – Nie chcę, żeby komukolwiek żyło się gorzej przeze mnie.

– To zabierz swoje śmigłowce z powrotem na Mittlegard – zasugerował.

– Nie.

– Dlaczego?

– Ty nie chcesz, żeby Set i Sutahici dostali się na Westil – odparła. – Ja chcę usunąć najbardziej niebezpiecznych magów z Mittlegardu.

I z tymi słowy zniknęła. Ponieważ nie stworzyła wrót, Klucha nie mógł wyczuć, dokąd przeszła. Gdziekolwiek jednak była, na pewno sprawi jeszcze mnóstwo kłopotów jemu i całemu światu.

Skoro więc nie mógł ukraść jej wrót, będzie musiał pomyśleć, jak by tu można zabić maga wrót.

# Rozdział 17

Danny nie był zaskoczony, kiedy się okazało, że Wheeler nawet nie poprosił rodziców o pieniądze.

– Nie mogłem im powiedzieć, że wybieram się do Busch Gardens – wyjaśnił. – Mieliby do mnie tyle pytań!

– Na przykład jakich? – spytał Hal, zniesmaczony.

– Na przykład, jak się tam dostanę!

– „Jadę z kolegami" – podsunęła Laurette. – „Ciotka Danny'ego Northa ma go zawieźć i zaproponował, żebyśmy się z nim zabrali".

Hal przyłączył się do zabawy.

– „Danny North jest magiem wrót i w magiczny sposób przeniesie nas do Williamsburga".

– „Ale nie pozwoli nam wejść bez biletu" – rzucił Wheeler. – Pewnie, mogłem im tak powiedzieć.

– Od początku uprzedzałem, że się nie zgodzę, żebyśmy weszli tam nielegalnie – przypomniał Danny.

– Nie ma zakazu wchodzenia do parku rozrywki za pomocą magii. Inaczej dlaczego nazwaliby go Magicznym Królestwem?

– Pomyliło ci się z Disneylandem. – Sin spojrzała na niego z obrzydzeniem. – I tak, jest taki zakaz.

– Jeśli nie wyłamiemy żadnego zamka – kombinował Wheeler – to nie będzie włamanie.

– Ale i tak jest to wtargnięcie na cudzy teren – powiedział Hal. – Chociaż tobie postawiliby zarzut „wtargnięcia w stanie wskazującym na głupotę".

– Nie jestem głupi! – obruszył się Wheeler. – Głupi jest Danny, skoro nie chce, żebyśmy tam weszli za darmo.

– I tak wszędzie trzeba pokazywać bilet. – Laurette wzruszyła ramionami. – Nie ma więc sensu wchodzić bez biletu.

– Poza tym Danny mówił nam – przypomniała Xena – że jeśli ktoś nie skołuje siedemdziesięciu pięciu dolarów, wystarczy mu powiedzieć i coś wymyśli.

– Myślałem, że dam radę – powiedział Wheeler.

– Nie, myślałeś, że dasz radę go namówić, żeby przeniósł cię wrotami od razu do środka – stwierdził Hal – i się pomyliłeś.

– Powodem, dla którego wybraliśmy Busch Gardens zamiast Disneylandu, Świata Harry'ego Pottera czy czego tam jeszcze, było to, że Williamsburg leży w Wirginii – mówiła Laurette. – I dzięki temu łatwiej przekonać rodziców, że naprawdę możemy zrobić sobie krótki wypad tam i z powrotem. Jak pamiętam, podjęliśmy taką decyzję, bo to właśnie twoi rodzice nie chcieli cię puścić na Florydę.

– Z czego wynika, że moi rodzice są jeszcze gorsi, niż sądziłem – odparł Wheeler. Odwrócił się do Danny'ego. – Wychodzi na to, że potrzebuję pomocy. Nie możesz jakoś zdobyć tych pieniędzy w tej chwili?

– Czyli mam pójść do Veevee – mówił Danny – zabrać ją do bankomatu, żeby wypłaciła pieniądze, a potem wrócić tutaj i wszystko to dlatego, że... – Prawda była taka, że mógł to zrobić bez większego wysiłku. Uwinąłby się w niecałe pięć minut, a Veevee miałaby z tego ubaw. Dlaczego tak się wkurzył?

– Myślę, że Danny zaczyna mieć ciebie dosyć, Wheeler – ofuknęła go Laurette. – Ja na pewno.

– No dobra, zostanę tutaj, a wy idźcie dobrze się bawić – burknął. – Ale mówię wam, gdybym był magiem wrót, wszystkie bankomaty w Williamsburgu byłyby puste.

– Jakiś ty genialny – parsknął Hal. – Czyli co, stajesz przed bankomatem... wyposażonym w kamerę, nie zapominaj... stwarzasz małe wrota, sięgasz przez nie do wnętrza mechanizmu, wygrzebujesz wszystkie dwudziestki, a potem czekasz, aż cię zidentyfikują, przyjdą po ciebie i znajdą w twoim domu stosy ukradzionych dwudziestek. I jeszcze musisz wytłumaczyć, jak te pieniądze wyciągnąłeś.

– Nie mogliby mnie zamknąć w więzieniu, bo byłbym magiem wrót. – Wheeler tylko machnął ręką.

– Jednoosobowa fala przestępczości – skwitował Hal. – Anty-Batman.

– Ja już nie mogę szperać w bankomatach, Wheeler – tłumaczył Danny. – Potrafiłem to robić tylko wtedy, kiedy miałem wrota. Mogę przenosić się z miejsca na miejsce i zabierać ze sobą ludzi, ale nie mogę stwarzać małych wrót i sięgać przez nie w głąb urządzeń ani podsłuchiwać na odległość. – Nie całkiem prawda, pomyślał. Umiem stworzyć klanta, a przedtem tego nie potrafiłem. Chociaż klant musiałby być blisko podsłuchiwanych, więc w sumie na jedno wychodzi.

– Dlaczego nie ma Pat? – spytała Xena.

– Widocznie nie lubi parków rozrywki – odpowiedziała Laurette.

– Raczej nie lubi Wheelera – stwierdziła Sin.

– Nikt z nas nie lubi Wheelera – dodała Xena – ale wszyscy przyszliśmy.

– Przyjdzie – zapewnił Danny. – Kiedy zrobi wszystko, co ma do zrobienia w domu.

– Rodzice traktują ją jak dziecko – powiedziała Xena.

– Rodzice traktują ją jak osobę dorosłą, która musi wziąć na siebie pewne obowiązki – odparł Danny. – Jak dziecko zachowuje się ten, kto reaguje na to marudzeniem.

– Znaczy, że masz pieniądze na bilet dla Pat – wywnioskował Wheeler. – Zapłać za mój wstęp, a potem skoczysz z Pat po forsę do twojej ciotki.

– Jesteś taki pomysłowy, kiedy wydajesz cudze pieniądze – zauważyła Laurette.

– E tam pomysłowy. – Hal spojrzał na niego pogardliwie.

– No weź – prosił Wheeler.

Danny odliczył pieniądze.

– Dlaczego ciotka po prostu nie dała ci karty kredytowej? – dociekał Wheeler.

Danny podał banknoty Halowi.

– Macie, zaszalejcie.

– Powierzasz pieniądze Halowi? Co, od tej pory jest naszym tatusiem? – Sin przewróciła oczami.

Hal przekazał pieniądze Laurette.

– Czyli ja mam być mamusią?

– Jak możesz znieść towarzystwo tych wstrętnych suszłaków?

Danny wyczuł przybycie Hermii, ale pozostali naprawdę się przestraszyli.

– Och, zdradziecka suka liczy, że zabierzemy ją ze sobą? – oburzyła się Sin.

– Dlaczego jeszcze żyjesz? – zirytowała się Laurette.

Hermia zignorowała je.

– Danny, musimy porozmawiać.

– Mów – rzucił.

– Nie przy dzieciach – zastrzegła.

Nie zamierzał ustąpić. Niebezpiecznie byłoby zostać sam na sam z Hermią.

– Mogę ich stąd odesłać – powiedziała Hermia.

– Nie, możesz tylko ich stąd zabrać i wrócić bez nich. I musieliby trzymać cię za ręce, a wątpię, czy byliby skłonni to zrobić.

– Skąd wiesz, że nie nauczyłam się przemieszczać ludzi bez ich dotykania?

– A jest tak? – odpowiedział pytaniem.

– Nie. Ale głupio robisz, lekceważąc mnie jak zwykle.

– Nigdy cię nie lekceważyłem – zapewnił. – Ufałem ci.

– A widzicie? – wtrącił Wheeler. – Nie tylko ja jestem głupi.

– Zawsze działałam w twoim interesie – oświadczyła Hermia – nawet jeśli nie miałeś dość oleju w głowie, żeby wiedzieć, na czym twój interes polega.

– Kto jest bardziej niebezpieczny – spytał Danny swoich przyjaciół – człowiek, który przysięga, że mnie zabije, czy przyjaciel, który wie wszystko lepiej ode mnie?

– Najbardziej niebezpieczny jest Set, ten, który twoimi własnymi rękami zabił twoją ukochaną – odparła.

W tej chwili zjawiła się Pat. Nic jednak nie powiedziała.

– Oczywiście, że twoja ukochana od razu wyczuła, że tu jestem – stwierdziła Hermia. – Czemu tak długo zwlekałaś, o wszechwiedząca oblubienico?

– Wiedziałam, że będziesz musiała sobie chwilę pogadać, zanim cokolwiek zrobisz – mówiła Pat łagodnym tonem. – Miałam więc czas umyć ręce.

– Przewaga liczebna nad magiem wrót nic nie znaczy – zauważyła Hermia.

Pat nie odpowiedziała. Danny też milczał. Bał się, co Hermia teraz zrobi. Słyszał jej zapewnienia, że zawsze mu sprzyjała, że to Seta powinien się obawiać, bo jest najgroźniejszym wrogiem. Chyba nie mogła być aż tak głupia, by liczyć, że sama stawi czoło Setowi... prawda? Danny nabrał już takiej wprawy w wyczuwaniu pretów, że wiedział nie tylko, gdzie są i ile ich jest, ale i rozpoznawał naturę każdego z nich. Nie były złożonymi bytami. Jedne słabe, inne silne. Te silne mogły stać się istotami ludzkimi, bo potrafiły pohamować zwierzęce instynkty, a najpotężniejsze spośród nich ciągnęły za sobą orszak pomniejszych pretów, który tworzył ich zewnętrzne ja.

Prety zewnętrznego ja nie były słabe. Tylko silne prety mogły związać się z człowiekiem w postaci wewnętrznego lub zewnętrznego ja. I nie tylko siłę Danny w nich wyczuwał. Wiedział też, które były śmiałe, a które lękliwe. I to właśnie zawsze czuł u Sutahitów – lęk. Początkowo wydało mu się to dziwne. Sutahici nic nie mieli, więc nie mieli nic do stracenia. Co takiego mogło im grozić?

Potem jednak zrozumiał, że ich bojaźń nie wynika z sytuacji, w jakiej się znajdowali, tylko jest im przyrodzona, stanowi część ich jestestwa. Nie bali się dlatego, że mieli coś do stracenia; podążyli za Setem, bo byli strachliwi z natury, a on obiecał się nimi opiekować, mówić, co mają robić, zapewnić im bezpieczeństwo.

Zyskali w ten sposób bezpieczeństwo? Czy też stali się niczym? Jedyna więź, jaką utworzyli, łączyła ich z Setem, a on bez człowieka, nad którym miałby władzę, był niczym. Teraz nie miał nawet władzy nad człowiekiem, którego opętał. Danny w pełni panował nad swoim ciałem, nie zostawił Setowi nic, czym mógłby nim manipulować. Co Sutahici o tym sądzili?

Poza tym, prety miały jeszcze jedną charakterystyczną cechę: wolę mocy. W pewnym stopniu wykazywały ją wszystkie, a przynajmniej wszystkie, które stanowiły część człowieka, jego Ka lub Ba. Za to wola mocy Seta była nienasycona. Może właśnie ten jasny płomień ambicji i dumy przyciągał Sutahitów.

Nie po raz pierwszy Danny żałował, że nie może wyczuć własnego preta i prawdziwie zobaczyć samego siebie. To jednak nie leżało w jego mocy i Pat powiedziała mu, że też tego nie potrafi. A więc także Hermia nie mogła zobaczyć swoich prawdziwych cech. Danny i Pat je jednak dostrzegali. Hermia była niezwykle ambitna i śmiała, nie miała żadnych zahamowań. Co się jednak tyczy siły – nie, nie miała jej dużo. Przynajmniej nie dość dużo, by panować nad swoją impulsywnością, zastanowić się dwa razy, zanim cokolwiek zrobi.

Niezbyt obiecujący zestaw: rozbuchana ambicja, nieustraszona odwaga i prawie zupełny brak panowania nad sobą. Pat i Danny nieraz o tym rozmawiali. On nie chciał wierzyć, że charakter człowieka można zredukować do tych trzech właściwości, i Pat skłonna była się z nim zgodzić – „za duże uproszczenie", stwierdziła – a mimo to tylko takie cechy wyczuwali w pretach zewnętrznego i wewnętrznego ja innych ludzi.

– To, że nie widzimy nic więcej, nie znaczy, że nic nie ma – powiedział Danny.

– A nasze przeżycia na pewno kształtują i zmieniają nasz charakter – stwierdziła Pat.

– Niekoniecznie – mówił Danny. – Uważa się, że o wszystkim decyduje genetyka, ale na co dzień widzimy ludzi, którzy przezwyciężają i genetykę, i środowisko, podczas gdy inni, pod każdym względem uprzywilejowani przez los, rozsypują się w obliczu pierwszego wyzwania. Dopiero co nauczyliśmy się widzieć i oceniać prety, więc jeszcze za wcześnie, żeby wiedzieć, czy one mogą się zmieniać.

– Może przekonamy się o tym, kiedy będziemy mieli dzieci – powiedziała Pat.

Danny jednak nie był pewien, czy w ogóle powinni mieć dzieci. Nie mogliby udawać, że nie wiedzą tego, co wiedzieliby o ich pretach. O ich najgłębszym ja. O tej ich części, która być może nie zmienia się nigdy.

Hermia jednak nie była ich dzieckiem. Dawną przyjaciółką, która okazała się niegodna zaufania. Nie pierwszy raz Danny zapragnął porozmawiać o niej ze Złodziejem Wrót, zwłaszcza teraz, kiedy już znaleźli nić porozumienia. Nie mógł jednak przenieść się na Westil, żeby spotkać się z Kluchą, bo albo sprowadziłby tam Seta, albo straciłby siły na stworzenie klanta. Klucha z kolei nie mógł przejść na Mittlegard, bo w tym celu musiałby stworzyć Wielkie Wrota, a tego zrobić nie zamierzał – zwłaszcza że Hermia wyczułaby to od razu i nic nie powstrzymałoby jej przed wpuszczeniem do nich wybranych ludzi.

Ta Greczynka pokrzyżowała szyki nam obu. Muszę więc sam się nią zająć. Tyle tylko, że nie wiem, jak miałbym to zrobić ani nawet na czym „zajęcie się nią" miałoby polegać.

– Nie zamierzasz mi przeszkodzić? – spytała Hermia. – Przenieść mnie dokądś wrotami?

– I tak zaraz byś wróciła.

– Widzę, że się uczysz – stwierdziła.

– Nie – zaprotestowała Pat. – Ty nauczyłaś się tego od nas.

– Przecież to nie tak, że to wynaleźliście – odparowała Hermia. – Nie naruszam żadnego patentu. Umarliście i wróciliście z zaświatów bogatsi o wiedzę, a ja ją od was przejęłam, bo jestem maginią wrót i wyraźniej widzę prawdziwy obraz rzeczy. Więcej szacunku, Patulku. Niczego mi nie daliście, sama to sobie wzięłam.

Danny nie zadał sobie fatygi, żeby spojrzeć na Pat, ale kątem oka dostrzegł, że też nie odrywała wzroku od Hermii.

– Cokolwiek zamierzasz – odparł – zrób to i już.

– Nie! – krzyknęła Xena. – To znaczy, na litość boską, nie myślcie tylko o sobie! Nie chcemy żadnej wojny między czarnoksiężnikami, przynajmniej nie kiedy my tu jesteśmy.

– Ja chcę – odezwał się Wheeler.

– Nieprawda – zgasił go Hal.

– Kup bilety dla wszystkich – zdecydował Danny – a resztę pieniędzy zatrzymaj albo wydaj na coś do jedzenia. Pat i ja dołączymy do was, kiedy będziemy mogli.

– Jeśli będziecie mogli – poprawiła Xena.

– Ruszcie się. – Pat lekko ją popchnęła.

Hermia śmiała się dość nieprzyjemnie, kiedy przyjaciele Danny'ego odchodzili szybkim krokiem.

– Miło, że dostarczyłem ci rozrywki – powiedział Danny.

– Powinieneś był pozwolić im zostać. Pamiętaj, to ode mnie się dowiedzieli, kim jesteś, i wytłumaczyłam sytuację. Należę do waszej paczki, czy to się wam podoba, czy nie.

– Nie podoba się – mruknęła Pat.

– Może po wszystkim mnie bardziej polubisz. Bo jestem tutaj po to, żeby zdjąć z ciebie ciężar, do którego noszenia raczej się nie nadajesz.

– To o mnie? – spytała Pat.

– O tobie? – zdziwiła się Hermia, poirytowana. – A co, jesteś w ciąży? Jeśli tak, takiego ciężaru nie zamierzam z nikogo zdejmować. Nie, mówię o tym, co nosi w sobie Danny.

– Nie – sprzeciwił się Danny. – Nie rób tego. Nie sądzę, żeby to ci się mogło udać, ale nawet nie próbuj, bo uwierz mi, nie jesteś na to gotowa.

– Jestem, bo jako jedyna podchodzę do tego na chłodno, z dystansem. Tobie udzielił się paniczny strach Lokiego przed wpuszczeniem Seta na Westil, ale...

– Spójrz na jej Sutahitów – wtrąciła Pat. – Nie otaczają jej chmurą, tkwią wewnątrz niej, jakby byli jej wrotami.

– Nie mam wrót – przypomniała Hermia. – Wszystkie zabrałeś.

– W jej skarbcu serca – powiedział Danny. – Dużo ich.

– Myślisz, że ją opętali? – spytała. – Czy że sama podejmuje decyzje?

– Sama, na pewno. Dokonała wyboru i go nie zmieni. Nie zdaje sobie sprawy, co robi, ale nie dba o konsekwencje, bo najważniejsze dla niej jest to, by udowodnić, że jest większym magiem ode mnie.

– Nie muszę tego udowadniać – oświadczyła Hermia. – Właściwe pytanie jest takie, czy jestem większym magiem od Lokiego.

– Nie rozumiesz jednego: nie jesteś większym magiem od Seta.

– Odejdź wrotami, Danny – namawiała Pat.

– Wszędzie za mną trafi – odparł. – Nie ukryję się przed nią.

– Otóż to. – Hermia pokiwała głową.

– Zrób więc szaleństwo, które przyszłaś zrobić – odpowiedział Danny – a ja potem zdecyduję, jak zareagować.

Hermia uśmiechnęła się.

– Nie przyszłam tu dla ciebie, więc nie obchodzi mnie, jak zareagujesz. Kiedyś byłeś dla mnie najważniejszy na świecie. Teraz to miejsce zajął ktoś inny.

Danny milczał.

– Secie. – Hermia przybrała dziwnie kuszący ton. Kto czuje potrzebę, żeby uwieść szatana? – Zapraszam cię do siebie. Mam te same umiejętności, co Danny North. Możesz go zostawić i dokonać wielkich rzeczy razem ze mną. Wstąp we mnie, Secie.

Nie zdawała sobie sprawy, że Set przeszedł w nią, kiedy tylko go zaprosiła. Danny jednak widział, że nie od razu znalazł drogę wejścia do jej ciała. I że przejął część umiejętności nabytych przez niego na Duat. Zakorzenił się w niej głębiej niż w nim.

Hermia zamilkła. Jej twarz wyrażała lekkie zaskoczenie, potem nabrała nieodgadnionego wyrazu, a na koniec rozlała się po niej ogromna radość.

– To co, mam znowu zabić twoją przyjaciółeczkę? – spytała, Danny jednak wiedział, że to słowa Seta.

– Nie możesz.

– Dlaczego?

– Bo nie pozwalam.

Hermia wyrzuciła rękę do przodu. Miała w niej pistolet. Danny nie wiedział, że nosiła go w torebce.

I nagle pistolet zniknął. Pat musiała go dokądś przemieścić.

– Nie, no, bądźmy poważni. – Pat spojrzała na nią pogardliwie. – To wszystko, na co cię stać?

Hermia zgromiła ją drapieżnym wzrokiem, po czym z czystą nienawiścią wpatrywała się w Danny'ego.

– Chcesz wiedzieć, co to jest piekło? To bycie uwięzionym wewnątrz kogoś, kto jest tak słaby, głupi i... grzeczny jak ty.

– Dzięki. Nie powiem, że będę za tobą tęsknił.

– Będziesz, będziesz. Dlaczego jeszcze nie spróbowałeś mnie zabić? Przenieść wrotami do wnętrza słońca? Loki chciał to zrobić. Niedogodność, chwilowe opóźnienie.

– Możesz zabić Hermię, jeśli chcesz – powiedziała Pat. – Sama się o to prosiła.

– Nie zabijam ludzi tylko dlatego, że się o to proszą. Poza tym nic by to nie dało.

– Wiesz, co innego nic nie da? – spytała Hermia. – Próby powstrzymania mnie przed przejściem na Westil.

– Nikt cię przed niczym nie powstrzymuje – odparła Pat.

A jednak Danny coś robił. Pat miała rację, Sutahici rzeczywiście byli wewnątrz Hermii jak wrota. Sięgnął po nich tak, jak to zrobił Złodziej Wrót, kiedy pierwszy raz próbował ukraść mu wrota, i wchłonął Sutahitów Hermii w siebie.

I ot tak, zamknął ich w sobie.

Nigdy jednak nie byli Sutahitami Hermii. Zawsze należeli do Seta. Wyszli za nim z Duat, tak jak niemal ludzkie prety podążały za najsilniejszymi pretami, tworzyły ich Ba, obdarzały je mocami, które z czasem przeradzały się w magiczne umiejętności.

Kiedy więc Danny wchłonął Sutahitów Hermii, to Set, nie ona, popadł w oszołomienie. Jeszcze nigdy nikt nie zrobił mu czegoś takiego, Danny to wiedział.

Set w popłochu zareagował odruchowo: wysondował swoje Ba. Wyliczył swoich Sutahitów, wywołał ich, zmobilizował, rozbudził.

Choć byli rozrzuceni po całej Ziemi i towarzyszyli miliardom ludzi, wyraźnie ukazali się Danny'emu Northowi. Nie wiedział, ilu ich było, ale wiedział, gdzie są.

I wszystkich wchłonął.

To było dziwnie znajome uczucie, mieć w sobie dziesiątki miliardów Sutahitów, szczelnie zamkniętych w skarbcu serca. Minęła chwila, zanim Danny coś sobie uświadomił: odkąd przekazał wszystkie swoje wrota Klusze, a potem oddał zniewolone wrota samym sobie, czuł się pusty w środku. A teraz znów był pełny.

No, w połowie pełny.

Miałem w sobie więcej wrót, niż Set ma Sutahitów, pomyślał. Jak to w ogóle możliwe?

A może jego Sutahici są w jakiś sposób mniejsi od moich wrót, więc zajmują mniej miejsca.

To były przelotne myśli i Danny nie miał czasu szukać odpowiedzi na te pytania, bo nagle twarz Hermii przybrała wyraz bezgranicznego przerażenia.

– Coś ty zrobił?

– Zagrałem z tobą w Głodne Hipcie. I wygrałem.

– Nic nie wygrałeś! – krzyknęła Hermia. – Nic! – Po czym, bardzo cicho: – Nic.

Miał wrażenie, że ostatnie „nic" odnosiło się do tego, co zostało Setowi. Zamiast zawładnąć ciałem maga wrót i wykorzystać je do przeniesienia połowy podporządkowanych mu Sutahitów na Westil, stracił wszystkich Sutahitów. Przepadli.

Byli jego królestwem. Jego ciałem, jego ja. To dzięki nim mógł docierać do ludzi, wpływać na nich i to, robił. Byli jego skrzydłami, oczami, uszami, głosem szepczącym do wszystkich uszu naraz, a teraz jest ślepy, głuchy, niemy, ze złamanymi skrzydłami. Ma Hermię. I nic więcej.

Hermia wyrzuciła ręce przed siebie, ale co właściwie Set zamierzał – wydłubać mu oczy? pociąć policzki? udusić go? – tego Danny miał się nie dowiedzieć, bo nagle znalazł się dziesięć metrów dalej. Robota Pat, nie jego.

– Danny, bez przesady. Chciałeś pozwolić, żeby cię pocięła? Za grzeczny jesteś.

Hermia oczywiście wiedziała, gdzie są, i po chwili przemieściła się przed nich.

– Myślę, że wybiorę się na Westil – oznajmiła.

– Śmiało – rzuciła Pat. – Będziesz jedynym pasażerem.

Danny zaczekał, aż Hermia zniknie.

– Proszę, zostań tu i dopilnuj, żeby pozostali wrócili do domu – powiedział do Pat. A potem przeniósł się prosto do Lokiego. Musiał uprzedzić Złodzieja Wrót, co się dzieje.

I poradzić się go, co robić.

# Rozdział 18

Klucha był z królową Bexoi, kiedy Danny przyniósł mu wieści.

– Czyli jednak nie miałeś nad nim władzy – stwierdził.

– Nigdy tak nie twierdziłem – odparł Danny łagodnym tonem. – Zaproponowałem mu, żeby został, i został. Ona poprosiła go, by przeszedł do niej, i tak zrobił.

– Wiedziałem, że jest niebezpieczna.

– Pytanie, jak niebezpieczny jest Set – powiedział Danny. – Bez względu na to, ile ktoś ma w sobie zła, jak wiele szkód może wyrządzić bez tłumu popleczników wykonujących każde jego polecenie?

– Łatwo zbierze nowych. – Klucha myślał o królowej Bexoi, która zdołała znaleźć służalców gotowych spełnić każde jej żądanie. Włącznie z samym Kluchą, w czasie, kiedy zaślepiony miłością i podziwem dla niej oddał jej do dyspozycji swoją umiejętność stwarzania wrót.

Wtedy Danny wyjaśnił, co zrobił z Sutahitami.

Klucha spojrzał na niego i pokręcił głową.

– Nadal nie masz ani jednych wrót.

– Powiedziałem, że to było tak, jakbym pożerał wrota. To nie znaczy, że zmienili się we wrota.

– Niczego takiego nie widzę.

– Seta też nie widziałeś – przypomniał Danny.

– A ty widzisz.

– Teraz, kiedy jest w Hermii, jeszcze łatwiej i wyraźniej niż poprzednio.

– Nie ma ludzkiej postaci. Bardziej przypomina muszą kupę.

– Jest mniejszy niż musza kupa. Jak punkt geometryczny. Nie ma wymiarów. Tylko położenie w przestrzeni, trwałość w czasie, zdolność przemieszczania się.

Klucha patrzył, jak twarz Danny'ego przybiera nieodgadniony wyraz.

– Nigdy nie był człowiekiem, więc trudno ocenić jego charakter. Wydaje się jednak ucieleśnieniem czystej ambicji. Nieustraszony i silny, bez cienia empatii.

– Jak mag wrót – stwierdził Klucha z żalem.

– My przynajmniej jesteśmy zabawni.

– Nie bardzo – odparł Klucha. – Zwłaszcza ostatnio.

– Sądzę, że Hermia jest mniej groźna, niż była, zanim schwytałem Sutahitów.

– Jak długo będziesz żył? – spytał Klucha. Chłopak był jeszcze taki młody; brakowało mu rozwagi.

– Hm. No tak. Kiedy umrę, Sutahici odzyskają wolność. A wtedy będą mogli wrócić do Seta.

– I nie licz na to, że ukrywanie się w drzewie pomoże – przestrzegł Klucha. – To tylko gra na zwłokę.

– Przez półtora tysiąca lat wiele się może zdarzyć – stwierdził Danny. – Co ważniejsze, wiele się może nie zdarzyć.

– Musimy znaleźć trwałe rozwiązanie.

– Set i Sutahici nigdy nie żyli. Dlatego nie mogą umrzeć.

– Nie mają ciał, które mogłyby umrzeć – uściślił Klucha. – Ale to nie znaczy, że nie można ich zniszczyć.

– Pretów nie da się unicestwić.

– Niby skąd to wiesz?

– Tak mi powiedziano na Duat.

– A wszystko, czego się tam dowiedziałeś, to absolutna prawda – rzekł Klucha.

– Gdybyś tam był...

– Uwierzyłbym we wszystko? Bardzo możliwe. To znaczy tylko tyle, że łatwiej okłamać tego, kto jest fizycznie obecny.

– Na Duat kłamstwo nie istniało. Nie istniała mowa.

Klucha milczał.

– No dobrze – powiedział Danny. – Wiem, że można oszukiwać, nic nie mówiąc, ale to, co tam poznałem, to czysta wiedza. Nie przekazano mi jej słowami, po prostu była.

Klucha nie miał podstaw, żeby temu zaprzeczyć. Zresztą, może to prawda.

– Tutaj kłamstwo jest na porządku dziennym.

– Musisz wybrać coś, w co gotów jesteś wierzyć – mówił Danny. – Inaczej po co w ogóle cokolwiek robić.

Mógł tylko przytaknąć, choć pamiętał, jak kochał i ufał Bexoi, we wszystkim podporządkowywał się jej woli. No, do pewnego stopnia. Kiedy kazała mu zabić Anonoei i jej synów, w tajemnicy przed nią darował im życie. Wtedy przestał ją kochać. Znienawidził, kiedy zamordowała jego syna Figla.

– Byłoby najlepiej, żebyś wrócił na Duat i dowiedział się, jak rozwiązać ten problem – radził Klucha. – Skoro tyle tam czystej wiedzy, może znajdziesz odpowiedź na pytanie, jak sprawić, by Sutahici pozostali uwięzieni po twojej śmierci. Lub, no wiesz, jak usunąć Seta ze wszechświata.

– Dużo o tym myślałem – przyznał Danny. – Ile zła na świecie pochodzi od Seta, a ile bierze się z ludzkiej natury. To znaczy, szympansy są agresywne. Samce alfa traktują samice jak swoją własność. Inne samce uprowadzają samice i wielokrotnie je gwałcą. Toczą wojny, dopuszczają się masowych mordów. Nie potrafią włamywać się do systemów komputerowych ani budować broni jądrowej, ale robią wiele strasznych rzeczy bez zachęty Seta i Sutahitów.

Klucha usiłował sobie wyobrazić, czym też może być „szympans".

Danny jakby czytał mu w myślach.

– To taka małpa. Genetycznie najbliższa człowiekowi. Kiedy następnym razem wpadniesz na Mittlegard, zajrzyj do zoo.

– Albo przeczytam książkę – powiedział Klucha. – Książki to wspaniały wynalazek. Papier... cudowna rzecz. Dlaczego Hermia nie mogła sprowadzić na Westil papiernictwa?

– Może jeszcze to zrobi. Im więcej ludzi umie czytać, tym szybciej roznoszą się niebezpieczne i zgubne idee. Razem z dobrymi, oczywiście.

– Czyli zmierzasz do tego, że ludzie są okropni, czy jest z nimi Set, czy nie.

– Potrafią być okropni, ale potrafią też być dobrzy.

– Set broni im być dobrymi?

– Tylko osobie, którą opęta.

– Kiedy Set był w tobie, całkowicie zawładnął twoim ciałem, prawda? – spytał Klucha.

– Takie było odczucie; wrażenie, że nie jestem w stanie nic zrobić. Teraz wiem, że w każdej chwili mogłem tę władzę odzyskać. Wymagało to jednak samoświadomości... fizycznej samoświadomości... jakiej wtedy jeszcze nie miałem.

– To dzięki niej wyczuwasz prety i Sutahitów?

– Po części. Jeszcze nie do końca wiem, co właściwie wyczuwam, co potrafię, co to wszystko znaczy.

– Ale zdołałeś odzyskać kontrolę nad swoim ciałem, kiedy był w nim Set. Czy Hermii też się to może udać?

Danny pokręcił głową.

– Nie próbowała nauczyć się ode mnie i Pat niczego oprócz umiejętności przemieszczania się bez wrót.

– I jak jej to idzie? Jakie są jej ograniczenia?

– Może przenosić się tam i z powrotem, i zabierać ze sobą wszystko, czego dotyka.

– Ludzi i te smoki, czy co to jest – powiedział Klucha – ale tylko jeśli ich dotyka.

– Jak dotąd – stwierdził Danny. – Próbujesz ustalić, ile szkód może wyrządzić Set?

– Muszę wiedzieć, do czego może zmusić Hermię, a do czego nie. I co mogę jej zrobić, a czego nie.

– Zabijając ją, nie zabijesz Seta – przestrzegł Danny.

– Ale pozbawię go jej umiejętności. Kto jeszcze potrafi robić to, co ona?

– Kiedy Pat rozdzieliła chłopców, oboje to zobaczyli i zrozumieli. Czyli pewnie to potrafią. Anonoei nauczyła się tego, kiedy pomogłem jej przejąć władzę nad ciałem Bexoi.

– Wiem. Nie jestem jednak pewien, jak bardzo jest w związku z tym niebezpieczna. Nie ufam już swojemu wyczuciu do ludzi. Zwłaszcza kobiet. Ale chłopcy... są młodzi. Bezbronni.

– Wydaje się, że Enopp nauczył się więcej – powiedział Danny. – Ale może myślę tak tylko dlatego, że z nich dwóch on jest ten rozmowny. Pojęcia nie mam, co wie Eluik i co potrafi.

– To znaczy, jeśli Hermia umrze, Set będzie chciał przenieść się do ciebie, Pat, Anonoei, Enoppa albo Eluika.

– Albo do ciebie.

– Do mnie? – Klucha parsknął śmiechem. – Jestem tylko prostym Ojcem Wrót.

– Do mnie się nie przeniesie – zapewnił Danny. – Udowodniłem, że mogę go sparaliżować.

To była kluczowa umiejętność.

– Możesz mnie tego nauczyć?

– Mogę spróbować – zgodził się Danny. Z pewnym wahaniem.

– Tylko... czy chcesz? – spytał rozbawiony Klucha. – Bądź co bądź jestem perfidnym Złodziejem Wrót. Jakże mógłbyś mi powierzyć tak wielką moc?

– Nie o to chodzi. Po prostu... Żeby nauczyć tego Anonoei, musiałem najpierw przejąć władzę nad ciałem Bexoi i usunąć z niego jej Ka. Dopiero potem mogłem pokazać Anonoei, jak wniknąć głębiej.

– Nie chcesz przejąć nade mną władzy?

– To nie było pierwotne ciało Anonoei – powiedział Danny. – Potrafiła sterować innymi. Jest zaklinaczką ludzi. Za to ty... Co będzie, jeśli wniknę w głąb ciebie i w ten sposób wypędzę cię, tak jak wypędziłem Bexoi, tyle że nie będziesz mógł wrócić? Co będzie, jeśli umrzesz?

– Miło, że się o mnie martwisz. Ale nie planuję żyć wiecznie.

– Jesteś tego bliższy niż większość ludzi – stwierdził Danny.

– Tylko kilka stuleci dzieli mnie od dwóch tysięcy lat. Jeszcze sporo brakuje do wieczności.

– Jak mówiłem, bliższy niż większość.

Klucha pokręcił głową.

– Byłbym gotów narazić życie, żeby się tego nauczyć, ale ty nie jesteś gotów narażać mojego życia, żeby mnie tego nauczyć. Rozumiem twoją decyzję. Na razie. I dziękuję za przestrogę.

– Wolałbym nie zabijać Hermii – oświadczył Danny.

– Tu się różnimy. Ale skoro żaden z nas nie wie, jak ją zabić, i żaden z nas nie chce zobaczyć, co po jej śmierci zrobiłby Set, na razie nie zrobimy nic. Dobrze mówię?

– Nie nic. Tylko... nic w sprawie Hermii.

– Ja też nie będę zupełnie bezczynny. Dopilnuję, żeby Hermia nie mogła sprowadzić swoich smoków na Westil.

– To helikoptery. Ulepszone przez moich rodziców. Na Mittlegardzie zapewniają przewagę jednej ze stron. Może nie przygniatającą, ale i nie do pogardzenia. Tutaj jednak nic ich nie powstrzyma.

– Czy ja wiem? – powiedział Klucha. – Wybuchy robią wrażenie. I owszem, są niebezpieczne. Ale jak latający statek poradzi sobie z tornadem wywołanym przez Tchnienie Wichru?

– To tym okazał się Ced?

– Albo Burzownikiem. Jego nauczyciel nie ma pewności i nic dziwnego, skoro jest magiem drzew.

– Cokolwiek zrobisz z helikopterami, czołgami i wszystkim, co Hermia i moi rodzice postanowią sprowadzić, pamiętaj, proszę, że piloci i załogi to suszłacy, którzy zgłosili się na ochotnika, by bronić sojusznika przed napaścią. Nic nie wiedzą o sytuacji na tym świecie. Wiedzą tylko, że moi rodzice mają przerażającą moc. Dlatego są im posłuszni. To jednak nie powód, żeby ich zabić.

– Są żołnierzami – zauważył Klucha. – Usiłuję rozszyfrować niuanse twojej moralności.

– Nie z własnego wyboru będą strzelać do Westilian uzbrojonych w dzidy i łuki.

– Ani do magów uzbrojonych w wiatr, piasek i co tam jeszcze da się przeciwko nim wykorzystać?

– Proszę tylko, żebyś odesłał cały ten sprzęt na Mittlegard albo wyciągnął ludzi wrotami ze śmigłowców, zanim je przeniesiesz do wnętrza góry lub na dno oceanu.

– Przyjąłem twoją prośbę do wiadomości – rzekł Klucha – i podziwiam twoją cnotę. Ale nie zamierzam stworzyć Wielkich Wrót, więc nie będę mógł odesłać tych machin na Mittlegard.

– To umieść je w bezpiecznym miejscu i sam po nie przyjdę.

– Jeśli będę mógł. Tyle że dokądkolwiek je przeniosę, Hermia je znajdzie.

– Przenieś śmigłowce w samo serce huraganu tak silnego, że nawet moi rodzice ich nie poderwą do lotu. A czołgi w burzę piaskową, która je unieruchomi. Czy gdzie będziesz chciał.

– Tyle fatygi, żeby chronić życie żołnierzy, którzy zaciągnęli się z pełną świadomością tego, że mogą życie stracić.

– Żołnierzy zmuszonych do udziału w niewłaściwej wojnie – uściślił Danny. – To nie byle niuans. Nie każ mi przystąpić do walki po ich stronie.

Klucha pokręcił głową.

– Danny. Nie potrafisz poznać, kiedy ktoś się z tobą zgadza?

– Mógłbyś choć na chwilę wyjść z roli adwokata diabła i powiedzieć po prostu: „Tak, Danny, zrobię, co w mojej mocy, żeby ocalić ludzi z Mittlegardu przed śmiercią”?

– Tak powiedziałem – odparł Klucha. – Idź już, muszę znaleźć Hermię i zobaczyć, co z Setem knują.

– Jak ją znajdziesz? Nie umiesz wyczuwać jej Ka tak jak ja.

– Ale i nie szukam jej w taki sam sposób jak ty. Mogę ją wytropić, bo jest maginią wrót, a ja mam jej wrota. Tylko kilkoro, ale znalazłem je w skarbcu serca, który mi oddałeś. Kiedy więc przybywa na Westil, te wrota chcą do niej wrócić, a ja wtedy poznaję, gdzie ona jest.

– Ona też wie, gdzie ty jesteś. I nie dzięki swoim wrotom.

– Wróć tu kiedyś i naucz mnie wszystkiego, co potrafisz – poprosił Klucha.

– Pomyślmy – powiedział Danny. – Masz wszystkie moje wrota i ich nie oddajesz, choć wiesz, że Set nie może mi niczego odebrać.

– Lubię mieć miliardy wrót w moim skarbcu. Dlaczego cała chwała miałaby spłynąć na ciebie?

– Zastanawiam się, z jakiej racji mam cię czegokolwiek uczyć, skoro nadal przetrzymujesz moje wrota jako zakładników.

– Gdybym ci je oddał, znów stworzyłbyś Wielkie Wrota.

– Może i tak. Ale co z tego? Chciałbym pomóc magom z Westilu osiągnąć taką samą moc, jaką zdobyli magowie z Mittlegardu. Przywrócić równowagę.

– Równowaga nie istnieje – oświadczył Klucha.

– Set już jest na Westilu – mówił Danny – a ja mam Sutahitów. Czyli wydarzyła się jedna z rzeczy, którym próbowałeś zapobiec. Druga nie może się wydarzyć, dopóki żyję. Ale w porządku, Złodzieju Wrót, chcesz, to zatrzymaj moje wrota. Jakże mógłbyś uwierzyć, że rozważnie korzystałbym z własnych wrót.

Klucha nie znosił, kiedy jego adwersarz miał po swojej stronie logikę i sprawiedliwość, a on sam tylko głęboką niechęć do uznania cudzej racji.

– Nie pyskuj mi tu, chłopcze – powiedział. – Prawdopodobnie jestem twoim przodkiem.

– Statystycznie rzecz biorąc, po półtora tysiącu lat zapewne jesteś przodkiem wszystkich.

I Danny zniknął. Wrócił na Mittlegard.

A jeśli on ma rację? Czy w ogóle jest sens dalej pilnować, żeby światy pozostały rozdzielone? Czemu nie zburzyć wszystkich barier?

Czy wtedy Westil stałby się kolonią Mittlegardu, z jego imperiami biznesowymi i niezwykłymi machinami? Czy może Mittlegard podzieliłby się na lenna tysiąca obdarzonych boskimi mocami magów Mitheru, przechodzących w tę i z powrotem przez Wielkie Wrota?

Pewnie jedno i drugie, pomyślał Klucha. Tak czy owak, to zniszczyłoby wszystko, co dziś czyni nas tym, kim jesteśmy. Wśród suszłaków i magów z obu światów zawsze było wiele zła. Było też jednak, zwłaszcza w życiu suszłaków, dużo dobra – dobra, które nie przetrwałoby otwarcia łatwo dostępnego przejścia między światami. Nikt nie zyskałby nic rzeczywiście wartego posiadania, a suszłacy znaleźliby się na straconej pozycji.

Dlatego schowałem się w drzewie, pomyślał Klucha. To, że przegraliśmy, nie znaczy, że wojna się skończyła. Bo Danny North w jakiś sposób pożarł Sutahitów. I może wspólnie wymyślimy, jak unicestwić boga Bela, Seta.

# Rozdział 19

Ponieważ wszyscy zwracali się do niej tytułami Bexoi, nie po imieniu, Anonoei zaczynała wierzyć, że naprawdę jest małżonką króla Prayarda, a nie intruzem. Stawało się to bolesne tylko wtedy, kiedy zostawali z Prayardem sami, bo zawsze nazywał ją Bexoi, imieniem kobiety, która zajęła jej miejsce i ją zamordowała.

Kiedyś wreszcie i do tego się przyzwyczaję. Kiedyś wreszcie przestanę marzyć o tym, by Prayard był przy mnie taki jak dawniej – swawolny, czuły, nie tak strasznie… uprzejmy. Czy nie brakuje mu tego, jak kiedyś było nam razem? Naprawdę jest szczęśliwszy jako mężczyzna, którym jest u jej boku?

Nie „jej", już nie. Teraz to ja jestem Bexoi.

Skąd się więc bierze to wrażenie, że zdradza mnie, kiedy jest z… ze mną?

Cierpliwości, Anonoei.

Czy raczej, cierpliwości, Bexoi. Bo rzeczywista zmiana nastąpi wtedy, kiedy przestaniesz myśleć o sobie jako o Anonoei i naprawdę uwierzysz, że jesteś Bexoi. Nie ohydnym potworem, którym była, tylko Bexoi taką, jaka jest teraz.

Anonoei siedziała w pokoju dziecięcym i karmiła małego Kliwra. Ciągnął, aż miło. Łakome dziecko, nie to, co Eluik i Enopp, którzy zdawali się czekać niecierpliwie, kiedy odstawi ich od piersi. Choć tak było później, nie na początku. A jednak pierś zbrzydła im, gdy jeszcze nie mieli górnych ani dolnych zębów. Niespokojnie szukali lepszego pokarmu, ale nic innego nie znajdowali.

Na jakich ludzi wyrośliby, gdybym od początku była żoną Prayarda, gdyby wychowywano ich jak książęta, następców tronu? Ich nienasycona ciekawość, ciągłe poszukiwania...

Nie. Myślę o nich, jakby byli tacy sami, a nigdy tak nie było. Tyle miesięcy w niewoli, bez dostępu do nich. A potem jeszcze to, jak się ze sobą spletli – oczywiście, że postrzegałam ich jako jednego chłopca, bo słyszalny był tylko głos Enoppa, tylko jego osobowość mogła się uzewnętrzniać.

I wtedy, jakby swoimi myślami przywołała synów, zobaczyła ich obu, stali przy oknie. To nie sen ani pobożne życzenie – naprawdę oni. W pierwszej chwili pomyślała, że Klucha przeniósł ich tutaj wrotami. Ale nie, nauczyli się przemieszczać samodzielnie, kiedy dziewczyna Danny'ego Northa – Pat? – pomogła im się rozdzielić.

Nie mogła rozmawiać z nimi tutaj, w obecności służby. Nie mogła nawet pozwolić, by ktokolwiek ich zauważył. Przeniosła się więc do jednego ze ślepych pomieszczeń, które pokazał jej Klucha, pustych przestrzeni powstałych, kiedy architekci nie zdołali dopasować rozkładu wnętrz do murów zewnętrznych. Chłopcy zaraz do niej dołączyli i teraz już byli zupełnie sami.

– Poczekajcie tu, muszę wrócić i odprawić służące, zanim zauważą moją nieobecność – powiedziała Anonoei.

– Też się cieszymy, że cię widzimy, matko – odezwał się Enopp.

– Pod wpływem mittlegardzkiej telewizji zrobiłeś się niegrzeczny – stwierdziła.

– Chyba słowem, którego szukasz, jest „zarozumiały" – skorygował Eluik. – A taki był zawsze.

Uśmiechnęła się i pokręciła głową. W mgnieniu oka pojawiła się tam, gdzie jeszcze przed chwilą karmiła dziecko. Służące nawet nie zauważyły jej nieobecności.

– Moje panie, pragnę trochę pobyć sama. Wyjdźcie, proszę.

Kobiety łaskawie wstały i wyszły z komnaty. Anonoei przeniosła się do pokoju bez drzwi, w którym czekali jej synowie.

– Cieszę się, że was widzę. Jak zawsze. A to wasz brat, Kliwer. To tymczasowe imię, dopóki nie wymyślimy czegoś dynastycznego.

Enopp lekko pomachał do dziecka. Ani na chwilę nie odrywał oczu od twarzy Anonoei.

– Domyślam się – powiedziała – że stało się coś złego.

– Potwór wyszedł z Danny'ego Northa i teraz jest w Hermii – oznajmił Enopp. – Ona nie może nad nim zapanować, więc on panuje nad nią. Co w związku z tym zrobisz?

Nie miała gotowej odpowiedzi. Usłyszała, że dziecko zaczyna grymasić; jej lewa pierś była już prawie pusta. Przełożyła malca do drugiej piersi, myśląc o pytaniu Enoppa.

– Nie bardzo rozumiem, dlaczego uważacie, że w ogóle miałabym cokolwiek zrobić. Sądzicie, że Set ulegnie mocy skromnej zaklinaczki ludzi?

– Pat nas rozdzieliła – przypomniał Eluik. – Nie możesz w ten sam sposób wyciągnąć Seta z Hermii?

– Pewnie mogę; dokładnie tak samo, jak Hermia wyciągnęła Seta z Danny'ego.

– Nie, nie wpuszczaj go w siebie – zaprotestował Enopp.

– Seta nie można wygnać, można tylko zaproponować mu przeprowadzkę – wyjaśniła Anonoei. – I im rzadziej widuję Hermię, tym lepiej.

– Żyłaś w kimś – mówił Eluik. – I w żaden sposób nie mogłaś zmusić tego ciała, żeby było ci posłuszne.

– A Enopp żył w tobie, Eluiku, tak że żaden z was w tym się nie połapał. Może więc to wy lepiej się znacie na rzeczy?

Pokręcił głową.

– Jesteśmy dziećmi. Nie możemy tak po prostu rozwiązywać problemów, z którymi nie radzą sobie dorośli.

– Wiemy, że zabicie Hermii nic nie da – dodał Enopp. – Set wstąpiłby w kogoś innego i tyle.

– Dlatego ja byłam w uprzywilejowanej pozycji – odparła Anonoei. Byłam zaklinaczką ludzi, gościem. Hermia zaś jest gospodarzem i nie może opuścić własnego ciała. Set nią steruje. Pomóż jej więc przejąć stery. Sama tego dokonałaś, teraz pomóż jej. – Bexoi była gotowa umrzeć – powiedziała na głos. – A mimo to w pojedynkę nie zdołałabym jej wygnać.

– Ale możesz pomóc Hermii odzyskać władzę nad jej ciałem – dociekał Eluik. – Prawda? Możesz jej pokazać, jak to się robi?

– To nie takie proste.

– Właśnie że tak – upierał się Enopp. – Pat pokazała nam, co robić, i teraz to potrafimy.

– W takim razie sami pokażcie to Hermii.

– Powtórzę jeszcze raz – powiedział Enopp – jestem dzieckiem.

– Pokazując to Hermii, pokazalibyśmy to też Setowi – dodał Eluik.

– Tak, i żadne z nich by na tym nie skorzystało – stwierdziła Anonoei. – Wy to zobaczyliście i nauczyliście się tego, bo czuliście, co wam robiono, na własnej skórze. W swoich ciałach. Klucha jednak patrzył, jak Danny North mnie oswobadza, widział tyle, co Hermia, a nie nauczył się nic. Nadal musi stwarzać wrota, żeby się dokądkolwiek przenieść.

– Przynajmniej tak ci wmawia – zasugerował Eluik.

– Wy dwaj i ja mogliśmy się dużo nauczyć, bo musieliśmy współpracować, ja z Dannym, wy z Pat, żeby odzyskać wolność. A Pat i Danny nauczyli się tego, czego się nauczyli, dzięki temu, że umarli, co w naszym przypadku raczej nie byłoby wskazane, bo nas chyba już by z piekła nie wypuszczono.

– Nazywają je Duat – napomknął Enopp.

– A ja piekłem – powiedziała Anonoei – bo tym właśnie by dla nas było.

– Czyli twoim zdaniem nie powinniśmy nic robić – stwierdził Eluik.

– Myślę, że powinniście przenieść się na Mittlegard i więcej tu nie wracać. To, że coś potraficie, nie znaczy, że mądrze jest to robić.

– Może we dwójkę – podsunął Enopp – moglibyśmy zapanować nad Setem.

– Wybij sobie takie głupstwa z głowy – przykazała. – Hermia była po dziesięciokroć bardziej doświadczona i lepiej wyszkolona od was, i czy dziś jest wolna?

– Nie wiemy – odparł Eluik. – Bo nie wiemy, w jakim stopniu zgadza się na wszystko, do czego Set ją zmusza.

Chłopak jest nad wiek dociekliwym, subtelnym myślicielem, stwierdziła Anonoei ku swojemu zadowoleniu. Pewnie ma to po mnie. Prayard nigdy nie wykazywał wielkiej subtelności myślenia. Choć to może znaczyć, że jest tak subtelny, że nigdy tego nie wyczułam.

– Jeśli stała się dobrowolną wspólniczką Seta – mówiła Anonoei – tym bardziej nie będzie skłonny przenieść się z niej do żadnego z was. Poza tym, jak sądzicie, którego z was wybrałby? Tego, w którym przez lata tkwiło wewnętrzne ja innego chłopca?

– Całkiem możliwe – zgodził się Eluik.

– Czy tego, który był tak nikczemny i głupi, że to wewnętrzne ja w niego posłał? – spytał Enopp.

– Ani nikczemny, ani głupi – zaprzeczyła Anonoei. – Byłeś naiwny i niedoświadczony, Enoppie, to wszystko. Nie miałeś pojęcia, co się naprawdę dzieje.

– Wyczuwałem wszystkie myśli Eluika. Uznałem, że to znaczy, że on siedzi we mnie.

– Wracajcie na tę farmę w... Ohio, dobrze pamiętam?

– Teraz mieszkamy w Kentucky – odparł Enopp. – To inny stan.

– Mieliśmy nie mówić o tym głośno – przypomniał Eluik.

– Matka i tak już wie – stwierdził Enopp.

– Mieliśmy nie nazywać jej matką.

– Nie słyszy mnie nikt oprócz niej i ciebie – odparł Enopp.

– Nie wiesz tego. Jesteś pewien, że zawsze poznasz, czy podsłuchuje cię mag wrót?

Za długo to już trwało.

– Chłopcy, strasznie za wami tęsknię i cieszę się, że wszystko u was w porządku. Ale musicie wracać do domu.

– Nie będzie domem, dopóki ty tam nie zamieszkasz – oświadczył Eluik.

– Nie mogę. Teraz jestem tutaj królową.

– I co z tego? – rzucił Enopp. – Przecież gdybyś się przeniosła na Mittlegard, nie posłaliby za tobą psów gończych, żeby cię ściągnąć z powrotem.

– Jesteście pewni, że chcecie mnie taką? – Ukazała gestem twarz i ciało Bexoi.

– No pewnie – potwierdził Enopp zdecydowanie. – Kobiety w Ameryce wydają fortunę, żeby mieć taką twarz i takie ciało.

– Uważacie, że w tym ciele jestem ładniejsza, niż byłam w moim?

– To pułapka – mruknął Eluik do Enoppa. – Nie odpowiadaj.

– Chcemy, żebyś była z nami, matko – powiedział Enopp. – Jeszcze nie skończyłem dorastać.

– A ja tak – stwierdził Eluik. – Dzieciństwo było męczarnią. Dobrze, że się skończyło.

Anonoei nie mogła powstrzymać śmiechu.

– Może masz rację. Wracajcie i czekajcie na mnie. Odwiedzę was, kiedy będę mogła.

Kliwer zakasłał i Anonoei spuściła wzrok, żeby zobaczyć, czy mały wymiotuje, czy po prostu zgłodniał. Kiedy po chwili podniosła głowę, chłopcy już zniknęli.

Czy naprawdę były tylko dwie możliwości? Albo zabić opętanego tak, by Set nie mógł uciec, albo pogodzić się z tym, że Seta nie sposób powstrzymać?

I cokolwiek zrobiliby, Set zawsze mógłby się przenieść w inne ciało. Zwłaszcza teraz, po tym gdy miał wiele okazji, żeby poznać od podszewki ten nowy sposób przemieszczania się.

Co mnie to właściwie obchodzi?, zapytała samą siebie Anonoei. Set nie ma nic wspólnego ze mną. Moim potworem była Bexoi, a jej już nie ma. Jestem żoną mężczyzny, którego kocham. Wciąż mam obu moich synów i sporą szansę na to, że będę mogła się z nimi widywać, kiedy cała ta szarpanina się skończy. Doczekałam własnego happy endu, cóż, że trochę zagmatwanego. Niech magowie wrót sami sprzątają bałagan, którego narobili. Ja zajęta jestem sprzątaniem po sobie, dziękuję bardzo.

Ledwie jednak doszła do tego wniosku, zrobiło jej się wstyd. Jak mogła w ogóle tak myśleć? Zawdzięczam Danny'emu Northowi wszystko, przyznała. A jeśli tylko ja, która wypchnęłam już jedną osobę z jej własnego ciała, mogę wyciągnąć Seta z marionetki w ludzkiej skórze, jaką stała się Hermia?

Zobaczymy. Na razie nie ma powodu do paniki.

# Rozdział 20

Danny siedział na ławce, którą Diamondowie ustawili koło dębu dachówkowatego – gatunku, który jak wyjaśnił pułkownik Diamond, „ma tak małe żołędzie, że większość ludzi nawet nie zdaje sobie sprawy, że to jest dąb. W tej części Kentucky rosną tylko dwa znane okazy, oba tutaj, u nas".

Prawie wszystkim zakątkom farmy nadali nazwy pochodzące od drzewa lub drzew, które miały dla nich szczególne znaczenie. Ich ulubiony dąb żółty wyrastał ponad inne na zboczu wzgórza, jednak tutaj, na ławce pod dębem dachówkowatym, Danny i Pat mogli liczyć, że nikt im nie będzie przeszkadzał.

– Chyba Ten nie po to odesłał nas z powrotem na Mittlegard, żebyś umarł – powiedziała Pat.

– Właściwie już powinienem nie żyć, więc... jeśli mam umrzeć, to umrę.

– Łatwo ci powiedzieć.

– Dlaczego uważasz, że łatwo?

– Bo jesteś idiotą. To mnie zamordowano, pamiętasz? Ja umarłam. Ty tylko przyłączyłeś się do mnie i zabrałeś ze mną. Jako mój pasażer. Ja powinnam nie żyć, i wiesz co? Gdybym umarła, to byłoby do kitu. Bo chcę przeżyć życie, mieć męża, dzieci, wnuki, co się tylko da. A skoro odesłano cię tutaj razem ze mną, to chyba znak, że taka powinna być nasza wspólna przyszłość. Mamy już śmierć za sobą, teraz pożyjmy.

– A kiedy moje życie się skończy, Sutahici odzyskają wolność.

– Danny, czy od czasu, kiedy ich schwytałeś, zauważyłeś, by na świecie nagle zapanowała ogólna życzliwość i dobroć? Czy ustały wojny? Terroryzm? Zarzynanie ludzi za to, że wyznają inną wiarę? Nienawiść?

– Nie da się tak od razu przezwyciężyć odwiecznych uprzedzeń – odparł.

– Sutahici nakłaniali ludzi do działania, ale niektórych nakłaniać nie trzeba – zauważyła Pat. – Minie sporo czasu, zanim liczba złych uczynków spadnie choćby w granicach błędu statystycznego. Ale nawet jeśli ten spadek będzie większy... co, jeśli przestępczość zmniejszy się o połowę? Przestępstw jest od cholery, Danny. Ile to jest połowa „od cholery"?

– Nie jestem pewien, czy taka jednostka istnieje.

– Dobrze, że trzymasz Sutahitów w zamknięciu. Ale, Danny... Oni nadal są nieodłącznie związani z Setem. Wciąż należą do niego tak jak twoje wrota do ciebie, mimo że oddałeś je Lokiemu. Nie buntują się przeciwko niemu, są mu posłuszne, ale tylko dlatego, że wydałeś im taki rozkaz. Są twoje. A Sutahici są Seta.

Danny pomyślał o tym.

– Na pewno? – spytał.

– Rozkazywał im, oni go wspierali. Danny, jestem pewna, że to za ich sprawą Laurette, Sin, Xena dały się ponieść chorej żądzy i ciebie molestowały. To była skoordynowana napaść. Tak, są związani z Setem.

– Jasne, masz rację, ale ja tylko... tak sobie myślę. Ba związuje się z nami, kiedy nasze Ka wstępuje w ciało i się z nim łączy. Gdy opuszczamy Duat, żeby się urodzić, prety naszego Ba są obłokami blasku, które za sobą wleczemy.

– Nie powinnam była dać ci do czytania Wordswortha.

– Już go znałem. Kiedy miałem lekcje w domu, czytałem *Odę o przeczuciach nieśmiertelności.*

I zacytował:

*Jasne piękno noszą*
*W noc gwiaździstą – wody;*
*Blask słońca pysznie się plemi;*

*A ja wiem przecie, że, gdzie pójdę w świecie,*
*Tam jakaś świetna jasność już znikła z tej Ziemi**.

– Myślałam, że pierwszy raz czytałeś to wtedy, ze mną.

– Wtedy pierwszy raz przeczytałem to, będąc zakochany. Pierwszy raz czytałem to z tobą. I pierwszy raz zaświtało mi, dlaczego to ważne.

Przytuliła się do niego. Ławka była niewygodna, a mimo wszystko Danny nie chciał z niej wstać. Nigdy.

– Set się nie urodził – mówił. – Nie wlókł za sobą obłoków blasku. Został wyrzucony. Wyeksmitowany. Wydalony. A Sutahici poszli za nim. Chociaż może ich też wywalono. W każdym razie żaden z nich nigdy nie utworzył więzi, jakie tworzymy my. Z ciałem. Między zewnętrznym a wewnętrznym ja. Czy Sutahici naprawdę są częścią ja Seta? Nie sądzę, by miał w swoim ego dość miejsca dla kogokolwiek oprócz siebie. Są mu posłuszni, bo co innego im pozostaje? Czy to jednak znaczy, że są z nim nierozerwalnie związani?

– Co ci chodzi po głowie? Myślisz, że możesz ich od niego odłączyć? Jak wagony od lokomotywy na bocznicy? Są razem od tysięcy lat, Danny.

– Niektórzy ludzie zostają przyjaciółmi, bo nie mają na świecie nikogo innego. Godzą się na to, by mieć poczucie, że są częścią czegoś większego od siebie.

– Wheeler – powiedziała Pat.

– Tak. Myślę, że go nie doceniamy, ale tak. Grupa toleruje jego obecność, bo wszystkim wiadomo, że nie ma dokąd pójść ani z kim zjeść lunchu czy się spotkać.

– Litujemy się nad nim?

– Jest użyteczny. Owszem, marudzi i bywa kulą u nogi, ale z nim jest weselej.

– Nie wiem, czy cała paczka zgodziłaby się z tą tezą – stwierdziła Pat.

– Nie obchodzi mnie, jak wszyscy postrzegają Wheelera. Należy do grupy. To rzeczywista więź. Ale nie nierozerwalna. Nawet tych, którzy spędzą razem tysiąc lat, nie łączy taka więź

* Tłum. Stanisław Kryński.

jak ta, która powstaje między Ka i Ba. Wheeler w każdej chwili może odejść. Przyłączyć się do innej grupy.

– Czyli uważasz, że możesz skłonić Sutahitów, żeby... przeszli do innej drużyny?

– Już to zrobiłem, a przynajmniej wyciągnąłem ich z drużyny Seta. Na pewien czas. Nie, mówię o czymś więcej. Podążyli za Setem, bo nie mieli gdzie się podziać. Nie byli z niczym związani. Nie stanowili części niczego, nawet cząsteczki czy atomu. Nigdy nic nie mieli. Zawsze sami. A gdybym tak zaproponował im miejsce do zamieszkania? Więź?

– Jak mógłbyś im zaufać? Przez tysiąclecia usiłowali uprzykrzać ludziom życie, wszystko psuć, wszystkich unieszczęśliwiać. A ty chcesz ich zaprosić do siebie?

– Otóż to. Zamiast trzymać ich w niewoli, zaproponuję im to, czego Set nie mógł im zapewnić: więź z żywym człowiekiem. I nie tylko taką więź, jaka łączy ze mną komórki mojej skóry. Staliby się ważni, byliby elementem mojej mocy, mojej magii. Częścią mojego Ba.

– Zdajesz sobie sprawę, że to znaczy, iż staliby się wrotami?

– Jestem magiem wrót. Tak działają prety mojego Ba.

– Już raz stworzyłeś Dzikie Wrota.

– Były dzikie, bo stanowiły część Ba innego, nieżyjącego maga. Zagubione, gniewne, sfrustrowane. Spędziły stulecia w niewoli.

– I w rzeczywistości nie były częścią twojego Ba – dodała Pat.

– Nie wiem, czy to się w ogóle może udać. W naturalnym porządku rzeczy taka więź powstaje, kiedy pret opuszcza Duat, żeby się narodzić. W moim przypadku to było dawno temu.

– Siedemnaście lat.

– A to być może ćwierć mojego życia. Nie mniej niż jedna piąta. Czyli jestem na późnym etapie całego procesu. Już umiem chodzić, mówić i samodzielnie się odżywiać. Może więc Thoth na to pozwoli, a może nie.

– Thoth?

– Nie mogę go ciągle nazywać „Tym" – odparł. – Nazwa Duat pochodzi z egipskich legend, podobnie jak „Ka" i „Ba". A Thoth jest egipskim bogiem, który najbardziej pasuje do tego, co wiemy o Tym.

Pat już czytała na głos artykuł z Wikipedii, otwarty na jej telefonie.

– „Thoth pełnił wiele ważnych, znaczących funkcji w mitologii egipskiej; odpowiadał za utrzymanie porządku we wszechświecie”… no dobra, to pasuje… coś o łodzi Ra, itepe, itede, „rozsądzanie sporów między bogami, sztuki magiczne, pismo, rozwój nauki, sąd nad umarłymi”. Okej, to by się zgadzało…

– Sutahici nie umarli, bo nigdy nie żyli. Wciąż są nienarodzeni. Prenarodzeni. Może więc Thoth, choć zajęty utrzymywaniem porządku we wszechświecie, zgodzi się na opóźnione połączenie Sutahitów z dawno narodzonym żywym ludzkim Ka.

– Z tobą.

– Jeśli przyciąga ich siła – mówił – musiałem być silny, skoro przybyłem tu z tyloma wrotami.

– Obłoki blasku, jak się patrzy – stwierdziła Pat.

– Ale dlaczego miałbym dać im tylko jedną możliwość? Albo będzie, jak ja chcę, albo wcale? Czemu nie mieliby wybrać ciebie, gdyby tak im się podobało? Albo… Veevee. Eluika i Enoppa. Anonoei.

– Ludzi świadomych swoich pretów.

– Loki też do tego grona należy – powiedział Danny. – Widział, co zrobiłem z Anonoei i Bexoi. Wie, na czym to polega, po prostu jeszcze nie spróbował.

– Czego?

– Żyć jako pret. Przenosić się z miejsca na miejsce i ufać, że ciało i wszystko, z czym się styka, zabierze się razem z nim. To niejedyna nasza moc.

– Może potrafimy zapraszać swobodne prety do siebie i się z nimi wiązać.

– Tak. Tyle że… myślę, że nie należy nazywać Sutahitów „swobodnymi pretami”. Bo z tego by wynikało, że pozostałe, te, które już są w naszym Ba, naszych ciałach czy świecie przyrody… że one nie mają swobody.

– Są związane. Z jednej strony więzy, z drugiej swoboda… Zawsze uznawano, że to przeciwieństwa – dodała Pat.

– Ale tylko kiedy mowa była o niewolnictwie. O ludziach, nie pretach. Weźmy pret, który jest elementem świata przyrody, na przykład źdźbła trawy. Albo kamienia. Takie prety mają swoje miejsce, swoje zadanie. Są czymś. Sutahici nie są elementem niczego. Z punktu widzenia wszechświata są niczym. Nie są zdolni do samodzielnego działania.

– Przecież taki pret kamienia nie jest jakoś szczególnie potężny.

– Tu się mylisz, Pat. Ma swoją robotę do wykonania. Na wezwanie grawitacji, kiedy nic nie staje mu na przeszkodzie, pędzi w stronę środka Ziemi. Razem ze wszystkimi pozostałymi pretami, tworzącymi kamień. Poruszają się wspólnie. Ktoś rzuca kamieniem, kamień trafia szakala, a wtedy prety kamienia wchodzą w reakcję z pretami skóry, czaszki i mózgu szakala, zgodnie z rządzącymi tym prawami. Prety kamienia mogą być potężne, kiedy połączą swoje siły. Mogą zabić szakala.

– Jeśli ktoś tym kamieniem rzuci – przypomniała Pat.

– No właśnie. A prety mojego Ba mogą stać się wrotami, przerzucać ludzi z miejsca na miejsce, z jednego świata na drugi... ale ktoś najpierw musi te wrota stworzyć. Ktoś, czyli ja. Robią to tylko na moje polecenie. Tak jak moja dłoń dotyka twojej, kiedy tego chcę. – Zademonstrował.

Pocałowała go w rękę.

– Więc myślisz, że woleliby być częścią twojego Ba, niż pozostać z nikim niezwiązani. I że to sprawi, że staną się grzeczni.

– Do tej pory jedyną namiastką więzi, która dawała im cel w życiu, było posłuszeństwo wobec Seta. Czy można to nazwać złem? Chyba nie. Może się mylę, ale jak sądzisz, co po wygnaniu Seta zrobiłby najgorszy po nim pret na Duat? Poszedłby za Setem na tułaczkę? Czy raczej pomyślałby sobie, no dobra, Set właśnie udowodnił, że bunt nie ma sensu. Będę więc siedział cicho, urodzę się, a wtedy posiądę ciało i wszystkie jego moce. Może takim pretem był, sam nie wiem, Hitler. Albo Stalin. Albo Tamerlan. Albo po prostu jakaś okropna, maltretująca dzieci matka czy ojciec. Grunt, że wszystkie silne, ambitne, nieustraszone prety, takie jak Set... one nie podążyłyby za nim. Same przybyłyby na Mittlegard, żeby się urodzić.

– Czyli Sutahici nie są wystarczająco ambitni, żeby być złymi...

– To ci, którzy postrzegali Seta jako potężną istotę, obrońcę, wodza. Przyłączyli się do niego i z czasem przekonali, że nic na tym nie zyskali. Zawiódł ich. Tysiąc lat rozczarowania. Niektórzy z nich mogą być wkurzeni. Ale, Pat, oni nie są ludźmi, nie są częścią żadnego człowieka. Ani nawet Seta. Są samotni, z nikim niezwiązani. Nie muszą się przyłączyć do kogoś złego. Wystarczy im, że przyłączą się do kogoś, kto jest silny.

– Nie jestem taka silna.

– Nie widzisz własnego preta – powiedział Danny. – Jesteś wystarczająco silna. Ale inna ode mnie. Silna inaczej niż ja. Podobnie jak pozostali. Jeśli wszyscy zaprosimy Sutahitów do siebie i jeśli Thoth pozwoli na powstanie więzi między nami a nimi, każdy z nich stanie się częścią Ba maga Mitheru, a my zyskamy większą moc. Kto wie, może to właśnie się dzieje, kiedy mag korzysta z Wielkich Wrót; może skrót, którym przechodzimy z jednego miejsca we wszechświecie w drugie, prowadzi przez nieuporządkowany świat, z którego pochodzą prety. I prety po drodze przyłączają się do naszego Ba.

– A może nie.

– Coś sprawia, że stajemy się silniejsi – stwierdził Danny. – Nie sądzę jednak, żebyśmy mogli zaprosić ich do siebie tylko po to, by zwiększyć własną moc. Chyba musimy zaproponować im stałe schronienie. Obiecać, że będziemy z nich mądrze i dobrze korzystać. Pamiętasz, jak Bexoi odtrąciło własne ciało? Pretom jej ciała nie podobało się to, do czego ich używała.

– A kiedy Ka Enoppa wyszło z Eluika i Enopp chciał porzucić swoje ciało i umrzeć – powiedziała Pat – ciało Eluika go wezwało. Nie przy użyciu głosu ani niczego takiego, a jednak to było wezwanie. Wyrażenie pragnienia. Zaproszenie. I chcesz, żebyśmy to właśnie zrobili. Przedstawili takie zaproszenie Sutahitom.

– I może żaden go nie przyjmie – powiedział Danny. – Lub je przyjmą, ale okaże się, że taka więź nie może powstać. Albo że powstać może, tyle że tylko pięciu czy sześciu ze wszystkich tych miliardów zechce ją utworzyć.

– Nie bylibyśmy w gorszej sytuacji niż teraz – zauważyła Pat.

– Nawet jeśli przyjdą na wezwanie i się z nami zwiążą, nie można im w pełni ufać. Może nadal chcą burzyć porządek wszechświata – powiedział Danny. – Może rzeczywiście są tak źli jak Set.

– Gdyby tak było, założę się, że Thoth nie pozwoliłby im się z nami związać. Bo poznałby, że ich zamiary nie są szczere.

– Pokładamy duże zaufanie w Thocie, biorąc pod uwagę, że nawet nie wiemy, czy chce, żebyśmy to zrobili.

– Coś zrobić musimy – stwierdziła Pat. – A lepsze to, niż przyjąć Seta w siebie i przenieść się w sam środek słońca.

– Synteza termojądrowa nie zniszczy pretów, grawitacja ich nie zatrzyma. Ja umarłbym, ale mój pret wróciłby na Duat. A Set tak czy owak jest tylko nagim pretem. Przeniósłby się więc z powrotem na Ziemię. I cały wysiłek poszedłby na marne.

– Nawet gdybyśmy zdołali pochwycić wszystkich Sutahitów – powiedziała – Set za nic nie przyłączy się do kogoś, komu musiałby się podporządkować.

– Dlatego nie zaproszę Hermii.

– Zobaczy, że się spotkaliśmy, i sama przyjdzie.

– Wtedy się tym zajmę.

– Powinnam była raczej powiedzieć: „Set zobaczy, że się spotkaliśmy, i przyjdzie w skórze Hermii".

– Zacznijmy, zobaczymy, co się stanie.

– Teraz? W tej chwili?

– A po co zwlekać? – Danny jeszcze nie skończył mówić, a już przystąpił do działania. Wiedział, gdzie są wszyscy pozostali, ci, którzy nauczyli się wyczuwać prety. Nie posłużył się słowami, tylko... chciał, żeby do niego przyszli. Zaprosił ich.

Tak samo będzie z Sutahitami, pomyślał. I kiedy wezwani zjawiali się jedno po drugim dookoła ławki przy dębie dachówkowatym, pokazywał im, co zamierza zrobić. Tak jak ja zaprosiłem ciebie, tak ty możesz zaprosić Sutahitów. Nie tylko przywołać ich do siebie. Zachęcić, żeby w ciebie wstąpili. Stali się częścią ciebie. Twojego zewnętrznego ja. Narzędziami twojej woli. Zaproponować im trwałą więź, udział w mocy maga.

– Pokażcie im, jakie macie magiczne umiejętności – powiedział Danny. – Niech zobaczą, w czym mogą uczestniczyć.

Loki przybył ostatni.

– Przecież już ich masz – stwierdził. – Po co osłabiasz swoją władzę nad nimi?

– Nie mam ich. Oni nie mają niczego i nic nie ma ich. Dopóki sami do nas nie przyjdą. Zobacz, jak jasnym blaskiem świecisz, jaki jesteś potężny, Loki. Zobacz, jak bardzo pragną być częścią ciebie.

Wtedy Danny zrozumiał, że uwalniając Sutahitów, by dokonali własnego wyboru, jednocześnie uwalniał swoje Ba. Istniało tylko w skarbcu serca Lokiego, bo to jemu oddał wszystkie swoje wrota. Teraz jednak niektóre z tych wrót postanowiły nie być wypożyczone Lokiemu, tylko prawdziwie się z nim związać. Należeć do niego.

Danny poczuł ukłucie żalu, zaraz jednak przypomniał sobie, czego się nauczył na Duat. Te prety poszły za mną dobrowolnie. Nie jako niewolnicy, ale dlatego, że chciały dzielić ze mną całe moje życie. Prety Ba stoją najwyżej w hierarchii i są najsilniejsze, niewiele im brakuje, by zostać ludźmi. Teraz te prety uwalniam, a niektóre z nich pokochały Lokiego, zaczęły go podziwiać. Nic dziwnego, że zdecydowały się zostać.

I w tej chwili reszta pretów wróciła strumieniem do Danny'ego. Do jego skarbca serca. Nie odebrał ich Lokiemu. Tylko dał im wolność, a one postanowiły uszanować i potwierdzić więź łączącą je z Dannym. Wróciły do domu.

Te prety jednak były z nim zestrojone przez całe jego życie. Nic dziwnego, że zrozumiały jego zaproszenie i większość je przyjęła. Co teraz widzieli Sutahici? Jak rozumieli wystosowane przez niego zaproszenie?

Pierwszego z nich poczuł już po kilku minutach. To były jednak długie minuty i tylko jeden Sutahita.

Potem następny. I jeden z Sutahitów przyłączył się do Lokiego. Trzej do Pat. Pięciu do Veevee. Dziesięciu do Anonoei, stu do Enoppa, dziesięć tysięcy do Eluika, tym razem milion do Lokiego, a potem kolejne dziesięć milionów do Pat i miliardy do Danny'ego Northa. Czuł, jak zbierają się w jego skarbcu serca, znajdują sobie miejsce wśród pretów, które służyły mu, były z nim od urodzenia. Może uczyły się, co mają robić, sięgały do pamięci starych pretów Danny'ego, żeby zrozumieć swoje nowe życie.

Wszyscy Sutahici zniknęli. Ani jeden jednak nie uciekł w świat, ani jeden nie wrócił do Seta. Wszyscy zostali włączeni do czyjegoś zewnętrznego ja. I każdy z magów Mitheru zebranych przy dębie dachówkowatym był teraz znacznie potężniejszy, niż gdyby przeszedł przez dziesięcioro Wielkich Wrót.

Czy ta więź jest rzeczywista? Danny nie miał jak tego stwierdzić, mógł tylko zobaczyć, co się stanie.

Stworzył wrota. Veevee je otworzyła. Zamknęła. Przesunęła. Zamknęła i otworzyła znowu.

A potem sama stworzyła wrota. Pierwszy raz w życiu była pełnoprawną Siostrą Ścieżki, co najmniej, jeśli nie Matką Wrót. Potrafiła stwarzać wrota, które były publiczne i trwałe w czasie i przestrzeni. Rozpłakała się.

Danny'emu na chwilę zrobiło się przykro, że nie dopuścił do grona wtajemniczonych Silvermanów i Stone'a. Potem jednak pomyślał o swoich rodzicach, ciotkach i wujkach, wyobraził sobie, jak podziałałby na nich tak ogromny przyrost mocy, i uznał, że słusznie postąpił, ograniczając się tylko do tej grupy.

– Teraz musicie zdecydować, w jaki sposób wykorzystacie tę nową część każdego z was – powiedział na głos. – Bo dla pretów ważne jest, do czego ich używacie. Niech udział w waszym życiu i wszystkich waszych działaniach będzie dla nich radością. Nie ciężarem czy hańbą.

– Dzięki, że to powiedziałeś – odparł Loki. – Od razu przeszedłem na stronę dobra.

– Nie zachowuj się jak smarkacz – odezwała się Anonoei. – Zawsze byłeś dobrym człowiekiem.

– Dziwnie to okazywałem – przyznał.

– Później będzie czas na samoanalizę – powiedział Danny. – Teraz wszyscy lepiej wróćcie tam, skąd przyszliście. Zaraz będzie tu Hermia.

– Skąd wiesz? – zaciekawiła się Pat.

– Już próbowała się tutaj dostać, ale za każdym razem ją odsyłałem.

– Jak długo to trwało? – chciał wiedzieć Loki.

– Od chwili, kiedy was wezwałem. Teraz jednak pora posłuchać, co Set ma do powiedzenia.

– To pozwól nam zostać – poprosiła Pat.

– Żeby miał większy wybór ludzi, w których mógłby wstąpić? – odparł.

– Teraz jesteśmy znacznie silniejsi – zauważył Enopp.

– Silniejsi od Seta? – spytał Danny.

Enopp wzruszył ramionami.

– A ode mnie? – Danny uśmiechnął się sceptycznie. – Set był ode mnie silniejszy. I od Hermii. Idźcie już, proszę.

– Przecież Hermia będzie mogła pójść za każdym z nas.

– Set pójdzie tylko za mną – powiedział Danny – bo mam w sobie dziewięć dziesiątych jego królestwa, związałem je ze sobą. I go nie oddam. Wy też nie oddacie tej jego części, którą zyskaliście. Idźcie, proszę.

Poszli wszyscy oprócz Pat i Lokiego.

– Zapewne uważacie, że jesteście odporni? – spytał Danny.

– Nie – powiedziała Pat. – Po prostu nie mam nic przeciwko temu, żeby umrzeć, jeśli to ci w jakiś sposób pomoże.

– Ja umrzeć nie chcę – oświadczył Loki – ale jeśli nie zobaczę tego na własne oczy, chyba nigdy nie będę wiedział, co tu się właściwie stało.

# Rozdział 21

Hermia niemal od razu pojawiła się przed ławką. Zerknęła na Danny'ego, potem na Pat i uśmiechnęła się.

– Istna ława sędziowska.

Danny nie zadał sobie trudu, żeby odpowiedzieć, a Pat już nauczyła się nie mówić wszystkiego, co myśli.

– Zauważcie, że nie robię wam żadnej krzywdy – mówiła Hermia. – To, że mam w sobie Seta, zupełnie nie zmieniło mojego charakteru.

Pat prychnęła śmiechem.

– Secie, nie mamy ochoty słuchać twoich kłamstw – oznajmił Danny. – Ściągnąłem cię tutaj, bo chcę porozmawiać z Hermią.

– Jest dla mnie tylko środkiem transportu. Jak nowy samochód. – Hermia pociągnęła nosem. – Nawet pachnie nowym samochodem.

– Hermia nie stawia mu oporu – powiedziała Pat. – Może rzeczywiście mówi w swoim imieniu.

– Nie – stwierdził Danny. – Słyszę, jak krzyczy w duchu.

– Może Set tak dobrze ją naśladuje, bo znalazł w niej pokrewną duszę – podsunęła Pat.

– Hermia popełniła błąd, była arogancka, nie wiedziała, co robi. Teraz możemy ją uwolnić tylko w jeden sposób; przekonując Seta, żeby przeniósł się do kogoś innego.

– Któreś z was zgłasza się na ochotnika? – spytała Hermia.

– Już to przerabiałem – rzucił Danny.

Hermia odwróciła się do Pat i wyszczerzyła zęby w uśmiechu.

– Tak czy owak, wolę być kobietą.

– Nigdy nie byłeś niczym – odparowała Pat.

– Hermio – powiedział Danny – wiem, że mnie słyszysz, bo kiedy byłem w jego władzy, słyszałem i widziałem wszystko.

– Oczywiście, że cię słyszę, Danny. To, że tobie się z Setem nie układało, nie znaczy, że ja nie mogę się z nim zaprzyjaźnić.

– Zawrę więc z tobą umowę. Oczywiście, nie możesz w żaden sposób pokazać, czy się zgadzasz. Po prostu zrobisz, co zaproponuję, albo nie. Powiem więc, o co chodzi. Duat to tak naprawdę dobre miejsce. Panuje tam sprawiedliwość i miłosierdzie. Jest to też miejsce, gdzie nie ma ciał, i nie będę cię okłamywał. Będąc tam, tęskniłem za moim ciałem. Za możliwością słuchania, mówienia, patrzenia, dotykania i wąchania. Wszystkie czynności organizmu stają się cenne i piękne, kiedy tylko je tracisz. A jednak lepiej być tam, niż pozostawać w niewoli Seta.

– Wiesz, że jeśli mnie zabijesz, po prostu wstąpi w kogoś innego – odpowiedziała Hermia.

– Dopóki Set pozostaje niepołączony z ludzkim ciałem, dopóty nie żyje prawdziwym życiem, nie może więc umrzeć i wrócić na Duat. Spędziłem parę miesięcy w jego władzy. Wiem doskonale, jakie to potrafi być nudne.

– Set nie siedzi w ciele nudnego nastolatka. Jest we mnie. Nie nudzi się.

– Nudzi się, i to jak – odparł Danny. – Każda osoba, którą zawładnąłeś, Secie, jest zbyt podobna do poprzednich. Popełniłeś wszystkie zbrodnie, jakie można popełnić, zdobyłeś ogromną moc, wieczną sławę i unieszczęśliwiłeś miliony ludzi. Co jeszcze zostało ci do zrobienia? Po co dalej tkwisz w trupie Hermii?

Hermia nagle znalazła się obok Pat i wyciągnęła do niej ręce. Danny błyskawicznie przemieścił ją z powrotem tam, gdzie chciał, żeby była.

– Mordowałeś już przedtem, Secie.

– Ale nigdy tak sprawnie. Teraz naprawdę pojawiam się znikąd – odparła Hermia.

– Hermio, dokonałaś wyboru – oświadczył Danny. – Już nie mogę cię uratować. Za to ty możesz uratować siebie. Nie tak, jak byś tego sobie życzyła, choć chwilowo będziesz miała takie wrażenie. Teraz, żeby ocalić siebie, musisz ocalić wszystkich.

– Och, myślisz, że masz w zanadrzu jakieś niespodzianki, Danny – powiedziała Hermia. – Ale za długo w tobie tkwiłem. Znam cię. Niczym mnie nie zaskoczysz.

– Naprawdę mi pomogłaś, Hermio – powiedział Danny. – Twoja pomoc znaczyła więcej od twojej zdrady, tak to czuję w duszy i sercu. Uważam cię za moją nauczycielkę i przyjaciółkę. Naprawdę mi przykro, że cię straciłem. Jeśli jest coś, cokolwiek, czego żałujesz w naszej przyjaźni, przebaczam ci i proszę o przebaczenie.

– Ojej, już się boję – zachichotała Hermia.

Danny nie powiedział ani słowa więcej. Wniknął tylko swoim wewnętrznym ja do wnętrza Hermii i poprowadził Ka Seta w głąb jej ciała. Czuł, jak Pat wytęża uwagę u jego boku, i po chwili jej Ka było razem z jego własnym, wspólnie kierowali Setem, popychali go.

Wchodząc w głąb ciała Hermii, Set wypierał jej Ka, i tak, na chwilę zajaśniał w niej promyk nadziei, kiedy mylnie odczytała zamiary Danny'ego i Pat. A potem zrozumiała.

– Hermio, powiem ci kiedy – szepnął Danny.

Wzdrygnęła się. Danny jednak wiedział, że tak naprawdę wzdrygnął się Set, bo po raz pierwszy w czasie swojego pobytu na Mittlegardzie zaczynał czuć to, co czuje ciało. Słyszał uszami, oddychał płucami, widział oczami.

– O Boże – szepnął głos Hermii. – O Boże, tyle tego wszystkiego naraz.

I stało się. Set zespolił się z ciałem, jakby było jego własnym, a Hermia prawie się od niego odłączyła.

Prawie, ale nie całkiem.

– Gdziekolwiek pójdziesz, ciało pójdzie z tobą – mówił do niej Danny – mimo że należy do Seta, bo zabierasz ze sobą wszystko, z czym jesteś połączona.

Danny wyczuł w niej żelazną determinację. I coś jeszcze. Tak, znał ten aspekt Ka. Hermia była pełna miłości.

Zniknęła.

Danny jednak wiedział, gdzie jest. Wciąż z nią był, Pat też, nie mieli władzy nad jej ciałem, tylko obserwowali. Byli na dnie Atlantyku, kilkaset kilometrów od wybrzeża. Ciśnienie wody natychmiast zmiażdżyło ciało Hermii. Nawet nie zdążyła utonąć; jej płuca nie mogły zaczerpnąć tchu. Czynności życiowe ustały właściwie od razu.

Set za późno zrozumiał, że wpadł w pułapkę. Zespolili go w jedno z ciałem, oddali mu je w posiadanie. On na to przystał i zalew doznań oszołomił go, odwrócił jego uwagę. Poniewczasie usiłował wydobyć się z ciała Hermii, tak jak Enopp zabrał swoje Ka z Eluika. Więź jednak była zbyt głęboka, by mógł wyswobodzić się tak łatwo jak ze wszystkich dotychczasowych ofiar. Kilka sekund żył, naprawdę żył w tym ciele i teraz ono było zmiażdżone, a on martwy. Nie miał jak przeskoczyć w inne ciało. Mógł się przenieść tylko w jedno miejsce.

Hermia też umarła, ale jej Ka i tak już wycofywało się z ciała, kiedy Danny i Pat pokazywali Setowi, jak ją wyprzeć. Danny pozostawił jej możliwość wyboru: jeśli zgubi siebie, ocali świat od dalszych intryg potwora, którego do siebie zaprosiła. Wiedziała już, że nie jest dość silna, by nad nim zapanować. Sama nie mogłaby go też przechytrzyć; to było zadanie dla Danny'ego i Pat. Miała tylko jedno wyjście: pozwolić własnemu ciału umrzeć zaraz po tym, kiedy przejmie je Set. Straciła wszystko, a jednak wciąż mogła jednym swoim aktem zmienić świat. I to zrobiła. Zamiast przenieść swoje zmiażdżone ciało gdzieś, gdzie było normalne ciśnienie atmosferyczne, i tym samym je uzdrowić, oswobodziła się od niego.

Stała w obliczu wyboru, na który Set nie miał najmniejszego wpływu, i go dokonała. Pozwoliła, by jej ciało umarło, a Set razem z nim.

Danny dotąd był świadkiem śmierci tylko jednej osoby, Pat – i gdy odeszła na Duat, nikt oprócz niego jej nie towarzyszył. Teraz jednak nie był zaskoczony, że Duat wysłał preta na powitanie Hermii. Nie Thotha czy Tego, jak nazywali go w myślach. A jednak pret, który wyszedł jej na spotkanie i zabrał ją ze sobą, zdawał się świecić równie żywym, jasnym blaskiem, jak Ten. Hermia zareagowała na jego przybycie tak, jakby go od razu rozpoznała, bo i kto wie, może rzeczywiście się znali przed jej narodzinami. I wreszcie zniknęła.

Podobnie jak Set. Jemu też w podróży towarzyszył jasno świecący pret, Ka przysłane z Duat. A jednak Set wyraźnie uchylał się przed tym, który wyszedł mu na spotkanie. Raczej jak pilnowany więzień niż jak sławny wędrowiec witany w domu.

W jakikolwiek sposób podróżowali i kimkolwiek byli ich towarzysze, Danny wiedział, że dotrą do celu w mgnieniu oka i nigdy z Duat nie wrócą. Po wielu tysiącach lat Set nareszcie umarł.

Danny czuł to w duchu, nie dlatego, że kiedyś nosił tam Seta, ale dlatego, iż Sutahici, którzy go wybrali, poznali, że puściły ostatnie więzy łączące ich z Setem. Odszedł z Mittlegardu, a tym samym Sutahici Danny'ego nie byli już Sutahitami. Byli częścią Danny'ego, całkowicie włączoną do jego Ba. Byli nim.

Pat westchnęła.

– Och, Danny – szepnęła. – Kto by przypuszczał, że aby zakończyć jego życie, trzeba je było najpierw rozpocząć.

– Teraz, kiedy to poskutkowało – powiedział – wydaje się takie oczywiste.

– Już są naprawdę moje. Prety, które mnie wybrały.

– A ty wybrałaś je. Dopóki śmierć was nie rozłączy.

Danny wezwał pozostałych; przyszli, dotykali się nawzajem, padali sobie w ramiona i – to tylko Anonoei i jej synowie – tulili się do siebie i płakali.

– Można to już oficjalnie ogłosić – zdecydował Loki. – Jestem najgorszym spośród żyjących ludzi.

– Być może – odparł Danny North. – Chociaż wątpię. Nie poznałeś dziadzia Gyisha ani wujka Zoga.

– Powiadomimy rodzinę Hermii? – spytała Pat. – Umarła godnie.

– Nie zrozumieją, co zrobiła – stwierdził Loki.

– Ale dowiedzą się, że zasłużyła na naszą cześć – powiedziała Pat. – To już coś. I jeśli ktoś z Rodziny Hermii kochał ją, będzie chciał poznać prawdę.

Danny wziął więc Pat za rękę i zaprowadził do Greków.

# Rozdział 22

Świat powinien był się zmienić. W prasie powinny ukazać się nagłówki typu: „Ludziom odechciewa się podłości", „Prawdopodobieństwo pojawienia się nowego Hitlera spadło o czterdzieści procent", „Mniej wypadków drogowych spowodowanych agresją kierowców".

Lekkie rozczarowanie, trzeba przyznać.

– Tyle się natrudziliśmy, żeby ocalić świat, a wcale nie wydaje się ocalony – stwierdziła Pat pewnego dnia.

– Hermia oddała za to życie – przypomniał Danny.

– Sama się postawiła w takiej sytuacji – odparła. – Nie tęsknię za nią.

Danny przezornie nie sugerował, że wrogość, którą Pat czuła wobec Hermii nawet po jej śmierci, przynajmniej częściowo wynikała z nieuzasadnionej zazdrości. Mógł sobie wyobrazić, co by odpowiedziała: „Aha, czyli skoro nie o Hermię, to o kogo mam być zazdrosna?". Oto jeden z minusów dzielenia życia z mądrą osobą. Miała na podorędziu prawie tyle samo szybkich, miażdżących ripost, ile on.

Meldunek, który złożyli przyjaciołom ze szkoły imienia Parry'ego McCluera, był względnie prosty. Zaczęła Pat:

– Pamiętacie demona, który opętał Danny'ego? Już nie żyje.

– Wpadł pod autobus? – prychnęła Sin.

– Zginął w katastrofie samolotu? – wyobraził sobie Wheeler.

– Zanudził się na śmierć, kiedy opętał jedno z was dwojga? – zagadnął Hal złośliwie.

– Hermia go załatwiła – powiedział Danny.

– Taka była ładna. – Wheeler westchnął.

– Za wysokie progi dla ciebie – osadziła go Laurette.

– Dla Wheelera każda to za wysokie progi – dorzuciła Xena.

– Skąd wiecie, że za wysokie? – powiedział Wheeler.

– Myślisz, że jakieś dziewczyny są, no, poniżej twojego poziomu? – spytała Xena.

– A jak! – Wheeler się lubieżnie uśmiechnął à la Groucho Marx. – I nie pytaj, o kim mówię, bo po co mam ci serce łamać.

I to wszystko. Koniec, kropka. Wrócili do snucia planów, jak będą się wspólnie nudzić tego lata. Orzekli, że wycieczka do Busch Gardens bez Danny'ego była klapą. Nie chcieli skorzystać z żadnej z darmowych atrakcji, do których on mógł dać im dostęp.

– Międzynarodowy Ogród Pokoju w Dakocie Północnej jest całkiem fajny – zapewnił ich.

– Jest w Dakocie Północnej – powiedział Hal. – Czyli nie może być fajny.

– Dakota Północna przeżywa boom gospodarczy dzięki polu naftowemu Parshall – wyjaśniał Danny. – Najniższe bezrobocie w Stanach, produkt krajowy brutto na osobę o jedną trzecią wyższy niż w reszcie kraju.

– Danny chce przez to powiedzieć – stwierdziła Laurette – że kiedy skończymy szkołę, każdy, kto nie planuje iść na studia, powinien wyjechać do Dakoty Północnej.

– W Dakocie Północnej też są uczelnie – powiedział Wheeler. I zaraz się upewnił: – Prawda?

– Nic nie zrozumiałeś – żachnęła się Laurette.

– Łatwo wam mówić, bo dobrze się uczycie. – Xena westchnęła. – Moje jedyne atuty to włosy i biust.

– To będziesz przebierać w ofertach pracy – stwierdził Hal. – Nie opędzisz się od nich.

– Mało śmieszne – ucięła Sin.

I wtedy Danny'ego wreszcie olśniło, że szkolne przyjaźnie niekoniecznie muszą trwać całe życie.

– Nie moglibyśmy oboje zdać matury zaocznie? – spytała Pat. – Nie wiem, czy w tym roku będzie mi się chciało chodzić do szkoły.

– Zdecydujemy za kilka tygodni – odparł. – Właśnie dokonaliśmy czegoś bardzo ważnego. Jesteśmy jednak tylko ludźmi; wkrótce przestanie nam się to wydawać ważne i znów zaczniemy przejmować się głupotami.

– To takie... budujące. – Pat pokiwała głową. – A może weźmiemy ślub?

– Kiedyś na pewno. Może wkrótce. Ale w tym tygodniu nie ma co podejmować takich decyzji, bo małżeństwo, założenie rodziny to chyba jedyna sprawa tak samo ważna jak zabicie Seta i wyzwolenie Sutahitów.

– Nie znoszę, kiedy jesteś rozsądny – powiedziała Pat. – To ja chcę zawsze być tą rozsądną.

– Co znaczy, że zawsze musisz rzeczywiście być rozsądna – zauważył Danny.

– Nie, tylko że zawsze muszę być rozsądniejsza od ciebie.

Wizyty u Rodzin przebiegły względnie dobrze; innymi słowy, żadna z nich nic nie wiedziała o Secie ani Sutahitach, interesowały je tylko Wielkie Wrota i zamiary Northów po tym, gdy zdobyli władzę nad całą machiną wojenną Ameryki. „Nie ma wyjścia, musimy przejąć Chiny", przekonywało kilku jego rozmówców.

Danny nie miał siły się z nimi spierać.

– Nie znają chińskiego, Pat, i są idiotami – mówił.

– Czyli według ciebie powinni przejmować władzę tylko w państwach demokratycznych, gdzie jedno i drugie uchodzi za zaletę.

Stone i Silvermanowie rozumieli wagę ich osiągnięcia, ale nie chcieli udzielić im żadnych rad.

– Nie cofniemy tego, że wszystkie Rodziny i znane nam Sieroty przeszły przez Wielkie Wrota – stwierdził Stone. – Większość ludzi jeszcze nie zdaje sobie sprawy, że układ sił mocno się zmienił, ale już szerzą się pogłoski o wielkich magach.

– Tabloidy nic o tym nie piszą, sprawdzałam – zapewniła Leslie.

– Co znaczy, że jednak mają jakieś standardy wiarygodności – stwierdził Marion. – Kto by przypuszczał?

– Można by dać przeciek, że my, magowie Mitheru, jesteśmy przybyszami z obcej planety – podsunęła Leslie.

– Tak, to by poskutkowało – odparł Stone. – Nie rób więc tego.

Ostatecznie zwołali spotkanie na szczycie z udziałem wszystkich magów, którzy potrafili przemieszczać się w dowolne miejsce przy użyciu wrót i bez nich. Była to ta sama grupa, która wcześniej zebrała się pod dębem w Persimmon Knob. Tym razem jednak spotkali się na westiliańskiej polanie w obecności Ceda i kilku magów drzew.

I to Ced przedstawił pierwszą poważną propozycję.

– Posłuchajcie, ja sam narobiłem bajzlu, kiedy tu trafiłem. Wszędzie, gdzie przychodziłem, żeby spróbować naprawić zniszczenia spowodowane przez moje tornada, wszyscy doskonale wiedzieli, że odpowiadał za nie mag wiatru. Nie mogli zapobiec temu, co zrobiłem, i byli w szoku, że z własnej woli chciałem pomóc im usunąć szkody. Wiedzieli jednak, czym jest magia. Słyszeli o talentach magicznych, wypatrują u swoich dzieci oznak daru do takiej czy innej magii.

– Na Mittlegardzie jest inaczej – wtrącił Danny. – Żeby uwierzyć, muszą najpierw zobaczyć, tak jak to było ze śmigłowcami i czołgami przerobionymi przez moich rodziców. Potem jednak traktują magów jak wszechpotężnych… superbohaterów. Albo superłotrów. Takich jak Zod z *Supermana*.

– *Supermana II* – poprawiła go Pat. I zaraz machnęła ręką na znak, żeby nie zwracali na nią uwagi. Nikogo nie obchodził film z tysiąc dziewięćset osiemdziesiątego roku. W ogóle nikt oprócz niej i Danny'ego tego filmu nie oglądał, a Danny obejrzał go tylko dlatego, że Hal i Wheeler zmusili ich do obejrzenia wszystkich filmów o superbohaterach.

– My z Marionem nie oglądamy filmów na podstawie komiksów, moja droga – zaznaczyła Leslie. – Ale rozumiemy, o co chodzi. Na Mittlegardzie obecność potężnych magów jest ogromnym zaburzeniem ładu, za to na Westilu każdy wie, czego się po nich spodziewać.

– Wiemy już, że nie możemy pozwolić, żeby amerykański sprzęt wojskowy trafił na Westil – powiedział Danny. – Ale, Cedzie, myślę, że masz rację. Magowie Mitheru muszą wrócić do swojej ojczyzny, na Westil.

– To nie ojczyzna – stwierdził Stone. – Żyjemy na Ziemi od piętnastu stuleci.

– Co ważniejsze, przywykliśmy do kanalizacji w domach – dodał Marion.

– Wynalazki suszłaków. – Danny pokiwał głową. – Jestem pewien, że Gyishowi i Zogowi bardziej będzie odpowiadać to, co z sikami i kupami robi się tutaj.

– Gyish i Zog uważają, że ludzie powinni czcić ich siki i kupy – powiedział Marion. – I równie aroganccy magowie na pewno są też w pozostałych Rodzinach.

– Z mocą, jaką mają, wszyscy staną się aroganccy – mówił Danny. – To tak jak z lekarzami. Oczywiście, nie znają magii, ale w przekonaniu ludzi mają niezwykłe moce. Dar uzdrawiania. Ludzie traktują ich więc jak bogów, wielu lekarzom podoba się, że otacza ich taka aura, i zaczynają się zachowywać jak bogowie. Przez to stają się złymi lekarzami i złymi ludźmi. Tak samo jest z politykami. Urzędnikami. Bogaczami. Taka jest ludzka natura. Jeśli inni traktują cię jak samca alfa, nabierasz przekonania, że naprawdę nim jesteś, i nie obchodzą cię cudze uczucia i wybory.

– Zobaczmy, czy dobrze rozumiem, co proponujesz – rzekł Loki. – Chcesz chronić Mittlegard przed arogantami, którzy uważają, że ich moc daje im prawo do podejmowania decyzji za innych bez konsultacji z nimi.

– Ironia losu, wiem – odparł Danny. – Jednak zebraliśmy się tutaj dlatego, że nasza grupa kontroluje przejście między światami, i dlatego, że możemy przenosić ludzi z jednego świata na drugi i tam ich porzucać.

– I w związku z tym mamy prawo wybierać za nich.

– Nie. Podstępem zmuszono nas do tego, żebyśmy przepuścili ich wszystkich przez Wielkie Wrota. To był błąd, wiedzieliśmy o tym. Teraz szukamy sposobu, jak go naprawić. Jak chronić suszłaków przed ludźmi o zbyt wielkiej mocy.

– Takimi jak my – zauważył Loki.

– Możesz znów wykradać wrota wszystkim magom wrót, którzy się urodzą. Kiedy już zaprowadzimy porządek.

– Nie wrócę do drzewa – zastrzegł Loki.

– Słuchajcie – powiedziała Pat – nie chodzi o to, żebyśmy zaprowadzili porządek po wsze czasy. To nie nasza rola. Jesteśmy odpowiedzialni tylko za epokę, w której żyjemy. I druga sprawa.

Jeśli postanowimy przenieść wszystkie Rodziny, wszystkich magów, którzy przeszli przez Wielkie Wrota, na Westil, a potem okaże się to straszliwym błędem, w każdej chwili możemy odesłać ich z powrotem.

– A gdzie my się podziejemy? – spytał Enopp.

Anonoei zaśmiała się.

– Kochanie, możemy żyć wszędzie, gdzie zechcemy.

– To właśnie jest wielkim słabym punktem tych wszystkich planów – powiedział Danny. – Jesteśmy jak Kongres. Podejmujemy ważne decyzje, które wszystkim utrudniają życie, a potem uznajemy, że nas one nie dotyczą.

– Nikt nie może nas zmusić, żebyśmy dokądś poszli ani gdzieś zostali – odezwał się Eluik. – Ale poza tym i uzdrawianiem ludzi właściwie nie mamy wielkiej mocy. Jesteśmy od transportu i leczenia.

– Jak ratownicy medyczni – dodał Enopp.

– Możemy wyrządzać szkody – zwróciła uwagę Pat.

– Ale nasza grupa – stwierdził Danny – to, jak sądzę, sami przyzwoici ludzie. Anonoei, Eluiku, Enoppie, przekonaliście się, jak straszna potrafi być moc maga wrót. Czy kiedykolwiek zrobicie coś takiego drugiemu człowiekowi?

– Nawet gdybyśmy chcieli, nie możemy – odparła Anonoei. – Nie stwarzamy wrót, tylko przenosimy się z miejsca na miejsce.

– Ja będę magiem wrót – oznajmił Enopp. – Chyba już jestem.

– Niech więc będzie tak – powiedział Danny. – Możemy używać swojej mocy, żeby do woli przemieszczać się między światami. Nie będziemy jednak nikomu robić krzywdy ani się popisywać. Nikt ma nie wiedzieć, że na którymkolwiek ze światów wciąż żyją magowie wrót. I jeśli Enopp wyrośnie na palanta, Złodziej Wrót odbierze mu jego wrota.

– Nie, jeśli ja pierwszy zabiorę wrota jemu – skorygował Enopp.

– Nie, jeśli zabiorę ci wrota już teraz – odciął się Loki.

– Bez względu na to, jakim magiem będziesz – tłumaczyła Pat – zewnętrzne ja każdego z nas jest mikroskopijnie małe w porównaniu z zewnętrznym ja Danny'ego. A Danny nie pozwoli, żeby ktokolwiek wykorzystał swoją moc do krzywdzenia... zwyczajnych ludzi.

Danny ukrył twarz w dłoniach.

– Nie chcę być szefem świata.

– Za późno – orzekła Anonoei. – Ale dobrze sobie radzisz i nikt z tu obecnych nie chce, żebyś przestał.

– Oprócz mnie – stwierdził Danny.

– Spotykajmy się tutaj mniej więcej co rok – zaproponowała. – Żeby zmierzyć nasze siły. Zobaczyć, jak się wszystko układa.

– Istnieje jeszcze jedno zagrożenie – zauważyła Pat. – Nie jestem magiem wrót, Anonoei i Eluik też nie, a mimo to nauczyliśmy się przemieszczać swoje Ka. Ja zdobyłam tę umiejętność na Duat, zupełnie nieświadomie, Anonoei wtedy, kiedy Danny wyprowadził Bexoi z jej ciała, a Eluik, gdy pomogłam mu się oddzielić od Enoppa. Z kolei Hermia i Veevee nauczyły się tego przez obserwację.

– Bo już byłyśmy maginiami wrót – przypomniała Veevee.

– Ale Eluik, ja i Anonoei nie.

– Rozumiem, że chcesz przez to powiedzieć, iż jest zagrożenie, że inni też opanują tę umiejętność – upewnił się Danny.

– Samo posługiwanie się nią nie wystarczy, żeby kogoś jej nauczyć – przekonywał Eluik. – I na pewno się nie upowszechni, jeśli nikt nie będzie widział, jak się nią posługujemy.

– Musimy obiecać, że zachowamy ostrożność – powiedziała Anonoei. – Bo i co więcej możemy zrobić?

– A zatem my zostaniemy na obu światach – stwierdził Loki. – Będziemy trzymać rękę na pulsie. Ale resztę magów trzeba przenieść na Westil.

– Damy im czas spakować manatki czy nie? – spytała Pat.

– Nie można ich w żaden sposób uprzedzić – odparła Veevee – inaczej zaczną się ukrywać, przynajmniej część z nich.

– Ogromna nierównowaga sił. – Ced uniósł dłonie, żeby ich uciszyć. – Wszyscy magowie z Mittlegardu będą mieli za sobą kilka przejść przez Wielkie Wrota, magowie z Westilu nie.

To na chwilę zamknęło im usta.

– Jeśli tak po prostu przerzucimy ich tu, na Westil – powiedziała Pat wreszcie – bez ponadprzeciętnej mocy nie mieliby szans przetrwać. Ludzie przynajmniej na początku będą musieli ich traktować z szacunkiem. Ustąpić im miejsca.

– Ja tu będę – odezwał się Loki. – Jeśli okaże się, że Mittlegardianie są zbyt potężni, dla równowagi wybiorę kilku magów westiliańskich i przepuszczę ich przez Wielkie Wrota.

– Ty? – zdziwił się Danny. – Złodziej Wrót miałby stworzyć Wielkie Wrota?

– Szczelnie zamknięte Wielkie Wrota, które znaleźć może tylko inny mag wrót – uściślił Loki.

– Jak to zrobimy? – chciała wiedzieć Pat. – Nie wiemy, gdzie jest każdy członek każdej z Rodzin.

– Ogłosimy, że wszyscy mogą przejść przez Wielkie Wrota – mówiła Anonoei. – Razem z dziećmi. I niemowlętami. Wszyscy bez wyjątku. Nie wspomnimy tylko, że nie sprowadzimy ich z powrotem.

– A jeśli ktoś się ukryje – dodał Danny – to kiedy tylko się wychyli i zacznie uprawiać magię na Mittlegardzie, przeniosę go tutaj wrotami.

– Czyli będziesz policjantem świata na stałe – podsumowała Veevee.

– Ktoś musi.

– Och, nie mam nic przeciwko. Po prostu przyszło mi do głowy, że tyle lat pragnęłam być magiem wrót, a nigdy nie przypuszczałam, że kiedy to życzenie się spełni, zostanę gliną.

– Wyobraź sobie raczej, że jesteś aniołem z płomienistym mieczem. Stoisz u bram raju i mówisz Adamowi i Ewie, żeby nawet nie myśleli o powrocie.

– Nie jestem pewna, co mi się bardziej podoba. Anioł czy płomienisty miecz.

– Kiedy to zrobimy? – spytała Pat.

– Tutaj jest rano, więc gotów jestem poświęcić na to cały dzień – odparł Loki.

– Nikt cię nie zna – zauważył Eluik. – To znaczy, na Mittlegardzie.

– Znany jestem tylko w Iswegii – przyznał Loki. – Ale kiedy pojawię się przed nimi za sprawą magii, zrozumieją, z kim mają do czynienia.

– Dla mnie i Pat jest już wczesne popołudnie – oświadczył Danny – ale możemy poświęcić temu resztę dnia.

Ostatecznie zajęło to parę tygodni, bo Rodziny rozjechały się po całym świecie, żeby pilnować swoich interesów. Tylko rodzice Danny'ego coś podejrzewali.

– Wiedzieliśmy, że Loki nie chciał, żebyśmy zabrali broń na Westil – powiedziała matka. – Ale sądzę, że to ty odesłałeś nasze czołgi i śmigłowiec.

– Razem z załogami i pilotami – uzupełnił Danny. – Kiedy miejscowi sami wynajdą materiały wybuchowe, będą mogli strzelać do siebie, ile dusza zapragnie.

Rodzice spojrzeli na siebie.

– Wyślesz nas tam, prawda? – zagadnął ojciec.

– Tak. I zrobię to zaraz, chyba że mnie przekonacie, iż nie dacie cynku o moich zamiarach reszcie Rodziny.

– Tak czy tak, schwytałbyś nas wszystkich – odparła matka. – Co najwyżej potrwałoby to trochę dłużej.

Danny wzruszył ramionami.

– Mógłbym kogoś przeoczyć. Nie mam w głowie pełnego spisu członków Rodziny. A Thor miał zwiadowców, nie? Członków Rodziny, którzy nigdy nie wracali do domu.

– Możemy go zapytać – mruknął ojciec.

– Miałam okazję zobaczyć na Westilu znacznie więcej niż tylko trawiaste wzgórze z kręgiem kamieni. W sumie to żadna kara – stwierdziła matka.

– Brak wody bieżącej. Brak samolotów. Brak kanalizacji.

– O czymś zapomniałeś – rzekł ojciec. – Jesteśmy specjalistami od suszłackich maszyn. Nie sądzę, żebyśmy musieli długo wytrzymać bez nowoczesnych udogodnień.

– Lepsza kanalizacja niż czołgi, tato. Ale nie liczcie, że znajdziecie paliwa kopalne. Nie mam pojęcia, czy na Westilu był okres karbonu.

– Przekonamy się, nie? Ale chyba dowiedliśmy już, że nie jesteśmy uzależnieni od paliw kopalnych.

– Mam nadzieję, że zapewnicie suszłakom lepsze życie, tak jak ich naukowcy, inżynierowie i lekarze zapewnili lepsze życie nam.

– I nie chcesz, żebyśmy ulepszyli ich broń – wytknęła mu matka.

– Strzały i miecze też wyrządzają wiele szkód.

– Zwłaszcza kiedy nie ma maga wrót, który mógłby uzdrowić poszkodowanych – dodał ojciec. – To był twój i tylko twój wybór.

Danny spełnił jego niewypowiedzianą prośbę. Porzucając Rodziny w różnych częściach Westilu, każdej zostawił pół tuzina amuletów uzdrawiających – wrót, które przenosiły o ułamek centymetra za dotknięciem ich przedniej strony. Wiele takich samych amuletów przekazał też Lokiemu, by ten rozdał je Westilianom – i magom, i suszłakom.

– Chyba muszę się nauczyć samemu takie robić – stwierdził Loki.

– Proszę bardzo – odparł Danny.

Anonoei ściągnęła synów do ojczyzny, ale wracali do Ohio i Kentucky, kiedy chcieli, bo i tak nikt nie mógłby ich powstrzymać. Jak zażartowała Leslie: „Przecież nie możemy ich zamknąć w pokojach, kiedy będą niegrzeczni".

– Z drugiej strony – Marion się uśmiechnął – nigdy nie są niegrzeczni.

– I to właśnie powinno was najbardziej niepokoić – zasugerowała Veevee.

Kiedy wszyscy magowie trafili na Westil, w Buena Vista zaczął się nowy rok szkolny.

– Miałeś rację – powiedziała Pat. – Nadal chcę za ciebie wyjść. Ale może najpierw skończmy liceum. Zaczekajmy na bardziej stosowny moment.

– Nie wiem, czy dam radę tak długo trzymać ręce przy sobie.

– Czemu miałbyś być jedynym chłopakiem w Ameryce, który będąc ze swoją dziewczyną, trzyma ręce przy sobie? – spytała Pat.

– Bo mam już jednego syna – przypomniał.

Danny nie przyznał się nikomu, że jest ojcem, ale trzymał w pobliżu chłopca wrota, przez które widział wszystko, co mały robił i co się wokół niego działo. Nazywał je swoją elektroniczną nianią. Nicki Lieder nie wiedziała o tym, ale nie będzie się musiała obawiać chorób wieku dziecięcego ani nieszczęśliwych wypadków. Nic złego nigdy nie spotka jej dziecka.

A trener Lieder był szczęśliwy, że jego córka żyje, szybko przeszła mu wściekłość z powodu jej ciąży; i naturalnie pokochał chłopca, któremu nadała imię po nim. „Bo jesteś jedynym dziadkiem, którego będzie znał", powiedziała mu Nicki i w szkole imienia Parry'ego McCluera panowała powszechna opinia, że trener Lieder od czasu narodzin wnuka, o dziwo, stał się ludzki.

Danny uprawiał lekkoatletykę. Wygrywał wiele biegów. Czasem też przegrywał.

Pat i Danny'emu dobrze się wiodło w szkole, ale zawdzięczali to tylko pilnej nauce, nie wymianie informacji przez wrota.

– Jaki jest sens podpowiadać sobie na klasówce? – spytała Pat, kiedy Xena raz zasugerowała taką możliwość. – Jeśli się czegoś nauczyłaś, umiesz to i zaliczysz klasówkę. Jeśli zaliczasz klasówkę z czegoś, czego nie umiesz, oszukujesz tylko samą siebie. – Xena miała ochotę nazwać ją beznadziejną samolubną suką za to podejście; i nawet raz ją tak nazwała, ale Laurette i Sin wtedy wstawiły się za Pat, a sama Pat wkrótce potem pomogła Xenie w nauce.

Nauka Danny'ego sprowadzała się do odświeżania wiedzy zdobytej w czasie, kiedy pobierał lekcje w domu. Stał się też wytrawnym graczem w *Super Smash Bros.* na Wii Sin i podporą każdej drużyny w *League of Legends*, do której go przyjmowano, ku rozpaczy i podziwowi maniaków gier z Parry'ego McCluera. Jednak, tak jak to było w przypadku lekkoatletyki, nie zawsze wygrywał.

Stone od czasu do czasu odnajdował nowe Sieroty, ale ponieważ nikt ich nie szkolił, tylko parę z nich zdobyło na tyle dużą moc, by trzeba było przedstawić im wybór: albo będą mili dla suszłaków, albo wylądują na Westilu. Na razie wszyscy postanowili być grzeczni.

Danny i Pat byli na wszystkich szkolnych balach, zawsze w strojach wybranych przez Veevee. Kiedy na uroczystym zakończeniu roku poszli odebrać dyplomy, oboje mieli powody do zadowolenia: Danny, bo reszta uczniów zgotowała mu gorącą owację, Pat, bo choć oklasków zebrała mniej, usłyszała radosne wiwaty jej prawdziwych przyjaciół.

I tydzień po zakończeniu roku szkolnego rodzice Pat wyprawili im skromny ślub w zjednoczonym kościele metodystycznym pod wezwaniem Świętego Jana w Buena Vista – Pat postanowiła, że nie będzie panną młodą z piekła rodem, i stanowczo zawetowała wszelkie ekstrawaganckie pomysły. Nie mogła jednak zabronić Danny'emu podarować jej przecudnego, a przy tym całkiem gustownego pierścionka.

– Chyba nie „pożyczyłeś" tego od jakiegoś jubilera, co? – zagadnęła.

– Rozumiem, dlaczego musiałaś o to spytać – powiedział Danny – ale nie. Zamówiłem go u maga metalu z Westilu. Bardzo był dumny ze swojego dzieła i wiedziałem, że na pieniądzach mu nie zależy, bo przecież w każdej chwili może wyciągnąć złoto z ziemi.

– To jak mu zapłaciłeś?

– Dwoma amuletami uzdrawiającymi. Jemu łatwo zrobić pierścionek, mnie amulet. Ale to uczciwa wymiana, zwłaszcza dla człowieka, który jeszcze ma na wychowaniu głupie, lekkomyślne dzieci.

– Poznałeś jego dzieci?

– Wszystkie dzieci są głupie i lekkomyślne. Tylko... jedne bardziej, inne mniej.

A potem zajęli się wydawaniem na świat własnych głupich, lekkomyślnych dzieci, nie tracili przy tym kontaktu z przyjaciółmi i poznali nowych, na studiach zaś nie przemęczali się zbytnio nauką, skupieni na swoim głównym zajęciu: dążeniu do tego, by oni sami i ich dzieci byli nadzwyczajnie szczęśliwi każdego dnia swojego życia.